魅丽文化
花火工作室

你是我最甜蜜的心事

顾念 / 著

江苏凤凰文艺出版社
JIANGSU PHOENIX LITERATURE AND ART PUBLISHING

图书在版编目（CIP）数据

你是我最甜蜜的心事 / 顾念著．— 南京：江苏凤凰文艺出版社，2022.4
ISBN 978-7-5594-5633-5

Ⅰ．①你… Ⅱ．①顾… Ⅲ．①言情小说 - 中国 - 当代 Ⅳ．① I247.5

中国版本图书馆 CIP 数据核字 (2021) 第 019786 号

你是我最甜蜜的心事

顾念 著

出版统筹 曾英姿
责任编辑 曹 波
特约编辑 丐小亥
装帧设计 殷 舍
封面绘制 E.Pcat
出版发行 江苏凤凰文艺出版社
南京市中央路 165 号，邮编：210009
网 址 http://www.jswenyi.com
印 刷 长沙金鹰印务有限公司
开 本 880mm × 1230mm 1/32
印 张 10
字 数 287 千字
版 次 2022 年 4 月第 1 版
印 次 2022 年 4 月第 1 次印刷
书 号 ISBN 978-7-5594-5633-5
定 价 45.00 元

目录

CONTENTS

目录

CONTENTS

第一章

一场梦幻的告白

早春三月，平城联大的一间教室内。

一对青年男女正襟危坐，对着桌上一沓资料，似乎在进行十分严肃的面试。

“棠微微？”

“是。”

青年抬眼，镜片后是双多情的桃花眼，对上女生的视线，他忽而一笑，气氛顿时缓和了许多。

“不要紧张啊，同学，你的履历很漂亮。满课，三年绩点全系第一，还在省级期刊上发表过论文。不过，你申报的是临床心理学……咱们社会心理学专业可是热门，不再考虑考虑？”

他说着，信手翻开文档，一目十行地浏览，态度轻慢。

名叫棠微微的女生倒是目标坚定，答道：“不了。心理干预是我一直努力的方向，我也希望能通过博士阶段的研究，看到它应用到临床的一天。”

青年微微点头，语气猛地转变：“抱歉，同学，论文相关资料都没问题，但你报考的资料不全。”

棠微微面色微僵：“我的毕业证丢了，正在挂、挂失……”

“临考前丢毕业证，这就是你的专业素养？”

青年压低声调，颇有些调情意味，问话的同时，他的目光落在棠微微的脸上，捕捉她眼角眉梢处的细微反应。

而后，他毫不客气地追问：“冒昧地问一下，你读博，家里支持吗？”

棠微微：“……”

她抿紧嘴唇，显然答不上来。

青年于是单手托腮，懒洋洋地宣布：“眼神游移，鼻尖微皱，真遗憾，你没有通过测试。”

像拍完一幕很烂的戏一样，青年两手合十，做了个打板的姿势。

面试的气氛立刻荡然无存。

“你真的很不会骗人……刚才说毕业证丢了的时候，你都不敢看我。”他一边幸灾乐祸，一边向棠微微伸手。可惜，指尖碰到对方的嘴角之前，就被一举擒获。

棠微微心情郁结，扣住那只不安分的“狗爪子”，将对方的眼镜摘掉。没有了平光镜的遮挡，对面那张漂亮的脸无处遁形，一双黝黑的眼睛茫然了一瞬，无端添了三分可爱。

此时，青年一脸无辜地说道：“棠同学，对导师这么凶，还想不想考博士了？”

棠微微在心里叹了一口气，道：“没有哪个导师会像你这样直勾勾地盯着我发问。”

“我在观察你啊。难道被我看着，你会不好意思？”

“我不是这个意思……”

“真的吗？可是你的脸都红了！”

棠微微下意识转头看向窗户，玻璃映照出她茫然的表情，以及对面青年狡黠的笑容——又被耍了。

她不禁咬牙切齿，道：“林、燃！”

“到。”被点名的林燃不以为耻，反以为荣，似乎很享受逗弄棠微微。

他大言不惭道：“我观察你的表情细节，难道不是在帮你？你也不能对我这个外行要求太高吧？等到了真正的面试，你的导师比我更专业，只会更早戳穿你的谎话。”

棠微微白他一眼，不想再理他。

但林燃还是不要脸地凑过去：“看来测谎练习没用。要不我吃点儿亏，传授你点儿演技。”说着，他给棠微微戴上眼镜，顺手在她脸上捏捏，并在挨打前光速撤离，自信坐正，“来吧，换你问我。”

棠微微半信半疑，但还是问道：“你报考的资料不全，什么原因？”

“这要问你啊。”林燃俯身，认真地问，“棠老师，你什么时候愿意和我在一起呢？合法在一起了，我的资料就全了！”

一缕日光斜射进窗户，正落在他身上，映丽流金洒进青年眼底，给人一种一眼就能望进人心底的错觉。

棠微微神思一恍，却听林燃又道：“怎么样，我的演技如何？”

林燃话里带了几分调笑的意味，棠微微迅速回神。像是为了自己那几秒的失神懊恼，棠微微的好性子彻底消耗殆尽，她不再废话，利落地把人撵出去。

砰的一声，教室门关上，本该耳根清净，可某人还不放弃。

门外，林燃喊道：“棠微微，你这是过河拆桥啊！现在除了我，还有谁愿意帮你啊？还有，你那毕业证是我没收的吗？你有脾气，对老棠发啊！快开门，我还能再帮你想想办法……”

门内，棠微微低头，看着手中的资料，十分沮丧。

她，联大硕士生，从小成绩优异，性格乖巧，独立自主，凭借她的学历，早就该站在全家智商高地，说一不二了。偏偏，棠微微不行——她早年没了母亲，父亲把她当掌心宝一样疼，从不要求她拥有什么高学历、好文凭。

父亲对她只有一个要求，就是得在三十岁前结婚生子。

父亲认为，将女儿好好养大，再交托给一个值得信任的男人，看她建立自己的家庭，才能给亡妻一个交代。对此，棠微微年少无知时表示理解。

直到今年，棠微微二十八岁了，她才知道，这于她来说是多可怕的枷锁。

“你算算，三十岁生子，二十九岁就得怀孕，二十八岁就得结婚！

二十八，不就是今年吗？你倒好啊，现在连个男朋友都没有，还想继续读博士？”棠微微睿智的老父亲棠建国同志如是说。

紧接着，棠微微的毕业证就被没收了，然后在棠建国的安排下，相了一次又一次亲。眼看考博时间将近，她无法向导师提交完整的资料，又做不到骗个人和她结婚，她走投无路，这才有了今日求助林燃的一幕。

一下午的时光虚度，日落西山时，校园内传来下课铃声。

门外人似乎已识趣离开。

棠微微脚步沉重地挪到窗边欣赏夕阳，与夕阳下的学子。从这边走过的，大多是硕士生与博士生，在他们身上，棠微微一度看到自己的过去与现在，而如果无法在下周前拿到毕业证，考博将与她永远失之交臂。

伟大的心理学啊，人为什么不能心想事成呢？屋内彻底黑下去前，棠微微这样想。

与此同时，距离城市十几公里外的地方，群山隐没在雾气之中，一辆摩托车如钢铁猎豹自山道尽头飞驰而出，矫捷地拐过第一个弯道，风驰电掣般向前冲去。林燃逆光前行，头盔下仅露出的一双眼睛正凝视着前方。他好像把自己当作一柄快刀，恶狠狠地切割进山脉之间。实际上，他只是表面上平静，棠微微的一举一动如电影画面一般从他的脑子里掠过。风呼啸而过，屏蔽了林燃的听觉，他习惯性地在这种生死攸关的时刻放空别的事，只去想棠微微。

一般人不会在摩托车上分析爱情，但林燃认为自己不同。他接触摩托车六年，认识棠微微十多年，摩托车与棠微微就是他生命中最隐秘的两件心事。

棠微微是不允许他玩赛车的，所以棠微微并不知道这辆摩托车的存在。林燃偷偷花费了六年时间征服这辆车，拥有了飞驰的人生。

而棠微微也不接受他的示爱，两人拉锯了多年，他也没能让这段爱情开花结果。

车跑完第五遍，天才完全黑下来，盘山赛道亮起了照明灯。山路两侧有一群年轻人拥簇着挥旗手，正扯着嗓子为林燃高呼。到了最后的冲刺关头，他眼中的山道、树影、人像全部模糊了，脑中却不合时宜地想起了下午的那个问题。

“棠老师，你什么时候愿意和我在一起呢？”

然后，他就被赶了出去……

好像有什么不对。林燃眉头紧皱，身子前倾，胸口紧贴油箱。有人将油箱比作摩托车的心脏，而此刻，他急速跳动的心脏几乎要跳出胸腔。林燃难以分辨，是油箱发烫，还是自己在燃烧，但他清楚地知道，这一刻的肾上腺素飙升，绝不是为跑道，为欢呼，而是为了一个人。

为了……棠微微。

山顶群星闪耀，林燃的摩托车呼啸着冲过终点！

三分二十九秒，再次刷新纪录。

众人欢呼喝彩，林燃却只是缄默地摘下头盔，在一片赞扬声中，懊悔地想：那时候，棠微微恼羞成怒地赶人，似乎是因为她脸红了。如果自己当时就发现，如果自己……再勇敢一点儿，就好了。

“燃哥，电话！”一个长得黑黝黝的男孩跑过来。

来电显示是棠微微，林燃顿时变了脸色，边拽手套，边跳下车，抢过手机向无人处跑去。

可惜山道上十分空荡，没有避风之处，他刚接起电话，那头棠微微就狐疑地问道：“怎么风这么大？这么晚了，你跑哪儿去了？”

林燃眼睛都不眨地撒谎：“啊，刚从图书馆出来。好好学习，天天向上呢。”

“是吗？你有这么乖？”棠微微似乎在翻找什么，脚步声持续了一会儿，才继续说，“哎，你有没有看见我那本《身体语言密码》？我找不……”

话刚说到一半，一辆摩托车风驰电掣地从弯道驶过。

林燃敏捷地捂住手机听筒，但还是有不甚清晰的轰鸣声，夹杂着零零散散的笑声，从他指缝间钻了进去。

“什么声音？”

“没什么，学校这边的路上有不良少年在骑摩托车，真烦人。”“不良少年”本人瞪着前方的男生们，示意他们躲远点儿。

男生们随即推着各自的摩托车散开。

林燃清清嗓子，若无其事道：“《身体语言密码》？在你床底下倒数第二个箱子里第二排第六本。”

电话那头的人毫不迟疑地走了几步，发出惊喜的声音：“找到了。哎哟，你的记忆力怎么这么好啊？”

林燃接受夸奖，得意得尾巴简直要翘到天上：“怎么，你这个心理学学霸也有分析不出来的时候？”

“那倒不是。按理说，记忆是事物在头脑中的一种反应，会涉及神经、心理两个学科……”

“好了好了，”深知棠微微一旦背书就会没完没了，林燃及时阻止她，“我不需要知道原理，我只知道我的记忆力是天生的，请叫我天才，谢谢。”

说着，他看了一眼时间，二十三点四十分。

对于作息良好的棠微微来说，这可够晚了。出于担忧，他放低声音：“怎么了今天？这个点儿还不睡，失眠了？”

电话另一端的房间内，棠微微正捧着《身体语言密码》躺在床上。她的目光扫过床头的热牛奶和一盒打开的褪黑素，哀叹了一声，说道：“没失眠。”

为了增加可信度，她还将书对着电话翻动了几下：“今天下午荒废了，多复习一会儿。”

一般人想必就信了。然而林燃置若罔闻，追问：“哦，多久没睡了？”

棠微微无奈地丢开书，决定保持沉默。

她卷了卷被子，忽然眉头一皱，抽出一个被压在身下的本子。那是一本行为观察笔记，笔记侧面做着标记，差不多有半本写着“林燃”的名字。

棠微微百无聊赖，对着空白的一页思考了一会儿，捡起床头的笔写上：

中二叛逆，自以为是，说话欠揍……

冷不丁地，敲门声伴随着说话声响起。

棠建国：“别看书了，明天还得早起和小董相亲，再看拉电闸了！”

说罢，老棠潇洒离开，正在通话的两个人尴尬不已。

棠微微干脆躲进被子里，恨不得就此消失。而林燃听到“相亲”二字，原本想揶揄她一番，没想到等了好一会儿，也没听到她开口。

林燃寂寞地靠在一块石头上，抬头看向夜空，终是妥协了，打破沉默道：“还是睡不着的话，现在去窗边，抬头看看星星……”

这回，那边答得倒快：“如果你想在晚上更清楚地看星星，不该是抬头看，应该利用余光看，利用视网膜外围视杆细胞……”

林燃无奈打断：“好了，棠微微！”

棠微微被他突如其来的一声惊得一愣。

“你不要事事都剖析好不好？我只是想说，今晚的星星很美，值得花时间一看。或许星空浩瀚，会让你的心情愉快一些，压力减少一些。”

夜色寂寥，林燃沉声说着。

棠微微握着笔的手顿了一下，嘴硬道：“我没有压力，我只是在争分夺秒地学习。”

林燃轻笑道：“说不过你，我不跟你争了……”顿了一下，他又道，“要不，我哄你睡觉吧。”

不容棠微微拒绝，舒缓的歌声便从电话那端传过来。

棠微微半眯着眼睛，指尖动了动，却不想写了。看着剩余的半页空白纸，她想，或许明天醒来应该补充一条：试着善解人意，但手段幼稚。

林燃的嗓音清爽得像远山吹来的风，让人十分放松。棠微微关上灯，把脑袋埋进枕头里，很快就进入了梦境。

而此时，林燃正举着手机站在山道上，静静地看着远处阑珊的灯火。世界那么安静，又那么灿烂。

下一秒，时间跳转，手机上的时间数字变成四个零，显示已经是新的一天，四月一日。林燃轻声地对着手机说了一句：“生日快乐！”

这一切，棠微微一无所知。

在梦中，棠微微仿佛回到妈妈去世前的时光。不管是妈妈拉着她的手，还是她那双充满着无尽期待的眼睛，都是那么的真实。梦里还有苦口婆心地劝她成婚的爸爸，和父女俩争吵的画面。接下来出现的人物就是林燃，这个从少年到青年，一次次在她生日时锲而不舍地对她“告白”的弟弟……

棠微微在睡梦中皱起了眉头，好像被困在梦魇之中无法挣脱。画面一帧帧闪过，开始扭曲变幻，各种各样的声音在耳边响起，越来越近，越来越清晰，直到最后，一阵刺耳的铃声打破了这一切。

棠微微猛地睁开眼睛。

她最先看到的是窗外。天气很好，金色的阳光透过窗帘，看着就让人心生希望。

然而，在那个混乱不堪的梦中，她并没有看到希望——既然抗议无效，挣扎无效，那就只剩下最后一条路——妥协。为了毕业证，她只能暂时向父亲屈服，接受今天的相亲安排。

换上一身挑不出错的白色连衣裙，听着老棠的殷殷叮嘱，棠微微刚走出门就收到一条陌生短信：“你出门了吗，棠小姐？我快到小区门口了。”

应该是那位“小董”。

棠微微不想被人知道自己相亲的事，很少与人约在小区见面，所以这回回复道：“好，小区门口的咖啡厅见。”

然而，信息还未发出，忽然有人从身后蒙住了她的眼睛。

眼前霎时一黑，棠微微吓得尖叫，手机都没拿住。

蒙住她眼睛的那双手敏捷地接住手机，又盖在她眼睛上，仓促间，棠微微注意到对方的皮肤很白，手指修长。

“小姐姐，抢劫，麻烦配合一下。”

对方声音清澈，蒙住她的手微微有些凉，还带着熟悉的淡香……

棠微微挣扎了几下，身后的人却把她圈得更紧，她便不再做无用功，干脆发问：“林燃？”

话音刚落，覆住她双眼的手就松开了，骤然得见亮光让她的眼睛有些不适应。

林燃打了个响指，如同变魔术一般，本来空空如也的手中突然出现一枝玫瑰。

“棠微微，生日快乐！”

阳光很好，少年的笑容也很好，粉色的玫瑰散发出特有的芬芳。

唯一不好的是，今天居然是她的生日！如果她记得的话，那她绝不会选择在今天出门相亲！

“小魔王”林燃与棠微微青梅竹马，从刚学吹吐鼻涕泡起就跟在她身后跑，用小奶音一声一声地喊着“姐姐”，一喊便喊到了大学。其间，林燃搅乱了无数次棠微微的约会，霸占了她所有的寒暑假，更是在棠家客卧住了多年，直到高三那年暑假才搬走。

棠微微的生日，就是林小魔王一年一度发威的日子。这威力，棠微微早有深刻体会，因此她的表情肉眼可见地僵硬起来。

“林燃，今天真的不行，我今天真的有事……”

“你别想跑，这个理由你去年就用过了。”林燃兴奋地说，“我都准备好了，跟我来！”棠微微几乎想求饶了，但林燃完全没给她机会。

小区内草木葱郁，石板路上行人稀少。棠微微被林燃牵着一路快走，几次想把手抽出来，奈何他力气太大，她无法挣脱。

林燃忽然弯下腰看着她，眼神炽热。棠微微觉得自己的心跳得格外厉害，想往后躲，却听到林燃忽然笑出了声，声音舒缓柔和，给人一种如沐春风般的感觉。

“微微，怎么办啊……好丢人啊，我心跳好快。”他还恶人先告状。

棠微微挣开手，扭头道：“没大没小，叫姐姐！”

林燃笑着看她，竟然在行了个吻手礼后侧身让开。

就在那一瞬间，礼花炸响，金屑飞扬。

假山之后，视野瞬间开阔起来。面前的整条小路都被红玫瑰的花瓣铺满，如同一眼望不到头的红毯。小路两边散布着多个画架，每张画上都是棠微微，或坐或站，有的是侧脸，有的是睡颜……笔触熟悉，尽是林燃的作品。

然而，画中人此刻僵立在原地，呆呆地看着不远处带着粉白色的玫瑰花起飞的一大捧心形氢气球。

音乐适时响起，清澈的男声一字一句地唱着："Are you going to Scarborough Fair…（您要去斯卡布罗集市吗……）"

这是棠微微高中时最喜欢的一首歌——《斯卡布罗集市》，她曾经在校庆晚会上唱过。

当时她穿着白裙子，台下坐满了学生，当时还在念初中的林燃也在，却是翻墙进来的，还站起来为她鼓了掌。

吉他忽然变了个调，林燃停止哼唱。棠微微回过神来，刚要开口，忽然感觉有人在拽自己的裙角。她低头一看，是一个穿着公主裙的小女孩。小女孩朝她伸出手，手心里是一颗用玻璃纸包着的水果糖。

"这是三岁的生日礼物，那一年棠微微吃到了第一颗棉花糖。"

"这是七岁的生日礼物，那一年棠微微上小学了，却还是会在看牙医的时候害怕得闭上眼。"

"这是十岁的生日礼物，那一年棠微微和同学在家看了周星驰的《功夫》，为哑女碎掉的糖哭了一晚上。"

……

每一件事，小花童都说得有模有样，棠微微有些惊讶，这些事自己都不怎么记得了，他怎么会知道？

就在这时，林燃的声音从身后传来——他像从漫画中走出来的男主角一样，特意打理过的头发遮在额前，一双清澈的眼睛像是落满了星光，他朝她露出温柔的笑容："棠微微，这是你二十八岁的生日礼物。虽然岁月无情，带走你大多数的青春时光，但好在它还留给你一个青春的尾巴……感谢伴我长大的人是你，感谢有生之年可以遇到你。棠微微，二十八岁生日快乐！"

棠微微皱眉，脸上透出些愠色："狗嘴里吐不出象牙，你才青春的尾巴呢！”

林燃一脸骄傲：“不是，我青春正好呢！”

棠微微又好气又好笑，想骂林燃，又骂不出口，大脑一片空白，只好将目光牢牢地锁在站在阳光里的少年的身上，任耳边回荡着他的歌声。

吉他声戛然而止，林燃站起身，一步步走到棠微微面前，扳正她的肩膀，笑着与她对视，眼神虔诚又坚定：“棠微微，我喜欢你，也喜欢你喜欢的海棠花。我想带你和海棠一起回家，把海棠种在院子里，把你放在我心里。”

林燃伸手握住身边树上挂着的最大的一只千纸鹤，拴着千纸鹤的绳子，另外一头是一小束开得正好的海棠花。

一瞬间，棠微微心跳如擂鼓。

不仅仅是因为，一如既往的热烈的生日告白；不仅仅是因为，这场告白从头到尾都那么梦幻，那么美，令人目眩神迷；不仅仅是因为，林燃的眼神太明亮，笑容太绚烂，眼角眉梢都透露着真诚，热切地在等着她一个肯定的答复。

棠微微想，这是林燃吗？她一下子想不起来林燃那些年做过的那么多恶劣的事情，也记不起他张牙舞爪的样子。

这告白太有诚意，太过认真，也太用心了。棠微微自以为冰封的心，似乎裂开了一道细缝。她迟疑地伸手，想去触碰那束花。

这个微小的动作，却让林燃紧张到呼吸都要凝滞了。他保持着练过无数次的自以为最乖巧的笑容，就等对方握住花，他就能……

“林燃，”就在至关重要的时刻，棠微微忽然停住了，她深吸了一口气，换上一副若无其事的表情，“不错啊，差一点儿就被你骗过去了！”

林燃僵在原地，仿佛不理解她在说什么。

棠微微伸手夺过花束，举起来拍拍青年的脸颊：“眼神、神情都不对，经专业人士评判，你又在搞恶作剧。”

“什么……你等等！”林燃着急地想去拉她，却扑了个空。

她说完笑了一声，转身往公园边上走去，脸上看透一切般的表情却瞬间垮了下来。差一点儿就输了，每年的生日恶作剧从不缺席。布置得再美好，说得再好听，也不过是闹着玩的，谁让她倒霉，生日在四月一日呢。

林燃的脸僵得像块石头，他胡乱地擦了几下脸上洒落的花粉，追上去拉住棠微微：“棠微微，你的心理学硕士学历是买的吧？我都这么认真了，你凭什么说我这是恶作剧！”

眼前的人没回头，却停下了脚步。林燃见状深吸了一口气，语调一变，开始卖惨：“棠微微，微微，姐，我就算骗你，也花了这么多心思，我也是在乎你，想和你一起过生日……哪怕你不相信我，让我陪你吃顿饭总行吧？”

这语气，既卑微又委屈，让棠微微心头一动。到底是自己看着长大的小孩，就算真的是搞恶作剧，每年不落地这么精心准备，也有种特殊的仪式感吧，吃顿饭总还是可以的。

她正想答应他，没料到林燃情急之下嚷了一句：“这么急着甩开我，难道你还惦记着跟那个小董相亲吗？！”

风一吹，海棠花瓣扑簌簌落地，同时坠落的还有某位姐姐的一片柔情。棠微微转身看着他，冷笑道：“哦，所以告白是幌子，拦我才是正事？”

“你还真要去？！不行，我不许！”林燃眼睛瞪得圆圆的，改拉为抱，双手死死地圈住棠微微的胳膊。

路过的行人纷纷侧目，好奇地打量着他们。棠微微不愿被人看笑话，加上刚才误会了他，又羞又气，使劲抽出胳膊，头也不回地往前走。

林燃猝不及防地被甩开，愣了一下，下一秒像只大型犬一样迅速地追上去，将棠微微截停在了路边的长椅边。

“姐姐——”一米八几的大小伙子，还跟个小孩似的把全身重量压在棠微微身上撒娇。

棠微微被迫坐在长椅上，肩膀上搁着一个毛茸茸的脑袋，手臂也被圈住，心里的火苗越蹿越高。

软硬兼施一向能吃定棠微微，可现在无效。她满脑子都是自己又一次被小魔头蒙骗的怒气，所以无论林燃怎么撒娇，她都冷着脸叫他放开自己。

林燃眼看好话说尽，棠微微依然不赏脸，也觉得面子上有点儿挂不住。

他压着心里的火气，板着脸问：“最后问你一遍，真要去相亲？”

棠微微不说话，一脸懒得搭理的神情。

“好、好……”好狠心的女人！林燃气笑了，做作地从口袋里掏出一个玩意儿，在棠微微眼前晃了一下，她嗅到一股青苹果香……

糖？棠微微下意识地伸手阻止，但林燃动作更快。只见他灿烂一笑，张嘴将水果糖迅速地吞了下去。

“林燃，你疯了！快吐出来！”棠微微彻底蒙了，她急得拉住林燃的衣领，扯着人在自己腿上趴下，照着他后背一通猛捶。

林燃其实只是想威胁一下棠微微，没打算真让自己一命归西，所以悄悄用舌根压住了苹果糖。但没想到装死不成，还遭受了一顿捶打，要说话也说不出，最终实在忍不住，吐掉了。水果糖在草地上滚了几圈，棠微微和林燃同时松了一口气。

林燃撑着椅子坐起来，仰面顺气，头顶却忽然投下一片阴影。

棠微微略带歉意的声音传来，问他感觉怎么样。她的眼睛里盛满了担忧。

棠微微的瞳孔颜色比旁人深一点儿，当她盯着一个人看的时候，总会给人一种含情脉脉的感觉。

可惜这份深情是病号福利，只有这种时候，棠微微的眼里才只有他一个人。

眼前的人不动了，棠微微却更加担心。她凑近想仔细看，又见他虚弱地咳起来。

林燃抓着自己的脖子，似乎丝毫没有意识到已经抓出了几道血痕，好像真是起了过敏反应。他垂着头一副有气无力的样子：“姐姐，我难受……”

棠微微心疼坏了，连忙扶起他：“没事啊，走，回家吃药！”

林燃半边身子靠着棠微微，看起来十分柔弱，内心却心满意足。

他们身后，风吹过小径，满地花瓣显得有些萧索，隐约响着的曲子已到了尾声：“Then he'll be a true love of mine…（然后，他会成为我的真爱……）”

歌声渺茫，如一个古老的魔咒。

少年的心事在繁花似锦的四月悄悄绽放，又悄悄收起。他心爱的人啊，不知什么时候才能看清他的心意。

好在他一腔孤勇，好在他为爱无惧。

“棠叔，对不起。”

棠家的沙发上，林燃虚弱地躺在沙发上，身上盖着棠微微的羊羔毛外套，小脸衬着绒毛，显出一副可怜兮兮的样子。

他说两句，咳三声，唱戏似的说道：“都怪我，耽误了微微姐相亲。”

老棠气得在沙发前来回走着。他只要一张口，那边咳嗽声就响起，只得把想骂的话吞了回去，掉转矛头，朝棠微微开火：“让你去相亲，怎么又回来了？你是不是又让小燃来帮你解围？棠微微，你都二十八岁了，怎么自己就不着急呢！”

棠微微跪坐在沙发边，一边听着老棠的责骂，一边给林燃倒水，心里五味杂陈。她不想相亲，却被逼无奈去了。她不想见林燃，也避无可避见了。

她多无辜啊！

她不好解释，索性装哑巴，给林燃抠了几粒药出来，又去倒水，贴心地当着临时护士。林燃此时乖得离谱，让抬头就抬头，让张嘴就张嘴，两人配合着喂药、吃药，老棠在一旁看得脸色铁青。

“棠微微，你别装作听不见！今天说什么都得去，你……”

老棠这话还没说完，林燃忽然呛了一口水，虚弱地抬起手道：“叔，您别怪微微。”话锋一转，他又语气卑微道，“要不……你们去吧，我没事。我一个人可以的，忍忍就过去了……”

老棠欲言又止，最终垮着脸在沙发上坐下，将头扭向另一边，践行着“眼不见心不烦”的真理。

棠微微见状稍稍松了一口气，拿了药膏，给林燃的脖子抹药。

客厅里一时静默无声，三人各自揣着不同的小心思，竟然僵持出了一种和谐感。

林燃眯着眼，感受着棠微微拂在他耳边的呼吸，幸福得心里直冒泡。

一阵电话铃声响起，三个人的目光同时落到了老棠的手上。

老棠看了一眼来电显示，立马换上笑脸按下接听键，说道："喂，小董，你们都到了？好好好，马上！微微——"

不等老棠回过头，沙发上的林燃神色一变，虚弱之态比刚才更胜十倍。他一边猛烈地咳嗽，一边死死地拽着棠微微说道："啊，叔叔，微微姐，我好难受……我、我不行了，我不能呼吸了！"这一嗓子叫得堪称凄惨，把棠微微都唬住了，她下意识地去翻药盒看是否用错药了。

老棠已经走到了玄关，听到他的喊声，换鞋的手一抖，抬头看见眼前兵荒马乱的情景，扯着嗓子喊也没得到回应，最终只能恨恨地摔门而去。

听到哐的一声巨响，林燃眯着眼睛看过去，脸上露出狡黠的笑意。他猛地起身，笑嘻嘻地坐在棠微微面前，与刚才半死不活的样子判若两人。棠微微捧着药盒回头，正要说话，就与那张笑脸撞上。

林燃邀功般仰起脸道："怎么样，我这算不算救你一回？"

回答林燃的，是一条丢过来的湿乎乎的热毛巾。

她就知道，这个小浑蛋永远只会耍她！

棠微微沉着脸整理好药箱，无论林燃怎么嚷嚷，都不再理睬，把药箱往他手里一塞就开始赶人。

林燃被驱逐到门口的时候，死命扒着门框不肯走，额前的头发软趴趴地垂了下来，亮晶晶的眼底似乎蒙着一层雾气，像被雨淋透的小狗。

他讨好似的换上笑脸："微微，微微，我错了！我发誓我帮你是真心的，不舒服也是真的，我没有骗你呀！"

棠微微推着门，目光在他脸上、脖颈上扫视着。林燃敏锐地捕捉到了，而后一下站直身子，掀开衣领继续卖惨。他的皮肤很白，显得那几道抓痕触目惊心，如果不是真的过敏，那下手也忒狠了点儿。

棠微微面色缓和了不少，她相信了。

片刻后，棠微微拿着药膏走回来，她盯住林燃的眼睛，一字一句道："拿着。还有，不准再拿吃糖的事开玩笑！"

药膏在她掌心的命运线上安安静静地躺着，紧紧相依，却也毫无交集。

林燃垂下眼睛，拿过药膏，把心事隐藏好，笑嘻嘻道：“绝对不会！”

看着他一如既往没心没肺的笑脸，棠微微忍不住翻了个白眼。如果林燃以后再敢拿吃糖的事开玩笑，那么她绝不会手软，一定灌他三瓶葡萄糖，亲手送他归西！

药到手，人也没事了，棠微微开门送客，林燃却不想走。他缠着她一直送到楼下，又要再送一段路。

棠微微现在已经懒得跟他多说什么，只一言不发地跟着他往前走。忽然，林燃扯了一下她的胳膊，状似不经意道：“等棠叔回来，你打算怎么说……你不会再去相亲了吧？”

树梢间落下斑驳的光，林燃走在光斑间，身高腿长。就在一个小时前，他还曾用花瓣、音乐、千纸鹤等让她心中荡起涟漪，此时四目相望，她却只剩满心无奈。

她有些疲惫地回道：“我不知道。”

林燃忽地站住，指着地上的影子让棠微微看：“棠微微，你看，我已经比你高了，我也长大了。”

棠微微顺着林燃的手指看过去，地面上一高一矮，一前一后的两个影子，竟有说不出的故事感。

棠微微有片刻的愣怔——不知从何时起，林燃竟比她高出许多。

“你若是一定要去相亲的话，就考虑一下我啊！我早就到适婚年龄了，你既然要挑，就挑最好的。”林燃严肃认真地看着她说道。他眸中似乎落进点点星光，那是他满心的希望。一米八几的大男孩，此时手都不知该放在哪里，紧张地观察着棠微微的反应。

一秒，两秒……他听见棠微微轻轻地叹了一口气，心里的失望一再叠加，却还是不肯死心：“棠微微，以往的每一次告白，我都是真心的……你要不要考虑一下，答应我的告白？”

棠微微终于抬起头看着他，面上表情却很复杂：“真心？你是说在广播里念情书告白是认真的，还是说用烟花炸我的书包是认真的？”

“那、那是……那时候还小啊。”林燃想解释，又无法说清。

棠微微叹气，道："你难道要我相信，从小一起长大的弟弟在愚人节的告白吗？"她的表情有一丝丝动摇，说出来的话却无比坚定，"林燃，我很不喜欢这样的玩笑。"

"那如果不是玩笑呢？"仿佛是压抑不住了，林燃的声音陡然拔高。

棠微微感知到了有什么在变化，心里莫名生出一股畏惧感。

林燃和她从小一起长大，不，林燃是她看着长大的。她上小学的时候，小魔王还坐在学步车里，所以这一定是玩笑。

棠微微慌乱地移开视线，佯装气愤地训斥："真什么真！我跟你说，你啊，什么时候吃糖不晕倒，我就什么时候相信这愚人节的告白是真的！"

吃糖，又是这个，脖颈上的抓痕猛然刺痛着林燃的神经。

他还想笑着说"那你得等着，一言为定"，却无论如何都说不出口。他是没心没肺，但作为艺术生的他，既然画得一手好画，就证明他天生比普通人多了几分敏锐的感知力。

更何况，只要是个正常人，都能看出棠微微的推拒意图。

过了好一会儿，林燃妥协般举了一下手。

"又被你拆穿了啊……棠微微，"他走回树荫里，重新做回那个天真的弟弟，轻声说，"愚人节快乐！"

棠微微松了一口气，莫名有点儿心虚，赶紧转过身挥挥手："小浑蛋，就送到这儿，自己回去吧。"

她没有看到，在转头的瞬间，林燃眼里的光暗了下去，仿佛他才是那个被愚弄的人。目送棠微微离开后，林燃没有走远，而是垂头丧气地坐在了小区长椅上。他抬头时，正好能看到棠微微家的阳台。

林燃握紧手里的药膏，自嘲地笑了。

为什么每次都选在愚人节这天告白？

为什么每次被拒绝都要用玩笑掩饰？

大概是因为……他还是不够勇敢吧。只有在愚人节，被拒绝了也不显得丢脸，不会让彼此尴尬，更不会从此失去和她相处的机会。

“叮咚。”

他正惆怅着，微信提示音响起。林燃郁郁寡欢地掏出手机一看，是室友兼死党侯飞发来的消息。

侯飞：“哥，你真牛，系主任的课你也敢逃！”

林燃一愣，他是真的忘了，但系主任哪有棠微微重要啊。

林燃：“点名了？”

侯飞发来一连串的无语表情包：“全班三人未到，其中两个请了病假，你猜旷课那个倒霉鬼是谁？”

倒霉鬼林燃：“……”

侯飞：“明天也有系主任的课，课后好好和系主任做个检讨吧，为你默哀！”

林燃恼火地关掉了微信。

如果给林燃这二十二年人生里的关键词做个统计，最高频的是“棠微微”，其次才是“美术”“油画”“赛车手”乃至“天才画家”等对他来说不那么重要的名号。

四年前的美术联考时，林燃在三大美院的排名全部进了小圈，最终以专业第一的成绩考入联大美院。入校后，他更是包揽了各大绘画赛事油画类金奖，在学校画展中也属于大神级别的存在。对于此等人才，系主任格外宽容，宽容到林燃偶尔能感受到久违的父爱。

逃系主任的课，确实有点儿不给面子，但林燃在系主任面前一向不要脸惯了，今晚开个夜车赶赶作业，顺便给要参加画展的画打个草稿，也能够交差。

于是他焦虑了不足一分钟，就不把这事放在心上了。

当晚，林燃带着告白失败的哀怨和对棠微微难消的心火，画了一幅题为“雨后”的画作：黄昏，天空中流云如火烧，少女站在霓虹璀璨的十字路口，脚下水洼里，倒映着一个长身玉立的少年。他们面容稚嫩，俨然有林燃与棠微微青春时的模样。

事实上，他的每一幅画作几乎都与棠微微有关。他算是感情丰沛的那一类，几乎所有人看到他的画，都能看出炽烈的情愫，除了棠微微。

放下画笔的那一刻，夜色已深，林燃累得没有精力回想失败的告白，倒头便睡，一夜无梦。

林燃一觉醒来已经是第二天早上八点。系主任的课在十点，他抓紧时间冲了个澡，以便到校后更有精神面对即将到来的暴风骤雨。

但从踏进浴室的那一刻开始，他就觉得今天很不妙。水时冷时热，右眼一会儿疼一会儿跳，虽然平日不迷信，林燃还是觉得怪异，嘟囔着是不是昨晚睡着后吹了风，感冒了。擦着头发走到阳台上晾浴巾的时候，他鬼使神差地往楼下看了一眼。

这一眼，让他瞬间抓紧了窗框。

楼下的马路上，一个穿着白色连衣裙的女生正和一个西装革履、看起来并不怎么潇洒的男人走在一起。两人之间的距离虽然不近，但步调一致，遇到行人让路时，两人的手臂也会不可避免地蹭到。

这样一对背影在小区里出现并不奇怪，但这是棠微微和一个陌生男子在一起的背影，他怎能不在意？作为“弟弟”，林燃几乎认识棠微微身边的每个男性。加上昨天相亲未遂，不用思考，林燃都知道陌生男子一定是那个“小董”。

简直阴魂不散!

他手忙脚乱地掏出手机，对焦放大，再放大，咔嚓一声摁下快门，差点儿把手机捏碎了。他一边慌乱地进屋找衣服，一边点开了和棠微微的微信对话框，发送照片。

林燃：“棠微微，这是你吧？”

对方没回。

林燃穿上鞋摔门而出，下楼时的脚步声震天响。

瞒着我去相亲，棠微微，咱俩没完!

此刻，一无所知的棠微微正在思考用什么方法才能友好地送别这位令人尴尬的相亲对象。她身边男士的气质土洋结合，离媒人介绍的“一表人才”差了大约十万个林燃，唯一的优点就剩自信了，一路上都在喋喋不休。

“微微，我跟我妈仔细商量了一下，我们都觉得你是一个合格的结婚对象。所以，请收下我的心意。”

面前的男人做作地抹了一把梳得一丝不苟的大背头，递上了一束野花。

棠微微不敢接。她不动声色地扫了一眼公交车站旁的一片狼藉的花丛，以及前头“城市绿化，乱摘罚款”的标语牌，很怕这花摘一朵罚款两百。

她正斟酌着该怎样委婉地拒绝，微信提示音适时地响了。

棠微微笑着掏出手机，说道：“不好意思，我回一下消息。”

相亲男董哲保持着公式化的微笑，做了个“请便”的手势。

点开微信，棠微微心里那一丝感激瞬间荡然无存，脸色比刚才更难看了。来不及多想，她一把抓过董哲的胳膊，拽着人逃命般跑到前方路口，招手拦出租车。

“哎哎，才几站路啊。”董哲拦下她，“勤俭持家是美德，我们还是坐公交车吧。”

棠微微满脸恐惧，又向后看，也不知道看见了什么，兔子一样猛回头。此时一辆 12 路公交车缓缓驶来，她拉着董哲就上了车。

“等等，我们不是坐这班车！”

棠微微闷头只顾把董哲往车厢里面推，车门关闭后，才靠在刷卡机边长舒一口气：“现在是了。”

公交车起步，驶入主干道。

透过后窗，棠微微看见林燃像一支夺命箭般从小区门口跑到站台，紧赶慢赶，还是没追上。

站台上，林燃手撑着膝盖喘气，一抬头，正巧与棠微微四目相对。他累得喘不过气，嘴型怎么看怎么像“你死定了”。

棠微微心惊肉跳，迅速别开脸，目不斜视地看着前方，内心祈祷这条街上今天都不要再有别的车……

但那显然不现实。

公交车前脚开出十字路口，林燃后脚就打到一辆出租车。他暴躁地摔上车门，扬手一扫付款码，恶狠狠地说："师傅，跟上前面那辆公交车！"

出租司机面相斯文，不紧不慢地打表："同学，这条路限速……"

叮咚！

信息声响起："支付宝到账一百元。"

司机一脚踩下油门，车子一下蹿了出去。他显得很兴奋，还试图寒暄："上学赶不及了是吧？坐好啊！"

林燃悲壮地捋了捋半湿的头发，大怒道："还上什么学？我去'捉奸'！"

出租车风驰电掣，踩着超速的高危线，穿行在车流中，对那辆公交车紧追不舍。

而公交车上，棠微微低着头反复思考，怎么也想不明白自己为什么如此背。

天知道，林燃还有起这么早的一天，还不早不晚，正好撞到她相亲的时候。早知如此，她应该在家先听老棠和董哲聊半个小时，虽然耳朵受罪，但是性命无虞。

身边，董哲气呼呼地跷着手指指责她："棠微微，你这个人……怎么生活一点儿计划都没有！昨天直接爽约，今天又不经过我的同意，私自改了行程。"说着，他从口袋里掏出两张折扣券，在空中抖了几下，"我都准备好了午餐券，免费的，明天可就过期了！"

棠微微嘴角抽动，勉强露出微笑："那我们在下一站下车？"

"下车？！我交了钱，当然要坐完全程！"

棠微微深呼吸，想着老棠的威胁，默念"毕业证，毕业证，一切都是为了毕业证"。

"嗯……你再考虑考虑，我先回一条信息。"说着，她点开闺密黎想的微信，连发三个救命表情包，紧急呼叫：相亲遇到奇葩男，速来！

董哲毫无察觉，认认真真地研究起了路线。

这班车的终点站在某温泉度假酒店，在棠微微焦急等待回应的空当，董哲一边滑动着手机上的地图，一边说道："就在终点站下吧。不过这酒店还挺贵的，咱们第一次见面，AA？"

棠微微一愣："既然是第一次见面，约在温泉酒店不合适吧？"

"不坐全程才不合适！终点站在那儿，去那里最合适！"董哲把午餐券塞回裤兜里，说道，"你放心，我这个人是君子。既然AA你没意见，那就这么定了。"

"可是……"

"没有什么可是！这个事情原则上还是怪你，要不是因为你乱上车，我们也不会改行程，成年人要为自己的错误埋单。"

面对着振振有词的董哲，棠微微再次艰难地扯出微笑，咬着牙点开手机，终于看到黎想的回复。

黎想："发定位！"

公交车晃晃荡荡地在车流中行进，棠微微望着窗外出神。想到林燃怒气腾腾的脸，想到毕业证，想到老棠，她纵有千言万语，最终也化为一声苦笑。

四十分钟后，12路车抵达终点站海瑞温泉酒店，棠微微头晕目眩地下了车。

平心而论，酒店并没有让人失望。大堂休息区清一色是实木桌椅，周围墙上挂着各类壁画，装潢十分雅致，的确是散心、约会、度假的好去处……如果来的人不是像棠微微这样，前有追兵，后有劫匪的话。

一入酒店，董哲先"畅游"了一番自助区，看着他疯狂拿免费矿泉水、免费糖果、免费薯片，棠微微不敢上前，尽量与他保持距离。随后，董哲拿够了，招呼着棠微微去置办行头。

"欢迎光临！"一见棠微微，销售员就利落上前，举着一套泳装热情介绍，"这是今年的网红新款，小姐姐身材这么好，要试试吗？"

不等她回答，董哲便一脸嫌弃地抢白道："好人家的女孩哪有穿这种衣服的？简直伤风败俗！"

他话音刚落，一个穿着同款泳衣的女孩从货架边走出来。见对方向这边瞪来，棠微微尴尬无比，赶紧对销售员说了声“抱歉”，拉着董哲匆匆离开。

“要不……我们还是别泡温泉了吧？这边的餐厅不错，吃个便饭就好。”

她本来也没打算跟刚见面的相亲对象泡温泉，却没想到这董哲还当真了，甚至挑剔起来。棠微微想着能多拖延一会儿是一会儿，吃饭总不能出什么幺蛾子，大不了这顿她请。

不料，请客的想法还没出口，董哲大声驳斥起来：“你说什么呢！门票钱都花了，不泡温泉多亏啊……”说完，他还摇了摇头，语重心长地道，“棠微微，以后我们结婚了，你可不能这么败家。”

棠微微的表情瞬间僵住了。她感觉今天在这儿，自己和董哲总有一个得疯。她深吸一口气，正要说话，却被一串高跟鞋声打断了。

“结婚？她为什么要和你结婚？天下男人死绝了？”黎想穿着一身名牌职业套装，戴着墨镜，站在门口不屑地打量着董哲。

“想想！”棠微微感激地扑进黎想的怀里。

黎想安抚地拍拍她的肩膀，摘下墨镜收进包里，语调懒散：“你就是董哲啊？”

拖长的尾音莫名有种讽刺的意味。

董哲眉头紧皱，尖叫起来：“棠微微，这人是谁？你马上就是有夫之妇了，行为要检点，以后离这种不三不四的女人远点儿……”

棠微微低下头，在内心为董哲默哀了三秒。如果林燃的怒火是物理攻击，拳拳到肉，那么想姐的嘲讽就具有魔法伤害，让人灵魂颤抖。

不等他把话说完，黎想一个眼刀扎在董哲身上，似笑非笑道：“我不三不四的，还挺招人喜欢。你人五人六的，怎么要出来相亲啊？哦，你是不是不知道自己是哪个类型的垃圾，需要我帮你分分类？”

董哲气得嘴唇发抖，他显然不知如何回击，最终对着黎想恶狠狠地放话：“你、你等着！”

棠微微有些担心地扯了扯黎想的袖子，黎想却毫不在意，冷笑着看董哲掏出手机，拨通号码，最终万分委屈地对着电话那头说：“妈，有人骂我！”然后哽咽着跑了。

棠微微目瞪口呆，黎想啧啧称奇。

“这就是棠叔给你找的男朋友？”

“嗯。”

黎想扳正棠微微的身子，让她面对着自己，一脸严肃地看着她：“微微，其实你不是棠叔亲生的吧？”

棠微微一脸苦闷。

“不是亲生的都没这么狠。”黎想看着董哲离去的背影，如此说了一句，扭头就变了脸，亲亲热热地挽起棠微微的手臂，“走吧小可怜，姐姐带你泡温泉去！”

事实证明，出行的快乐主要取决于和谁一起，而不是去哪儿。

树篱环绕间，露天温泉池由几座假山围砌而成，白雾氤氲，热气升腾。黎想与棠微微围着浴巾，像两尾漂亮的美人鱼，趴在白岩石岸边，各自都泡得白里透粉，乐不思蜀。

为了不辜负此等享受，黎想还特地要了瓶红酒，此刻她喝得微醺，不由得举着酒杯感叹道：“怪不得一提到相亲，你就跑呢，原来棠叔的眼光这么差。哎，你说刚才那人，他是不是……智力有问题啊？”

棠微微整个人被蒸成了放空状态，眨了眨眼，下意识接口道：“哦，那要看是液体智力还是晶体智力，液体智力是指在信息加工和问题解决过程中所表现出来的能力，它较少依赖文化和知识的内容……”

“停停停！”黎想头疼地捂住耳朵，看出棠微微已经泡晕了。

她把人捞出池子，一对湿漉漉的双生花凑在一起，她喝酒，棠微微喝汽水，高脚杯轻轻碰在一起。

“放过我吧，棠老师，我可不想当女博士！你呢，就当给自己放一天假，别背书了，好好享受一下，嗯？”

提及博士考试，棠微微的眼神瞬间黯淡下来。

她抿一口汽水，不吭声。黎想敏锐地觉察到不对劲儿，立马询问：“怎么了？复习不顺利？”

棠微微摇了摇头："没有啦，几个导师都挺照顾我的。"

黎想放下杯子，叹着气搂住棠微微："你啊，非得被相亲逼着，才会到这种地方消遣一下，你应该多放松。哦对了，明天下午有场同学会，一起去吧。"

棠微微一言不发。作为多年的闺密，黎想绝对是最了解她的人之一，见她这样，不动声色地岔开了话题："这个地方还不错嘛，以后可以常来。想不到，我也有被你安利温泉的一天。"

棠微微无奈一笑："还不是因为林燃……闹着不让我相亲，早晨都追出小区了，我一着急……就躲到这边来了。"

说着，她突然一个激灵清醒过来。

不对，林燃看见自己和董哲一起上了公交车，按照他的性格，绝不会轻易罢休。根据墨菲定律，如果事情有变坏的可能，不管这种可能性有多小，它总会发生。

如果是作用在这件事身上，那么也就是说——

砰砰砰！敲门声响起，棠微微如惊弓之鸟一般回头，黎想比她冷静些，安抚地拍拍她，开口道："请进。"

服务员推门而入："棠小姐，有贵客邀请您去华尔兹厅，请您移步。"

棠微微："贵客，谁啊？"

服务员依旧微笑："抱歉，我们也不清楚。"

棠微微和黎想对视了一眼，不知为什么，觉得这场景很像"鸿门宴"。

因为对方言明只请棠微微一个，分开前，黎想还煞有介事地握紧棠微微的手说，如果这是奇葩相亲男的报复，一定记得大声呼救。

站在华尔兹厅前，棠微微深吸一口气，努力给自己做心理建设：如果里面真是董哲，那么看在毕业证的面子上，她还是别呼救，忍一时风平浪静吧。

"棠小姐，请进。"服务员在门口停步，推开玻璃门，做了个请的动作。

里面绿植环绕，没有棠微微想象中的去而复返的董哲，也没有董哲和林燃扭打成一团的场面，在热气升腾的温泉边，一个蛋糕醒目地摆在礼品车上，双层黑天鹅蛋糕上烛火摇曳。

蛋糕，红酒，这是……没等棠微微反应过来，温泉池里忽然泛起涟漪，一个身影从水底一跃而起，仿佛是潜藏在这座温泉池底的人鱼。水花四溅，扮成人鱼的林燃游到岸边，在棠微微闪烁的目光中，颇为骄傲地伏在水池边，仰着湿淋淋的脑袋看着她。

“嗨！”

“林燃？你、你怎么……”棠微微惊讶到失语。她猜到了林燃会追过来，猜到了林燃会有惊人举动，却万万没想到会是眼前的情景。

“我怎么在这儿？我怎么追来了？我怎么来打扰你相亲了？”林燃连珠炮似的质问她，目光灼灼，盯得棠微微有些心虚。他走上岸披了件浴袍，看着棠微微回不上话的样子，又忍不住心软了。

诚然，他是来兴师问罪的。当他赶到这里询问前台才发现，棠微微二人各自买了男女区域泡温泉的票，账单也是AA。棠微微摆明了是要避嫌，且对对方完全没有想法。

这让“捉奸”而来的小林同学十分满意，他当场原谅了棠微微。环顾四周，他还临时想到一个主意：既然棠微微来相亲，那自己就在这里布置一个更浪漫的求爱现场，一来弥补昨天搞砸的生日惊喜，二来棠微微把他和相亲对象一对比，发现了他的好，说不定就会答应他的告白呢？

棠微微全然不知林燃那些弯弯绕绕的小心思，此刻的她还弄不明白现在是什么状况。

她愣神的工夫，林燃已经把摆着蛋糕的礼品车推到了她面前，一脸诚恳地去拉她的手：“微微，刚才微信里的话，都是我一时的气话！你别紧张，你看这里气氛这么好，我想和你……”

他话还未说完，忽听一声重响，门被人推开了。

“你们在干什么？！”

推门而入的董哲第一眼就看到林燃和棠微微两人的手叠在一起。

瞬间，他觉得自己头顶长出了绿草。而林燃看着他，握着棠微微的手示威般抓紧，让那绿草又茂密了许多。

董哲火冒三丈，也想去拉棠微微，可林燃昂首挺胸，以高大半头的优势挡在他面前。

董哲怒道：“你放开我女朋友！”

呸，真不要脸。林燃翻了个白眼，反手把棠微微搂紧：“什么女朋友？”

棠微微很想逃，可惜逃不掉。她试图挣扎，但在董哲眼里，那更像欲拒还迎的撒娇。

棠微微无力反驳：“不是女朋友……”

董哲立马大喊：“对！不是女朋友，是未婚妻！”

“哦，未婚妻啊？”林燃闻言不怒反笑，护猎物似的，把棠微微护在怀里，低头去蹭棠微微，蹭得后者脖颈发痒。他低声问，“谁同意的？”

棠微微痒得直躲，莫名觉得林燃像某种大型犬科动物。而她被这只“大狗”的爪子搂住不松，愁得要叹气了。

棠微微：“没人同意，林燃，你站好行吗？”

林燃粲然一笑，满脸乖巧道：“不行。”

棠微微：“……”

此时，一旁的董哲快被气死了。看着自己的相亲对象被一个小白脸搂着，且这小白脸还比他好看，董哲脸上着实挂不住。他大吼一声：“你们两个卿卿我我的，还要不要脸？！”

他抬起胳膊欲动手，却被林燃轻轻一推，向后倒去。

林燃也没想到，他就那么一推，董哲就踉跄了好几下，紧接着摔在了蛋糕上，连带着两层高的黑天鹅蛋糕一起摔向水池，摔得满池奶香四溢……这合理吗？林燃心中飞快闪过阴谋论，合理怀疑董哲在模仿他。

如此想着，林燃目光一沉，心思一动：模仿我？你也配？

落汤鸡一般的董哲气急败坏地从水池里爬出来，见林燃还抱着棠微微不撒手，恨不得扑过去一决胜负。他气呼呼地搜寻武器，最终瞄准身边已经摔成一摊的蛋糕，想也不想，一把抄起向林燃拍了过去，怒吼道：“你们简直欺人太甚！”

奶油漫天飞，林燃护着棠微微，在心里窃喜。怀揣着小心思，林燃一面抱住棠微微，一面努力增大自己受害面积，毫不意外地被糊了一脸奶油。

场面一度十分混乱，工作人员也终于赶来。

水池边满地狼藉，两个大男人争抢一个女人，画面微妙。

赶来的工作人员想劝架，但不知苦主与闹事人分别是谁，于是左右看了看。

只见林燃眼睫乌黑，挂着雪白的奶油，让人不禁觉得，他嘴角的奶油大概率是甜的；而反观董哲……就分不清是蛋糕糟蹋了他，还是他糟蹋了蛋糕。

于是一秒后，工作人员手捧毛巾，果断奔向林燃。

工作人员怜爱地询问："先生，您没事吧？"

林燃不吭声，冲她摆手，心想：有事也不用你关心，换棠微微来！

他一动，睫毛上奶油忽闪忽闪，扇得工作人员少女心萌动，更加想要关心他，于是两人一个递毛巾，一个躲毛巾，看得棠微微心生怀疑，弯腰去扶林燃。

以她的脑回路，只会以为林燃哪里不舒服，又不好意思让人发现。于是她凑到林燃耳边，低声道："林燃，你怎么了？哪里不舒服？"

低低的耳语，一下子烧烫了林燃的耳郭。他感到晕乎乎的，很幸福。瞬间戏瘾上来，他道："没事，我……咯，咯咯！"

林燃说着，忽然咳嗽起来，咳一阵子还沉闷地喘息，并借机靠进棠微微怀里。棠微微没发觉，只是更加急切地想看看他到底怎么了。

棠微微想抬起林燃的脸，未果，倒是摸了一手奶油。看着奶油，她的脸色沉了下来："林燃，你是不是吃到了？"

林燃垂着脸，内心为棠微微的聪慧狂喜，神情看起来更加可怜。

棠微微慌了，下意识地掏着口袋，却很快发觉她穿的是浴袍，抗过敏药不在身上。

"走，赶紧换衣服去！"棠微微扶着林燃要走，董哲却不依不饶。他可不知道这点儿蛋糕有什么攻击性，只觉得林燃浑身冒着茶气，破坏他相亲不说，还公然抢人。

他伸手扯棠微微："棠微微，你别忘了今天是跟谁相亲！吃一点儿奶油是不会死人的，你赶紧……"

没等董哲把话说完，棠微微就甩开了他的手。她可以为了毕业证一再忍耐，但他害得林燃犯病，实在触碰到了她的底线。

林燃虚弱地咳了两声，抓住棠微微的袖子道："我……还能坚持，你们、你们先讲清楚……"

棠微微闻言，脸直接黑了——嗓子都哑了还坚持？！她根本不搭理林燃的话，扶着他快步向外走。董哲还想阻拦，棠微微冷冷地瞥他一眼："请让开。如果我的朋友出了事，你付不起那个责任。"

董哲一愣，随即被人重重一撞。

本该病弱的林燃借这一撞，将董哲推进水池，面上却还保持着呼吸困难的样子，与棠微微携手离开，他们身后还跟着操心得不行的工作人员……至于水里气疯了的某位，就无人在意了。

本意上，林燃希望棠微微能一直扶着自己，最好永远别撒手。但是一出公共区域，板着脸的前台大哥就上前劝说，无论林燃咳得多么撕心裂肺，对方都不同意开绿灯，无奈之下，两人只得依照酒店要求，各自回去换衣服。

棠微微忧心忡忡地把林燃交给男服务生，火速拿上药，提早一步到了大堂。她买了一瓶矿泉水，一面等，一面把水瓶捏得直响，脑子里幻想着林燃换着衣服就呼吸不畅昏迷的恐怖画面。

五分钟后，脸色苍白的林燃才磨磨蹭蹭地出来，他右手一直捂在脖子上，鼓鼓的，仿佛护着什么东西。他左手也没闲着，不住地挠着痒处，挠出一道道红痕，仿佛也挠在棠微微有些慌乱的心上。

棠微微递上随身带的抗过敏药。看着林燃把药咽下，棠微微攥着水瓶，紧张地问："还是很难受？"

林燃虚弱地点了点头，发出求安抚的信号。

然而，棠微微没接收到。服务生关切的声音从前台传来：“先生，附近有一个诊所，如果实在不舒服，可以去看看！”

闻言，棠微微和林燃几乎同时抬起头。

棠微微感激地说道：“太谢谢你了，我们这就去挂号。”

林燃则心头一震：你很闲吗？帅哥的事情你少管！他根本没过敏，去诊所不就露馅了吗？

林燃回过神，冲对方一笑，一边把人家迷得七荤八素，一边脑子高速运转，寻找着拒绝办法。忽然，身后又传来董哲的声音。两人回头一看，董哲也穿好了衣服，阴魂不散地追了过来。

行，那就拿你当借口吧。林燃轻咳两声，维持着病人人设，抓起棠微微的手，道：“好，那我们现在就挂号去。”

棠微微一愣，话还没出口，林燃拉着她拔腿就跑。

从温泉酒店出去只有一条路，林燃怕甩不开董哲，跑出了一千米考核的架势。即便他拉着人跑得飞快，那只放在脖子上的手也不曾放下。

“你慢点儿，小心喘不上气！”身后时不时传来担忧的嘱咐，林燃忍不住回头看她。棠微微满脸焦急，她是真的在担心他。

林燃想，棠微微始终是在意自己的，虽然这份在意总和其他因素相连……但说不定，就在某天某一刻，她对自己有过一丝动心？

心事无人回应，被林间的风吹散。不知不觉，他们已跑到了半山腰处。此地树木葱茏，诊所、董哲一概没有，是个值得停下来享受二人世界的好地方。

走到一棵高大的银杏树下，林燃骤然停下脚步。

棠微微来不及反应，差点儿摔倒，被青年结结实实地揽在怀中。两人身体相贴，都还在微微地喘气。

林燃开口，声音乖顺无比：“那听你的，不跑了。”

“你……”棠微微缓了一阵，抬头茫然地看着林燃捂着的脖子。他说话、神情都正常，她有些不确定地问道，“你没事了？”

糟糕，忘记演戏了。

林燃眨了眨眼，面不改色道："好了，但没完全好。"

棠微微一愣，接着很快反应过来，抬手想揍他："浑蛋，你又耍我？"

"哎哎！我刚冒死把你救出来，你就是这么对待救命恩人的？"他笑起来，没有躲开，而是抬手跟棠微微击了个掌。接着，他把那只手牵住，又松开了一直捂在脖子上的手。

那里有溅上的蛋糕奶油，小小的一团，看上去倒真有几分小蛋糕的样子。

林燃手指在"小蛋糕"上轻轻一沾，点在棠微微的鼻尖，夸张地炫耀："还有，最重要的一件事——棠微微，生日快乐！今天不是愚人节，所以今天的告白是不是可以算数啦？"

棠微微看着林燃灿烂的笑脸，心里像一只被急速充气的气球，充到最大，忽然被戳破了。她不知道该不该生气，不知道该不该担心，心里五味杂陈。

她深吸一口气，像是溺水的人努力从水中挣扎出来，装作不在意道："别转移话题。林燃，我昨天是不是说过，不要拿过敏骗我？"

"我……"

"还想嘴硬？"

棠微微语调微扬，擦掉了那抹奶油。鼻尖嗅到的气味很甜很香，她却无心细品，而是要强迫自己严肃，与此同时，心底又莫名地难过。她不确定林燃的喜欢能维持多久，更不敢尝试与小她那么多，从小看到大的弟弟交往，所以她无法许诺，只能抹杀他的希望。

棠微微道："今天确实不是愚人节，可是我也不能接受'小骗子'的告白。"

树荫下，青年宽阔的肩膀一塌，整个人蔫了下去。见他这样，棠微微又不忍，上前一步："不说话？看来你不打算给我赔罪啊。"

林燃猛地抬头："赔罪？你是说，我可以……哦，我赔！我必须赔！"

阳光照进树林，而林燃的眼睛比太阳更亮。

棠微微不应声，长舒一口气，向前走。林燃紧紧跟着，似恢复了活力一般喋喋不休："棠微微，我请你吃饭吧。法餐？日料？火锅？或者你想吃什么，你说……”

最终，由于补过生日的方式比生日当天的恶搞还离谱，林燃跟着棠微微走完整条小路，嘴皮子都磨破了，才定下了明天去一号难求的星空小镇共进午餐，当作赔礼道歉。

告白虽然依旧未果，但明天的午餐约上了，林燃认为这一波不亏。

又慢悠悠地走了十分钟，两人终于在路口搭上了公交车。

车上，棠微微表示要回家为老棠准备晚餐，不能送林燃回家，而林燃此时正表现欲爆棚，当即表示他来打下手。

望着车窗外快速掠过的风景，棠微微忽然想起什么。她看向林燃：“哎，你今天没有课吗？”

“有啊！”林燃下意识地回答，接着猛地抬头，抓了抓头发，“等等，我好像……”

入夜，平城联大，林燃回到宿舍。

屋内噼里啪啦的键盘声乱响，几个男生头挨着头，激情澎湃地打游戏。林燃推开一条门缝，想当透明人挤进去，不料刚进门，室友便一拥而上把他围住。

“燃哥！”

“英雄，您还敢回来呢？”

林燃满脸尴尬：“咯，有事启奏，无事退朝！”

众人纷纷自发地为林燃鼓起掌来，掌声散去，侯飞递上一张记过警告单。

“有事啊，看看你的‘奏折’吧！昨天逃了系主任的课，系主任还等着你去做检讨呢，今天你竟然又逃课。”

林燃放下包，轻声道：“哦。”

侯飞：“你是没看见系主任今天那张脸，都气绿了……”

林燃脱下外套，回答依然是一个字：“哦。”

“不是，哥们儿，你镇定得有点儿过分了吧？你是真不打算毕业了？”

“我说大飞，不要制造恐怖气氛。”

林燃把那张记过警告单压到电脑下，接着揉揉肩膀，翻身上了上铺的床。

他惬意地仰躺着，演讲一般道："系主任那边嘛，只要我能交上一张能在全国比赛拿金奖的画，他立刻就能消气。虽然我失去了一节课，可是我收获了爱情路上的一大步！"

宿舍内沉默三秒。

侯飞："哦。"

林燃叫道："喂，你们好冷漠。这是爱情啊，爱情你们不懂吗？！"

遗憾的是，大家确实不懂。单身二十年的室友们转过脸，戴上耳机，重新进游戏厮杀，徒留林燃回味着和棠微微拉手的感觉。他觉得有些孤单，又拿出手机给棠微微发信息。

林燃："睡了吗？"

林燃："明天吃饭你穿什么？咱们穿情侣装吧。"

林燃："不对，咱们没有情侣装。"

林燃："要不现买吧？"

……

十分钟过去，棠微微没回信息。林燃生起闷气，决定除非她回复，否则不再这样倒贴了。

他翻个身，忍不住又自我安慰：也许棠微微是为了明天的约会，早早睡美容觉了呢？

林燃深信不疑地点点头，又翻出手机，给棠微微发送晚安表情包，心想：她真贴心，我好喜欢。

信息刚发送，忽然下方有人敲他的床。林燃探头看过去，被侯飞甩过来的车钥匙砸中脑门，惨叫一声。

侯飞："给，收好你的车钥匙。哦，还有这个。"

说着，侯飞又从桌子底下抽出一样东西，林燃这回接住了，发现是一本摩托车赛车杂志。

侯飞笑道："厉害啊燃哥，跑山道又破纪录了，看看，都上杂志了！"

林燃翻开杂志，内页中有一张自己骑车时的模糊照片，旁边配着黑体加粗的特大标题——山道赛车场的神秘老板：3 分 24 秒纪录的诞生！

几个室友纷纷起哄，林燃却轻轻“嘘”了一声，示意他们安静。

“都别出去瞎说啊。”他合上杂志，扔回给侯飞，说道，“明天帮我给这家杂志打个电话，让他们以后不要报道我了，否则我告他们侵权。”

侯飞：“啊？”

林燃烦躁地抓了抓头发：“我都说了我不接受采访，谁让他们擅自写的？不行，我还得给车场打个电话……”如果棠微微知道他在玩摩托，一定会“追杀”他，或者就此断交，永不相见。

侯飞举着杂志嘟囔着：“没必要吧？”林燃却总觉得不安全，思前想后，他翻身下床，一边走一边拨通电话。

开玩笑，他好不容易才与棠微微有了“约会”的跨越式进步，总不能功亏一篑，毁在摩托车手里吧？

花费半个小时，林燃以被该杂志拉黑为代价，成功断绝了自己再次出现在杂志上的可能性。他在唏嘘声中从阳台回到宿舍，认为这一切很值得——为了他崇高的爱情。然而他怎么也没想到，憧憬了一夜，这顿饭最终也没吃上。

翌日早晨，八点半。

距离林燃起床、洗漱、找衣服、穿衣服、换衣服，最后坐在床边傻笑，刚过去一个小时。

棠微微发来了信息。

棠微微：“林燃，醒了吗？”

林燃高举手机，欢呼声唤醒全宿舍：“兄弟们，别睡了！棠微微叫我起床了！”

宿舍内顿时怨声四起。

叮咚一声，又有信息发来。

林燃的声音再次响起：“兄弟们，醒醒啊，棠微微她……”

话未说完，他看清棠微微的信息，上面赫然写着：“抱歉啊，今天的午饭临时取消，我得去参加同学聚会。”

林燃："……"

他一下子垮下脸，捧着手机说不出话。不知内情的兄弟们睡眼惺忪地坐起来，哈欠连天，追问林燃还有什么狗粮，快点儿一次发完。

什么意思？他旷课两天，连吃警告带挨骂，就为了这顿饭，棠微微为了一个同学聚会，说放鸽子就放鸽子了？三十多摄氏度的手，怎么能打出这么冰冷的信息……林燃沮丧到心痛，连侯飞凑到他身边都没发现。

侯飞扫了一眼信息，十分熟练地安慰他："节哀。也不是第一次被放鸽子，放平心态，关机再睡会儿吧。"

林燃不服，正想反驳，忽然信息提示音又响起，还连响了两次。林燃盯着手机，深呼吸，推炸弹一样将手机推给侯飞："大飞，你、你帮我看看，是好消息就点头，坏消息就帮我关机。"

侯飞用手比了个"OK"，看了看，表情微妙地点点头。

林燃大喜："快给我！我就知道棠微微心里有我，她一定为我推掉了同学聚……"

话没说完，林燃就看到第一条："你自己好好吃，我报销。"

林燃："这算什么好消息？！"

侯飞指着第二条信息："给你报销啊，转账，二百五。"

"滚！"

最终，由于林某人清早吵醒室友，还散发虚假狗粮，激起全寝室仇恨，林燃在嘲笑声里交出这笔伙食费给兄弟瓜分后，独自一人穿戴光鲜，满脸晦气地摔门离开。

站在走廊上，林燃始终无法咽下这口气。思前想后，他拨通电话："喂，黎想姐……哎，别挂啊！我真没惹事，就是最近手头太宽裕了，特别想请客！我听说，你们今天有同学聚会？"

此时，出租车在清源路停下，棠微微在一处私人会所前下车，举着手机向内张望。

这条街都是徽派建筑，修整得很像景区，以至于她分不清聚餐的私人会所从哪处进，给黎想去了几个电话，都提示正在通话中。到处找门的时候，棠微微看了几眼信息，发现林燃收了钱，却再没回话。

估计是生气了。棠微微头疼地想着，忽然见黎想远远走来，一面推门，一面对着手机笑得满面春风。见到她，黎想飞快地挂了电话，迎上来。

棠微微叹气："让我来的是你，来了又找不到人。又跟谁打电话呢？新男朋友？"

"不是，我逗狗呢。"黎想粲然一笑，轻轻掐她，"你还有脸说？昨天竟然把我一个人扔在温泉酒店！让你来参加同学聚会，又不是下火场，快走！"

她新做了指甲，十个猫眼石亮得晃眼。棠微微无奈，只得一路求饶进了包厢。

因棠微微迷路，两人是最后到的。

她们刚落座，一个妆容艳丽的女同学端着一杯酒站了起来，用开玩笑的语气掩饰不满："微微，你的面子够大的啊，满屋的人等着你，来了也不跟老同学打声招呼，光顾着跟黎想说悄悄话。"对于白鹭这种阴阳怪气的腔调，棠微微早已见怪不怪。

"实在不好意思，有事耽搁了，让大家久等了。"

白鹭似乎并不打算这么轻易放过她，假笑道："那你可得自罚三杯啊。"

白鹭上学时就跟棠微微不对付，确切地说，是她单方面跟棠微微较劲。

白鹭看不惯棠微微总是一副好学生的样子，看不惯她被大把的男生追求时"清高"的样子，更看不惯她处处比自己优秀。直到最近，她得知了棠微微将要读博，却连男朋友都没有，顿时感觉自己终于有了底气，赶紧组织了一场同学聚会，准备借机好好报一把当年的仇。

众人纷纷起哄，白鹭和好姐妹肖茵对视一笑，不约而同地露出笑容。

眼见棠微微真的要去端酒，黎想拽了她一把，说道："别理她，她没安好心，谁不知道你一喝酒就变身啊！"

黎想端起酒杯，扬声对众人道："我替她喝吧！"

黎想不由分说地喝完了一杯，众人纷纷鼓掌叫好，白鹭没趣地撇了撇嘴，心有不甘地暂时放过了棠微微。

黎想一举镇住众人，得意一笑，落座后，她话里有话地询问："林燃呢？听说昨天他跟那个奇葩男碰面了，两人没打起来？"

听到这个名字，棠微微顿时想到他也许还在赌气不回信息。她有些头疼，夹了块排骨堵住黎想的嘴："别问了，吃吧。"

黎想含着排骨，笑得像只漂亮的狐狸，啧啧叹道："修罗场，好想看看。"

"吃饭！"此时的棠微微完全不知道，自己已经被黎想卖了。

另一边，林燃看着手机上黎想发来的"竹林间"地址，设置好了导航。他戴好头盔，跨坐在摩托车上，一拧油门，引擎轰鸣，疾速向前驶去。

午后的街道，车流如织。

一样的阳光照耀平城，阳光下的众人却各有各的烦恼。

就在林燃火速赶来之时，棠微微还困在成年人的推杯换盏间，内心后悔着，为何不和林燃吃饭，而要来受这个折磨……

虽然早就知道同学聚会不仅仅是旧友重逢的场合，更是成年人之间攀比和粉饰的场合，但她完全不明白，为什么自己就成了众矢之的？在她对面，白鹭和肖茵似乎对她的感情生活很感兴趣，三句话不离她。

棠微微低头想再给林燃发信息，就听见肖茵又阴阳怪气地说："我可是听说，前段时间棠爸爸还在张罗着给微微介绍对象呢。微微啊，眼看着就要奔三了，你要加油啊。"

不等棠微微开口，黎想冷笑一声："这都什么年代了，还把女人的价值往男人身上挂啊？再说了，微微有男朋友啊！谁相亲了？呵呵！"

肖茵撇嘴："哟，有男朋友啊，那今天怎么不带来啊？"

棠微微一脸平静，并不答话。

白鹭显然对她的反应并不满意，在桌子下碰了碰肖茵的胳膊，后者会意，立刻话锋一转道："要我说啊，女人还是该找个好男人嫁了，一辈子都不用愁了。看看人家白鹭，手上钻戒那么大，生怕别人不知道她要当富家少奶奶了似的……"

众人纷纷向白鹭投去羡慕的目光，白鹭则假装埋怨地看了肖茵一眼，笑着转了转手上的钻戒，好让人看得更清楚些。

“这不是国庆节就要结婚了嘛。我说买个小的就行，他非不同意。”见成功吸引了众人的目光，白鹭矜持地点了点头，“行了，别总说我了，还是聊聊微微吧。”

肖茵道：“微微现在可不得了，硕士读完了，听说要读博了。女博士，说说你男朋友呗。我们还真好奇，是什么人这么有勇气啊？居然敢采你这朵高岭之花！来，我敬你一杯！”

棠微微垂着眼，已经有些不耐烦了：“抱歉，我真的不喝酒。”

肖茵冷冷地说道：“这点儿面子都不给？还没发达呢，就看不起老同学了啊？”

棠微微神色一僵。

十分钟前，黎想被一通工作电话叫走，原本勉强还能说上“融洽”的氛围很快变味。棠微微“举目无亲”，很快被满桌“旧友”架到尴尬位置，眼前这杯酒，她是不得不喝了。

她麻木地举起酒杯，听着满屋起哄声，有一瞬间很想念林燃。

但是想念、冲动都和酒精一样，是容易蒸发的东西。一杯酒喝完，棠微微感到脸上在烧，手机屏幕亮起，她看也没看，糊里糊涂地接了。

电话对面，是林燃的声音，伴着呼呼风声。

青年的嗓音也像风，棠微微熟悉，却捉不住。

她紧皱着眉，大脑无法运转，干脆挂掉。

肖茵话里带刺地问：“男朋友查岗？”

棠微微深吸一口气，一字一句地答道：“我没有男朋友。”

这个回答似乎才是白鹭和肖茵想听到的。她们对视了一眼，如释重负。

“啧啧啧，微微啊，从前你是学霸、班长，年轻漂亮，那时有得挑，可现在呢，男朋友都没有一个……”

“再蹉跎下去，就是别人挑你了。”

“没男朋友早说啊，支支吾吾半天，这不是死要面子活受罪嘛！”

棠微微的头越来越重，意识开始涣散。她还能坚持到黎想回来吗？忽然，一个有些不悦的清越男声从门口传来：“谁说她没有男朋友？”

众人循声望去，包厢门口，青年阴沉着脸，薄唇微抿，一张好看的脸上带着凛冽的冷意，却在看到棠微微的瞬间温柔如春水。

“我来晚了。”林燃走到棠微微身边，把外套给她披上，在她耳边轻声说道。

“这、这不是林燃吗？”

“棠微微那个跟屁虫弟弟，哟，现在变得这么帅了？”

“什么情况啊？我说微微，你再死要面子也不能拿林燃撑场子啊，你也不看看，你配得上人家小鲜肉吗！”

议论声一时充斥着整个包厢。

林燃的目光扫过肖茵和白鹭等人，眼中含着怒气。而后，在众多看好戏的目光之中，他克制着微微颤抖的手指，捧起棠微微的脸。

棠微微蓦然睁大双眼，四目相接，下一瞬，林燃略略低头，吻上她的双唇。棠微微只觉得自己的大脑一片空白，唇上的一点儿凉意异常清晰。

我们在接吻。棠微微头脑混沌地想，她和林燃竟然在接吻。奇怪的是，她并不觉得反感，而是下意识地渴望沉沦。

良久，两个人才分开。

棠微微僵在原处，一动不动。林燃白皙的脸上浮起了一层红晕，像被酒气醺醉了。没有人知道他此时多紧张，他只是挑眉，扫了一眼白鹭等人。

“真好笑，你们凭什么说她配不上我？她不配，难道你配？”音乐声忽然停了，四周鸦雀无声，只有风吹竹林，沙沙作响。

棠微微的意识猛然回笼，她一下站起来推开面前的人，羞愤地跑了出去。她无法面对这样的自己，更不知道该如何面对林燃。她心中那根象征着理智和冷静的弦，似乎不复存在了。

“微微……”林燃想追，但一张口，舌头就打结。自己刚刚可是强吻了棠微微啊，太厉害了！

众人已经看呆了，而林燃已然恢复镇定。因为他没有被棠微微讨厌，相反，对方显然害羞了。这个发现让他兴奋得头脑发热。

林燃一句话也没说，抓过棠微微放在沙发上的包，迅速跑了出去。

绕过静谧小道，竹林掩映的洗手间内，水声淙淙。

棠微微站在水池边，抹了一把脸，望着镜子里妆容半花的自己，有些失神。

各种杂乱的声音在她脑海内回响——

“从前你是学霸、班长，年轻漂亮，那时有得挑，可现在呢，男朋友都没有一个……”

“再蹉跎下去，就是别人挑你了。”

“谁说她没有男朋友！”

“真好笑，你们凭什么说她配不上我？她不配，难道你配？”

……

棠微微猛地深呼吸，捂住嘴唇。

不行，不可以……她和林燃怎么能接吻呢？她应该只拿他当弟弟，应该在他胡说八道的时候拒绝他，应该教他怎么走好未来的路，应该在他吻上来的时候一把推开他。她不应该沉沦，不应该纵容……更不应该心动。

诚然，没有一种感情应该被指责，可是他们是一起长大的姐弟，她可以对任何优秀的男生动心，除了林燃。

“不可以，不可以是林燃……”

“为什么不可以是我？”耳边突然传来林燃的声音。

棠微微吓了一跳，身体不住地往后退，被林燃挡着才没有撞上水池。

林燃凑到她面前，她立刻抬手捶了他一下。林燃吃痛，叫道：“我救了你，你还打我？！”

“你还敢说！”棠微微似是想到了什么，又立马噤声。

林燃偷偷看她，知道再说还要挨打，换了语气道：“那白鹭上学的时候成绩不如你，没少哭鼻子，肖茵就是她的狗腿子，我要是没来，指不定你怎么被她们排挤呢！”

棠微微闻言，稍稍松了一口气。她拍了拍脸，强行让自己冷静下来：“成年人之间会有粉饰太平的礼貌，这些你不会懂的！”

“粉饰太平的礼貌？亏你学了这么多年心理学，就那破聚会，有必要参加吗？”

没有必要。但和你接吻更没有必要！棠微微心里直冒火，她想绕开林燃往外走，却被他一把抓住手腕：“棠微微，我们跑吧！”

棠微微一愣，似是没有听懂他在说什么。

“什么人情世故都滚开。我们跑吧，离开这个让你不舒服的地方！”

十指相碰，棠微微有一瞬间的失神。她不知道自己这是怎么了，只觉得自己像个迷路的孩子，被林燃带着跑过走廊，离开“竹林间”，走到青石板小路上。到了这里就不必再跑了，她呼吸了一口新鲜空气，将同学聚会上的不愉快尽数抛至脑后。

从出租车上下来，冷风一吹，酒意似乎消散了一点儿，她恍然想起，黎想又被她扔下了——做她闺密可真难。

四月的晚风还有些凉，林燃脱了外套搭在棠微微身上。街道两边高大的梧桐树落下一片树影，两人站在昏黄的路灯间隔中，光晕把两人的身影拉长。

林燃再次看了一眼靠在自己肩头的棠微微：“棠微微，你喝了多少？我怎么感觉你状态不太对啊？”

棠微微满面潮红：“我没事……真没事……”

林燃轻轻抚了抚棠微微的发梢，微笑道：“唉，真希望时间永远停留在这一刻。”然而，他的微笑还没保持两秒，前方就传来一阵尖厉的狗吠声。他脸色骤变，整个人僵在原地。

从黑暗中慢慢走出一团影子，林燃面色凝重，将棠微微拉到自己身后，颤声道：“是条大狗，不过没、没关系，我保护你……”

那阴影越逼越近，他止不住地颤抖，却仍紧紧把棠微微护在身后。

狗吠声再度传来，那条“大狗”终于现出原形，是一只小小的白色博美。

小博美奶声奶气地又“汪”了一声。

棠微微笑得花枝乱颤，促狭地说道：“啊！好大的狗呀！”

林燃咬着牙，瞪了一眼棠微微，强装镇定向小狗走去，一人一狗僵持对视着。忽然，小狗一动，直冲着林燃跑了过来。

“啊啊啊……别过来！”林燃抬脚就往回跑，没过两秒，又急忙转身拉棠微微。

棠微微被他拽着跑，耳边是呼呼的风声，眼前是林燃轮廓分明的侧脸。巷子里的灯光忽明忽暗，棠微微一阵恍惚。

这是十四岁那年吗？他们还会手牵手放学，在路灯下，林燃踩着她的影子，两人一前一后地跑着。

或者是十八岁那年？她恋爱了，可林燃破坏了她的约会，回家的路上，棠微微追着他打，跑过一整条巷子。

又或者，是二十三岁？为祝贺她考研成功，林燃带着她去广场上偷放烟火，惊动了保安，在漫天绚烂的星光中，他们大笑着，一路狂奔。

时光飞逝，他们竟然就这么稀里糊涂地长大了，手拉着手跑过了一整个青春。

回忆伴着狗吠声一帧帧地闪现在脑海里，两人气喘吁吁地冲进了单元楼道口。

走进大厅，棠微微从旧时光里抽身回到现实，这才感觉到腿软气喘，天旋地转。

林燃却没那么多闲心，他刚遭遇一次“大劫”，还要照顾醉酒后变身“无敌超人”的棠微微。他边走边喘着粗气，眼见棠微微有些站不住，急忙伸手去扶，却被棠微微抡起手包一阵乱打。

“啊，流氓！别碰我！”呵，她还挺会保护自己。

棠微微喝醉后的样子，林燃是见识过的。他一边费力地扶着她，一边碎碎念：“别乱动！同学聚会的时候没见你这么厉害，整天就只知道收拾我。”

忽然，楼道灯光大亮，棠微微家门口，董哲捂着刚才被袭击的手臂倒在一旁。在他旁边，一个打扮得花枝招展的老太太目光凌厉地看了过来。

四人尴尬对视，面面相觑。

第二章
她会发现这份喜欢

棠家客厅里，灯光雪亮。

棠微微歪着身子靠在沙发上，被酒精麻痹的大脑有些昏沉，她沉默地低着头，看着面前的人影走来走去，心烦得要命。她一时没想明白，为什么董哲和董妈妈会大晚上出现在自己家门口。但出于骨子里的尊老爱幼品德，她劝住了林燃，没把人轰走。

林燃压着心中的火气蹲在棠微微身边，给棠微微喂了点儿温水以缓解醉意，整个人温柔得不行。而棠微微这时像个小孩子，喝了一半忽然闹起脾气，别开脸说："不要了。"

两人的手交叠在一起，林燃太珍惜此时的机会了，目光一直黏在她脸上，轻声问："感觉好点儿了吗？"

棠微微茫然地抬起头，还没开口，就被几声咳嗽惊得一愣。林燃轻轻地拍着她的手，像是在安抚她，转头冷冷地看向咳嗽的人："你们来干什么？"

董哲推了推眼镜，说道："我们来商量结婚的事情！"

林燃一愣，看向棠微微，她明显毫不知情。

"老董这房子呀，地段还行，就是太小了，将来生了孩子，一家五口怎么住哦？"董妈妈从阳台上走过来，很不客气地说，"要我说，趁早卖掉，换个大的！”

董哲附和道：“对，换个大的！”

林燃阴沉着脸，重重地放下杯子。那母子俩真是不拿自己当外人，进门后，一个像大爷一样坐在沙发上喝茶、嗑瓜子，一个如老佛爷出巡，视察了房子的每个角落。

光看不过瘾，见没人管，董妈妈开始上手。桌上的咖啡、奶茶、熟食，她翻翻看看，撇着嘴数落棠微微：“往后这种垃圾食品少喝、少吃些，你这个年纪，不好怀孩子的！”

看到沙发上的几件衣服，她用两根指头拈起来，嘴里啧啧有声：“哎哟，这个衣服乱扔！微微啊，你不会想要我做婆婆的给你洗衣服，伺候你们吧？”

她说着，还大叹家门不幸。董哲立刻丢下瓜子冲棠微微道：“你还不给我妈道歉？”凑近一吸鼻子，他顿时大叫，“棠微微，你还喝酒了？！你一个女人三更半夜喝醉了回家，还带回一个小白脸，真是太不像话了！”他想抓住棠微微，刚伸出手就被林燃用力打开了。这个“小白脸”自始至终都没从棠微微身边离开，把人护得十分稳妥。

董哲心虚得只好喊妈妈，董妈妈上下打量了林燃一番，说道：“你就是那个插足我儿子婚姻的男小三？流里流气的，做点儿什么不好，插足别人的婚姻，没道德！”

林燃被他们吵得头疼，火气都蹿到了喉咙口，听到这一句却乐了。

小三？插足？笑死，根本轮不上他！这么多年来，哪怕棠微微肯对他松一点口，他也不至于沦落到跟这对奇葩母子纠缠。越想，林燃越心痛，他顺势枕在棠微微腿上，装出委屈的样子问道：“棠微微，你什么时候跟他到这一步了？你不是说好了跟我……”

他说话的语调还是和小时候一样——出了事没人扛，总是让姐姐帮他。这是小小的、可爱的林燃，棠微微在醉意中被蛊惑了。

董妈妈还在不依不饶地叫嚣着：“瞧瞧这穿得，领子开着，腿也光着，哪个好女孩会穿成这样？怪不得净搞些不三不四的关系。你要不给出一个合理的解释，这门婚事我是不会同意的哦……”

林燃一听，正好，跳起来要赶人，却被棠微微一把拽住了。只见棠微微起身理了理衣服，冲董家母子温婉一笑：“阿姨，你要我解释，那我就说了……”

董哲和董妈妈便打算坐下来听棠微微解释。

“把东西都给我放下！！”棠微微一声怒吼。

客厅里瞬间变得出奇地寂静。棠微微猛地站起来，一只手掀翻了瓜子盒后，对着董哲母子大声道：“这里是我家！桌子乱怎么了？衣服乱丢怎么了？我就是喜欢，我就是要这样，跟你们有什么关系啊？”

“微微……”林燃试图上前安抚，结果人没抱住，还差点儿连T恤都不保。

醉了的棠微微与平时简直判若两人。她在董哲母子面前踢飞拖鞋，丢开衣服，抓起桌上的可乐，边喝边站上茶几：“我不单喝奶茶，还要喝可乐，你、你管得着我吗？！”

咕嘟咕嘟地喝完可乐后，棠微微俨然把自己当成了一条暴躁的金鱼，向着对面吐泡泡。看到董妈妈气得满脸煞白，她又乐呵呵地跳下地，狂抽纸巾，朝天上一扔，好一个天女散花。

这战斗力，不愧是沾酒即变身的棠微微。林燃心说，挺好，正好让她发泄一番。他虽是这么想，手还是尽责地护着，生怕棠微微磕着碰着。“战斗”中的棠微微突然回头，朝他扑来。

“我、我就是和他有一腿，怎么了……”说罢，她搂住发愣的青年，仰起脸亲了他一口。林燃那颗心被吻得扑通乱跳，就快从嗓子眼里跳出来了。

这是棠微微第一次主动亲他。

林燃捂着脸，不由得傻笑：“还有这种福利，嘿，我挨骂也值了……”

然而，不等他回味完，一旁的董哲母子见到棠微微撒泼，震惊不已，仿佛为了找回主战场，他们也演上了。

董妈妈捂着心口“哎哟”“哎哟”地叫唤，说被棠微微气昏了，要打120；董哲则劈头盖脸地开骂，倒是不见他真打120。

董哲指天画地地嚷嚷：“你们……你们要是把我妈气出个好歹，你们就等着倾家荡产吧！”

林燃脸上印着口红印，心里很无语，他准备送客，不料棠微微气势更猛，她冷笑一声，回呛道：“怕你啊！你们会叫救护车了不起啊，我也会！”

林燃：等等，哪里不对？

下一秒，棠微微从盒子里抓起一把水果糖，揪住林燃颁奖般介绍：“我弟，林燃，从小对糖过敏，吃糖必死！今天咱们就比比，看谁先死！”

林燃大惊失色，连忙摆手：“不不不……”话还没说完，棠微微已经接连撕开五张糖纸，抓着糖就往他嘴里塞。

董哲瞪大眼睛，觉得场面有些失控……在温泉酒店，他是见过林燃过敏的，如果当时两人没骗自己，那棠微微这是干什么？喝了假酒，硬碰瓷？

林燃奋力挣扎无果，很快就被放倒在地。一块又一块糖被塞入他嘴里，甜腻腻的滋味在口腔里蔓延。棠微微的脸近在咫尺，林燃甚至忘了反抗，只觉得有无数只小蚂蚁在心口上挠——糖果的味道确实很好，所以现在，他也勉强算是可以吃糖了，那他和棠微微的距离是不是可以更近一步？

慢慢地，林燃只觉得身上又痛又痒，耳朵渐渐听不清周围的嘈杂声了。然而，醉酒的棠微微毫无察觉。她看着董哲母子，一把扑到林燃身上，哭天抢地地拍打着他：“林燃，你死得好惨……林燃，你安心地去吧。”

棠微微扯着嗓子哀号，现场一片混乱，董哲母子几乎是逃难似的跑了，边跑还边说与他们无关，转眼消失在她的视野中。

屋里安静了，棠微微结束战斗，蹲坐在地上。沉默良久后，棠微微像是意识到了什么，她看到躺在地上的林燃脖颈潮红，脸色发青，昏昏沉沉的脑子像是被泼了一盆冷水一样，她瞬间清醒，整个人也慌乱起来：“醒醒，林燃！我、我打电话……手机，我的手机呢？！”

棠微微慌张地四处摸索，满地糖纸间，林燃早已没了意识。

急救车的鸣笛声撕破了夜的宁静。

林燃的情况很特殊，他对糖天生应激反应，不能吃糖，偏偏不安生，总是三天两头吃糖被送进医院，所以医院对他的病情也算是了如指掌，抢救非常及时、到位。看着人从抢救室出来，被推到病房里后，棠微微才敢离开去缴费。空荡荡的走廊上，她捧着化验单，越看越心惊。急救、洗胃、血常规……她这只是给人喂了几颗糖吗？老天，她简直是在投毒杀人啊！

“我、我真是疯了！”棠微微懊恼地敲了敲额头，酒意早被吓没了。

她是知道林燃的身体状况的，也知道自己喝醉了就发疯，可没想到今天所有事撞到一起，酿成了这么个大错。她内心愧疚，十分后悔。拿单据的时候，医生告知她，林燃的过敏似乎有加重的趋势，她心里更加不好受了。

走廊的尽头就是林燃所在的病房，可她越到跟前越不敢再朝前走。隐约间，她嗅到身上的酒味变浓了，一转身，就被人一把抓住。

“妙妙！妙妙你别走！你……嗝……”醉醺醺的男孩胡乱地喊叫着，他拉住棠微微，显然是喝多了，“妙妙，妙妙……”

棠微微满头问号：他是谁？为什么抓着她，还一直喵喵叫？

她试图挣脱，奈何男孩手劲大，脑子还不清醒。两人在走廊上拉扯，四下无人，连叫人帮忙都不行。

不知何时，他们身后，穿着病号服的林燃站在病房门前，脸色铁青。他刚醒，头脑昏沉，浑身没劲，胃里还隐隐作痛，睁眼没见到棠微微守在床前已经够气了，出门看到这么一幕，差点儿摁铃叫人给自己再抢救一回。

“嘿，干吗呢？”林燃吼了一声，然而嗓子哑着，毫无气势。见那个男孩没松手，他只得气势汹汹地走过去，“棠微微，你大半夜的喂我糖吃，就是为了来医院求艳遇吗？”

棠微微头更疼了，但抬眼一看，林燃只是嘴上凶，脸色却十分苍白，顿时就内疚起来。她心里也知道，林燃早已经原谅了自己喂糖给他吃的荒唐事。从小到大，这个弟弟除了惹祸，其他时候都十分听话。他又怎么会真的怪自己呢？

她无奈地一指：“还说风凉话，快帮忙呀。”

林燃走过来，却不动手，俯身看着棠微微。雪亮的灯光下，他慢条斯理地“哦”了一声，漆黑的瞳仁里满是笑意。

林燃：“叫声哥哥，我就帮你。”

棠微微下意识想敲打他，然而受制于人，不得不低头。她深吸一口气，咬牙道："哥……"

"啊？听不见，大点儿声。"

"哥！"

"乖。"林燃满意地摸了摸棠微微的头发，然后抬腿，照着那个醉鬼身上踹了一脚。那少年被掀翻了，林燃得意地朝棠微微眨了眨眼睛。

不料对方喝蒙了，被踹出一段距离，又滚过来要去抱棠微微，眼看着棠微微要被占便宜，林燃眼疾手快地挡在了她面前。

醉鬼一把抱住林燃，丝毫没发现哪里不对，他迷迷糊糊地在林燃胸口蹭蹭，发出一声呜咽："妙妙，咱们不分手……"

林燃大惊："谁跟你分手……不是，你赶紧松手，松开！"

一旁的棠微微拉不开，劝不动，眼看林燃黑着脸快气炸了，却只能被人吃豆腐。

这时，走廊上响起脚步声，随之而来的是一声厉喝："顾祯！"

闹事的大男孩猛然一震，他僵硬地回头，见一个西装革履的男人站在不远处，气场如山，一旁的助理高举手机，兢兢业业地记录着。

顾祯身子一抖。而棠微微居然在那个英俊男人身边见到了黎想。

男人走近后，顾祯才如耗子见了猫般往墙角缩，弱弱地出声："表、表哥？"

一起乌龙事件消耗了林燃仅存的体力，醉鬼顾祯被家属领走后，棠微微同接到电话赶过来的黎想将林燃扶进病房休息。

送走了值班护士，闺密俩坐在病房外的长椅上。棠微微想起自己在救护车上紧张得要死，慌乱中叫来了黎想，她低声道谢："想想，这么晚了还麻烦你跑一趟……"

黎想撇嘴道："是啊，某些人真是重色轻友，聚餐的时候丢下我就跑了，大晚上的我还得巴巴地跑来帮忙。"说着，她哼了一声，"我就说这小子没事，唉，害得我放弃了与帅哥的二人世界！"

“帅哥？是刚才那位……”

黎想连忙摆手：“不不不，那个是刚搭车认识的！我为了你呀，面膜都没洗干净就出门了，结果在路边上错了车，就是、就是他那辆……”

对上棠微微惊讶的目光，黎想叹气，开始回忆刚刚发生的事情。

她今晚和帅哥有约是真的，帅哥答应来接她也是真的，当时路边就那么一辆黑色商务车，她想都没想就上去了，没料到车不对，人更不对。

上车的时候，车内刚好亮灯，黎想一边系着安全带一边急急忙忙地说道：“走啊，等什么呢？你该不会等我亲你……吧？”一转头，她就愣住了。霓虹灯光照进微微降下的车窗，车内的男子像精致的海报上的明星，左脸写着“冰山总裁”，右脸写着“马上出道”，她约的帅哥可没这么帅。

此时帅哥来电，告知车堵在了中环，而医院那边好姐妹又有难，黎想退无可退，干脆地关上了车门，换上招牌式的笑容：“抱歉，上错车了。要不看在我叫你一声爸的分上，你送我一趟？”

“所以，人家就送你了？”棠微微听得目瞪口呆，“你确定你们没什么吗？”

黎想摇头：“确定，他又不是我的菜。不过，有十几个备胎拿着爱的号码牌在等着我宠幸倒是真的。”

棠微微叹气道：“想想，我劝你适可而止……婚姻不是游戏。《进化心理学》中说到，人本性利己，出于传承后代的渴望，永远都不会停止寻找更加优秀的基因，所以爱一个人很难从一而终。”

走廊里，被谈论的男人听到棠微微的话，停住了脚步。

棠微微还在说：“所以，如果你没有这种觉悟和责任意识，我建议你不要结婚。”

男人扫了棠微微一眼，心想：相貌中上，举止得体，理智稳重，年龄适宜，五十分，初步符合择偶标准，不过后续还需要再观察。

黎想看男人走近，停止了聊天，一脸戒备地站起身来。

对方温声道：“今晚的事非常抱歉，我叫靳子川，来替我弟弟道歉的。”

黎想轻笑，狐疑地问道："道歉也能代替吗？"

靳子川有些尴尬，像是被戳中了痛点，轻咳了一声以作掩饰："本来他是要亲自过来的，不过他酒精中毒，被送去抢救了。"

黎想无语，用胳膊捣了一下棠微微。棠微微回过神来，连说了几句"没关系"，靳子川却坚持想要进去探望一下病人，棠微微以林燃睡了为由婉拒了，两人一推一让间竟带了一丝暧昧。

黎想不想打扰两人，悄悄地后退了两步，贴在墙壁上。可这暧昧气息还没来得及蔓延，因为两人的沉默，四下一片寂静，气氛一下变得尴尬起来。

最后还是靳子川打破了沉默，他神情淡然地递出名片，说道："本来是想当面向他致歉，既然他已经睡了，那就不打扰了。这是我的名片，如果后续病人出了什么问题，可以联系我。"

棠微微刚要接，靳子川却突然手一收。

棠微微有些迷茫地看向他。

靳子川面不改色，内心暗道：还是交换一下联系方式吧，方便我们以后联系。

棠微微一愣，刚才她一直在分析这个男人的心理，觉得他稳重果决，直言不讳，只是眼下看来，他的行为……好像有些怪异。

棠微微犹豫未动，黎想上前一步代她接下。学生时代，黎想便代棠微微收情书，帮她挑选对象，在感情上，她很怕棠微微受伤。

黎想："名片我替她收了，放心，以后会联系你的。"

直到对方走远，黎想才神色一变，拉着棠微微，在灯下举起名片："快看看是哪里的精英！风行集团……靳子川？"

"行了，不用给我。"棠微微的心思全在病房内，她让黎想收起名片，"想想，我帮你打车，麻烦你跑一趟了。"

黎想摆手："小事。那你呢？"

棠微微回望一眼病房，轻叹："我陪他在医院观察一晚。"

后半夜时，平城下了一场小雨。

棠微微被雨声惊醒，迷迷糊糊地去关窗，困意便被这几步消磨了。病房内只透进一点儿微光，棠微微坐回病床前，看着林燃苍白的面孔、没有血色的嘴唇，鬼使神差地……想起白日里那个令人意乱神迷的吻。

太胡来了。

她指尖触碰嘴唇，有一种烧灼感。棠微微无力地把脸埋进被子，在心底无声地尖叫。太多情绪杂糅在一起，冲击着她自以为坚固的心。

她讨厌这种无法摆脱的困境。

讨厌不受控制的吻。

更加讨厌逃避的自己。

窗外雨声停了，棠微微终于开始犯困，意识模糊时，她忽然有一种错觉——他们之间的拉扯就如同这个吻，微弱但真实地灼烧着她，只要无法忘记，就一辈子都不能停止。

翌日清晨，林燃最先醒来，睡眼惺忪的他看到棠微微近在咫尺的脸，她趴在床边睡得一脸恬静。在阳光下，棠微微的睫毛像一吹就会飞走的小蝴蝶，她的脸颊上有一颗小痣，随着呼吸起起伏伏。林燃下意识地伸手，想用指尖碰一碰。

就在那一瞬间，棠微微睁开了眼。

林燃一愣，棠微微一惊。她赶紧站起来，后退时还撞到了桌角，林燃想叫她，却不知为何有些害臊，只是张了张嘴。

两厢无话，各自红了脸。

棠微微站定，问道："你、你好点儿了吗？"

"嗯。"林燃脸一热，向枕边蹭了蹭，却嗅到一旁衣服上的酒味，他猛地咳起来，抓起衣服丢开，"哇，这什么味道！咳，咳咳，微微，这衣服我不能穿了！"

他娇生惯养的，想起刚才棠微微就趴在床边睡着，忽然洁癖就犯了，解开扣子，连病号服也想脱。

棠微微捡起衣服，一眼瞧见林燃的腰线，以及没入被子中的人鱼线，只觉轰的一声，脑子里什么线被烧断了。她抓起包转身就跑。

林燃在后面喊她："你干什么去？"

"我、我回去给你拿衣服！"

林燃看着被丢在地上的脏衣服，长舒一口气躺下，侧过脸，轻轻把手盖在棠微微趴过的床边。

这叫什么？先苦后甜？

他望着病房的天花板，心里胡乱想着。

棠微微则逃命一般地跑回了家。

关上门的那一刻，她还能感觉到自己的心脏在猛烈地跳动着。她不知道睁眼时，林燃想做什么，如果自己晚点儿醒，他会……吻她吗？

这个念头吓得棠微微以为自己被假酒侵蚀了大脑，她不由得在心中呐喊：那是弟弟啊，弟弟！

她拍了拍脸，后知后觉地想到，林燃已经搬出去很久了，家里没有他的衣服。出于"报复"心理，棠微微进入父亲房间，随便翻了一件衣服，正收拾着，手机忽然响了。

棠微微下意识以为是林燃，看也没看就接起："我到家了，衣服一会儿就……"

冷淡的女声打断了她的话："微微，是我。"

棠微微一愣，猛地站起身，手里的衣服掉落在地上："陆教授？"

……

半个小时后，棠微微冲进了联大校门。人工湖前早有人等着，她匆匆跑过去，解释道："陆教授，真的对不起，路上有些堵……"

陆萍陆教授是棠微微的研究生导师，看见爱徒，她却是满面愠色。

陆萍道："这么急叫你过来，还是因为报名的事。微微啊，你是怎么回事？到现在还没交考博资料，今年不打算考了？"

棠微微心里一紧，赶紧道："我要考的！"

可她到底不能如实告知，只能低下头，半真半假地解释："我、我的毕业证丢了，学信网密码也被我爸……不是，也想不起来了。补办毕业证很快的，学校已经在走流程了！”

陆萍沉默不语。

她的沉默让棠微微备受煎熬。她声音发涩，再度把姿态放低：“教授，我准备很久了，您看能不能再给我点儿时间？”

看着棠微微微垂的眼睛，陆萍知道，她的学生刚才撒了谎。

是否由于家庭原因，她不得而知，但无论是什么原因，陆萍都无法开口承诺能帮上忙。这几年，学校的博士名额越来越少，多少人都盯着，纵然棠微微的确是个有天赋的苗子，可她为人师表，怎么能开这个后门？

陆萍不忍心点破，只得责怪道：“你呀，连毕业证都没有，老师想帮你也帮不了啊。”她叹了口气，又道，“这样吧，你回去好好找一找，学校的补办手续，我也帮你问一下。”末了，陆萍又不放心地补了一句，“微微，要尽快把考博资料交了啊。如果你遇到什么困难，可以和老师沟通，懂吗？”

棠微微一愣，诚挚地朝她鞠了一躬：“谢谢老师。”

陆萍轻轻拍拍她，便离开了。目送陆萍走远，棠微微浑身无力，瘫坐到一旁的长椅上。

几乎是同一时间，林燃的电话卡着点打来。

棠微微很疲惫，见四下无人，便点开免提。林燃怒气腾腾的声音一下冲出来：“棠微微！”

“又怎么了？”说完这话，棠微微就已经知道怎么回事了。刚才接到陆教授的电话，她一着急，哪里还顾得上这个小煞星，就连衣服都是找闪送送去的。

“你什么态度呀？自己不来就算了，还送这么丑的衣服！”

棠微微太阳穴突突直跳，不想回答。

两人僵持了一会儿，林燃还是绷不住了，又道：“喂？喂？你心情不好啊？你在哪儿呢？”

棠微微低声道：“学校。”

那头传来窸窸窣窣的声音，应当是林燃坐起了身。

对方声音放缓，像从暴怒的警报器变成午夜电台，说着："行了，你别乱晃了。还是毕业证的事吧？我都说了，我可以帮你想主意，不过说好，我是要好处的。"

风声、窸窣声、说话声，混合成白噪音。

棠微微无奈地笑了，权当被安慰了。她没什么聊天的心情，很快挂了电话，坐在湖边吹风，思绪复杂。

陆教授……应当是看出了什么。可即便这样，她又怎么好开口向教授解释，自己是因为没男朋友，才被爸爸没收了毕业证呢？

同一片天空，同一座城市，却是几家欢喜几家愁。

阳光洒进屋内，柔软的大床上，黎想睁开惺忪的睡眼，伸手胡乱摸索了两下，摸到一直在响的手机，打开一看，几十条未读消息，全是各种问候早安的。

黎想打着哈欠起身，挑了两条顺眼的回复，然后去拿衣服。外套口袋中露出名片的一角，她抽出来看着上面印着的"靳子川"三个大字，陷入了沉思。

顶着一张刚敷了面膜的脸出门，还上错了车，这可真是她风流史上最惨不忍睹的一笔！这个叫靳子川的刻板男人完全就是铁面无私，不讲人情嘛。这种男人她是不会交往的，不过，倒是挺适合微微的，得先帮她把握住……嗯，就说付他车费好了。

黎想搜索了一下微信号，将好友请求发送了过去。

另一边，一栋别墅门口，一辆黑色奔驰商务车停下。司机打开车门，靳子川长腿一迈下了车，边走边问："顾祯醒了吗？"

司机恭恭敬敬地回答："醒了，正等着您呢。"

靳子川往院中走，手机丁零一声，是消息提示音。他从长风衣中掏出手机，微信的添加页面上，一个新的好友申请跳出来。靳子川点开头像，黎想的照片出现在眼前。他点下"同意"后，将手机收进口袋，进了家门。

早在玄关等候的顾祯见了他，立刻谄媚地鞠躬问好：“欢迎表哥回家！”

靳子川冷笑一声，揪起他的耳朵将人拎进观影室。顾祯一路惨叫，刚被扔进沙发里就连滚带爬地躲到角落里，惊恐地望着靳子川。

靳子川抓起遥控器，朝着电视摁下启动键。七十五英寸液晶大屏电视上赫然出现了顾祯昨晚抱住林燃大声“喵喵”叫的发酒疯场景。

靳子川整理了一下风衣，坐在顾祯旁边，面无表情地看着电视。顾祯满脸震惊，他简直不敢相信这么奔放的人就是他自己。

手机提示音再次响起，靳子川一只手撑着头，另一只手拿出手机，低着头翻看起消息来。

最新几条全是黎想发来的——

“感谢昨天的顺风车，十三块是车费，两块钱是小费。”

“怎么不收啊？嫌少吗？小白领不容易啊，那我多给你五块，凑个整数。”

“收下吧，就当交个朋友呗？”

靳子川回忆起昨晚的事情，想起黎想张牙舞爪说话的样子，不由得冷下脸。但回忆切换到棠微微，他的眉头顿时舒展开来，他回复道：“客气了，收下了。有机会请你和你朋友吃饭。”

一旁的顾祯看着靳子川聚精会神地盯着手机，眼珠骨碌骨碌地转着，悄无声息地趴在地板上，蹑手蹑脚地绕过桌子往外爬。他爬得飞快，眼看就要爬到门边，眼前忽然出现了一双黑色皮鞋。

顾祯缓慢地抬起头，在接触到靳子川的视线后，勉强地扯出一个讨好的笑。然而，下一秒他就被靳子川提住了衣领。顾祯杀猪一般地叫了起来：“表哥，我再也不敢了！你放我一马吧，我求你了！”

靳子川提着顾祯的衣领，将人摁在电视大屏前，冷酷地下达通知：“顾祯，我昨晚为了找你被人当司机，还要替你低头认错……你不学无术就算了，居然让我丢脸。从今天起，你所有的银行卡，我都会停掉。什么时候得到当事人原谅，什么时候解冻。”

“啊？可是我……”

靳子川说完就走，留下顾祯一人苦着脸在房间内。

他一会儿踱步，一会儿在沙发上打滚，一会儿抱着楼梯忍不住哀号，最终从房间里抱出一个半人高的高达，不舍地叹气："宝贝，为了生存，只能对不起你了！"

对顾祯而言，道歉不是困难的事。

他从小就经常被送到靳子川身边，而这位表哥在家族之中有着太子般的地位，当然也有着太子般的性格。顾祯经常受他教育，虽能力没学到，却很擅长低头认错。停信用卡对顾祯来说是天大的灾难，于是他忙活一下午，找到需要道歉对象的大致住址，带着礼物火速赶去。

由于卡全被停了，他坐不起上亿的地铁，只能刷刷小黄车。他苦哈哈地骑到小区门外，累得趴在车上。回头凝视着后座上又大又长的绘着热血漫画的大盒子，那里面是他心爱的高达。

他攥紧拳头，喃喃自语："别的不敢说，道歉，我可是专业的。等着吧，我就不信搞不定那小子。"

说着，他扭头去归还小黄车，却因此与刚下出租车的林燃错过。

林燃套着松垮的土黄色T恤衫，因刚出院，面孔带着病气，招摇地穿过小区。路过小区的花园，他还被二单元的小女孩叫住，帮她扶了扶车。

有人的地方，他总是格外受瞩目。所以即便先一步进小区，他却后顾祯一步走进楼道。他等着电梯，嘴里哼着歌，转动着钥匙，没注意到电梯正在上行，且刚好停到自家所在的楼层。

就在他上楼的工夫，顾祯已经抱着巨型高达坐在楼道里喘气了。

顾祯自认不用酝酿道歉台词，在他哥的魔爪下，"对不起""我错了""再也不敢了"这种道歉三连，对他而言就如同喝水一般轻松自如。他守在礼物盒后，为了消磨时间，打开手机开了一局消消乐。

与此同时，电梯门开，林燃第一眼就看到了家门口的大盒子。

他愣了一下，走近一看，才注意到盒子后面有人，且对方似乎没发现他。

他几乎是下意识地联想到医院里那通电话，然后很自然地认定这是棠微微用来道歉的。他站在盒子前，十分欣慰地点头。看来棠微微为了他，真是煞费苦心啊，否则怎么会买这么大的限量版高达？这东西有钱也买不到，多少人为了它拼命加价！

等等，不对，这样的话，棠微微岂不是很久之前就给他准备好了？

天哪，千年的石头终于开窍了，甜甜的恋爱也要轮到他了！

林燃俯下身，看向礼物盒后面的人，语气深情得不行："我没想到你去了这么久，是给我买礼物，但你一个人扛这个多累啊。下次如果送礼物，可以来点儿实际的嘛，比如……"

盒子后，顾祯听到这声音吓得一头磕在墙上。他捂住脑袋，越听越觉得不对劲，一脸古怪地探出头。

林燃继续说道："比如……亲我一下！"

他一把推开高达盒子，与顾祯四目相对，空气瞬间凝固了。

下一秒，"啊啊"两声惨叫回荡在楼道里。

林燃恨不得把人丢下楼，而顾祯顾不上礼物，赶紧连滚带爬地站起来护住胸口道："哥们儿，我、我、我昨天真是喝醉了，不小心摘了你的芳心！我……我知道我帅，但是我是家里独子，我不能……"

林燃比他更崩溃，跳起来又要补一拳："你说什么呢？谁喜欢你了？可要点儿脸吧！你这人怎么阴魂不散啊！"

"你亲我，还打我，咱俩谁不要脸啊？"顾祯十分委屈，连躲带叫，抓着高达挡攻击，一面跑还一面忍不住回呛，"要不是表哥让我来道歉，你以为我稀罕过来？告白也分不清对象，活该单身，我呸！"

林燃被他戳中痛处，气得脸色铁青，一拳向顾祯挥去。

……

同一时间，楼下棠家，棠微微也正捏紧拳头，克制着自己不应该存在的暴力情绪。

她面前摆放着大包小包的茶叶和烟酒，董哲端坐在沙发上，一身宝蓝色西装，不开口时，很像个卖保险的。然而，他一开口，就没有卖保险的那么讨喜了。

董哲道："微微，昨天忘了说，以后外人，尤其是男人不能随意上门了。等我们结婚之后，我是肯定不允许你再和不三不四的人接触的。"

棠微微端着茶杯的手僵在半空，她有点儿怀疑自己幻听了："不好意思，结婚？"

董哲拍了拍脚边的礼品，理所当然地点头："这些你都看到了吧？两家结婚，男方是要准备彩礼的。昨天来得仓促了一些，你闹小脾气可以理解。我特意上网搜索了一下，无非是些烟酒糖茶，一大早我就赶去早市买好了。"

棠微微茫然而缓慢地抬头，重新审视面前的男人。

如果奇葩能发电，她毫不怀疑把董哲塞进国际电箱，能养活半个联合国。但董哲显然没懂她的意思，还觉得这些东西震撼到她了。

他安慰棠微微："没花多少钱，都是以批发价买的，你不用有心理负担。嫁妆的话，到时候你带个十几万就可以了。"他一副理所当然的样子，"我们已经相过亲，那现在就是在交往。男大当婚，女大当嫁，你这个年纪，不结婚还能干什么？"

哦，那确实。

棠微微几乎是下意识地想，毕竟她不够奇葩，不像董哲，不结婚还能供电。她深呼吸，尽力控制自己的语气，试图解释："董先生，我们不合适，以后也不可能结婚的，你拿上东西赶紧走吧。"

董哲听完这话，脸立刻沉了下来："棠微微，我对你的容忍是有限度的！我知道，你们女孩总是喜欢闹一些小情绪，但在我家，你最好收起你的大小姐脾气。"

棠微微吐出一口浊气，觉得自己忍不了了。

她下意识地拿出手机，点开通话记录中的"小煞星"，还是找林燃吧，让他们"以毒攻毒"。

然而，电话还没接通，董哲就一把夺过手机，怒道："你怎么这么不懂礼貌？我在和你说话，你怎么总看手机？难道你还和别的男人联系？

这个……说得倒也没错，而这个"别的男人"听了电话暴跳如雷，正飞速赶来。

楼道里，林燃脚步飞快，时不时对着电话怒吼：“微微，棠微微？到底怎么了？你说话！”

那头没人说话，反倒是有个男人的声音，隐隐约约的。林燃听得额头的青筋跳动，凑近手机仔细一听，只能听到棠微微断断续续的声音：“还给我……你在我家凭什么这样啊……”

林燃生怕棠微微出事，顾不上等电梯，不顾一切地跑下楼，在他身后，顾祯撕心裂肺地叫喊：“你别走啊！你原谅我了，我再走……天哪，我怎么这么倒霉啊！”

两人一前一后地跑下楼，棠微微家那扇单薄的老式铁栅栏门开着，吵吵闹闹的声音从里面传出来。林燃还没来得及冲进去，就见董哲跑到门口一把锁上了里面的大门。

林燃气得将门敲得震天响：“王、八、蛋，开门！”

顾祯追上来，在一旁极没有眼色地说：“兄弟，要不咱们先谈谈我的事……”

林燃一个眼神也没给他，开始活动手腕。

顾祯锲而不舍：“哥，要不这样，我先帮你解决你的麻烦，然后你原谅我……”

林燃已经抬起脚了，忽然一股大力拉得他一个趔趄，接着顾祯一个健步冲上前去，抬起腿就踹，只听得一声巨响，木门应声开了。

顾祯回头咧着嘴朝林燃道：“燃哥，说好了，我帮你解决麻烦，你就得原谅我哈！”

林燃不耐烦地推开挡在眼前的顾祯，一眼就看到屋内的董哲正攥着棠微微的手腕，试图向她灌输自己的“正确理念”。

只一眼，林燃就觉得自己疯了。他一下就冲了进去，不由分说，上去就给了董哲一拳。

董哲痛得松开了棠微微，林燃一把将棠微微拉到身后。

“你打我？你竟然敢打我！我妈都没打过我！”董哲的话音里都带着哭腔。

林燃看着棠微微泛红的手腕，只觉得一股火气在胸口乱窜：“打你怎么了！我忍你很久了！你们一家子都有毛病吧！”说着，林燃再度朝董哲挥起拳头。

董哲慌忙爬起来，绕到沙发的另一侧，很没气势地对林燃放狠话：“我、我、我警告你，你再过来，我可对你不客气了！”

林燃嗤笑一声，歪着头把指关节捏得咔咔作响。他往左一步，董哲也往左一步；他往右一步，董哲也往右一步。

顾祯好整以暇地在一边看热闹，见棠微微捧着手腕，他仔细看了一眼，有些惊讶地问道：“哎，姐姐，你手腕怎么都青了？”

林燃看向董哲的眼神顿时变得凶狠起来，他像只发疯的小豹子，再度冲向董哲。董哲吓得慌不择路，两人在屋子里你追我赶。

董哲一边躲一边大叫：“我没用劲！我真的没用劲！”

“我管你用没用劲，你站住！我要把你的手打折，算是给微微的补偿！”

董哲眼见林燃即将追上来，慌忙中跑进了卧室，用身体抵住门。他底气不足地继续放狠话：“你给我等着！等我妈来，我让我妈报警！你完了，我告诉你！”他慌慌张张地掏出手机，林燃用力推门，董哲吓得一哆嗦，手机掉在了地上。

趁他捡手机的时候，林燃把门推开，像拎小鸡一样将董哲拎了出来。

棠微微终于找到了自己的手机，摁了两下，发现黑屏没反应，于是叫住顾祯：“别看热闹了，快找人啊！”

董哲被打了结结实实的两拳，他一边哭喊着一边抱着抱枕嚷嚷：“报警，我要报警！”

林燃只觉得他好吵，抬手又揍了一拳：“闭嘴！”

小区片警的出警时间，大约是十分钟。

十分钟后，揍得手疼的林燃护在棠微微身前，与董哲、顾祯一起，老老实实地在客厅站成一排。

片警小张语速飞快，边记录边教育他们：“现在是文明社会，再有什么纠纷也不能打人，谁先动的手？”

董哲衣衫凌乱，大喊：“同志，是他先打我的！”

林燃冷笑一声，吓得董哲一激灵。

片警点点头：“明白了，他先你后。正当防卫，有必要把人家的家给砸了吗？”

董哲不吭声了，一旁的顾祯小脸紧绷，想跑，却被拦住。片警冲他敬了个礼，撕出单子：“不好意思，警民配合，麻烦做个笔录，再让家里人把单子签了。”

顾祯脸色铁青，看向林燃，还来不及求助，就被警察“请走”。与此同时，董哲那位奇葩的妈妈登场了。

董妈妈自带出场的音效，人未到，哭声先至，一上来就扑到董哲面前，捧着他的脸，仿佛在端详一件宝贝：“我的儿子呀，谁把你打成这样的？简直丧心病狂啊！”

董妈妈拍腿干号着，眼睛扫到棠微微，话锋一转道：“棠微微，你说，是不是你身边这个小瘪三做的？我好好的儿子去给你送彩礼，现在竟然变成了这副样子！老棠当初夸你夸得跟花儿一样，我是上了他的当啊，他把我儿子害了！”

棠微微十分无奈，不知道说什么好。林燃倒是大方，爽朗一笑：“您这话倒没说错。”

“林燃！”棠微微嗔怪地打了林燃一下。

董妈一听更加来劲，就像得到铁证一样，讲话越来越难听：“你们这对男女好不要脸，发展不正当关系，怎么还理直气壮！”

棠微微实在受不了，冷着脸道：“阿姨，林燃是我弟弟。且不说我们之间没有不正当关系，就算有，也跟您和您的儿子无关。我已经解释过很多次了，我和董先生真的连朋友都算不上，顶多是萍水相逢，但你们一再来打扰我、纠缠我，今天甚至大打出手，实在是有些……”

棠微微磕巴了一下，她实在不想说重话。

林燃在一旁补上："有些不要脸。"他说得快，棠微微下意识地跟着点点头，等觉得不妥已然来不及了。

"你说谁不要脸？！"董哲母子异口同声道，换来了林燃的一个白眼。

棠微微拉住他向后拽，说道："听刚才阿姨所言，对我也是颇多不满。既然我们都不喜欢对方，那以后最好还是不要再联系了。"说着，她拿出手机，干净利落地将董哲的电话号码拉黑了。

"这次的事，到此为止！你们私闯民宅，我会保留追诉的权利。"她晃了晃手机，目光落在董哲母子身上，说道，"希望不会有用到的一天。"

棠微微朝着警察鞠了个躬，道："今天的事是我的错，麻烦诸位了。"话说完，棠微微拉上林燃直接走了出去。

董哲扶着他妈妈还想说什么，但棠微微和林燃已经没影了。一场闹剧终于落幕。

回家后，为了不被老棠发现，棠微微忽悠他留宿在了大伯家。而林燃则被扣下，收拾整理杂乱不堪的客厅。

等收拾好，林燃死活不肯走，又说手疼，又说头疼，坚持要睡在沙发上。

林燃裹着棠微微为他铺的被子，合上眼，感觉此刻万籁俱寂，他什么都没有，又什么都有了，便欣然地做起了美梦。

睡得过香的下场就是，隔天上课，林燃一路疯跑才终于踩着点进了教室，趴在桌上时差点儿把肺喘破。

中午时分，阳光正好。联大的樱花树枝叶迎风摇曳，花瓣飘落一地。春风轻拂，将清香送进了教室。

讲台上，张老师正讲着国外的美术史，林燃支着头，手指敲打着手机："棠微微，我的好处呢？"

手机显示对方正在输入，却半天没有弹出新消息。林燃疯狂发送表情包，刷了满满一屏幕。棠微微却毫无反应，好无情。

林燃生气地将手机扔进桌子里，发出的声响引得同学和老师纷纷看过来。张老师推了推眼镜，问道："林燃，十九世纪末二十世纪初，俄国美术的发展特点是什么？"

林燃不耐烦地站起来。旁边的季晗用笔记本挡住嘴，小声提醒："情绪风景。"

"季晗，说什么呢？站起来！"张老师明察秋毫。随着季晗的起立，同学们发出一阵笑声。

下课铃声正好响起，张老师点了点他们两个以示警告，便宣布下课。

季晗松了一口气，还没坐下，几个蹭课的学弟互相推搡着挤了过来："季晗学姐，一起吃午饭吧？校门口新开了一家日料店……"

季晗面露尴尬，林燃拨开人群走到她旁边，一把揽过她的肩膀，冷冷地说道："当我是死的啊？"

季晗脸色微红，被林燃护着一声不吭，显得十分乖巧。两人走到窗边，林燃立刻将人放开，懒懒地说道："咱俩都互挡桃花这么久了，这届学弟有点儿不识好歹啊。"

季晗笑了笑，低头将一缕头发别到耳后，刚要说话，注意到林燃不停地看向手机，便咽下了本来要说的话，轻声细语地问道："你怎么了，有事吗？"

林燃摇了摇头，并不想跟其他人多说与棠微微相处的细节，季晗也识趣地没有再问。

他思考了两秒，突然用肩膀撞了一下季晗，说道："我在班里待着也没意思，季晗，替我两节课吧，等哥回来给你带奶茶。"说着，林燃像平时对待兄弟一样拍了拍季晗的肩膀。季晗张了张嘴，对着他离去的背影看了半晌，无奈地叹了口气。

林燃小跑着下了台阶，一边用手机查着"最适合带女朋友去玩的十大地点"，一边跨上摩托车，喊道："喂，棠微微，我已经想到帮你拿回毕业证的办法了！但是，你今天必须出来陪我一天，算是好处！"

游乐园外面，棠微微迎着阳光眯起眼看向拿着两个毛绒发箍走向她的林燃："请问，你是打算在游乐园里帮我找毕业证吗？"

林燃"啧"了一声："你怎么这么没有耐心啊？我是看你最近霉运缠身，才挤出时间带你来这里玩的好吗！不然谁想来游乐园……"

棠微微翻了个白眼，扭头就要走，林燃赶忙将人拉住："不是说了吗？我已经想出办法了！"

棠微微半信半疑地看着他："真的？"

"比珍珠还真。不过在这之前，我是不是得收点儿好处啊？"林燃将大灰狼形状的发箍往头上一戴，甩了甩手中兔子耳朵形状的发箍，暗示的意味十足，"嗯？"

棠微微沉默地看了他一会儿，露出一抹十分和蔼的笑容。她夺过兔子发箍戴在头上，握着长长的耳朵说道："我最喜欢兔子了。"

林燃心情很好地笑了一声，在她眼前打了个响指："那走吧！"

游乐园里，高高的城堡矗立在中央，宛若童话世界一般。林燃带着棠微微惬意地穿梭在各个游玩项目之间。一圈玩下来，两个人十分兴奋。就在棠微微玩得忘我时，林燃带她来到了一个她没料到的地方——鬼屋。

棠微微看着阴森森的鬼屋，满心抗拒："我不……"

"毕业证。"林燃在她耳边提醒道。

棠微微握起拳头，深吸了一口气，大义凛然地走了进去。两秒后，鬼屋里爆发出一声惊天动地的尖叫声。

棠微微紧闭着眼，背了一遍社会主义核心价值观，察觉到周围没有声音了，才试着睁开眼睛小心翼翼地向前看去。一个放大的鬼脸就在她眼前静静地定着，棠微微再次发出尖叫，慌不择路地钻进林燃怀里，死死地抓着他胸前的衣服，八爪鱼似的挂在他身上。

两人身体紧贴着，女孩淡淡的体香钻入林燃的鼻子，他飘飘然地向扮鬼的工作人员比了个"OK"的手势，偷偷地环住了棠微微的腰，脸上露出窃喜的表情。

林燃觉得自己终于走完了万里长征的第二步，总有一天，他会让棠微微从姐姐变成恋人，从恋人变成妻子！

如果两个人之间有一百步的距离，那么棠微微站在原地，他可以独自走完全程，去拥抱站在终点的她。

没关系，他不急。

慢慢地，她总会发现，他长大了，他喜欢她。

粉色的大型甜品移动车前，有几张桌子供人饮食和休息，五彩的遮阳棚投下一片阴凉。棠微微与林燃面对面坐着，桌上摆放着几个已经被吃光的盘子，而林燃的面前只有一杯白水。

排队的游人不小心撞了一下林燃的凳子，边道歉边避开。林燃看了一眼长长的队列，纳闷道："生意这么好啊？口味不是很一般吗？"

棠微微没好气地白了他一眼："你尝过吗？就敢说口味一般。"

林燃吊儿郎当地摇了摇头，将手中的塑料勺子向前方一指："我不用尝也知道。你之前不是总做甜品吗？我记得每次棠叔都说好吃，跟你做的比起来，这些店的甜品就都一般了。你要是开个店，保准比这些店火。"

棠微微神色一顿，扭头看去，甜品车前人满为患，有甜蜜的情侣，有温馨的小家庭，还有成群结队的小伙伴，每个人的脸上都洋溢着欢乐的笑容。

"能把甜蜜传递出去，当然很好，但是我现在……"

没等棠微微说完，林燃没心没肺地接话道："你现在考不了博，刚好可以去开店啊。"

棠微微没有说话，只是颇为向往地看着。没过两秒，她回过头，语气坚定地说道："不行，什么都无法阻止我考博！"

林燃边拿起外套起身边弹了一下棠微微发箍上的耳朵，说道："行，满足你。"

"什么？"棠微微有点儿没反应过来，一脸疑惑。

"满足……你要考博，要拿毕业证的愿望呀。"林燃那双黑曜石一般的眸子里映出棠微微的影子，似有什么情绪在酝酿。

棠微微有些心虚地别开眼。不知从什么时候起，她越来越不敢看林燃的眼睛了。

与此同时，已到林燃嘴边的一句话被他硬生生咽回去。现在还不是说的时候，他只在心里道：棠微微，这是我们第一次约会呀。

第三章
未经允许心动了

华灯初上，淡淡的云彩在暗蓝色的天幕下几不可见。

棠微微在路上问了八百次林燃拿回毕业证的方法是什么，可他一直保持着神秘莫测的微笑，直到回了家也没吐露半句。

棠家的门敞开着，屋内没有开灯，林燃蹑手蹑脚地进去，棠微微跟在他身后，拉着他询问：“你到底想干什么？”

林燃“嘘”了一声：“小声点儿，不是拿毕业证吗？”

棠微微看着林燃悄声在棠爸屋中翻找，顿时翻了个白眼：“合着你的办法就是偷啊？”

林燃振振有词道：“你懂什么？最简单的才最有效！”

他拉开窗帘研究那个箱子，摆弄半天也没打开。

他头上冒汗，一边撬锁一边说道：“太暗了，看不清，你打开手机的手电筒。”

屋内突然灯光大亮，林燃“啧”了一声，转头道：“太亮了，你不怕棠叔醒来啊……”

林燃的声音戛然而止，只见棠爸站在卧室门口，手还放在电灯开关处，面无表情地看着他们。

场面一时很尴尬。

林燃看看装瞎的棠微微，又看看棠爸，露出一抹略带苦涩的讨好的笑。

“叔……”

棠爸喝道：“滚！”

“好嘞！”林燃立刻应了一声，两人像被特赦一样，忙不迭地溜出卧室。门砰的一声在两人身后无情地关上了。

一番折腾未果，棠微微怒视林燃，咬牙切齿地小声道：“这就是你索要好处之后想出来的办法？我真是信了你的邪！”

林燃若无其事地移开视线，心虚地吹起口哨，一小步一小步地慢慢挪远。

经此一事，棠微微再也不敢对林燃抱以期望。

在她眼里，两人半斤八两，没差！

这边棠微微在苦恼着，那边，林燃的报应已然来了。

联大的校园里，樱花团团簇簇地开在枝头，和风徐徐吹过，丝丝缕缕的香气拂过发际，让人的心情也变得愉快起来。

林燃三步并作两步地下了教学楼前的台阶，迎面走来一个同学，对方推了推眼镜，仔细辨认着他的脸。

“林燃？操场那边有人找你。”

林燃莫名其妙地看了他一眼，接着环顾四周，发现其他同学或指着他窃窃私语，或远远避开，当然也不乏好心人士上前提醒他，操场那边有人找。

“什么情况？”林燃喃喃自语，皱着眉往操场走去。

操场的台阶上，顾祯站在人群中间，他身后半人高的立牌上，林燃的大头照被印在上面，头顶还印了四个加粗的大字：寻人启事。

顾祯指着立牌激情澎湃地演说：“各位同学，祖国的栋梁们，这个人叫作林燃，如果大家见到他，请让他来操场上找我！”底下人群一阵骚动，有人喊了一嗓子，问他俩是什么关系。

顾祯痛心疾首地控诉：“我把他当兄弟，他却背叛我！”

众人哗然，依稀传出“居然是这种人”“世风日下”之类的话，顾祯却依旧沉浸在自己的情绪里。

“但我今天来，就是想跟他说，没关系，我不介意！虽然他害得我被警察叔叔骂……”顾祯一边说，一边观察着四周，正好看到刚刚赶到的林燃，眼中瞬间露出惊喜，“燃哥！”

在众人的注视下，林燃坦然回以一笑，转头就跑，不一会儿就没影了。

本以为没追到人，顾祯会就此放弃，但林燃没想到，他实在是低估了顾祯穷追猛打的毅力。从这一天开始，林燃上学的时候，顾祯在学校门口蹲点；下课的时候，顾祯在教室门口堵人。就连他去上厕所，顾祯都探进个脑袋，一副鬼鬼祟祟的模样。最后发展到林燃好不容易在学校把顾祯甩掉了，回到小区之后，竟然又在单元楼前见到了正低着头无聊地踢石子玩的顾祯。

林燃躲在大树后，思考着对策。顾祯将石子全踢没了，百无聊赖地抬起头，一下就看到了他，眼睛顿时亮了：“燃哥！”

林燃暗骂了一声，拔腿就跑，直接跑向棠微微家，狂敲房门。

屋内趿拉拖鞋走动的声音越来越近，棠建国打开门，见是林燃，立刻把脸拉得老长：“你还敢来？！”

林燃讨好一笑：“叔，我是来给您赔罪的。”他说着，眼尾垂下来，一副可怜巴巴的样子，“我被人跟踪了，您先让我进屋避避难吧。”

棠建国顿时脸色一变，一把将林燃拉进屋里，问道：“你该不会是惹上了黑社会吧？如果是的话……”棠建国抬起头，露出义愤填膺的神情，“我们就报警！”

林燃讪讪一笑：“那、那倒不必，就是我一个同学……”

棠建国怒视着他，林燃抿紧了唇，摆出一副受了委屈的可怜表情。棠建国冷冷地“哼”了一声，不再跟他计较，转头向屋里去了。林燃这才松了一口气，赶紧跟上。

林燃来到客厅，这才发现客厅里扯满了像晾衣绳一样的长绳，每根绳子上都密密麻麻地夹着照片。他定睛一看，照片上全是男人。

林燃狐疑地问道：“叔，您这是干吗呢？”

棠爸一听这个，立刻来了劲头，拉着林燃滔滔不绝地介绍起来：“这些都是我在相亲角淘到的精品。你看看，这个是985名校硕士，和微微学历相当！这个是公务员，工作稳定，福利高！还有这个，家里五栋楼，每个月只靠收租就能赚这个数！”棠爸比画了一个数字，笑得眼睛都没了。

林燃听着，慢慢地皱起眉头，目光转到那些照片上，心里的火噌噌噌往上蹿：“这些不行！”

棠爸虎目一瞪：“哪里不行？”

林燃深吸了一口气，从第一个开始挨个数落到最后一个：“这个眼睛太小，影响孩子基因；这个酒糟鼻，一看就不讲卫生；这个肥头大耳，好吃懒做；这个太高了，和微微不配；这个太矮了，怎么保护微微？这个一看就不值得托付……”

他在这一刻化身世界上最刻薄的人，偏偏还说得有理有据，让人无从反驳。

棠建国的脸色越来越不好看，他又气又委屈：“难道我的眼光就这么差吗？”

他瞪着林燃，气得胸口起伏不定。林燃见状，赶紧扶着他的肩膀将他带到沙发上坐下，恭恭敬敬地倒了杯水，劝慰道：“这人跟人，都讲究个眼缘嘛。这些人连我这一关都过不了，怎么能打动微微呢？这些‘残次品’，我就替您先扔了啊。”

棠爸闷声道：“叫姐。”

林燃点头：“哎，我这就帮您把这些绳子解了。”

棠爸气不打一处来：“我是让你叫微微姐！”

“好嘞。”林燃假笑着应下，转头就开始收拾起满屋的照片，嘴里还愤愤地念叨，“姐姐姐，早晚我让它变成结婚的结。”

林燃轻哼一声，将厚厚的一沓照片全都扔进了垃圾桶。

棠微微晚上回来才知道，林燃以自己被变态同学跟踪为借口，名正言顺地在她家住了下来。

卧室里，棠微微与林燃大眼瞪小眼。林燃穿着白天穿的黑色夹克，里面的纯色T恤领口不规矩地斜着，露出半截分明的锁骨，显得精瘦干练。

他靠在椅子上，长腿伸着，蹬到棠微微脚边。

棠微微踢他一脚：“坐好了。”

林燃吃痛地叫了一声：“棠微微，对我态度好一点儿，你还想不想要毕业证了？”

棠微微冷着脸说道：“你还有脸说？尽出昏招，一点儿都不靠谱，还不如我自己来。”

她这话就让林燃不服气了，他立马坐直了身子，捏着她的下巴左看右看，笑道：“怎么就不靠谱了？你看我不是靠着自己的能力住进你家了吗？这就是成功的前兆。我有个大招，保证能‘绝杀’棠叔。”

棠微微一把拍开他的手，没好气地白了他一眼：“我信你个鬼！”

林燃“嗤”了一声，慢慢收回手，但眼角余光还留意着棠微微的动作，见她挪开视线，他立刻向前倾了一下，嘴里发出一声短促的恐吓。

“你干吗？！”棠微微惊叫一声。

他却得意扬扬：“给你看看鬼啊，吓着了吧？”

棠微微恨得咬牙切齿，抓起抱枕对着他就是一顿猛打，林燃笑着躲开，两人就这么吵吵闹闹地拉开了同住的大幕。

说起来，这不是林燃第一次住进棠家。林燃的父母是科研人员，一年到头不着家，好在有棠爸这个好兄弟帮忙照顾林燃。林燃从小就经常住在棠家，可以说是棠爸和棠微微看着长大的，棠家的小次卧一直是他的房间。

然而，高三那年暑假，不知道为什么，林燃闹着要搬出去，要独立！林家父母一直觉得亏欠孩子，眼看儿子大了，也不愿他再过寄人篱下的生活，就在棠家楼上给他买了套小房子。

这些年来，棠微微其实也问过林燃为什么要搬出去。然而，平日里大大咧咧的男孩无论如何都不愿说是为什么。

林燃谁都没告诉过，那是他心底最隐秘的小心思——如果不离开棠家，不离开这个几乎从小住到大的家，棠微微永远都只会当他是弟弟。

他想做的，可不只是她弟弟。

林燃一直以来都是个很有主意的人，当年一声不吭地搬走时是如此，如今绞尽脑汁搬回来时也是如此。

似乎他想做的事，从来就没有做不成的。

当然，除了追求棠微微。

只是，这一次同处一个屋檐下，相处模式却与林燃预料的完全不同。谁都没想到，因为那几年的分离，再度生活在一起后，平添了许多曲折。

棠微微抱着零食袋看电视，路过的林燃顺手就把她的零食给抢了，让棠微微吃了个寂寞；林燃戴着耳机投入地玩着游戏，棠微微抱着收好的衣服面无表情地从电源线上踩过，电脑一下黑屏；今天棠微微要吃鱼，明天林燃就要吃虾，气得棠爸将炒勺摔了，一家三口改吃外卖；连早起上厕所，两人都抢得不亦乐乎。

夜色深沉，棠微微抱着抱枕越想越气。按说她是姐姐，林燃是弟弟，她应该让着他点儿，从小也是这么过来的。可林燃每次得了便宜，两眼一眯，嘴里再卖个乖，那浪荡的模样不知有多气人。

棠微微决定明天一早就把林燃赶出家门。打定了主意，棠微微扔开抱枕，准备去卫生间洗漱，早点儿上床睡个好觉，为明天的战斗养精蓄锐。

浴室内亮着暖黄的灯光，棠微微心不在焉地拉开推拉门，一双赤脚映入眼帘。

棠微微一愣，抬起头，顿时面色涨红，腾腾的热气好似要从头顶钻出来。

林燃腰间围着浴巾，上半身一览无余。少年的身体已经完全长开，覆着一层薄薄的肌肉，既不夸张，又隐隐地透着力量。

他听到门开的声响，吃惊得说不出话来。水珠沿着他的发梢落下，顺着锁骨滑过胸膛，没入腰腹。

“你、你怎么……”棠微微开口，却磕磕绊绊地说不出一个完整的句子，慌乱之下碰到了放在洗手台上的一瓶护发素。

林燃的眼睛却亮了一下，随后他慢慢倾身逼近，棠微微就被迫靠在了墙上。

林燃声音低沉道：“未经允许，私自偷看弟弟洗澡。”他轻笑一声，每个字都说得格外缠绵，“这样可不乖哦，姐姐。”他说到“姐姐”时尾音还恶意地上挑了一下，仿佛在抱怨，更多的像是撒娇，让棠微微更加不敢看他。

她慌乱地垂下眼睛，面红耳赤，心跳逐渐加速："是你、你不锁门……"

林燃抬起手，湿漉漉的胳膊带着灼人的温度，一下子贴近了棠微微的耳边。他双手撑着墙壁，将棠微微禁锢在面前，温柔地喊了一声："微微。"他慢慢凑近，说出的话令人想入非非，"要不要……"

"不要！"棠微微下意识地紧紧闭上眼睛，一弯腰，从他臂下穿过，砰的一声带上了推拉门，惊慌失措地跑了出去。

林燃："……"

他还没开始施展《恋爱大全》里的招数呢，她就这么跑了。抹掉眼睛旁的泡沫，林燃龇牙咧嘴地回到水龙头下冲洗，余光瞥见棠微微逃走时没顾得上关严的门缝，心情颇好地笑了起来。

来日方长，住在同一个屋檐下，总会有机会的。

林燃没想到，他没这个机会了。

第二天一早，棠微微就借口林燃逃课，要将他遣返回校，让棠建国同志将他轰出了家门。

本以为经过了浴室事件，棠微微终于明白了自己的心思，林燃甚至美滋滋地觉得棠微微既然害羞了，那就肯定也对自己有意思。哪知道这颗暧昧的小种子还没来得及生根发芽，就被她狠狠地挖出来扔掉了，她竟然毫不留情地把他赶走了。

好个棠微微，好个狠心的姐姐！她要再这么绝情，可就怪不得他使点儿手段了。

林燃拖着行李，刚出了楼道门，就被不知守候了几天的顾祯扑个正着。顾祯头发凌乱，满脸激动："燃哥，我终于等到你了！你别再跑了，我求求你了！"

"你怎么还没走啊？"林燃十分头疼。

听到他的质问，顾祯一把鼻涕一把泪地开始诉苦："我也不想这样啊！

可我真的快活不下去了，没钱的日子你能懂吗？你就当可怜可怜孩子，和我表哥说一句你已经原谅我了……”

林燃斜着眼看他，脸上露出不耐烦的神色。

“只要你说一句，就一句，我保证以后再也不缠着你了！”顾祯举起手发誓。

看着眼前这个甩不脱的“牛皮糖”，林燃心中越发气闷。要他当个好人，说一句“我原谅你了”，顾祯就可以拍拍屁股一走了之，那他呢？现在学校的论坛上还挂着“林燃是负心汉”的帖子，后面还标记着一个“hot”呢！

“好啊，那你约你表哥吧。”正愁有气无处撒呢，这小子偏偏要往枪口上撞，那可就怪不得他了。林燃打定了主意要整他，一反常态地答应下来，顾祯大喜，完全没有察觉到林燃的心思，一边连连应声一边掏出了手机。

地点约在了咖啡厅，两人到达时，靳子川早已在那儿等着了。他身着西装，脊背挺拔，神情十分冷淡。

林燃却与他截然不同，长长的刘海下，一双凤眼里含着一股桀骜之气，整个人透着带攻击性的美感。他懒懒散散地靠在沙发上，钥匙圈套在食指上不停地转着，显得有些漫不经心。

顾祯眼珠子转个不停，屁股下仿佛放了针一样坐立不安，看看这个，又看看那个，最终献媚一般朝靳子川露出个讨好的笑容。

“表哥，我已经痛改前非了，林燃已经原谅我了，对吧？”顾祯向林燃使了个眼色。

林燃短促地笑了一声：“对。”顾祯还没来得及露出喜色，就见林燃猛地坐直了身子，说出了后半句，“对你个头！”

林燃剑眉微皱，对着靳子川义正词严地说道：“靳先生，我觉得您在限制顾祯财务自由的同时，也该限制他的人身自由。他不但去我所在的学校发传单，还害得我有家不能回。”

顾祯看着靳子川扫视过来的目光，整个人顿时如坠冰窟。

“是吗？”靳子川语气轻淡，“我让他给你鞠躬道歉。”

说罢，他拉过顾祯，摁着他的头用力往下一压。顾祯眼睁睁地看着自己的脑门和木桌来了一个结实的亲密接触，只听到砰的一声响。

顾祯好委屈，但他不敢说。

靳子川并不怎么搭理他，甚至在对话发生之前，他就已经改变了这次见面的目的，他的重点不再是弟弟有没有取得对方的原谅，而是——“听说棠微微小姐是你的姐姐？”

暮色四合，林燃骑着摩托车在街道上奔驰。

下午在咖啡馆里听到那句问话后，林燃立刻警觉地抬起头，锐利的目光直直地刺向靳子川。靳子川也不躲避，四目相对，两人仿佛都明白了什么。

靳子川对棠微微感兴趣，他想追棠微微！

林燃在恼火之余，心中不免升起一丝担忧。靳子川与棠微微年纪相当，手下掌握着风投集团，无论从资产、成就还是相貌……相貌除外，其他的方面对比自己都只强不弱。

棠微微会心动吗？他有一争之力吗？

林燃心一沉，做出了什么决定一般，车把一扭，在红灯跳转的最后一秒，来了一个漂亮的飘移，从路口疾驰而过。他将车停在地下车库，目光沉沉地上了电梯。直奔棠家之前，他还贴心地给棠微微发去一条微信消息：“准备好，我要帮你拿毕业证了。”

林燃像是一头小困兽，终于找到了法门，他几乎是飞一样冲进了棠家。棠爸正在兴致勃勃地看那些从相亲角淘换来的资料，林燃深吸一口气，说道：“棠叔，别看了，其实棠微微早就有男朋友了！”

“有男朋友也不妨碍看……啊，有男朋友了？”棠爸笑出了满脸褶子，“是谁？微微真是的，这样大的喜事，怎么不和我说呢！”

林燃清了清嗓子，说道：“身高一米八三，年龄二十二，大四在读，美术系高才生。”

静了两秒，棠爸眨了眨眼睛，笑着说道：“小燃，这不是你吗？你可别跟我开玩笑了！”

“没开玩笑，我们真的在一起了！”梦中反复说过无数次的话，这一秒脱口而出。

说完，林燃忽然觉得自己的心跳慢了一拍。明知道这些都是假的，却还是开心得无法抑制。他不自觉地露出了笑容，就连眼里似乎也闪着熠熠星光。

棠爸仿佛意识到了什么，脸上的笑容猛地一收，怒吼道："我不同意！"

"为什么？您不是一直急着让微微找男朋友吗？咱们两家认识这么多年，我和微微也是青梅竹马，哪里不合适？"林燃急了。

然而，棠爸像个听不进话的小孩，只会重复着拒绝的话："不行！她看着你长大，你就跟她儿子一样，你们绝对不可以在一起！我反对！"

"棠叔，你不会比喻就别比喻！我和棠微微没差几岁，你可别乱说！"林燃跳着脚反驳，他着实被这句"跟她儿子一样"震惊了，只能用最激烈的语句反驳。

林燃多少有点儿崩溃，棠建国的反应比他想象中还糟糕十倍。他以为只要先斩后奏说他和微微在一起了，棠建国不看僧面看佛面，犹豫一下也就答应了。

可没想到，老棠像是受了刺激，只会不停地说着"胡闹"。林燃想上去拉他，却被老棠甩开，他反复嘟囔着："不行！""不可以！""不同意！"林燃有些气急败坏，只觉得一团棉花堵在胸口，难受得要死。

为什么？为什么棠微微可以跟其他男人相亲，唯独不能跟他林燃在一起？林燃眸子一暗，看来必须加码了……也不知那一刻他心中是难受多一些，还是不甘多一些，总之他忽然就一嗓子喊出来："微微怀孕了！"

林燃话音落地，自己先被这一句话镇住了……他好像说了不该说的话。

而老棠也确实被他这话震慑住了，愣在原地，化作了一尊雕像。

原本喧闹的客厅变得一片寂静，空气似乎都凝固了。

棠微微在学校跑了一天，把重办毕业证的行政老师烦了一遍又一遍，才筋疲力尽地回了家。她刚打开门，鼻青脸肿的林燃就映入眼帘。他被绑在椅子上，而棠爸就坐在他对面，摆出一副恨不得吃了他的表情瞪着他。

“这是怎么了？”

棠爸充耳不闻，只是苦大仇深地盯着棠微微的肚子。过了一会儿，他突然用力一拍桌子，喝道：“什么时候的事？几个月了？怎么开始的？说！”

棠微微茫然地看向林燃，林燃立刻心虚地两眼望天。棠微微回想近几天发生的事，觉得近来只有喝醉酒大骂董哲母子一事才值得拿出来一说。她有些迟疑地开口：“前两天？可是事情早就解决了，您绑林燃干什么？他可出了不少力呢。”

这话一出口，棠爸脸都绿了，林燃也仿佛被雷劈了，绝望地闭上了眼。

棠爸悲愤地说道：“出了不少力？这话你也说得出口，我听到都嫌污了耳朵！”

棠微微更加莫名其妙了。林燃没办法，只好对着她的手机频频示意。棠微微一整天都在学校，没有看手机，当下打开微信，看到林燃的消息框后面跟了个红点。

“准备好，我要给你拿回毕业证了。”

“我跟棠叔说我们在一起了。”

“嗯……有个好消息，有个坏消息。好消息是，你应该不会再被逼着相亲了……坏消息就是说在一起不够有分量，情急之下我说你怀孕了！”

“今晚你千万别回来，棠叔疯了！！”

棠微微从短短的几条信息中窥见了林燃的作死之路，心情顿时变得复杂起来。他是何等的愚蠢，才会想出这种杀敌一千自损八百的办法？

她欲言又止，林燃看出她的想法，无声地用口型提醒：“毕业证。”

棠微微顿时闭上了嘴，眼神落到棠爸身上。为了报名考博连日奔波，棠微微心中本来就无比烦躁，此时见棠爸怒发冲冠的模样，她烦乱的心情竟然诡异地缓解了几分。

难道这次可以成功吗？她可以摆脱这份捆绑了她的意愿、她的人生的爱护吗？棠微微叹着气，上前给林燃解绑，三人围坐在桌旁，气氛凝滞。

棠爸道：“说吧，这事怎么解决。”

棠微微耷拉着眼皮，林燃左看右看，神情严肃地指天发誓：“叔，我知道你是嫌我年纪小，不会照顾人，但我是真的喜欢微微，也会担负起一个男人的责任！万般皆下品，唯有真心最珍贵，你说是不是这个道理？”

棠爸的神色似有松动，林燃见状，再接再厉：“叔，孩子不能没有爸爸啊！”

听到这句话，棠爸顿时倒吸一口凉气。是啊，如今微微已经怀孕了，流产是多么伤身体的事情！虽然林燃并不是他想要的女婿，但怎么说也知根知底……想到这儿，棠爸的态度已经有所软化，但他不想表现出来，于是咳嗽了一声，板着脸问：“先把事情交代了，你们从什么时候开始的？”

“上个月。”

“去年。”

两个人可以说是非常没有默契了，眼看老棠的火气就要暴发了，两人对视一眼，又同时改口。

“去年。”

“上个月。”

棠爸顿时急了：“到底是上个月还是去年？”

棠微微推了林燃一把，林燃急中生智：“去年开始的，上个月才发现怀孕。”

棠爸闻言狠狠地瞪了林燃一眼，怪不得一个死活不去相亲，一个成天往家里跑，敢情是在他眼皮子底下兴风作浪。

棠微微催促道：“男朋友已经有了，可以把毕业证还给我了吧？”眼看事情发展到这一步，她索性也破罐子破摔了。反正林燃惹祸也不是第一回，她已经背了这么大一口黑锅，若不再趁机讨要点儿好处，那也太亏了。况且，她真的很需要毕业证，再晚就赶不上报名了。

棠爸听了这话，立马又瞪了棠微微一眼，许久后却像是泄了气的皮球，坐在沙发上一口又一口地叹气。果然儿女都是债，古人诚不欺他！

最后，老棠到底还是交出了那个被他严严实实地藏起来的铁盒子。

拿到毕业证的那一刻，棠微微居然有些不真实的幸福感。不知是因为与毕业证久别重逢，还是因为林燃在她旁边笑得像个不知疲倦的小太阳。棠微微本来一肚子的火，忽然也都消了。她总是这样，从来都没办法真的生林燃的气。

这一晚，棠微微终于睡了个安稳觉。第二天一早她便匆匆赶到了学校，将申请考博的资料交了上去。就像是经历了一场大战，终于凯旋，棠微微甚至觉得自己的人生自此之后都是一片坦途了。

然而，天不遂人愿——教务系统临时升级，所以博考报名时间于昨天提前截止了。棠微微心急如焚，不停地拜托老师再想想办法，最终却只听到了一声叹息。

棠微微失魂落魄地离开学校，迎面又碰到了林燃。

他站在碎金般的阳光中，与同行的伙伴勾搭着肩膀，一只手还不忘拿着篮球转着。棠微微忽然就觉得他的笑容有些刺眼，她记得林燃昨天也是这么笑的。她记得，昨天的自己也曾回以他相同的微笑。

可是，现在一切都没有意义了。她二十八年的人生忽然没了目标，她不知道自己该做什么，也不知道自己能做什么。

林燃还在阳光中闪耀，而她的人生就要暗淡无光。

棠微微鼻头一酸，她有些慌乱地低下头，然而眼泪还是顺着脸颊滚落下来。她有些着急地想要离开，却被林燃抓了个正着。

“棠微微，你怎么哭了？”一向天不怕地不怕的混世小魔王语气中竟然带了一丝慌乱，林燃手忙脚乱地给她擦眼泪，一边擦还一边说着，“别哭啊，棠微微……怎么了？谁欺负你了？我帮你打他！微微，微微姐，我亲姐，你别哭啊……”

林燃手足无措地站在她面前，似乎下一秒就要跟着一起哭起来。那一刻，棠微微忽然发现，春日里和煦的暖阳，也不如这个浑小子让人感觉温暖。

失去了考博的机会，林燃成了她名义上的男朋友，虽然过程曲折，结局难堪，但棠微微人生中的“事业”与“家庭”两大要事，看起来都解决了。棠微微茫然起来，不知下一步该向哪里进发。她在家里颓丧了好几天，周末一大早，被砰砰的敲门声吵醒。她趿拉着拖鞋去开门，林燃带来的早餐的味道扑鼻而来，她的肚子立刻咕噜了一声。

林燃一听就乐了，进门之后赶紧把早餐摆好，说道："快来吃饭，你最喜欢的庞氏小笼包。"

棠微微兴致索然："大早上的来干什么？"

林燃诧异地说道："你不知道吗？棠叔给我们预约了胎教班。"

"什么班？"棠微微表情错愕，仿若幻听了。

"胎、教、班。"棠爸从卧室出来，一脸严肃地举起手中的胎教手册。

棠微微无语，万般不情愿地在棠爸的监视下吃完了早饭，然后和林燃一起出了门。

人流熙攘的步行街，繁华热闹，店铺林立。两人走到一家店面门口，见门头上面写着"阳光妈咪孕妇培训班"几个字。

棠微微拉过林燃，有些迟疑地说道："我觉得，不一定非要进去吧……"

林燃咳了一声，示意她往后看。棠微微侧头，余光看见棠爸在电线杆后面探头探脑，显然是跟了两人一路。她顿时泄了气，蔫头耷脑地和林燃进了店。

培训班上，许多准妈妈和准爸爸一起活动着，棠微微和林燃像误入了成人世界的两个小可怜，满脸的无所适从。

棠爸为两人预约的是至尊套餐，介绍课程的老师十分热心，当下就要带两人去体验瑜伽胎教。

教室里铺着柔软的垫子，棠微微上半身靠在半人高的瑜伽球上，林燃跪在地上不知所措。

台上的老师正在示范教导："在怀孕的中后期，准妈妈的腿部会出现浮肿，这个时候就需要准爸爸为她按摩。"

其他组的夫妻都已经开始学习，林燃和棠微微面面相觑。林燃喉结上下滚动，咽了一口口水。他试探着问道："那我……我按了？"

棠微微羞愤地闭上眼睛，林燃看着周围夫妻的动作，小心翼翼地将手放到棠微微的腿上。

为了方便，棠微微特意换上了长裙，露出的一截小腿光滑细腻。林燃的手刚触碰到她的肌肤，棠微微就不自觉地颤了一下，林燃看着她的反应，也开始紧张起来。

老师满屋子巡视，走到两人跟前，笑眯眯地提醒："力道太轻了哦，位置要再往上一点儿。"

如果林燃是台机器，现在的核心零件肯定因为过热而报废了。他听从老师的嘱咐，手掌往上挪了半寸，手指用力一捏，就听见了一声痛呼，脑袋上挨了不轻不重的一下。

"你那么用劲干吗！"

林燃额头隐隐出了汗，他隐忍地抿紧了嘴唇，看起来十分克制，强作镇定地回答一脸嗔怒的棠微微："按摩嘛！"

棠微微又羞又气，手心也跟着出了汗。

老师温柔的声音从不远处传来："每个孩子都是上天的恩赐，不是我们选择他们，而是他们选择了我们。小宝贝们需要经过层层闯关，最终才能来到爸爸妈妈的身边。只有感受到你们的爱，他们才会更加迫切地想要来到这个世界。接下来，请准爸爸亲吻准妈妈的肚子，迎接与你们血脉相连的小天使。"

棠微微脸色涨红，想要开口拒绝，又发不出声，最终只能紧闭上双眼。她的睫毛微微颤动，像振翅欲飞的蝴蝶。

林燃脸上的窘迫不知何时已经褪去，此刻的他一脸虔诚。

仿佛他真的被周围人感染，又仿佛棠微微肚子里真的有一个属于他们的"孩子"，他缓缓倾身下去，在棠微微的肚子上落下一个轻轻的吻。

棠微微的脸腾地红了。明知道一切都是假的，她的心跳却不听话地加速，像是一百只小鹿在横冲直撞。

阳光细碎，洒在棠微微身侧，她整个人都镀上了一层圣光……

时光正好，人也正好。林燃忍不住有些贪婪地想着：要是一切都是真的就好了。

自打从胎教班回来之后，两人之间的气氛就悄悄变了。

棠微微不敢再长时间跟林燃独处，也不想听林燃调侃她，可当他真的住了嘴，她心里又隐隐有一丝失落。这一切到底是因为什么，棠微微说不出来，只觉得无比别扭。唯一的好处就是，在林燃的掺和下，她对于未来的无措感消散了不少。正当她兀自纠结时，接到了黎想打来的电话。

黎想最近春风得意。她的顶头上司，也就是《绯色》的主编近期要离职了，并且几次向她表达了想让她接任的意思，估计等人离开之后，黎想就能毫无意外地荣升主编，所以她急切地想要拓展人脉，为之后的升职积攒资本。

她这次打来电话，就是想请棠微微陪她出席一场时尚名流宴会。

豪华的酒店大堂里，棠微微穿着一袭黑色短裙，低领的设计展现了她的肩颈线条，俏皮又不失优雅。黎想则与她截然相反，大红色的及地长裙，收腰设计完美地勾勒出她纤细的腰肢，一头波浪形的长发披散着，整个人看上去十分艳丽。

棠微微不自然地拉了一下裙摆，说道："要不我还是把裙子换了吧？感觉怪怪的。"

黎想风情万种地一拂头发，说道："今晚平城的青年才俊可是聚齐了，听我的，就这样穿。女人的美貌是交际的利器，你得学会利用它！"

"可我不想……"

黎想立刻捂住她的嘴巴，表情严肃地说道："不，你想。"她移开掌心，对着棠微微嘴唇挨过的地方亲了一下，神情妖媚，棠微微立刻红了脸。黎想被她的反应取悦，咯咯地笑了起来。

如果说棠微微是水，那黎想就是火，她像只花蝴蝶一样投入了宴会，与其他人谈笑风生，显得游刃有余，不愧是"平城第一交际花"。

棠微微没有黎想那样的勇气和能力去融入完全陌生的圈子，她更像一个小古董，好奇地旁观这五光十色的奢靡世界，不动声色地观察与分析着，却丝毫不为所动。参加这场宴会还是有用的，棠微微想，至少能缓解这几天被林燃搞得乱七八糟的心情。

黎想忙着跟人推杯换盏，棠微微则在长长的餐桌旁挨个试吃甜品。最近闲来无事，她是真的在认真考虑未来的规划。林燃之前所说的开家甜品店，也不失为一种开启新生活的良好开端。

忽然厅中一阵骚动，众人往门口拥去，棠微微好奇地转身，不想却跟身后的人撞在了一起，两人同时惊呼。

棠微微手中的蛋糕滚落，一小块奶油蹭在对方的裙子上。

白色的奶油在红裙上格外显眼，棠微微急忙道歉："对不起，对不起，我给您擦！"她慌张地从手包里掏纸巾，却被对方一把推开。

"你没长眼睛啊？知道这条裙子多少钱吗？"

周围的人被这动静吸引，围了过来，棠微微神情尴尬，不住地道歉，对方却越发不依不饶，非要揪着她赔偿。

黎想从人群中挤出来，将棠微微护到身后，冷冷地睨了那人一眼："她又不是故意撞你的，至于说话这么难听吗？"

"你又是谁啊？敢这么跟我说话？"女人打量着黎想，眼里露出一丝轻蔑。

黎想气笑了："正常人的脑袋后面又没长眼睛，怎么躲开你？麻烦这位小姐不要借机生事。如果我没看错，你这条裙子好像是上一季的款式，已经过时了。"

棠微微拉了拉黎想，小声道："你别说了，万一惹上麻烦……"

"没事。"黎想拍拍她的手，安慰道，"姐骂遍平城还没遇见过对手呢。"

周围人指指点点，女人脸色涨红，一副气狠了的样子，扬声叫着保安。

宴会厅门口，闪光灯闪个不停，众人闻声看去，靳子川隆重登场。他朝里面走来，一路都有人向他问好，最终他在黎想和棠微微两人身边站定。

刚才还很嚣张的女人脸上的不耐烦立刻变成娇羞。还没等她说话，靳子川就微微颔首："汤小姐，公众场合，还是要多少注意些影响。"

汤云心表情一僵，随即狠狠地瞪了黎想一眼："靳总说得对。在场的都是有身份的人，怎么会做这种失礼的事？这两个没教养的人也不知道是用了什么手段混进来的！”

靳子川道：“这两位是我的朋友，如果有冒犯到汤小姐的地方，我替她们给你赔个不是。”

汤云心的笑容僵在脸上。

靳子川的风投公司是平城近几年投资行业势头最盛的企业，他本人杀伐果断，从无失手，在场的人无一不想跟他攀上关系，如今他说这两个女孩是他的朋友……汤小姐仿佛听见了啪啪打脸的声音，赶紧灰溜溜地离开了。

一场风波消解于无形，人群四散，棠微微一直紧绷的神经终于放松下来。黎想的兴致被破坏，又自觉该拿的资源已经到手，便嚷着要提前走人。她来回打量着棠微微和靳子川，露出一抹意味深长的笑容。

黎想两只手压在棠微微的肩膀上，脑袋从她肩头探出来，佯装苦恼道：“靳总，夜深路远，这边很难打车的，你可不可以送我们回家啊？”

靳子川面上一如既往地波澜不惊，实际心里风起云涌，警示红灯频频亮起：口不对心扣十分！矫揉造作扣十分！举止轻浮扣十分！

他一边在心里疯狂扣分，一边彬彬有礼地请两人上了车。毕竟，被扣分的只有黎想，棠微微还是他待考察的心仪对象。

棠微微十分感激，连连道谢：“今天真是太麻烦您了，要不改天我们请您吃饭，表示感谢。”

黎想立刻接口：“干吗还改天呀？就明天吧！”

黎想伸出胳膊绕过副驾驶位，暗暗掐了棠微微一把，棠微微瞬间就把拒绝的话咽回去了。黎想看着前排的两个人，越看越满意。

这个助攻，她当定了！

次日，在黎想的催促下，棠微微硬着头皮给靳子川打去电话。本以为靳子川工作忙碌，可能不会应约，哪知靳子川一口答应了下来，黎想知道后露出一副看好戏的表情。

等到了下午，棠微微又在黎想的逼迫下化了个淡妆，而黎想自己竟然根本不收拾。棠微微心中顿时升起一股危机感："你不会是要临阵逃脱吧？"

"说什么呢？"黎想被说中了心事，一阵心虚，"我脸过敏了，不能化妆。"

"可你昨天还……"棠微微心中狐疑。

黎想按下她的手，说道："再说我可真不去了啊！"

一句话，成功将棠微微的嘴堵住。黎想得意地想，到时候在席间随便找个借口，她想走还不容易？

棠微微丝毫没有察觉到黎想的心思，她想到了另一件事——自己只是跟朋友吃一顿饭，应该不用知会林燃吧？

被棠微微惦记的林燃，此时正在学校里挥毫作画，丝毫不知自己的准女友将要跟别的男人一起吃饭。

画室内静无人声，林燃穿了件黑色的连帽卫衣，衣服上的涂鸦是他自己闲着无聊时画上去的，笔触狂放而野性，画布上呈现出来的却又有种意外的柔情。他嘴角噙着笑，不知道在想些什么。

林燃一只手端着调色盘，另一只手描绘着人脸，画到眼睛时，突然发出嗞的一声，转头去叫旁边的季晗。

看着他亮如星星的眼睛，季晗心里忍不住一颤，面上却习惯性地露出一抹标准笑容："怎么了？又想跟我请教怎么追姐姐吗？"

"不是。"林燃摆手，余光瞄到杜如月，搬着马扎往季晗旁边凑了凑，身子歪了过去，小声道，"我可能马上就要和姐姐在一起了。"

季晗本因他的靠近心跳加速，乍一听到这句话，像当头被泼了一盆冷水，脸色顿时变白了。林燃本来心中得意，想听她说恭喜的话语，半晌没等到，纳闷地转过头去。季晗连忙调整了情绪，勉强笑道："恭喜啊，不是所有的单相思都有柳暗花明的一天。"

林燃美滋滋地应了一声，季晗垂下眼，心头涌上一阵难过："林燃，其实我……"

"林燃，季晗。"系主任严肃的声音在画室门口响起，他沉着脸说道，"你们两个跟我去办公室一趟。"

季晗的话被打断，勇气也消失殆尽，看到林燃投来的目光，她只是轻轻地摇了摇头。

两个人跟着系主任来到办公室，系主任劈头就是一顿痛批。林燃这才知道，原来系主任知道了他找季晗帮他逃课的事情，要两人共同接受惩罚。

见系主任气得吹胡子瞪眼，林燃嬉皮笑脸地说道："主任，我知道错了，您别生气。我逃的都是理论课，那些知识我都掌握了，专业课一节没落下，您放心吧。"

系主任对林燃是又爱又恨，爱他天资聪颖，自己也知道努力，以后画界必有他一席之地；气他目无纪律，任性妄为，能有什么事比学习还重要？

两人领了罚，灰头土脸地从办公室出来。林燃看着季晗低垂着头，心生愧疚："要不我请你吃饭吧，就当给你赔罪。"

季晗迟疑了一下，最终还是没舍得拒绝。付出的感情，哪能是轻易收回的呢？

夕阳西下，华灯初上。泰式餐厅里，水晶琉璃灯美轮美奂，落地玻璃墙折射出明亮的光，给人一种奢华之感。

林燃拿着菜单给季晗介绍道："听说他们家的菠萝饭很不错，你试试，如果好吃的话我再带微微过来。"

我是"试菜机器"吗？

季晗神情幽怨地想着，却很实诚地点了一下头。

两人点完菜，林燃正要招手喊服务员，一道清脆的声音就在身后响起。林燃身子一僵，转过头去，果然看到了棠微微，再定睛一看，她身边的人不是靳子川又是谁？

心虚瞬间转变成熊熊怒火，林燃拉着季晗直接换到了棠微微的隔壁桌，死死地盯着棠微微，希望她主动解释。

棠微微的目光落在楚楚动人的季晗身上，一下子没了说话的兴致，好像没看见他一样漠然地转过了头，把林燃气个半死。

"靳先生平常工作很忙吧？"棠微微扯开一抹笑，温声细语地询问靳子川。

靳子川点了一下头，还没开口说话，就被邻桌一直暗中观察的林燃抢了先。林燃刻意地提高了音量，想吸引棠微微的注意：“季晗，想吃什么，随便点！”

谁知棠微微看也不看他，表情极其冷淡。林燃气得咬牙切齿，恨不得上去摇她的肩膀，让她只看自己。

一顿饭变成了两个人的赌气，只要棠微微接受靳子川的推荐，林燃就必为季晗献殷勤。他高调、体贴的举动引得其他客人窃窃私语。

棠微微越吃越憋屈，但她又说不出是哪里不对劲。她只知道自己不想听林燃炫耀的话语，不想看他和季晗相谈甚欢的样子，她现在甚至不想看到他这个人。

然而，林燃丝毫没有察觉到她心情不爽，看见靳子川为她舀了一碗汤之后，他竟然将汤勺直接递到了季晗嘴边。

“小晗，你因为我挨了骂，我要对你好一点儿才行。来，吃吧。”林燃露出温柔的笑容，季晗恐惧地看着勺子里的辣油，还没来得及后退，就听到啪的一声。

棠微微放下筷子，噌的一下站起身。三人皆向她看去，棠微微深吸一口气，挤出一抹僵硬的笑容：“不好意思，我去下洗手间。”

虽说要给季晗喂饭，但林燃一直看着棠微微，眼见她起了身，也忙将汤勺一放，扔下一句“我也去洗手间”，就匆匆跟了上去。

林燃三步并作两步地追上去，在洗手间门口堵住了棠微微，脸上还带着怒气：“你不跟我解释吗？”

棠微微冷淡地看了他一眼：“我没有必要向你报备。”她侧过身要走，林燃急了，伸手将她压在门边。

他身上清爽的气息丝丝缕缕地钻进棠微微的鼻子，像他这个人一样霸道地宣告自己的存在。

“你为什么会跟他一起吃饭？你们什么时候联系上的？棠微微你别忘了，我们已经是男女朋友了，在棠叔那儿报备过的！”

林燃还有一句话不敢问——你是不是……喜欢上他了？他低垂着眼，微蹙着眉，隐藏着强势，眼神中透着一丝不耐烦。

棠微微看着他，神情有些恍惚。林燃此时的表情是棠微微从没有见过的，令她觉得格外陌生。是了，也许他一直在隐藏本性，就像隐藏……那个和他一起吃饭的女孩。

现在棠微微的脑袋里空白一片，半个字都想不出来。她下意识地推了林燃一把，林燃立刻露出受伤的神色，她心乱如麻，落荒而逃。

纵然心中思绪万千，两人却都倔强地冷着脸，擦肩而过的瞬间，仿佛是这个世界上最熟悉的陌生人。

第四章
请你离她远一点儿

城市里霓虹闪烁，夜色浓重，棠微微很怕在街头或家里再见到林燃，于是逃到了黎想家。然而门一开，她就后悔了，黎想艳光四射地站在玄关处，明眼人都能看出来，她今夜有约。

“想想，我……”

棠微微有些无措，她无处可去了，但又不知道怎么解释刚才的事。

好在黎想并不需要解释，她将棠微微拉进门，安置在沙发上。茶几上有些小点心，外包装泛着白霜，像是刚从冰箱里取出来的，棠微微扫了一眼，看到黎想在厨房与客厅间奔走，很快端来一杯热咖啡。

“双倍奶糖的美式，”黎想嘀咕着，“也不知道能不能喝。”

说话间，棠微微注意到她的手机里不断有信息弹出来，黎想从不回复，只是偶尔不耐烦地看一眼。

棠微微问：“林燃联系你了？”

“没有啊。”黎想下意识地否认，见棠微微站起身，她又连忙说，“好吧，你还没到那小子就给我打电话，餐厅发生的事我都知道了。宝贝，你先吃点儿喝点儿，消消气……”

怪不得。

棠微微心想，他人不在，却又无处不在。

她没吭声，看样子还要走。黎想急急去拦：“哎呀，微微，我保证林燃进不了我的家门！”

“我不走。”棠微微轻声叹气，“我也不想管他，现在就想洗个澡，方便吗？”

……

磨砂浴室门后，水雾缭绕。

黎想在门上轻敲两下，叮嘱道：“浴巾和睡衣放在架子上了，微微，你今晚就放心在我家睡。”

“嗯。”棠微微的声音很轻，几乎被水声盖住。

黎想看着门后模糊的影子，纤细如铃兰花，并没有走入浴缸。她有些疑心，想敲门，却被客厅里的声音打断。此刻茶几上，手机像疯了一样振动着。黎想匆匆走过去，看到未接来电 89 通，未读信息 124 条，以及微信未读“99+”，差点儿吓得关了手机。

考虑到家中新换的大门，若是真的关了机，不知道这门还保不保得住……思索了一会儿，她还是接通电话。

黎想：“喂？”

“棠微微去你那儿了吗？她有没有吃东西？这个时间了，你千万别给她喝黑咖啡，她会睡不着，兑糖、兑奶的也不行！”

林燃的声音强行闯入耳中。

黎想揉着耳朵，将手机拿远，一面回应，一面看着她给林燃备注的头像，想不通好好一个极品帅哥，怎么会因为棠微微变成“疯狗”。

与此同时，浴室里，水雾氤氲。棠微微裹着浴袍，坐在浴缸边，她只想独处一会儿。

可即便浴室水声阵阵，她依旧能听到客厅传来的手机铃声；她打开窗，想透一透气，却看到了林燃。

三月的夜里，青年裹着一身薄风衣，正好站在路灯下。

暖色的路灯光吸引了一只飞蛾，它绕着灯扑棱着翅膀，声音应该很响，青年一面讲着电话，一面分神去看。他的背影高挑挺拔，侧着脸，短发、眼睛、大衣都是浓郁的黑，只有皮肤白得发寒，因为没有表情，显得冷漠疏离。

他的目光追逐着飞蛾，眼里跳跃着灯火，棠微微如初见一样审视他，试图从那张脸上挑出些缺点，却在片刻后意识到：如果林燃是一幅画，那这浓墨重彩的每一笔都是按她的喜好绘就的。

在这幅画还是一张白纸时，棠微微就遇见了他。经年累月，涂抹勾画，都是她亲自调教出来的。她没有讨厌林燃的理由，可她也没想到，这画有一天会变成别人的。

她这样想着，没注意楼下的林燃已经快打完电话。青年眉头紧皱，看似是无话可说了，就在他抬头的瞬间，棠微微猛地躲开。

那首歌怎么唱的？

谁能凭爱意，要富士山私有。

湿漉漉的百叶帘边，棠微微捂着心口，莫名地想起这么一句，却又觉得可笑。

谁不知道，她从来不承认，她对林燃有“爱”的。

所以在餐厅里，她向林燃发火，也是在向自己发火。她气林燃与那个女孩的亲密举止，更气自己竟然会嫉妒。她因此感到惶恐。

逼仄的浴室越发热起来。

棠微微关上水，夜风很快吹散了热气。她走到窗前，虽没有再向窗外看，心里却十分清楚，林燃必然还等在那里。

三楼的小窗，灯光暗下来，百叶帘被拉紧。

林燃在某一瞬似是捕捉到了帘子后的人影，却没有多想，因为这时他听到电话那头嘈杂起来，有脚步声逼近，以及隐隐约约的对话。

虽然听不清，但他知道，那是棠微微。

听到关门声，林燃迫切地问：“棠微微她……”

“她说先睡了。”黎想道，接着点燃一支烟，火机轻响，两人默契地沉默了。几秒后，黎想感慨道，“我说你们两个，你追我跑这么久，还没有腻吗？”

林燃像听了个笑话，回她：“腻不了。黎想姐，我可不是你。”

“我怎么了？我这叫维持体面。”

黎想听得出弦外之音，这是在说她换男友如换衣服。她收敛了笑意，难得严肃起来：“我是觉得，微微的确该谈恋爱了，要是她愿意和你试试，我绝对不拦着。但是林燃，这么多年了，你有成功过哪怕一次吗？”

林燃不答，黎想猜他绝对在心里咒骂自己。毕竟也是多年交情，捅完对方的心窝子，黎想又觉得不忍，连吸了两口烟，才又总结道：“我这里有更适合微微的人选，如果你们在一起免不了三两天一吵，那不如让别人照顾她。作为过来人，姐姐我劝你，不要把她逼得太狠，及时放手。”

林燃没答话。

黎想等了一会儿，等到抽完一支烟，等得她以为林燃不会再回话了，对方忽然开口了：“你是说那个靳子川？”青年的嗓音比烟燎过还哑，“别白费力气了，棠微微不可能喜欢他。没有人比我更适合棠微微。”

头顶骤然一声微响，林燃抬头，见那只飞蛾还在纠缠路灯，拼命地撞上去，摇摇晃晃地落下，被他伸手接住。

电话那头，黎想还在说什么，林燃已经不想听了：“既然她累了，就让她先休息。”

黎想松了一口气：“行，你也赶紧回家。”

林燃冷冷地说道：“我不回，我等得起。”

说完，他干脆挂断电话，把手机丢在一旁的长椅上。飞蛾在他掌心努力地振翅，他轻轻一送，送它再次飞起来。

毕竟长夜又冷又暗，追逐光明，才是他们一生的宿命。

午夜的钟声已然敲响，林燃说到做到，一直等在路灯下，黎想忍无可忍下楼将人喊上了楼。

在黎想眼中，他也像一只蛾子，奋不顾身地追逐着光亮。进了屋林燃才发现，黎想今夜的妆十分动人，没能让该看的人看到，简直是浪费。

在换鞋的空当，他问：“你今晚有约？”

黎想摆摆手：“算是吧，反正现在没了……林燃，说到底我也是和微微一起看着你长大的，姐姐不能干涉什么，只一句话，感情不能勉强。”

林燃点点头，黎想再没说什么，懒懒散散地关上了门。

林燃站在空荡荡的客厅里，心中或多或少有些不是滋味——所有人都不看好他们在一起，可他偏不信。

他偏要在没有路的地方走出一条路，他偏要在棠微微的人生中留下自己的痕迹。

林燃径直向客房走去。房内有些昏暗，只有床头开着一盏小灯，棠微微陷在大床中，看起来也不过二十出头的样子。

林燃轻手轻脚地走近，盯着棠微微柔和的睡颜，忍不住想捏捏她的脸，然而刚伸出手，就被她抓住。

两人交握的指尖仿佛在发烫。

棠微微迷迷糊糊地说着梦话：“林燃……”

林燃忙不迭地轻声应道：“我在。”

说着，他俯身靠得更近。棠微微似乎梦到了什么，攥紧林燃的手，眉头微皱。

“林燃……”她轻声说，“我不喜欢……林燃……”

林燃一僵，笑意从眼里消失。

此时，阳台上，黎想正欣赏着五光十色的夜景，选择性忽略屋里两人。

手机闪烁两下，接连弹出两条信息，她只来得及看到第二条。

备注为“双鱼 Leo 10.24”的人说：“没兴趣可以直说，连放我两次鸽子是什么意思？”

黎想费劲地回想，总算想起这是她今晚的约会对象。她随手回道：“抱歉，宝贝，明晚如何？我请你。”

然而这次，迟迟无人回。

黎想再看，才发现刚才的两条信息一条来自 Leo，一条来自靳子川。

靳子川："黎小姐，在吗？"

而黎想的那条回复误发给了靳子川。

黎想瞳孔一缩，下意识想把手机丢掉，还没来得及实施，对方就回复了。

靳子川："发错了？"

黎想："对对，真抱歉！我在，靳总有什么事？"

没多久，对面又发来信息。

靳子川："请问一下，棠小姐平时都喜欢什么？"

黎想眼前一亮。

她回头扫了一眼客房的门，心道，林燃那小子尽胡说，合不合适的，试试不就知道了！

黎想："微微啊，她最喜欢学习了。这不，她最近正为考博的事心烦呢……"

黑夜中，许多事发生了微妙的变化，而睡梦之中的棠微微却毫不知情。她这一觉睡得很熟，直到太阳照进屋内，才被晒醒。

床上，棠微微才皱起眉头，下一刻就有一只手横在她眼前，为她遮挡着阳光。她慢慢睁开眼，看到了林燃挂着黑眼圈的憔悴的脸。

棠微微瞬间清醒，抱着被子下意识地往后缩了缩，警惕地问道："你怎么在这儿？"

"这不是重点。"林燃双手撑在床沿，往棠微微面前凑了凑，问道，"你为什么不喜欢我？"

棠微微太阳穴直跳，很想找黎想问问，说好的绝不会让他进门呢？

也许正是怕她质问，黎想早早走了，偌大的房子里，只有棠微微和追问不休的林燃。

整个早上，林燃像上满了发条——棠微微去洗漱，他堵在门口；棠微微要吃早饭，他没收筷子。整个客厅都回荡着他的质问声："为什么不喜欢我？"

"因为你太吵了。"棠微微忍无可忍，抬起头瞪着林燃反问，"从我醒来后，你有安静过一秒吗？”

林燃满心期盼地问：“那我闭嘴，你就会喜欢我吗？”

棠微微：“不会。”

林燃脸上的笑容立刻消失了，他静静地盯着棠微微，将她看得不自在起来。

是她说的话太重了吗？伤害到他了？他一大早就跑来道歉，还守了自己一晚上……就在棠微微心中忐忑不安的时候，林燃微微一笑，道：“你别后悔。”

他举起手机，按在发送键上的拇指一点，一张照片立刻就发了出去。棠微微定睛一看，手机界面上是他和棠爸的聊天记录：“叔叔，昨天我们和朋友聚餐，微微累了，睡在我家。”后面紧跟着一张她的睡颜照。

林燃温和的笑容下面藏着一颗无比险恶的心，他说道：“叔叔帮我们预约了下周二的孕检，他虽然嘴上不说，但实际上还是很支持我们的。”

棠微微心中的忐忑尽数消失，她现在只想掐死林燃。就在她想动手之际，手机突然响了，她剜了林燃一眼，背过身接起，神色逐渐缓和：“真的吗？那、那真是谢谢您！好，好，我马上出门！”

她一边说着，一边快步向外走。林燃伸手一拦，追问：“谁的电话？一叫你就出去，这么听话？”

棠微微只说是学校的事，敷衍两句，就急匆匆地离开了。

门重重关上。

棠微微紧攥手机，靠在门边，林燃受伤的表情不断在眼前浮现。早日结束吧，假情侣、假关系……在她彻底陷进去之前，还是快点儿结束吧。

电话是靳子川打来的，他不知从哪里得知棠微微考博遭遇的麻烦，提出可以帮忙。为了尽早脱离与林燃的这种说不清的关系，棠微微没有拒绝。

靳子川找到了联大的博导陆远博，这位导师在平城称得上学术泰斗，为棠微微争取了一些时间，保留了一个考试名额，说直白点儿，这是为她开了一扇并不过分的后门。

棠微微与靳子川在学校门口碰面，得知消息后，她难掩激动，真诚地一再向靳子川鞠躬道谢。

在她第三次准备弯下腰的时候，靳子川扶了她一把："不用总是这么客气，我们年纪差不多，平辈相交轻松随意一些就好了。"

棠微微有些不好意思："主要是跟靳总讲话，让我感觉自己像一个风投项目，时刻被您评估，所以难免有些拘谨。"

靳子川脸上的笑容微微一滞，他不动声色地看了她一眼："你很敏感，我可以给你再加五分。"

棠微微心里缓缓地冒出一个问号。

两人边走边聊，很快就走到联大的教学楼外。棠微微低头拢了一下头发，目光不经意地扫向周围，突然一顿。

一个头戴鸭舌帽，大半张脸被墨镜挡住的男人匆匆而过，还时刻警惕地观察着周围，好像要去做什么见不得人的事。

棠微微迟疑着出声："董哲？"

"什么？"靳子川问道。

棠微微回过神来，摇了摇头，好像突然想起什么，将之前的疑惑抛到脑后，忐忑地问："靳总，拿到这个名额，不会对您造成什么影响吧？如果需要您交换什么……"

靳子川失笑，他已经明白了她话里的意思，心中不免又高看她几分。

"棠小姐放心，陆教授是我们公司投资的节目的嘉宾，我们今天本来就有约。事情能不能成还要看你自己，我只是做个中间人而已。"靳子川伸手往教学楼一指，"走吧，陆教授已经在等着了。"

棠微微这才放下心来，笑着点了点头。

《绯色》杂志的总部在平城市区最繁华的地段。黎想身着一件小西装外套，海藻一般的长发被束了起来，露出饱满的额头，鲜红的嘴唇在黑白搭配的映衬下显得格外亮眼，让她看起来像朵刺人的玫瑰。她春风满面地走过办公区，一路上碰到的同事都笑着恭喜她即将接任主编的位置。

“还没有准信呢，可别瞎说啊。”黎想假意谦虚着走到了主编办公室，进门才发现，屋里竟然还站了一个眼神凌厉的女性。那人见了黎想，对她露出一抹略显高傲的微笑。

黎想有些迟疑，这时主编笑着站了起来，介绍道：“这是咱们部门新来的主编，杨小姐，从国外留学回来的，能力非常不错。以后就由她来接替我的工作，小想，你要好好配合她。”

“新来的主编？可您不是说……”黎想只觉得脑子里“嗡”了一下，往昔主编和蔼的笑声与鼓励在脑中回响。

她确定自己没有会错意。主编近年来身体不好，她的工作一直是由自己代为完成的。虽然黎想是副主编，但干的都是主编的活，也从没出过差错，这点大家有目共睹。而且她已经在副主编的位置上坐了三年，算是公司的老人了，平常与同事的相处也十分融洽……方方面面看下来，她是最适合做主编的人选，她想不通为什么会突然出现一个空降选手。

主编无奈地笑了笑，暗暗地伸出一根手指，向上指了指。黎想顿时明白了——楼上就是总部的大老板。

敢情这人是个关系户！黎想越想越气，不明白这种任人唯亲的公司还有什么发展前景。她更没想到的是，杨小姐新官上任三把火，第一把火就烧到了她的身上。

“下午的拍摄名单是谁做的？”杨小姐拿着文件，趾高气扬地从办公室里走出来。

黎想在众人的注视下站起来，不卑不亢地回答：“是我，有什么问题吗？”

杨小姐轻飘飘地扫了黎想一眼，手一松，文件啪的一声落到桌上：“有几个人的定位和风格不符，做份新的给我。”说完，她转身就要回办公室去。

黎想一愣，忙将人叫住：“下午就要拍摄了，如果变动名单，我们需要联系新的模特，做新的造型……”

杨小姐不耐烦地回过头，打断道：“我当然知道时间很紧。如果你觉得自己不行，可以交给别的同事做，我不介意。”

同事们纷纷担忧地看着黎想，黎想面无表情地看了她一会儿，拿起桌上的文件说道："给我两个小时，我会安排好的。"

杨小姐上下打量她，不怀好意地道："你搞得定吗？如果出了差错，让拍摄开天窗，这个责任……"

黎想咬牙微笑："我担。"

等到下午拍摄的时候，快递小哥送来了大包小包的下午茶，黎想招呼同事们享用茶点，大家欢呼着一拥而上，熟门熟路地开始分起了吃食，显然已经不是第一次了。

助理小龚抽出了其中的便笺，念出上面的落款："Mr.Gao？想姐，这又是哪个男朋友啊？上回不还是Mr.Li吗？"

黎想笑着将便笺抢回来，夹在指间扬了扬："说错话了啊，男朋友只能有一个，这些嘛，顶多算备胎。"

"要不说还是想姐魅力大呢，管着一片海域，还有鱼不停地往里跳。可惜最后全都饱了我们的口福。"

大家发出一阵善意的哄笑。

手中的便笺突然被抽走，黎想回过头，见杨小姐板着脸站在后面。她直起身，礼貌地打了个招呼："主编，一起吃点儿？要拍一个下午加夜场，挺累的。"心中的不平早在工作中宣泄了出去，此时面对杨小姐，黎想已经十分平静了。然而，她想就此揭过，对方显然并不乐意。

杨小姐凌厉的目光扫过众人："上班时间，是让你们用来吃东西的吗？中场休息都没事做？学习反思会不会？还有你，黎副主编，"她将炮火对准黎想，"我们是要把模特变成万人迷，不是让你自己做招蜂引蝶的万人迷！作为副主编，自己作风有问题就算了，还把混乱的男女关系带到公司里来！这件事情，我会如实跟老板反映的。"

黎想看着怒气冲冲的杨小姐欲言又止，过了半天，才问道："您有事吗？"

在杨小姐开口之前，小龚大着胆子说了一句："主编，其实我们是在开玩笑，不是真的……"

"领导讲话，谁让你随便插嘴的？"杨小姐狠狠地瞪了小龚一眼，"你被解雇了。”

黎想怒了：“等等，我的助理，你凭什么说辞退就辞退？”

杨小姐像是听到什么笑话一样，冷笑道：“我是主编，‘主编’的意思你懂吗？她不光是你的助理，更是公司的员工，老板让我全权负责《绯色》的一切事宜，而我认为她能力不够，不能胜任工作，这个解释你满意吗？”

黎想刚想上前跟她争辩，杨小姐却一个转身，踩着高跟鞋趾高气扬地回了办公室，众人愣在了原地。

黎想从没见过这么不讲理的人，气得快把指甲掰断了。她拿起手机给棠微微发消息：“陪我喝酒！”

棠微微的专业素养很快得到了陆远博的认可，两人相谈甚欢，临到离开时，陆远博已经答应一定会给棠微微留出博士名额。棠微微强忍着兴奋跟陆远博告辞，出了教学楼，靳子川看着她明媚的笑脸，心中愉悦。

他抬腕看了一眼手表，问道：“时间还早，要不要一起吃个晚饭？”

棠微微刚要回答，手机忽然响起，屏幕显示是黎想的来电。棠微微抱歉地看了靳子川一眼，靳子川点头表示理解：“你先忙，下次有机会再说。”

天色逐渐昏暗下来，棠微微急匆匆地赶到了“夜色酒吧”。酒吧里很昏暗，彩灯闪烁，光线迷乱，舞曲十分劲爆。人们在中央的舞台上随着音乐疯狂地摆动身体，一派群魔乱舞之象。

黎想已经有了些醉意，端着酒杯，拍着桌子大喊着发泄：“她就没想跟我和平相处！刚来就横挑鼻子竖挑眼的，谁看不出是在故意针对我？！早知道我也该跟着老大走了！《绯色》完了！姑奶奶我宣布它完了！”

棠微微抱着杯白开水，缩在卡座的沙发里，点头点得有点儿晕。面对一个正在发泄的醉汉，你不需要发表意见，只需要表示赞同就可以了。

两个独身女孩在酒吧里是一道亮丽的风景线，尤其她们还长得不错。坐在邻桌的秦政给了刚下舞池的同伴一个眼神，两个人便不怀好意地同时笑了起来。

黎想自己一个人喝完了一瓶洋酒，醉醺醺地站了起来，大着舌头道：“我、我去趟洗手间。”

棠微微起身要扶，被她挡开了，只见她自己一个人摇摇晃晃地走了。

酒吧里人声鼎沸，棠微微时不时担忧地看向通往厕所的过道，有些坐立不安，忽然身侧凑过来两个人。

秦政倒了两杯酒，和同伴一左一右地坐到了棠微微身边。

“美女，怎么就你一个人？”

棠微微觉得不自在，想起身，被秦政拉住一拽，又不由自主地坐了回来。秦政十分自然地将手揽上她的肩膀：“喝杯酒，交个朋友吧？我请你。”

棠微微脸色微变，下意识地往后躲去，然而秦政的同伴也贴了上来，两人形成夹击之势。她退无可退，霍地站起，慌乱之下碰到了秦政的手臂，杯中酒泼到了秦政身上，明显看到秦政脸色一变。

“不好意思，我不会喝酒，你还是找别人吧。”棠微微赶紧一边道歉，一边偷偷握住手机，给林燃打电话。

电话“嘟”了两声就接通了，棠微微刚要说话，就被秦政一把握住了手腕。

秦政嬉皮笑脸道：“来酒吧怎么可能不会喝酒啊？别装啦。”

那头的林燃听到这句不怀好意的话，立刻急了起来：“棠微微，你在哪儿？”

棠微微就这么跟秦政拉扯起来，一个要走，一个不让，一时间无暇分心回话。

黎想从洗手间回来看到这一幕，气势汹汹地冲上前，一把挥开秦政的手：“狗爪子撒开！你跟谁横呢？”

“怎么？你朋友泼了我一身酒，你还敢动手？两个小姑娘大半夜的来夜色酒吧买醉，能是什么好东西？今天这杯酒，你们必须给我喝了！”秦政蛮横地指着黎想，被她不耐烦地打掉了。

“让我们陪你喝酒，你也配？”

秦政脸都青了，这边的争执声已经吸引了一部分人的注意，他越发下不了台，发了狠劲：“臭婊子，给你脸不要脸！你不喝是吧？老子喂你喝！”

秦政拿起一瓶酒，捏着黎想的下巴就往她脸上疯狂倒酒，黎想醉意未消，一时未能挣脱，呛得连连咳嗽起来。棠微微上前要去帮忙，被秦政的同伴笑嘻嘻地拦了下来，酒杯递到她嘴边。棠微微看着黎想挣扎未果，深吸了一口气，夺过那人手里的酒杯，仰头一饮而尽。

喝完后，棠微微都有点儿站不住了，秦政的同伴还在不知死活地笑着："妹妹酒量不行啊，一杯就倒了？"

他话音刚落，棠微微猛然抬手，将玻璃酒杯狠狠地砸在秦政的后脑勺上，秦政应声而倒。棠微微以一种一夫当关，万夫莫开的气势站在酒桌上，手里还挥舞着一个空酒瓶，迷离的眼神中透着一丝凶恶，狠狠地扫过秦政和他的同伴。

"你再动黎想一下试试！"棠微微将酒瓶猛地掷在地上，碎片飞溅，整个酒吧寂静了一瞬，下一秒，叫好声与口哨声齐飞，巨大的声浪几乎掀翻屋顶。

林燃从电话中隐约听到"夜色""酒吧"等词语，挂了电话就往那里冲去。摩托车引擎轰鸣着在大街上疾驰，一个急刹车停在霓虹灯下。

他满腔怒火地推开酒吧大门，本以为会看到棠微微被欺负的一幕，没想到首先映入眼帘的是一地狼藉。

站在桌子上大声叫嚣的正是喝醉的棠微微。秦政和其同伴满头酒水，脸上还挂着几道指印，狼狈不堪。黎想满脸醉意，眼睛都快睁不开了，窝在沙发里嘻嘻笑着叫好。

这一幕让林燃头痛至极，他连忙挤进人群中，把棠微微从桌子上连拉带抱地弄了下来，和黎想安顿在一起。秦政原本对着这个酒疯子无计可施，一见来了人立刻揪着林燃不撒手，叫嚷道："你是她朋友吧？赶紧给个说法！你看看老子的脸、老子的衣服！"他往自己身上一指，明明是无比蛮横的话，却莫名透出一股可怜的意味。

林燃瞥了他一眼，冷笑道："你是谁老子？我没找你，你还敢自己撞上来？"

得，来了个更不讲理的！秦政无比憋屈，脑中闪过无数句脏话，说出口的却是："那也不能就这么算了！"

林燃一根一根掰开他的手指，将人一推，秦政就一屁股坐倒在地。

"喝酒是吗？来，我陪你喝。今天谁先放下杯子，谁就是孙子！"林燃居高临下地望着他，周围人不嫌事大地瞎起哄。

酒保提来一篮子酒，林燃启开两瓶，一人一瓶，将酒灌进冰桶里。黄色的酒液逐渐没过晶莹的冰块，秦政打眼一看，啤酒、白酒、洋酒都有，当即眼前一黑。然而，林燃丝毫不给他拒绝的机会，又让酒保搬来一个冰桶，倒了满满两桶。

他将其中一桶往秦政跟前一踢，皮笑肉不笑地说道："你不是要舒服吗？那你先来，喝多少，我跟多少。"

秦政犹犹豫豫，半天不伸手，林燃冷眼看着，突然暴喝一声："喝啊！"

秦政猛地打了一个激灵："不不不不喝了不喝了……算了算了算了。"说完，他从地上爬起来，连外套都不要了，扭头就想跑。

林燃一个箭步冲上去，揪住他的衣服领子，将他的头按进冰桶里。秦政疯狂挣扎起来，双手乱舞着，酒水溅了一地。眼见他挣扎的力气渐弱，林燃才大发慈悲地松了手，秦政慌忙后退，脸上酒水混着泪水，看向林燃的目光中充满了恐惧。

"别再让我看见你。"林燃伸出手点了点他，刚想转身，突然感觉身后有人贴近，属于女孩的轻柔呼吸凑近。

棠微微整个人挂在他身上，含含糊糊地说道："不、不准打架！"

"没打架。"林燃耳朵一红，面上还维持着冷漠，假装不耐烦地弯腰将人背起，又转头粗暴地把黎想拉了起来。

夜风轻拂，靳子川与生意伙伴在路边告了别，看向对面的酒吧一条街，整理了一下领带，吐出一口浊气，仿佛十分难受。

助理尴尬地开口："靳总，是我的失职，才让小顾总把见面地点定在了这里。"

"明天去人事部办手续，你被开除……"他话音未落，就见对面酒吧门大开，林燃背着棠微微，拖着黎想，艰难地从酒吧里走出来。

林燃吃力地走到路灯下，喘着粗气将黎想放开。黎想没了钳制，失了魂一样向着马路飘然而去，一边走一边还在念叨：“我喝醉了，我得回家，我喝醉了……”

另一边，棠微微在林燃背上一边蠕动，一边像念经一样大声道：“我没醉，我还能喝，放我下去！”

这可真是一对个性迥异的姐妹啊。

林燃将棠微微放在街边的长凳上，转头就要去拉黎想，但他一动，棠微微就歪倒下去，他只好又停住手，一时间焦头烂额。

马路上一辆汽车闪着灯飞驰而过，眼见就要撞上黎想，靳子川飞快地冲过去拉了她一把，黎想像蝴蝶般旋转着栽到他怀里。她眼神迷茫，愣怔地看着靳子川，突然抬手摸上他的脸，呢喃道：“你……你是杰森对不对？”

另一边，棠微微抱着长凳死活不起来，悲伤地痛哭：“我绿了，我要去我头顶抓羊，呜呜呜，林燃这个小王八蛋……”

靳子川与林燃隔着一条街道对视，难得对对方产生了同情。

良久，靳子川开口问道：“需要帮忙吗？”

林燃飞快地回答：“那可真是太好了，请送你怀里的女人回家，谢谢。”

靳子川：“……”感觉林燃好像就在等这一句话，失算了。

“棠小姐……”

“棠微微不用你关心。”林燃打断他的话，目光冰冷，“她是我的女朋友，我会把她照顾好的。”

靳子川一边将黎想的手从自己脸上拿开，一边挑眉问道：“你的女朋友？”

“对。”林燃坦然地跟他对视，“我跟她认识十几年了，亲过，抱过，表白过，也见过家长。棠微微怀孕了，我们过不了多久就会结婚。”

他表情认真，语气带了点儿威胁意味：“所以，请你以后离她远一点儿。”

靳子川看了一眼烂醉如泥的棠微微，道：“我会亲自跟棠小姐求证的。”

林燃意味不明地笑道：“好啊，再见，不送。”

靳子川将黎想塞进车里，刚带上车门，黎想就像八爪鱼一样缠了上来。靳子川急忙往后躲去："你干什么？"

黎想还在不停地念着人名，沉浸在认人游戏中："安迪？埃文？小伟？"

靳子川极力向后仰去，但女孩身上的馨香味和重重的酒味还是钻进他的鼻子。他不由自主地吞咽了一下，喉结上下滚动，吸引了黎想的注意力。她不再挣扎着要看他的脸，反而表情凝重地盯着他的喉结，好像在做什么严肃的研究。

靳子川微微喘着气道："黎小姐，我希望你能从我身上下……"

他话没说完，黎想就低下头，靠近他的脖子，在他的喉结上亲了一下。

靳子川脑袋里的打分系统疯狂跳出"－10""－10""－10"的声音，没一会儿又跳出连续的"＋10"的声音，似乎脑子已经混乱了。而罪魁祸首黎想已经在面前的男人身上打下了自己的记号，满意地睡了过去。

真是作了孽了，不知道林燃那边是不是也……靳子川头疼地捏着眉心。

被靳子川"挂念"的林燃，在一路历经棠微微放声高歌、扔鞋跳舞以及张着手臂奔向迎面而来的汽车等八十一难之后，终于成功回了家。他一只手紧紧抱着棠微微，另一只手上挂着包艰难地打开家门。

客厅灯光亮起，棠微微的手蹭到玄关柜子，沾了一手的灰。

她看着手上的黑印，醉醺醺地嚷嚷："这不是我家，我家没有这么脏！"

"这是我家……"林燃将她放在沙发上，长长地松了一口气。棠微微挣扎着坐了起来，一只手摸到一只手套，举在眼前，眨巴着眼睛疑惑地问道："摩托车手套？"

林燃顿时倒吸一口凉气，将手套夺了过来，胡乱塞进书柜里，说道："不是不是，是块抹布！"

棠微微又随手举起一个头盔："摩托车头盔？"

林燃将头盔抢过来，以一个标准的投篮姿势投进垃圾桶："是篮球，是篮球！"

生怕她再找到什么别的东西，林燃一把抱起她往卧室里送，嘴里还哄着：“好了好了，睡觉吧，时间已经很晚了。”

好不容易把棠微微哄睡了，林燃立刻将家里能找到的，所有跟摩托赛车有关的物品都藏了起来。他一边藏，一边还要警惕棠微微突然醒来，很快就出了一身汗。

直到消除危险，林燃才松了一口气，然后往浴室走去。浴室内水雾升腾，林燃刚脱了上衣，露出精壮的上身，就听到身后哗啦一声，门被拉开了。棠微微顶着一头凌乱的头发，茫然地站在门边。

棠微微目光迷离，看了一圈，落在花洒上，不等林燃反应过来，她就直接扑了过去，一把抢过花洒喷了林燃满脸水。

林燃目瞪口呆：“你怎么又醒了？你干吗？！”

“闭嘴！”棠微微一只手拍在他脸上，将人摁进浴缸里，不小心碰到淋浴的开关，于是头顶也开始往下洒水。她浇花似的，一边淋水，一边揉搓林燃的脑袋，嘴里还含混不清地骂道，“林燃小浑蛋，又出去打球，出一身臭汗。姐姐给你洗澡……”

林燃一愣，停止了反抗，抬头正对着棠微微湿透的衬衫，衬衫贴住的地方，凹凸有致……

意识到了那是什么，林燃第一时间梗着脖子别开脸，手忙脚乱地去挡水，耳根通红。

棠微微突然伸手一揪，疼得他立刻吸了一口气：“拽住我的头发了，棠微微！”

她动作一顿，手上力道放轻，有点儿迟疑地问：“疼吗？对不起啊，不哭不哭。”

棠微微摸摸林燃的脸，林燃看着棠微微，心中一动，露出一副乖巧的表情：“那姐姐亲亲我吧，亲一下就不疼了。”

“好，亲亲。”

棠微微眨眨眼睛，第一吻落在林燃额头上，然后是眼睛、鼻尖、脸颊……林燃闭着眼睛，身体微微颤抖，像是在努力克制什么。

棠微微醉醺醺地看着林燃，撇了撇嘴，表情十分委屈：“你天天出去闯祸，这么多年来我总给你收拾烂摊子，全校男生都知道我有个跟屁虫弟弟，桃花都跑没了，现在还要哄你……”

听着棠微微的声音，二十多年来的相处时光在林燃脑海中一闪而过。他只觉得心里鼓鼓胀胀的，万般情意涌动，急于找一个宣泄的出口。

“我赔。”林燃睁开眼，握住棠微微的手，花洒掉在浴缸里，水花四溅，他有些莽撞地吻上去，低喃道，“我赔你，棠微微，我拿一辈子赔给你。”

棒棒糖、棉花糖、橘子糖、草莓糖……无数糖果填充的梦境中，林燃从一个小屁孩一路成长为英俊的青年。路灯下，长大的林燃伸手要去摘糖吃，棠微微跟在他身后气急败坏地要抢，林燃忽然一个转身，将棠微微压在路灯柱上，脸越凑越近。

少年眼眸深邃，凝视着一个人的时候格外深情。他低低笑了一声，轻声道：“姐姐，我不能吃糖啊。不过没关系，姐姐是甜的。”

棠微微呼吸一滞，下一刻，猛地翻身坐起。想起梦里少年最后的低笑，凑近的呼吸……她不自觉地捂住嘴唇，好像曾经真的有那么一个吻，却被她忘记了。

棠微微懊恼地捶了两下脑袋，林燃是弟弟，她怎么能做那种梦！回过神来，她才发现自己在林燃家，到处都充斥着他的气息。

“林燃！林燃？”棠微微起床来到客厅，看见餐桌上端端正正地放着一盘早餐。三明治上七扭八歪地用番茄酱挤出一个爱心，旁边还放了张便条。

棠微微拿起便条，看着上面龙飞凤舞的字。他说他去上课了，让她记得吃早餐。她心中微微一暖。她拉开椅子坐下来，认认真真地品尝起这份“爱心早餐”。

然而另一边，林燃完全不像平常所表现的那样轻松——他又被抓到旷课了！

这是林燃第N次来到系主任的办公室，他已经熟门熟路，而且还颇为愉悦。

本来因为泰式餐厅吃饭的事，跟棠微微闹了别扭，可经过昨晚酒吧的英雄救美，还有浴室的那个吻，他自觉跟棠微微已经互通心意，很快，他就可以将追爱计划推进到第二步了。

系主任说完长长一段话，见他脸上非但没有悔改之色，居然还仰着头傻笑，顿时气不打一处来：“林燃，你逃课还很得意是不是？你有天分，有能力，只要努力，完全可以有所成就。但你看看你现在的样子，就一点儿不担心自己的未来吗？”

“老师，我是真的有事……”他正要辩解，立刻被系主任打断了：“林燃，大学四年，是你提高自己的能力所需成本最低的一个时期。不管你觉得上课有没有用，学校总有老师，有平台，有机会给你。可你每天都在干什么？你有想过以后吗？”

林燃一愣，一时间回答不上来。他认真地思考起来，自己从小除了缺点儿父爱、母爱，在生活上也算衣食无忧了。虽然在追求棠微微这件事上频频受挫，但其他的方面全都一帆风顺，于是他理所当然地觉得，只要追到棠微微，和她在一起，就是全部的人生目标了，难道还需要别的什么吗？

或许追到棠微微之后，他是该考虑一下以后了。

系主任看着他明显还没开窍的样子，长叹一口气，摆摆手道：“咱们学校跟欧洲那边联合举办的画展快要开幕了，别再掉链子。为了你自己，又或者为了你在乎的人，你总得拼搏一下！行了，你回去好好想想吧。”

林燃带着满腔疑惑，朝系主任鞠了一躬，出了办公室。手机响了起来，他看着屏幕上显示的“妈”，挑起了眉头。他按下接听，懒懒地说道：“今儿什么日子啊？您居然有空给我打电话？”

林妈妈语气清冷，但听得出来是特意放软了声音，因此显得有些别扭：“小燃，我接到你棠叔叔的电话了，你和微微的事怎么不和爸爸妈妈说？”

林燃一边接听电话一边出了教学楼，听到这话嗤笑了一声：“你们一进项目组就断掉所有联系，我怎么说啊？”

“你这孩子……”林妈妈沉默了一会儿，接着道，“小燃，你是知道的，科研项目没结束，我们这些核心人员不能擅离职守。你和微微的事……能不能毕业后再办？”

“你说什么？”林燃觉得不可思议，“回国参加儿子的婚礼，也叫擅离职守吗？”

林妈妈解释：“小燃，你不要闹脾气好不好？反正你们还年轻，只是晚几年……”

林妈妈说着自己的辛苦与不易，林燃听着，神色逐渐冷了下来，他开口打断：“我不想等。如果没别的事，我挂了，很忙。”说完，林燃不等妈妈回答，利落地挂断了电话。

从记事开始，他的父母就一直缺席他的生活。开学报到要等，家长会要等，领奖要等……现在，连结婚也要等。

对他们来说，他的人生远不如科研有意义。既然他们已经做出了选择，为什么还要干预他的生活，还要让他去配合他们的步调？

他们哪怕有一刻尊重过他的意愿吗？林燃仰头看着天边淡淡的云彩，深吸一口气，吐出一口浊气。

因为心中一直惦记着那通来电，生怕妈妈又把电话打到棠爸那里，林燃刚上完课就急忙赶回了棠家。果不其然，沙发上坐着一脸无奈的棠微微和满脸不高兴的棠爸。

“这是怎么了？”林燃内心沉重，面上还装出一副若无其事的样子，笑着进门。

棠爸突然喝止住他：“你先站在那儿，我问你，你妈给你打电话了没有？”

林燃一愣，低低应了一声。一看他这表情，棠爸什么都明白了。

“林燃，你到底是什么态度？”

“我不要他们来参加婚礼。”林燃低垂着眼睛，冷淡地说道。

“你简直是胡闹！”棠爸拍着桌子道，“小燃，从小到大，他们几乎就没管过你。我能理解老林他俩，他们是在为国家做贡献。但结婚是终身大事，如果你父母连这点儿尊重都给不了，我是不可能让微微嫁给你的！”

“爸！你跟阿姨打电话怎么不告诉我？”棠微微没想到棠爸一早叫住她，居然是为了谈论结婚的事情，她忙站起来去拉林燃，小声道，“反正毕业证我已经拿到了，要不直接和我爸说清楚吧？”

林燃没出声，将棠微微拉到身后，用沉默表达了自己的拒绝。

到底是自己养大的孩子，看着他那副落寞的样子，棠建国终究是不忍心，干脆眼不见心不烦，起身叫上棠微微就要离开。

“叔，要走也应该是我走。对不起。”林燃心乱如麻，扔下这一句话，握住棠微微的手腕，皱着眉带着人一块儿离开。

棠爸气得在后面追着喊：“你自己走，把微微给我留下！”

林燃充耳不闻，越走越快。

他拉着棠微微走到了海边。夜晚的海岸只有零星几点光亮，海浪击打岩石的声音层层叠叠地传来。

林燃和棠微微并肩坐在岸边的石头上，两人看向夜空。月明星稀，天与海在黑暗处相连，仿佛整个世界只剩下他们两人。

林燃脑子里乱成一团。两人的关系本来就是假的，一戳即破，现在连双方父母都开始反对，他生怕棠微微放弃自己，急于想证明自己在她心中的地位。

他认真地说道：“棠微微，我觉得在这个世界上，最爱我的人一定是你。七岁时，我开始读小学，给我系红领巾的是你；十二岁时，市奥数竞赛我拿一等奖，在台下为我鼓掌的是你；十六岁时，我第一次打架，去教务处领我的是你；就连我参加至关重要的高考，守在考场外的也是你。”

“你填满了我的人生，关心我，照顾我，爱我。没有人比我们更适合彼此了。所以，棠微微，你会嫁给我吗？”

棠微微扭头去看他，发现林燃眼中满是认真。

她动了动嘴唇：“可我们的关系是假的。”

“棠微微。”林燃加重了语气叫她的名字。

“对我来说，你是不可替代的。以前是你照顾我，以后我想照顾你。我想要从前、现在、未来的人生都由你填满。你会嫁给我吗？”无论是现在，还是以后，哪怕只有一丝可能，也请你真诚地回答我。

棠微微仿佛察觉到了什么，她下意识地移开目光，没过两秒，又尽量轻松地笑着摸了摸他的头发，用惯常的语气温和地回答：“好啊，那就等你能吃糖的时候吧。”

两人对视良久，林燃轻轻笑起来，转过头不再说话。

他想，他是一个男人，现在两人之间出现了问题，那他应该主动承担起责任，不应该靠逼着棠微微，来获取他想要得到的感情。

天朗气清，又是一个阳光明媚的日子。

林燃将棠微微送去了图书馆，自己走到巨大的榕树下，在花坛边坐了下来。他掏出手机，郑重地向棠爸求教：“棠叔，你觉得我怎样才能娶到微微？”

那边立刻就有了回应，状态显示正在输入中。

林燃的心立刻提了起来。五分钟过去了，对方一直在输入中，但输了大半天也没有回复他。正当林燃纳闷的时候，一条长信息占满了屏幕。

棠建国给他列了四点要求——

“一、能力。即将毕业，工作有着落吗？如何养家糊口？

二、诚意。新房、聘礼以及其他的生活基础。

三、决心。年龄差距大，如何给予对方安全感？

四、……”

林燃看着这条长长的短信，以及每一点要求之后详细的注释，陷入了沉默。他好像有些明白那天系主任想跟他说的话了——作为一个男人，他必须有责任，有担当，以及可以承担起这些的能力。

CBD商务楼中，《绯色》杂志社内，一阵急匆匆的高跟鞋响声从走廊尽头传来。

“杨主编！”黎想怀里抱着两本杂志，追着杨小姐穿过走廊，她冲上去将对方拦下，举起杂志说道，“主编，下一期的封面已经下印厂了，为什么忽然叫停？临时换封面？而作为项目负责人的我，还是最后知道的。”

杨小姐满脸不耐烦，试图直接越过她，黎想强势地堵住她的去路，两人的对峙已经引起其他同事的注意。

“我不喜欢，所以换了。”杨小姐瞥了一眼杂志，语气轻飘飘的，“这个理由可以吗？”

黎想将嘴唇抿成一条直线，强忍着怒火道：“你这是对整个公司的不负责任。”

杨小姐刚要开口，走廊尽头，靳子川在人群的簇拥下走来。顾祯打扮得人模人样地跟在靳子川身边，远远地看见了黎想，立刻露出一抹意味深长的笑容。

他就说嘛，表哥怎么会那么好心给他解禁，还说什么收购公司……顾祯想起他上次半夜起床，发现自家表哥抱着喝醉的黎想往家里走的事，顿时明白了。

肯定是表哥自己不好意思，所以嘴上说教他处理事务，实际是来看望未来小嫂子。

自以为发现了真相的顾祯挤上前热情地跟黎想打招呼：“小嫂子，又见面了！那天你跟我哥……”

“顾祯！”靳子川面若寒霜，立刻喝止。

看着周围窃窃私语的同事，黎想十分无语，杨小姐却率先开口：“黎副主编，我之前已经提醒过你，咱们做时尚杂志的，在私生活方面还是有必要检点一些。现在看来，你是根本没把我的话放在心里。”

说完，她向靳子川轻轻一笑，尽显优雅：“靳总，让你看笑话了。”

黎想翻了个白眼，她急着搞自己的事业，哪有工夫搞男人？她看了看冷着脸的靳子川，脑海里闪过上次醉酒后的零星片段，又忍不住心虚，只好拉过顾祯道：“哎，小朋友，你来看看，这两个封面，哪个更好看。”

顾祯对“小朋友”这个词多少有点儿不满意，却又想到她是未来的小嫂子，既然搞不定表哥，曲线救国搞定嫂子也是一样的。

于是，顾祯装模作样地认真研究了一会儿，指向杨小姐那本，杨小姐精神一振，却听他嫌弃地“咦”了一声：“这封面模特哪儿找的？城乡接合部的部花吗？还戴个黄袖套，土不土，洋不洋的，审美太糟糕了！难道下期的主题是‘劳动最光荣’？”

黎想“扑哧”一声笑了出来，杨小姐脸色一阵红一阵青，忍不住反驳：“难道另一本就好看吗？我们的模特一向走甜美风……”

“日系小梨花、夏季果汁妆，哪一样不甜美？甜美难道还有固定标准？”黎想打断道，看着众人投向自己的目光，她毫不在意地甩了甩自己的大波浪长发，接着道，“模特的短发造型与裙装设计，正契合《绯色》的定位和理念——创新、引领，作为下期封面，高度符合流行趋势，我不接受你的更改意见。”

靳子川从站定那一刻开始，就盯着黎想陷入了沉思。他眼前的世界像一张考卷，目光所及之处就冒出标签与分值：鞋跟过高，扣十分；妆容过艳，扣十分；裙装过短，扣十分……

这时，顾祯默默地凑近靳子川，小声提醒道：“哥，你说句话。”

靳子川这才看见众人都看着自己，好像正在等待裁决。而黎想拿着两个杂志封面，也正紧张地等着他的回答。

他的目光落在杨小姐的封面上，紧接着脑海中冒出一个巨大、加粗、描红的“－999分”。他二话不说，黑着脸转身就要走，《绯色》的领导们立刻追了上去。

“靳总，靳总，非常抱歉让您看到了一场争议，不过我们做杂志的不怕争吵，就怕没想法，您说对吗？”

靳子川漠然地转过头，道：“鉴于对整个集团的考察，当前，快销类彩妆市场定位不清晰；日化线品牌定价和目标客户定位不准确，且没有转型意愿。唯一有前景的刊物，主编又是这种水准，我还有必要评估吗？”说完，靳子川深深地看了黎想一眼，转身离开了。

靳子川走后，总公司的领导将杨小姐痛批一顿，最终还是采用了黎想的封面。黎想心中爽极了，一出办公室就立刻给棠微微打电话，迫不及待地分享她的好心情。

“实在是太爽了你知道吗，杨小姐的脸色难看得跟什么似的！”

手机里传出黎想畅快的笑声，棠微微也默默地勾起嘴角。她坐在图书馆里，正在人物观察本上写写画画，最后她停下笔，看着本子上的字。

“喜欢的表现：一、他更多地将视线投向你，和你聊天的时候会更愿意笑。二、因为有趣的事情而感到兴奋的时候，他会更多地将视线投向你，以寻求你的反应。三、你们往往可以靠得很近，却并不感到局促，反而感到放松和愉悦……”

每一条后面，都被她用笔画了一个钩。

“你干什么呢？怎么不说话？”手机里传出黎想略显不满的声音。

棠微微将笔扔了，长叹一声，把头埋进本子里，有气无力地说道：“完了，想想，我觉得林燃对我的感情有点儿不正常。”

黎想的八卦天线立刻竖了起来，她问道：“你才发现啊？是发生了什么吗？”

棠微微思绪放空，听到问话，下意识地回答：“我们在一起了。”

电话那头传出一声兴奋的尖叫，棠微微如同被刺痛一般立刻从椅子上弹了起来：“不是，你听我解释……”

“棠微微，你终于开窍了，行啊你！”黎想叽叽喳喳地说个不停，“请吃饭，你俩必须一人请一顿，听见没有！”

棠微微几次张嘴都插不进话，无奈地重新将头埋进本子里。

其实，她也是喜欢他的，喜欢那个一会儿让她焦头烂额，一会儿又让她无比开心的小煞星。只是她一直瞻前顾后，下不了决心。也许，她该试着坚定、勇敢起来，就像这次考博一样……过自己想过的生活，做自己想做的事。

这样想着，她的心情似乎也明媚起来。

棠微微从图书馆出来，一路走在校园中，不时有学生对她指指点点，她心中疑惑，回想起刚才在图书管理碰到的两个女同学。那两个人凑在一起，一会儿对着手机不知在看什么，一会儿抬头指着她……

她打开手机，先是在联大的官方网站和官博上浏览了一圈，什么都没有发现。她又打开学校贴吧，飘在第一位的帖子标题赫然是“准博士生论文抄袭”，下面还挂了她的照片。

棠微微一惊，刚要点开帖子查看，就接到了陆教授的电话，催促她立刻赶往教务处。

“老师，是因为贴吧里的那篇文章吗？”她问。

陆教授叹了口气，没有正面回答，只道：“微微啊，不管发生什么，老师都相信你。”

棠微微心中一沉，刚刚认清自己的心意而产生的愉悦，随着陆教授的这句话，顿时烟消云散。

棠微微赶到教务处时，小小一间办公室里，教务处李主任、陆教授等人皆在，还有一男一女。女孩看起来二十出头，有些瘦弱，正拿着纸巾擦眼泪，男的穿了身正装，竟然是董哲。

“棠微微，你来得正好。”董哲摆出一副高高在上的姿态瞟了她一眼，“剽窃论文，盗取别人的劳动成果，侵占学校考博名额，这些事都是你做的吧？”

棠微微冷静地否认：“我没有做过。”

董哲哼笑一声：“少来这套。这种事，往小了说是考场舞弊，往大了说就是品行不端、学术造假！联大是我们平城的知名学府，真不知道怎么会培养出你这种卑鄙的人！”

“你胡说八道什么呢？”一道声音从门外传来，林燃沉着脸走进来，站到棠微微身边，对董哲怒目而视。

贴吧上已经传得沸沸扬扬，林燃当然听到了风声，于是他一刻也不敢停地往教务处跑，还好，没来晚。

门口围着几个学生，大家都伸着脖子往里看。

董哲见了林燃，新仇旧恨一起涌上心头，咬牙切齿道：“你算哪根葱？不该管的事少管，否则我就当着大家的面，把你们俩做过的龌龊事都说出来！”

林燃拳头一紧，就想上前揍他，被棠微微扯了一把，稍微冷静下来。

棠微微面色平静地看向董哲，道：“他是我的男朋友，当然有资格管我的事。”

这话如惊雷一般在林燃耳边炸开，他愣了一瞬，猛地转头看向棠微微，面容一点点地明朗起来，眼睛闪闪发亮：“微微，我没听错吧？你刚才说……”

棠微微握了一下他的手，勉强扯出一抹笑容：“你没听错。去外面等我一会儿，乖。”

林燃的手握紧又松开，松开又握紧，十分振奋的样子。他用力地点了一下头，转身向面色铁青的董哲暗暗扬了一下拳头示威，这才转身出了门。

关门声响起，棠微微转向众人，看向正在垂泪的女生道：“事情我大致了解了一下，你就是举报我论文抄袭的所谓‘原作者’吗？”

“对，她就是苏杭。”董哲恨恨地盯着棠微微，鼻子里喷出一股气，“我表妹。”

“董先生，之前怎么没听说你有个妹妹，还这么巧，也在联大，也考博啊？”

棠微微联想起之前来学校见陆远博教授时看到董哲的身影一闪而过，心中已经知晓这是针对她的一个局，目的就是要毁了她的名声和前途。

苏杭弱弱地出声：“我们之前很少联系。学姐，这和你剽窃论文有什么关系吗？”

棠微微的脸色微微一变，她盯着苏杭咬牙道：“心理亚健康状态，多表现为频繁出现情绪躁动、兴致低落、注意力不易集中。”

苏杭一愣，有些莫名其妙：“什么啊？”

“不记得了？没关系，那我们来说说‘孤独’的三个特点。首先，它是由社会交往缺乏而……”

“你到底在说什么啊？”苏杭眼睛一眨，眼泪又掉了下来。

她转向李主任，神情凄苦地说道：“老师，你们到底管不管她啊？”

“你不用为难老师，”棠微微声音冷淡，“我刚才背的，都是论文里的摘要。我记得它，因为它是我花了无数个通宵改出来的，可你的反应是什么呢？”

苏杭的脸一白，心中发慌。

棠微微继续分析道：“我的论文选题是和导师共同商议选定的，据我所知，整个心理系都没有同学和我选择同样的选题，说我抄袭，请你拿出证据！难道就凭空口白牙，以及你刚才一无所知的反应？”

苏杭手一抖，求助般看向董哲。董哲不满地瞪了她一眼，黑着脸举起手机对准棠微微，又转向李主任。

“苏杭的论文底稿修改时间比你早，你还死不承认！联大心理系研究生棠微微，浪费教育资源的抄袭者！校方纵容她学术造假、迫害同窗、乱搞男女关系！我今天若是讨不到一个说法，就去爆料，你们还敢一手遮天不成！”

胆小怕事的李主任急出一脑门汗，躲着镜头一再制止，董哲给苏杭使了个眼神，苏杭深吸一口气，一屁股坐到地上，哭喊道：“微微学姐，你给我留一条活路吧！我知道你有人脉，你报不上名有人给你留名额，可我的论文倾注了很多心血，你把它还给我吧！”

董哲在录，苏杭在哭，李主任在拦，现场乱成一团。棠微微看着这一幕，冷着一张脸一动不动，心中只觉得无比荒唐。

导师走到她旁边，拍了拍她的背。

棠微微刚感受到了一丝温暖，就听李主任无奈地妥协道：“别录了，董先生！既然你们手里的论文底稿早于棠微微的，校方一定会好好调查。这样，我们先暂时保留对棠微微的考博资格的审理意见，如果你们说的一切属实，校方一定会给出满意的交代的！”

棠微微无比诧异地看向李主任，她想说什么，还没张嘴就听见她的导师出声反对：“李主任，我不同意！考博一年就一次，如果因为留看耽误了，谁来负责？”

李主任示意陆教授别说话，转而看向棠微微：“微微啊，老师们都很重视你，在乎你，但我希望你能理解，学校不止你一个学生。当然我们也会好好调查，这事……暂时先委屈你了。”

棠微微如遭雷击。她不由自主地后退了一步，缓慢地摇头：“这理由太荒谬了，我不能接受……”

李主任打断她的话，语重心长地继续劝道：“他们录了像，传出去对学校的名誉损害太大，你作为学校的学生，也要体谅老师。这件事也不是没有转机，只要你能证明你的清白……”

“李主任，”棠微微抬头，打断道，“我没有做过的事，怎么证明？不应该是谁控告，谁提供证据吗？”

李主任为难地转向董哲，董哲得意地关掉了手机，靠近棠微微，小声道：“读那么多书有什么用？连自证清白都不行。棠微微，你就是只生活在象牙塔里的小白鼠，除了学习，什么都不会！”说完，他带着“表妹”扬长而去。

棠微微气得肩膀发抖，说不出话来。又一次，在她以为即将迎来光明的未来之时，现实又给了她狠狠一击。

她想考个博就这么难吗？她想按照自己的意愿生活，就这么难吗？

“微微……”陆教授担忧地叫道。

棠微微对着众人鞠了一躬，强忍着悲愤说道：“是我连累大家了。但没抄就是没抄，我不怕流言，他大可以把视频传出去，把今天的事情说出去……公道自在人心，总会有人站在我这边。”

她说完，也不管老师们七嘴八舌的劝诫，决然地转身离开。

第五章

全世界独一无二的小猫

棠微微走出教学楼才发现，不知何时，路边的花开始凋谢了。棠微微沿着梧桐大道走下去，多少觉得有些萧瑟……满打满算，她在联大一共读了七年书，对学校、对师友都有感情，陆教授给她的寄语“笃学、笃思、笃行”，至今仍贴在家里的书桌上。

谁也没想到，她竟然会遇到这档子事。如果处理不好，不但书念不成，她的名声恐怕都会毁于一旦。

棠微微心中郁结，艰涩地吐出一口气，刚走过教学楼前修葺一新的小白楼，就看到林燃在向她使劲挥手：“棠微微——”

他嗓音甜腻，棠微微听得太阳穴猛跳。

“刚才那个姓董的出来，看见我就骂。我可是非常听话，没还口，也没动手，表现不错吧？”林燃边说边走向她。

他在棠微微面前站定，露出求夸奖的表情：“事情处理得怎么样？都搞清楚了吧？你的论文开题时间有记录，李主任和陆教授一对就明白，应该没事的，是吧？”

棠微微含糊地“嗯”了一声，林燃这才注意到，她一点儿也不像没事的样子。

他太关心棠微微了，关心则乱。

这不怪他，全怪棠微微刚才在众人面前承认了他“男朋友”的身份……得到她的承认，有资格与她并肩，这本来就是林燃的奢望，没想到就这么被棠微微一次性满足了。

林同学被幸福感冲昏了头脑，整个人晕头转向，如坠梦中。一阵风带着潮气吹过，林燃终于清醒了。为了掩饰失态，他低头掏手机，咳了一声，说道：“没事，没事！回家说吧，我叫个车……怎么要等那么久？！”

因为现在是城市交通晚高峰，棠微微心想。

但她没开口，此时的她心里很烦，出于习惯又去捕捉林燃的微表情。对方此刻眉心紧蹙，嘴角下拉，是一个很典型的“不高兴”的表情。同时，他时不时地看向她，传递着毫不掩饰的关心。

因为不掩饰，受到关心的棠微微也会感到有负担。她收回目光，不再等车，径自迈上人行道。她一边走，一边继续观察，自我安慰：林燃到底还没有长大，遇事急躁，还是需要照顾的弟弟。

而二十八岁的她已经是成熟的大人了，她应该处理好自己的心情，应该有能力应对困境。

棠微微在自我催眠中麻木地前行，浑然不觉身后有个人紧张地跟着自己。她不知道要走向哪儿，甚至没有发现开始下雨了。

“微微，棠微微？”

棠微微回过神，发现除了自己，所有人都急着避雨，林燃也不再任由她乱走，焦急地将她拉到一处屋檐底下。

“在这儿等我一会儿！”

棠微微还没来得及出声，林燃就不见了身影。她下意识地向外迈出一步，想去找他，可风携着雨迎面袭来，把她浇得一激灵，她不得不重新缩回屋檐下。

看着无边的雨幕，她耳中似乎响起好多声音。

董哲在骂：“来，把棠微微的龌龊事都说出来！让大家听听，高岭之花在背后是怎么乱搞关系、抄袭作弊的！”

学妹在哭："学姐，我的论文倾注了很多心血，求求你，把它还给我吧！"

李主任在劝："微微，老师们都很重视你，在乎你，但我希望你能理解，学校不止你一个学生。"

不想听，她一句也不想听。

棠微微紧紧地捂住耳朵，感觉眼眶酸涩，她立刻闭起眼睛。

不要听，也不要哭，她无措地勒令自己，咬牙开始背书："哭泣行为的背后，指代、指代悲伤情绪，而、而……"

而什么？下一句是什么？而悲伤情绪来源于丧失、失败、分离……丧失考博资格，无法自证清白……

词条的关联意象如山一样沉甸甸地压下来。棠微微颓唐地埋下头，努力让自己平静下来，而与此同时，一把伞向她倾斜下来。

林燃湿漉漉的脸从伞底探出来："棠微微，我回来了。"

他把整个墙角都挡了起来，当棠微微睁眼时，仿佛整个世界就只有他们两个人。他将她护起来，此时正拉着她的手，用袖子给她擦拭雨水。

林燃语气里有些压不住的懊恼，动作却很温柔："我才走多久啊，你怎么被淋成这样了？"

棠微微僵硬地别开脸，被擦干的地方隐隐发烫，她说道："别管我。"

林燃叹着气，把伞放到一边。就在棠微微认为自己成功把他气走的时候，林燃忽然俯身抱紧了她。

"现在才推开我，是不是晚了点儿？棠微微，今天下午在办公室里，你说我是你男朋友，我特别高兴。"林燃宣示主权一般，用双臂紧紧圈住她，"当时我就想，这么多年，我终于等到这一刻了，等到你愿意给我资格，让我光明正大地站在你身边，就像现在这样。"

说着，他轻轻地捧起她的脸，两人额头相贴，他眼底闪烁着亮晶晶的光："所以，把痛苦分担给男朋友吧。无论别人怎么想你，我都永远相信你，保护你，陪你对抗全世界。"

这都是些什么中二台词？谁会信啊？棠微微这么想着，一开口却哽咽起来："我、我真的没有抄袭……"

林燃："嗯。"

"我也没有走后门……"

"我知道。"

林燃小心翼翼地轻轻拍她，棠微微却越发心烦意乱。她好像瞬间崩溃了，哭湿了他的衣领，可怜兮兮地说道："林燃，你知道我没抄袭，大家都知道，可学校还是取消了我的考博资格！"她哭得又凶又急，"我那么努力，我都……我都骗我爸我怀孕了……"

风雨声和人声退潮般远去，棠微微已哭得筋疲力尽，发泄过后，她感觉脑袋一片空白："我根本不知道怎么办，不知道怎么见我爸，不知道怎么解决这件事，我也不想回家……"

"好，不回家。"尽管心疼得要命，想冲去暴打董哲，但林燃依旧耐心地安慰着她，将她藏进伞下这一方安宁里。

雨势渐渐变小，直到夜幕降临，林燃才把哭累了的棠微微带回了家。

卧室里，吹风机嗡嗡作响，棠微微坐在床边吹一阵，走神一阵。

一方面，她对自己的失态非常后悔；另一方面，她不知道接下来要怎么办，她现在是真的不想回家，但如果去黎想家，恐怕外面那位……

林燃送姜茶进来时，看到棠微微垂着头，一副郁郁寡欢的样子，再加上她眼眶红红的，刘海湿漉漉的，心疼得只想抱住她。

"阿嚏！"棠微微只觉浑身发冷，林燃见状把茶杯塞进她手里，一把夺过吹风机，"我给你吹头发，你喝点儿姜茶暖暖。"

知道拗不过，棠微微只能老老实实地听凭他摆布。

她从姜茶氤氲的雾气中望去，他微微仰着脸，她只能望见他线条流畅的下颌角。

呼呼的风声时远时近，林燃见她偷瞥他，凑到她耳边轻声喊："微微？"

"嗯？"被点名的人感到一阵心虚，立即坐正。

林燃得意地笑了，撩起一绺头发，道："是不是有点儿不习惯啊？"

"有一点儿……"棠微微语气微妙。

林燃温柔的声音从头顶传来："这有什么？小时候你总给我吹头发。你不知道，上高中以后，我就一直在想，总有一天我会长大，我可以站在你身边，可以照顾你，我也能为你吹头发。"他语气轻快，边笑边晃吹风机，"来，男朋友给你吹刘海啦。"

棠微微一时不防，被扣在他胸前。大脑短路了一秒，随即她自动检索，终于从知识储备库中找到一本书。她在心中默念起来："心理学认为，喜欢一个人会有生理、情绪变化，直接或间接地为对方排忧解难……譬如，在对方面前心跳加速、脸颊发烫，眼底亮起不可隐藏的微光。譬如，喜怒总被对方影响，无缘由地燃起占有欲，妒忌、排斥企图染指对方的异性。譬如，无条件地给予信任、陪伴，时刻做好奉献准备。譬如……"

别譬如了！棠微微在心里喊。一切都证明，林燃就是喜欢她。棠微微心慌意乱地在脑子里合上书，因为这个结论而红了脸。

她身后的林燃正好收起吹风机，发现她不知道在想什么，耳朵都红了，他心里像放烟花一样开心。

原来吹一下头发就会害羞啊，这么可爱的吗？

林燃心想，棠微微真好，哪里都好，今天还叫他"男朋友"了。虽然明知道棠微微当时说他是她男朋友只能权宜之计，可是不管怎么说，他也算是朝着胜利迈出了一大步，两人迟早会假戏真做，开启浓情蜜意的恋爱生活！

如此想着，他忽然十分严肃地开口问道："棠微微，你现在还难过吗？"

棠微微闷闷地回他："还好。"

林燃眼底一亮："那……那我能吻你吗？"

"吻我？"棠微微条件反射地要站起来，林燃立刻把她按在了床上。

两人的脑袋撞了一下，都撞得晕头转向，棠微微痛得拿起枕头往林燃身上砸了两下："我让你再随便问这种事……"

林燃一把抢过枕头抱在怀里，佯装可怜地问："那能不能嘛？嗯？"

棠微微自觉说不清，别开脸，沉默地蜷缩起身体。

林燃叹了口气，不再捉弄她，替她盖好被子，说道："好吧，看来今天不行。"他打个哈欠，"现在是今天的男朋友睡前故事时间。"

棠微微闷在被子里，听他轻声讲着故事。

“很久很久以前，有一只小猫，每个下雨天都会躲到我家屋檐下避雨。它很漂亮，也很怕生，不管我怎么亲近它，向它示好，它都不让我靠近……所有人都和我说，算了，换一只吧，世界上还有更好的猫。”顿了一下，林燃轻声笑道，“但我偏不。因为我看到它的第一眼就认定，它是最特别、最好的。我相信，只要我坚持，它总会依赖我，至少在每个下雨天，我都可以看到它，照顾它。”

故事很无趣，可不妨碍讲故事的人很动情。

棠微微渐渐地感到眼皮发沉。她在别人家很少能快速入睡，但是今晚她太累了，很想一觉睡到地老天荒，什么都不用想。

小猫的故事不知什么时候接近尾声了。

林燃趴在床边，柔声总结：“我喜欢那只猫，哪怕只在雨天才能拥有它。”隔着被子，他把吻落到棠微微的额头上，而后又道，“可我更喜欢你，棠微微。哪怕就这么陪你假装一辈子情侣也好。”

怦怦怦！心跳声大得像擂鼓一样，棠微微捂住心口，惊慌地等着林燃从床边走开。

他端起杯子，关上门的瞬间，突然又问：“棠微微，你从来不分析我吗？你所学的心理学知识早应该告诉你，我有多喜欢你。”

说完，他摁灭了灯。

室内一片漆黑，棠微微从被子里探出头，大口地喘着气。此刻，她的心跳得格外厉害，就像林燃拥抱她时那样。

她甚至不用分析，所有生理和心理反应都能帮她确诊。

一个人内心的悸动，那叫单相思。而她与林燃之间似乎有些微妙的情绪在滋生。她知道，书上称之为“两情相悦”。

因为一颗心躁动不安，棠微微一夜翻来覆去，等到天微微亮才合眼。

她好像再次听到了董哲的指控，猛地惊醒，揉着太阳穴。她这才想起自己时间紧迫，还要自证清白，赶忙找来纸笔做起人物谎言分析。

她一边分析一边在纸上写道——

董哲：语言逻辑前后矛盾，判定撒谎！时间顺序混乱不清，判定撒谎！

董哲那个所谓的表妹：身份存疑，不可信……

眼前的纸突然被人一把抽走，她还来不及抬头，一个人影就扑进被窝里。

棠微微头疼地说道："林燃，说了进屋前要敲门。"

"我进你房间什么时候敲过门？"素面朝天的黎想从被子里抬头，她接到林燃的电话就匆忙出门，连保湿水都来不及拍一下。

看着精神不振的棠微微，黎想心疼坏了："宝贝，你都憔悴了，快别弄这些了！"

那张纸被黎想揉成了废纸团，棠微微努力去抢却没抢到，于是趴在被子上装死。

"好了，事情林燃都和我说了，你也别自己闷着弄这些了，管什么用？"黎想坐在床边，一下一下地拍着她的背，哄小孩似的安慰道。

棠微微苦涩一笑："那我还能干什么？我学这些东西，学了这么多年，居然不能证明我的论文是自己写的！你别管我了，我太难受了。"

"乖，先跟我出去。"

"我不出去。"

"哦？那我叫棠叔叔来……"

棠微微猛地翻身坐起。

黎想把人捞出被窝，给她换完衣服后又喂了她两口水，最后拉着她出了门："走走走，这一切交给我好了！俗话说'车到山前必有路'，没路想姐给你铺！"

一个小时后，在甜品店的靠窗位置，一头长卷发的美女窝在角落里哭哭啼啼的，引得路人纷纷看过去。

棠微微哄着美女："乖，想想，你先从窗帘后面出来……"

"太丢人了，我不出去！"黎想经历了这辈子最大的滑铁卢。回想一个小时前的遭遇，黎想真是倍觉讽刺。

她穿了件黑T恤，还贴了一个大花臂，领着棠微微直奔学校找造谣的苏杭说理，没想到遇到了宿管大妈。

宿管大妈说："进楼要出示学生证！"

棠微微乖巧地递上，大妈过目，点头："你进去。"她又指指黎想，"你不行。"

"阿姨，怎么还区别对待呢？我文身，我蹦迪，可我是个好……"没等黎想继续说下去，大妈举起固定电话听筒道："喂，保安？"

黎想咬牙切齿："我的文身是贴的！阿姨您听我说！阿姨，您这是干吗呀！"

两人最终蹲在一楼洗手间，委屈地洗了十分钟花臂。等黎想举着光溜溜的红胳膊进楼，棠微微已经开始打退堂鼓了。

为了重振士气，黎想一口气冲到五楼，站在苏杭宿舍门口。狠话她都想好了。黎想决定，无论苏杭是什么态度，上去就一套组合拳，让对方领略一回社会人的毒打，再摁头让她给棠微微道歉。

黎想咚咚敲门，有人过来打开了一条门缝。

黎想深呼吸："你……"

对方扫她一眼，反手关上门，同时说了一句："快递放门口。"

看来，道歉是不可能的。棠微微站在楼下，看着黎想与对方隔空对骂，内心苦涩地得出这一结论。

黎想举起叉子，狠狠地插进面前的蛋糕里，大声控诉："无语！现在的小姑娘连面对面骂街都不敢，关起门说你是'抄袭精'，说我是'白莲花'，也不睁大眼睛瞧清楚了，姐姐怎么着也是'黑莲花'！"

棠微微只是点头，也觉得她们很过分。

有一节心理课是专门分析人性的恶，她每次都考不到高分，因为身边的人分析来分析去，只有莽撞仗义的闺密，少年意气的竹马，以及说不出重话的自己。

盯着咖啡杯里不完整的拉花，她自嘲一笑："我真没想到，她们是这个态度……不过，今天还是很感谢你。我以后总算可以换一种人分析了。"

黎想丢下叉子对着手机冥思苦想，忽然一拍桌子道：“哎，我怎么把那个谁忘了！”

棠微微：“谁？”

“靳子川啊。”黎想一面拨号，一面拿起包风风火火地向外走，“微微，你别急，当初这个导师就是我拜托他找的，你等着，这事我一定给你解决！”

棠微微一愣，觉得这话很耳熟，她张口想阻止，但是黎想此时宛如戏精上身，浑身都是戏，一抖擞就将她推开老远。

两人一前一后地走着，黎想显然已经拨通了电话。

棠微微站在车来车往的大街上，焦虑的情绪无限放大。不知道怎么的，她突然想到了林燃。

虽然黎想是一心为自己好，但是她真的希望黎想放下手机，甚至希望下一秒某辆车在她面前停下，车门打开，林燃从车里走出来。如果他在这里，也许她会有更多勇气。

不过，林燃当然不可能出现。

事实上，他现在正在另一辆公交车上，靠着扶手站着打瞌睡。

昨晚临睡前，林燃接到棠叔的电话，他三分真七分假地把“你女儿在我手上”这件大事，巧妙地改编成“微微有些事，在黎想家睡了”。

糊弄了棠叔，他还想借机痛批董哲，让棠叔知道自己做了一件多么坑女儿的错事，然而没说几句，棠叔打个哈欠就挂断了。

林燃躺在沙发上，脑子里满是棠微微的身影……一夜美梦，梦醒时还觉得回味无穷。这么好的棠微微，怎么能受这种委屈？所以他一定要为她披荆斩棘，解决问题。

大清早，他便给黎想打了电话，让她来陪着棠微微。

然后，他抱着一堆陈年旧画到学校，直奔系主任办公室。他把每一张画吹成一朵花，表示自己决心好好参加比赛，为校争光，但请系主任看在他这么认真的分上，偷偷透露一下关于棠微微考博事宜的内部消息。

系主任端详完画作，和蔼地笑道：“这不是你大一交的期末作业吗？臭小子糊弄谁呢？”

虽然怒其不争，但系主任还是惜才，告诉林燃校方还在对比两人论文的先后时间，他们也可以再去查证，前提是这三天中董哲那方不会再提出问题。

这还不简单！林燃一个电话打给好兄弟可乐，说明情况后，让可乐这三天跟好董哲，别让他节外生枝。

可乐拍着胸脯保证道：“放心吧燃哥，绝对不让那孙子离开我的视线半步！”

从系主任办公室出来，林燃紧接着去找季晗商议对策。

两人坐在阶梯教室后排一通分析，终于在临近下课时发现了问题所在：棠微微的论文是电子稿，除了通过邮件发出，也不会有别的途径泄露。所以，偷论文的人一定是黑进了棠微微的电脑。

“这方面我不太熟，应该属于黑客之类的，不过我朋友圈有几个人是学计算机的。”季晗低着头，在手机上推送给林燃几张名片，说道，“希望能帮到你……和微微姐。”

林燃连连点头，真诚地说道：“危难时刻见真情，不愧是好兄弟！我替微微感谢你。”说完他便急不可耐地抱着手机离开了。

季晗愣了一会儿，看着他的背影渐渐消失在拐角处，心中的酸涩感无限放大……她努力掩去眼中的失望，心里却有个声音不停地叫嚣着：“才不想当你的好兄弟呢。”

林燃一张张筛选着季晗推送给自己的名片，点到最后一张的时候觉得头像有点儿眼熟，一看简介：网络追踪，IP 查询，价格公道，欢迎来找！

啧，简介写得就不像好人。再一看 ID，呵，是顾祯。

世界真是小，不久前，顾祯还满世界地找林燃。这才短短几天的工夫，情况已然颠倒。

林燃按响顾祯家门铃的时候，他都不敢相信，有一天自己竟然会有求于这家伙。

门铃声一声又一声地响起，屋里传出啪嗒啪嗒的拖鞋声。顾祯睡眼惺忪地打开门，问道："谁啊？"

林燃："嗨。"

顾祯蒙眬的睡眼有一瞬间精光乍现，随后便是一副活见鬼的样子，立刻把门摔上了。

林燃觉得莫名其妙，想了想，又敲了两下门，瓮声瓮气道："快递！"

这次没用多久，门再次打开一条缝，顾祯看了林燃一眼，紧接着猛地从门缝里捅出一个扫把。林燃早有防备，一只手撑门，另一只手抢过扫把，没费什么力气就挤了进去。

顾祯拼命阻挡，想要将人推出去，林燃却挥着抢来的扫把和他对峙……最终，顾祯发了狠，一把将林燃扑倒，两人滚到地板上。扫把落地的瞬间，两人同时开口。

林燃："那什么，我想找你办件事。"

顾祯双手抱头凄惨大叫："我啥也没干，你要打千万别打脸！"

"我打你干什么？"

"原来你找我办事啊？"

沉默了一秒，两人同时"呵"了一声，林燃松开顾祯的衣领，顾祯也飞快地放下挡在脸上的手，一骨碌从地上爬起来，大摇大摆地坐到沙发上。

顾祯："说吧，有什么事要劳烦本天才。"

看着他这副样子，林燃在心底发誓：今天为了棠微微，能不动手就不动手。他努力调整表情，让自己看起来和善一些。

"我听说你学的是计算机专业，还得过奖？"林燃微笑着发问。

"是啊……你是有电脑方面的事情想找我帮忙啊？"顾祯将尾音拉得很长，随即眼睛一转，佯装咳嗽起来，"咯，咯咯！"他大声咳嗽，指着桌上的杯子说道，"哎哟，不行，刚才呛风了，喝水，我要喝水！"

林燃心想：别惹我，我的拳头很硬的。

"哎，水没味道，我还想吃个橘子。还有，我的肩膀最近不太舒服，要是有人给按一下就好了……你干什么你？你别过来啊！啊啊啊！"

林燃用扒一百个橘子皮的力气，手持抱枕痛殴了顾祯一顿。不得不说，林燃丝毫没有求人的觉悟，他很嚣张，非常嚣张。

但是，这一招在顾祯这里格外管用。

挨过揍后，顾祯口也不渴了，肩膀也不酸了，老老实实地听完林燃的来意，长舒一口气，领着人进屋。

“大哥，不就是查一下电脑是否被入侵过吗？搞得我还以为是啥大事呢。”顾祯坐在电脑前噼里啪啦一通敲打，小声抱怨，“下手比我哥还狠……”

林燃就见不得他那磨磨叽叽的样子，说道：“你放心，我不会让你白干！事成了，我给你……”说着他左右看看，一屋子豪华的硬件，看起来没什么缺的，问道，“啧，看起来你也不缺钱，你们家干什么的？”

电脑屏幕上显示进度条缓慢加载中。顾祯转过脸，道：“我家就开了一个小公司，风行集团，听说过吗？”

风行集团地处滨江东路与新四街交会处，坐拥黄金 CBD 的最高建筑，企业大楼常年上榜平城“城市封面”。

而棠微微，此刻正在这一地标性建筑里，与五六个人高马大的保安面面相觑。

一旁年轻的助理捂着嘴唇，脸色发红，看起来刚被谁占了便宜。

棠微微愧疚地递上纸巾，说道：“对不起，我们真的找靳总有事，我朋友不是故意……”

“你别动，也别说话！”助理颤抖着声音道，“请尊重我的工作！”

棠微微叹气，只得站定，频频望向总裁办公室紧闭的大门。

十分钟前，黎想求见靳子川，被助理挡在门外，黎想气得怒涂口红，大义凛然地冲上去给了对方一个吻，在对方错愕之际，英勇地推门进去。

想想靳子川那张冷漠的面孔，棠微微不禁为闺密担忧：希望想想没事。其实，如果她平静下来衡量一下两方的战斗力，就会发现担心送错了人——黎想当然没事，有事的只能是靳子川。

办公室里点了一支寡淡的香，黎想进屋后大胆走了两步，一见到总裁本人，还是有点儿“擅闯民宅”的错觉。转念一想，棠微微的学术生涯可能就靠她了，于是她沉住气又走了两步。

黎想：“靳总，嗨？”

靳子川抬头，看起来一点儿也不生气：“出去。”

黎想嘴角抽了抽，一些记忆碎片掠过脑海，她忽然想起两个人也不是第一次这么尴尬了。你烦我，我烦你，不如多一点儿真诚，少一点儿客气。

她大步走近，单刀直入道：“靳总，直说了吧，我今天找您是为了棠微微。您上次给她介绍导师闹出事了，现在有人说她走后门，说得可难听了，我就想……”

办公桌后，靳子川不耐烦地敲击着桌面，在他眼中，黎想宛如一个小女孩硬要玩扫雷。

左一个雷，走后门，扣分。

右一个雷，没礼貌，扣分。

……

反正她说了什么，靳子川一点儿都没听进去，他很专心地在扣分。他扣完分，黎想也说完了，诚心诚意地俯下身问：“所以，您能帮着解决一下吗？”

靳子川皱眉，不敢相信居然有人能在五分钟内被他扣光了分数。他一抬头，不巧正对上那张红艳的嘴唇，开开合合的，像在索吻。

他把眼神移开，心里想着：妆容过浓，扣分，扣一百！

然而，黎想见他这样，忽然心里一动。嗯？他被我的口红颜色吸引了？

下一秒，靳子川终于开口：“退回去，你站的是高分区。”

黎想愣住了。敢情她刚才讲半天，这位是一点儿没听啊？

不等她做出下一步动作，靳子川的脸色已经完全黑了下来。见他拿起电话，被宿管大妈拦阻的恐惧浮上心头，黎想当即摁住他的手：“干吗呀？叫什么保安啊？我走，我自己走！”

靳子川冷冷地看着她，黎想飞快松手，在他的逼视下不断地后退，一直退到办公室门口，他才放下电话。

看着他那副软硬不吃的样子，黎想愤慨地说道：“至于吗？我进来一趟还牺牲了色相呢！说真的，考博对微微来说特别重要，你要是生气，你可以找我，顺手打个电话不会累着你。”说着，她指指桌面，“对了，你那个布洛芬，不能跟咖啡一块儿吃，没效果。我走了，不麻烦你了！”

办公室里恢复了安静。助理终于得以冲进门，气喘吁吁地领罪：“靳总，非常抱歉，我真的拦不住！我……”

“行了，你很吵。”靳子川忽然道。他站起身走到窗边。大楼下车水马龙，阳光正好。好天气，是应该加分的。

没过多久，两个身影从大楼里走出去，长卷发的女人手舞足蹈地说着什么，阳光下的她竟然散发出一丝独特的魅力。

靳子川透过窗户看去，忽然觉得阳光暖融融的。

他身后，助理站在原地，有些茫然地问：“靳总？”

靳子川面无表情地回头道：“出去吧。还有，把咖啡倒掉。”

助理大气不敢出，捧着咖啡杯迅速离开。靳子川重新坐回电脑前，调出Excel 打分表，点开属于黎想的那个长长的，满是红色扣分的单元栏，更新记录：—10 分，—10 分，—10 分，—10 分……＋ 52 分。

离开风行集团，棠微微与黎想在街上漫无目的地走着，走到一处长椅前时两人不约而同地坐下。

虽然一路上黎想都在不停打电话，但棠微微心里清楚，靳子川是她们能找到的最后的关系了。董哲这盆脏水泼得她措手不及，如果再找不到新的突破口，她恐怕要背着这个污点，在联大抬不起头了。

“微微，要不还是去学校吧？”黎想抬头望天，很不习惯这种低头认栽的无力感，她说道，“你再和李主任说说，哪怕事情闹大一点儿，让大家还你个公道。”

棠微微摇头：“我回家再做一做人物分析和话术分析。还有我的论点出处资料，今晚也通宵整理出一份……如果白纸黑字也证明不了什么，那我就不考……”

她正说着，手机铃声忽然响了。

棠微微一接通，就听到林燃的声音断断续续地传来："棠微微，我找到了！我找到他们诬陷你的证据了！"

她猛地站起身，还来不及开口，那头的声音就停住了。接着，她隐约听到什么响动，林燃着急地问道："你现在在哪儿？"

"我……"她四处张望，看到头顶上方的路牌，说道，"在新四街口，和黎想在一起。你在哪儿？"

"听我说，棠微微。"距离新四街口两条马路外，青年身形矫健地跳下摩托车，一面打电话，一面跨上同伴的电瓶车。他卸下了全部装备——摩托车手套、头盔，一样都不能让棠微微见到。

"你让黎想先回家，然后你找个地方坐着，数到九百九十九，我就到了。"他说道，"不用刻意站在显眼的地方，不管你身边有多少人，我都能一眼找到你。"

黎想还在骂骂咧咧地说林燃小王八蛋，他就到了。黎想看着小电瓶车上一脸正经的林燃，甩甩头发，无事一身轻地离开了。

她知道，没有人会比林燃更担心棠微微，所以她乐得撒手不管。

林燃用小电瓶车带着棠微微去学校，他在前面骑车，棠微微就在后座上翻资料。林燃得意地向她讲述自己如何发现漏洞，又如何在短时间内通过朋友查出线索。

当然，他掐头去尾，绝口不提季晗和顾祯的功劳。

棠微微看完资料，将它们收进挎包，看着眼前人头顶被风吹起的发丝，忍不住笑道："做这两篇论文查重的前辈很厉害，每一个地方都是需要大量资料佐证的。现在我们还需要解释先后时间，证明是我的论文先开题的……"

"我都说了，我搞定啊！"红绿灯前，林燃把车一停，得意地转身向棠微微汇报，"那个举报邮箱，确实是董哲的。我们拷贝了他举报的两份课题报告，其中你的论文文件来源应该是同源邮箱转码，反追踪路径已经做出来了，这就能证明董哲黑过你的邮箱！"

棠微微点头："是这样啊。"

凭她对林燃的了解，他是不可能查到这些的，于是她问道："你什么时候对电脑这么了解了？"

"咯，我……我打游戏啊，这些操作都差不多，说了你也不懂！"林燃有些心虚，坐正身子，发现是绿灯了便猛地加速，"过马路了，别分心，抱紧我啊！"

小小的电瓶车从车流中穿过，棠微微低下头，小心地抱住林燃。

姐姐的拥抱太让人沉迷，后半程林燃越骑越慢，更以电量不足为借口，磨磨蹭蹭地到了学校。

棠微微觉得他应该是故意的，却没有证据。

两人匆匆忙忙地走进教务处，董哲还没到，学妹苏杭正站在校长桌前抽纸巾，明显刚哭过一通，哽咽的声音让人听了分外恶心。

林燃一见到她，后槽牙就仿佛上火一样疼。

棠微微小声叮嘱他："咱们讲重点就行，她毕竟是女生，让着一点儿。"

林燃低着头不知道在手机上搜什么，乖巧地点点头。

李主任和陆教授正在一旁说话，见人来了，连忙招手："怎么来得这么慢？微微啊，这位苏同学听说你有论文被抄的证据，已经来这儿闹了半天了！这么着，你们有什么问题当面聊，尽量和平解决，不要让我们为难。"

棠微微直接从包里拿出资料放到桌上，苏杭脸色一变，端着一次性水杯靠近，手腕一歪。

"哎哟！"有人喊了一声。

满屋人大惊，倒不是水泼湿了资料，而是林燃被学妹推了一把。他顺势靠在桌上，还顺势压住资料，那声"哎哟"就是他发出来的。

"没事吧？"棠微微最先反应过来，几步走过去。

林燃被她扶着，甜蜜地跟她咬耳朵："没事，我装的。"

棠微微忧心道："资料没事吧？"

林燃："没事。"

另一边的学妹反应过来自己被碰瓷了，气急败坏地嚷嚷："我、我根本没碰到他！不是我……"

林燃抢着说："对，是我最近熬夜画画，忽然感觉头晕。"他冷笑，"不过碰翻了你杯子里的水，非常抱歉。现在资料安然无恙，请校长过目吧。"

学妹被堵得说不出话，指着他："你！你！"

"你什么你？刚才哭得不是挺惨吗？"将资料交给校长后，林燃态度陡变，他拉着棠微微坐下，悠闲地靠在椅背上，扫视了一眼苏杭气得发白的脸，乐道，"坦白从宽吧，苏杭同学。"

经过对比，两人原稿的写作时间不同，内容高度相似，明显存在恶意抄袭。而棠微微的原稿发送时间早于董哲发布指控信息的时间，将所有证据放在一起，真相当即大白。

陆教授举着资料，如释重负地说道："我说什么来着？我看重的学生，肯定不会抄袭！依我看，这种恶性事件，学校一定得……"

"同学，你要做什么？！"李主任惊呼一声。只见苏杭已经爬上窗台，三楼的风吹得她身子打晃，她有些疯癫地看向棠微微，大有一跃而下的意思。棠微微见势不好，下意识地上前阻拦，却被林燃牢牢护在身后。

"你别动，我去。"

棠微微焦急地拉扯他："不行，林燃，太危险了！让我去，我学过心理疏导，我……"

不等她说完，林燃就抱住了她。急促的心跳声打乱了棠微微的思绪，她大脑一片空白，眼看着林燃回身，利落地踩上窗边的凳子，半跪半踩在窗台边。

可他一伸手，苏杭便发出撕心裂肺的尖叫："你别过来！学姐，你是要逼死我吗？我不是成心要害你，我是被人唆使，被人欺骗的！"她指向棠微微，"你们……你们如果不相信我，我只能跳楼了！我死给你们看！"她一边叫，一边真的向外挪，看得人简直要发心脏病。

林燃不敢大意，掐准时机死死地拽住苏杭的胳膊。两人力量悬殊，可林燃也摇摇晃晃，没办法直接把人拉下去。

拉扯中，苏杭扯住林燃的衣领，咬牙切齿地说道："这一届考博，让我顶替棠微微，不然的话我就从这儿跳下去！"

她余光瞥向林燃身后，问道："你很宝贝她吧？"

"闭嘴。"

"你想让她往后的人生都背着一条人命吗？"

"林燃！"

林燃头脑混乱，棠微微的声音让他清醒了一些。片刻后，他的眼神变得凌厉起来，他看似要退缩，却突然用力踢翻了脚边的椅子。

苏杭满脸愕然，林燃却像影子一样遮蔽下来，一把钳制住她，无所谓地说道："哦，那你试试吧。这里是三楼，你最多摔个浑身粉碎性骨折，高位截瘫，幸运点儿做个植物人。我会让学校在你的病房里摆上书桌，一边吸氧一边考博。"

林燃向下望，楼底下有一排梧桐树，他并不能保证带人跳下去能安全落地。他脑子高速运转着想办法，同时不遗余力地恐吓对方："我掉下去，会垫在你身下，到时候你残废，我也不亏。"说到这里，林燃顿了一下，忽而一笑，"我死了，她会一辈子记住我。"

"你……你有病啊！"苏杭听不下去了，唯恐面前的疯子真的抱着自己跳下去。她颤抖着想后退，就在她迟疑的那一瞬间，林燃抓住机会，迅猛发力，两人咚的一声摔向桌子，接着分别滚到地上。

两人刚掉下去，办公室外围着的保安便一拥而上，将苏杭押着送了出去。

棠微微迅速跑上前，查看林燃的情况。

"疼不疼？摔到哪儿了？你能不能不要总是胡来？你能不能不要像个孩子啊？"刚才那一幕把她吓坏了。如果林燃掉下去，她恐怕一辈子都不能原谅自己。

林燃爬起来，拍干净一身灰，重新抱住她："没事没事，兵行险招嘛。刚才我在上面可害怕了，你别凶我。"

棠微微依偎在他怀里，偷偷抹掉泪花："活该！让你逞能！"

"嗯嗯，我错了。看在我帮你找证据的分上，就算将功折罪了好不好？"林燃一面卖惨哄人，一面越过棠微微的肩膀愤怒地望向走廊。

走廊上，苏杭站在李主任面前低头认错。

林燃怀抱棠微微，低头注视着她，希望她能意识到，他远比她所想的更爱她。

由于前一天夜不归宿，这一天又带着个浑身是伤的“大拖油瓶”回家，棠微微在饭桌上被棠建国数落了整整一个小时。除去端菜、盛汤和照顾林燃，她一直都在低头诚恳地认错。一顿饭吃完，她感觉比没吃还饿。

了解了事情全部经过，棠建国吹胡子瞪眼道：“说了别考博别考博，你怎么就是不听啊！这就是一个警告，让你放弃考博，迷途知返，重新做人！”

棠微微并不辩驳，只是从书架上给他找了一本《成语词典》。旁观者林燃想笑却不敢笑，借口要画画，溜到了阳台上。

屋里只剩下父女俩，老棠问棠微微：“还考不考了？”

棠微微闷头洗碗，不吭声，不知道心里在想什么。她这一副锯嘴葫芦的样子，气得棠建国满客厅乱转，想砸东西，又找不到便宜的，最后一屁股坐进沙发里。他单方面认为棠微微就是需要时间，想清楚了准来向自己认错。

“爸，吃水果。”棠微微端着一盘苹果从厨房出来，搁在棠建国面前的茶几上。

棠建国哼了一声，脸色缓和了些，问道：“还有什么别的想说的？”

棠微微一愣，还真的想了想，从沙发缝里抽出《成语词典》放到桌上，一本正经地回道：“书不看，别乱放。”

“你给我出去！”

将女儿赶出家门，老棠当然也舍不得，棠微微被赶到了阳台上。林燃支着画板正在画速写，棠微微走过去，发现他放了两张凳子——这是他们小时候的习惯。

两人并肩坐在一块儿，棠微微才发现林燃画的不是城市霓虹，而是一只大怪兽，类似进化版的卡比兽。

他正专心地把怪兽的爪子描得又尖又长。棠微微很无趣地问：“为什么画熊？”

林燃好笑地告诉她：“这是貘，《山海经》里提到过的。”

棠微微瞪大了眼睛，既看不出这玩意是貘，也不敢相信林燃这小子还读过《山海经》。

林燃被她盯得心怦怦跳，体贴地解释：“我小时候看你读过，就记住了。你看的书、讲的话，我都记在心里了。”

棠微微沉默不语。

她自己都不记得这事了。

她重新将目光移向画作，其实她很不习惯这种不讲道理，说来就来的情话轰炸。

林燃倒很自在，说完后心情大好地继续描画，一边涂阴影，一边向棠微微介绍构思——貘，食梦。从阳台眺望出去，这座灯光璀璨的城市就如一只张着大口的巨兽，一点儿一点儿地吞噬掉生活在其中的人们的梦。

棠微微笑问：“你的梦是什么？”

林燃坦然道：“能吃糖——这样就能娶你了。”

半晌无话。

远远地，可以看见平城最高的建筑，它矗立在茫茫夜色中，亮着灯，如同一颗星星失落在浩瀚银河中。

“林燃。”

“嗯？”

棠微微双手交叠，很纠结地问：“你觉得我还要继续考博吗？”

林燃一愣：“怎么突然这么问？”

棠微微低下头，欲言又止。

林燃移开画板，郑重地与棠微微面对面坐着。他小心地捏了捏棠微微的手，安慰道：“是有人跟你说了什么话吗？棠微微，在我心里，你永远是最棒的。无论别人怎么说，我都希望你相信自己。”

林燃的手很暖，棠微微合起五指。她没有回答，陷入了回忆中。

今天离开学校的时候，她被陆远博留下，他嘱咐她补报名的流程，末了又问她：“报名的事，还需不需要回家再想想？”

棠微微不解。

她不需要思考，考博不是她一直想做的事吗？

“微微啊，你的成绩一直很不错，也能吃苦，又沉得下心搞学术。”陆远博看向她，和蔼地说道，“可是你很茫然，你不知道自己要什么。考博对你来说只是一个不错的选择，但不是唯一的路。你还年轻，你的人生需要一个目标，这样才会有无限可能。”

因为这一番话，棠微微没有办法回答棠建国她还考不考博。她甚至把之前董哲说过的话翻来覆去地想了几遍。

活了二十八年，她好像从来没有这么迷茫过。这样一想，棠微微忍不住叹气。

一旁的林燃坐立难安，他没想到自己的安慰反倒让她心烦起来。他攥了攥掌心里柔软的手，伸出一根手指轻轻去钩。

这一瞬间，棠微微的心轻轻颤动了一下。

“林燃，”她反握住了那根手指，深吸一口气，“你知道吗，当初选心理学专业的时候，我想得很美好。”

“我以为学好了心理学就能和我爸好好沟通，也能帮你治好不能吃糖的毛病……结果学到现在，我和我爸还是成天吵架，你也依旧不知道糖是什么滋味。”

棠微微苦恼地皱着眉，既像在跟林燃倾诉，又像在喃喃自语：“我真的就像董哲说的那样，除了会读书，什么也做不好。如果今年我考上了博士，那读完博士之后，我又能做什么呢？继续读博士后？可是博士后之后，我又该怎么办……”

“微微……”

棠微微抬起头，自嘲道：“我总不能当一辈子学生吧？”

这是第一次，棠微微在林燃面前露出无助的神情。两人掌心出了汗，却贴得比任何时候都紧。林燃正要开口，身后忽然响起一阵敲墙声。

墙角，棠建国探头问：“聊什么呢？”

棠微微下意识地抽回手，回道：“爸，我明天上午去学校……”

“我不管你的事，你不用和我汇报！”她话没说完，棠建国便不耐烦地打断了，粗声粗气地说道，“你明天有事是吧？那林燃陪我上街去。”

林燃脸一垮，嘴上仍殷勤地应道：“好嘞！”

气氛被破坏，两人没什么可聊的了。棠微微帮着林燃收拾画板，往回走时，林燃慢下脚步，重新牵起她的手。

静谧的月光洒下，落在他的半边脸上，他轻声说：“你放心吧，无论你的选择是什么，我都会陪着你。”

棠微微低下头，过了好半天，才轻轻应了一声。

久久等不到棠微微回家的棠建国正陷在深深的后悔中。他怎么就忘了上面还有个林燃呢？这下可好，家务事没解决，又把闺女推给小兔崽子了。一想到夜黑风高，孤男寡女，他隐隐约约觉得大脑供血不足。

看着墙上的钟，棠建国忍不住又吼了一嗓子：“都三分多钟了，怎么还不下来？现在倒春寒，吹感冒了怎么办啊！”

“知道了，棠叔！”上面传来小兔崽子喜滋滋的声音。

第二天，林燃起了个大早。他提着生煎包、热豆浆、煎饼果子敲开棠家大门，结果被棠建国白眼相待。

棠微微已经走了，两人在屋里安静地吃完早餐，手揣在兜里上街溜达。林燃在逛街这方面很有天赋，要不是棠微微不给机会，他能陪她沿着商业街从头逛到尾，再从尾逛到头。

棠建国正是在某一次逛街时发现了林燃这一优点，每回买衣服都要抓他当壮丁。

两人一上午逛了六家店，收获颇丰——除了两条连衣裙、三件款式各异的粉色T恤、一条白色半裙，棠建国居然还记得给自己买了一顶帽子。

然而，走出半条街之后，他觉得不好，又去退掉了。

林燃身上背着购物袋，手上拎着购物袋，恍惚间有一种好像在陪棠微微逛街，但又没有陪到真人的郁闷感。他坐在路边的长椅上，眼看棠建国又要往一家女装店走去，赶紧拦住他：“棠叔，您要是……要是实在关心微微，又抹不开面子，我去帮您说说成吗？”

棠建国被戳破心事，瞪眼道："添什么乱！她要考博我都不管，关心她做什么！这些衣服……我都是给你买的！"

"不是，叔，这都是女装啊……"

棠建国选择性失聪，走到街边拦下一辆出租车，一脚把林燃踹上车，说道："就你话多，不逛了，回家！"

回到家，依旧是冷锅冷灶，两个人相对无言，十分尴尬。林燃生怕再被迁怒，或者被抓着要求换新衣服，于是抱着大包小包直奔棠微微房间："叔，我帮微微姐收拾收拾，您别管了！"

棠建国坐在沙发上，忽然想起昨晚和棠微微的冷战。当时他就坐在这里，隔着门帘看着闺女单薄的背影在厨房里走动，他忽然意识到，自己和女儿的关系越来越疏远。

一开始是棠微微不再在饭桌上说学校里的事情了，然后是她受了委屈和欺负也总是忍着，而他是最后一个知道的人。

现在呢，父女俩面对面坐着，他却没办法从那双和自己有几分相似的眼睛里读出女儿的心思。

明明是自己从小养到大的孩子，却说疏远就疏远了。妻子离开这么多年，这还是第一次，棠建国觉得自己正在变得"老迈"和"孤单"。

棠微微进家门时正好看到父亲伸长胳膊，正努力从老柜子的里层取什么东西。

"爸，"棠微微走过去，很轻松地把一本相册拿出来，问道，"是要拿这个吗？"

老相册保存得很好，可还是落灰了。棠建国领着棠微微坐下，握着她的手，像小时候一样一起翻开相册。

时光流逝，身边的人年华渐老，老照片上却还是当年的样子。

第一页上，七岁的棠微微绷着脸被棠建国牵在手里，他身板笔挺，风华正茂。他指着照片笑道："这张，你上小学第一天，我特地借了相机跟你在校门口照的。那会儿你矮，爸爸得蹲着和你一起照。"

棠微微垂着眼睛翻页，指着另一张："嗯，初中我就长高了，这张，我到您肩膀这儿了。”

“女孩个子蹿得快。我总觉得，我闺女从小没有妈妈，我就是亏着自己，都得富养她！我得舍得给她花钱，不能让她在外面受委屈，让人家说她……”

一滴泪砸在照片上。棠建国抹去眼角的湿润，强颜欢笑地翻页。

相册里的棠微微逐渐高了，瘦了，头发短了，长了，她穿上学士服站在大学校门前，需要弯下腰才能让爸爸摸到头顶。

棠建国掀开那一页，取出照片那一刻，回忆纷至沓来。

看着棠建国眼角的皱纹和抹不干净的泪痕，棠微微终于抑制不住哭了起来。她不太会撒娇，生硬地扑进父亲怀里，哽咽道：“爸，对不起……”

我不该总惹你生气，应该多想一想自己的未来。昨天和林燃倾诉过后，棠微微一夜没合眼，早晨踏进校园时，她终于做出了自己的决定。

“傻孩子，父女没有隔夜仇，爸其实也想通了。”棠建国抱着棠微微，沉声道，“你要考博就考吧，我们老棠家能出一个博士，也算光宗耀祖了！”

棠微微讶异地抬头，含着眼泪笑起来：“爸，我不考了。”她从包里拿出资料、毕业证，说道，“真的，我不考了，我要好好规划以后的路，找到自己的目标。”

棠建国抱着棠微微直乐：“好，好，你愿意做什么，爸都支持你！”

两人看着彼此的红眼圈，相视一笑。棠微微帮着收拾相册，忽然想起什么似的，站起身喊了声：“爸。”

“嗯？”

棠微微深吸一口气，说道：“有件事，我要向您坦白，其实我和林燃，我们……”

“微微！”里屋的门猛地被打开，林燃一阵风似的冲出来，挡在父女俩之间，眉眼带笑，“我在屋里都听到了，恭喜你，微微，想通了就好。”说完，他拉起棠微微，向棠建国说道，“棠叔，您也饿了吧？今天别做饭了，我和微微出去买点儿好吃的！”

他根本不给棠建国思考的余地，拉着棠微微就火急火燎地出了家门。

两人一前一后地走在路上，林燃手里把玩着钥匙串，闭口不提刚才的事，只一个劲地问："想吃点儿什么？蛋糕？巧克力圣代？还是买新鲜的材料，回家吃火锅？"

棠微微板着脸道："随便，你定就好。"

林燃走在后面，语气微妙："哦，我能定吗？不是一直都是你在做决定？你决定开始，你决定结束。"

棠微微脚步一顿，又赌气地加快脚步。

林燃赶紧追了上去："棠微微，你等等我……棠微微，棠微微！"

两人跑到一个许愿池前，谁也不肯先开口，闷声拉扯中只听扑通一声，钥匙串掉进了水池里。棠微微疲倦地叹气，俯身要去捞，被林燃一把扯进怀里。

从林燃的角度看去，怀中的人气得腮帮子都鼓了起来，他不由得失笑："家里有备用的，别捞了，就当投币许愿吧。"

"许什么愿望？"

"你的愿望。"

林燃低头凑近，棠微微却转开了脸。这似乎刺激到了林燃，他有些气愤地松开手。

"我没有愿望……你自己许吧。"棠微微语气沉闷，转身要走。

"棠微微，你回来！"走出两步，她就听到林燃生气地大声道，"我的愿望，我的目标，我的生活，全都是你！如果我要许愿，也不该对着喷泉，而是应该对着你！"

他深呼吸，努力克制自己的脾气，哑着嗓子问："棠微微，谈恋爱才能考博，所以你愿意跟我假扮情侣。现在你连博士都不想考了……所以，也不要我了吗？"

音乐声忽然响起，地面喷泉开启，一道水柱冲天而起，好巧不巧，正好将两个人隔开。林燃原本伪装的无所谓，似乎在分崩瓦解。

他忽然觉得，似乎全世界都不希望他们在一起，甚至连棠微微自己也是如此。那么他的坚持，到底还有没有意义？

棠微微回头，发现林燃眼圈发红，失魂落魄地望着自己。

她蓦然想起那一天大雨，在屋檐下，是林燃用一把伞，为她撑起了一个安宁的世界。

她心中一动，向前迈步，踩住了泉眼。水柱被压制，向周围飞溅，像是下了一场只属于两个人的雨。

棠微微向林燃伸出了手："走吧。"

林燃有些茫然地看向她那只手。

他傻愣在原地不动，棠微微等得不耐烦，嗔怒道："再不走，我真不要你了！"

林燃眼神一亮，忙将手放在棠微微手里。

手才相碰，林燃便把对方紧紧地抱在怀里。纵然两个人身上都湿漉漉的，可林燃知道，自己的心是滚烫的。

棠微微的头发又软又滑，林燃小心翼翼地替她撩开脸颊边的湿发，把心里的话一股脑地倒出来："其实跟你假扮情侣这些天，我特别开心……棠微微，你明明也脸红过，心动过的，不是吗？"

"可我们不能一直说谎，"棠微微有些无奈，"假的毕竟是假的。"

"如果说谎的人愿意说一辈子谎呢？"

棠微微望向林燃，两个人的眼睛都湿漉漉的，含着相同的光。

经年的情愫如同暗火，曾燎烧过少年每一个辗转反侧的梦，是他固执地不肯回头，捧着心，蹚过岁月的长河，一路无畏地捧到爱人面前。

也是因为他一往无前，才有今天的林燃，终不至于错过棠微微。

林燃说："无论你以后的人生是什么样的，我都想和你一起经历……棠微微，从高一开始，我每年的生日愿望都只有一个——我想当那个陪你跨越千山万水，让你相信这就是爱情的人。"说罢，他低下头，如同信徒一般虔诚地向她祈愿，"棠微微，我们假戏真做吧。"

一秒后，奇迹出现，"神明"在他怀里微笑着点了点头。

"线上医疗咨询中……"

林燃："医生您好。"

刘医生：“你好，请问你想咨询什么问题？”

林燃：“我最近心口总是疼，出去还好，在家就不行了，我是不是心脏有问题啊？”

刘医生：“麻烦详细描述一下痛感，包括你平常所处的室内外环境，或是疼痛频发的时间。”

林燃：“时间？出门见到我女朋友还好，在家见不着她就开始疼。其实我们现在见面就特别少，我心里挺难过的……”

刘医生：“你好，这种情况不排除是抑郁情绪堆积，引起肢体疼痛。具体病症我还需要结合发病时间来诊断。请问你和你的女友多久没见了？”

林燃：“一小时五十二分三十九秒了。”

……

林燃：“医生？刘医生？”

“正在转接神经外科，请稍候……”

“嘿。”林燃骂骂咧咧地关掉了咨询网站。

不到两小时前，他和棠微微正式确定了恋爱关系。然而，想象中的爱情根本没有降临，他们在喷泉前抱了一小会儿，又一起脸红红地吃过午餐后，棠微微就回了家，甚至打包了一份肠粉给棠建国。

肠粉不重要，重要的是棠微微不许他跟回家，还说什么“就算是情侣，也不需要二十四小时黏在一起”。

林燃瘫坐在沙发上，正准备给棠微微发微信黏糊两句，忽然发现之前创建的摩托车群有人聊天，点进去一看，是几个粉色猫猫头的群友在讨论小说。

林燃认得其中两个女孩，她们常骑着改装摩托来赛场玩票。

“聊什么呢？”他翻了翻聊天记录，越看越疑惑，盯着念，“最讨大姐姐喜欢的年下男主类型，偏执深情学弟、阳光狼犬后辈、绿茶奶狗竹马……”

林燃：“不好意思打断一下，什么是绿茶奶狗？”

网友A：“哇哦，是群主！绿茶奶狗可能就是看上去体弱多病，经常受姐姐照顾的那种弟弟吧。”

这不就是我吗？

林燃又发问："就这种，小说里他们都是怎么跟女主恋爱的？"

网友B："展示脆弱啊！让女主角对他们产生怜爱，就是爱情开始的第一步了！"

林燃疑惑："还有第二步？"

网友A："嗯嗯，没有马甲怎么混上男主角？搭配绿茶的话，最无敌的应该是走白切黑路线吧——表面人畜无害，实则执念深重，为达目的不择手段！这种配置对姐姐绝对通杀，不白头到老很难收场！"

绝对通杀，白头到老？林燃恍然大悟地点点头，猛地从沙发上跳起来冲向洗手间。

五分钟过去了。

网友A："群主呢？补小说去了？"

林燃："没有，刚才家里水管爆了。"

网友B："还好吧？"

洗手间里水漫金山，林燃手持榔头，愉快地把自己浑身弄湿："挺好的，不聊了，我要收拾行李去女朋友家了。"

十五分钟后，水鬼一样的林燃拖着湿淋淋的行李箱，敲开了棠微微家的门。

将行李丢到门口，把人领进屋，棠微微头疼地问道："你这又是怎么了……"

"是我不好。"林燃抢在挨骂前，率先开启可怜模式，低头道，"刚才我家水管坏了，我想自己修，但是救你学妹那天，胳膊摔伤了……"

棠微微一愣，神情果然软化。林燃内心狂喜，再接再厉道："家里地板全都被淹了，我就想来你家睡一晚。我可以睡沙发，明天一早我就走。"

余光扫去，林燃见棠微微略有动容，知道计划应该奏效了。他正要坐下，忽觉脖颈一凉，他扭过头，就见脖子上架着一个大扳手。

拿着扳手的棠建国冲他微笑："水管坏了？棠叔帮你修！"

看来自己的可怜模样欺骗不了老岳父，林燃垂头丧气，被棠建国强行押送回家。临走前，他提出去洗手间吹一吹头发。

棠建国："去吧。"他心想，看你还能捣什么鬼。

林燃进了洗手间，径直走到了浴缸边，弯腰对着墙上的出水口研究了一阵，而后，他掏出怀里的扳手，拧上水龙头就开始暴力拆卸。水龙头掉下的瞬间，水流像喷泉一样涌出。

林燃收起扳手，表情一变，惊慌地朝门外大叫："微微，棠叔，你们家水管也爆了！"

水流漫出洗手间，客厅里父女俩闻声赶来，一个奔向林燃，一个奔向水管。棠建国横眉怒目，正要开口，林燃面向棠微微，低头道："微微，对不起，是我的错。"

棠建国："嗯？"

林燃抬起一双湿漉漉的眼睛，说道："我看它有点儿漏水，想在走之前帮忙修一下，可是我的手……"

棠微微神情抑郁地叹了口气，抬手抵住他要再次低下去的脑袋，说道："我先叫人上门来修，但是，"她看一眼脚下，说，"等师傅到了，客厅也没法站人了。今晚先住酒店吧。"

她说完看向林燃，林燃眨眨眼。

棠微微："你……也一起吧。等会儿再带你去趟医院，看看手。这样行吗，爸？"

林燃："行吗，叔叔？"

棠建国黑着脸不回答，蹚着水走出洗手间，一直走到客厅，才气呼呼地"哼"了一声。

当天，三人带上洗漱用品和衣服之类的东西，入住了小区隔壁的酒店。办理入住时，棠建国还留了个心眼，亲自盯着前台将自己和棠微微的房间安排得靠近些，然后以照顾之名，把林燃单独丢进楼上升级商务房。

侍者领人上楼，到了房间门口，棠建国愣住了，问道："这怎么也是升级商务房？"

侍者回答："林先生是本酒店 VIP，刚才刷会员的时候，为您自动升级了房型。”

棠建国瞪着林燃，提着行李要走，说道：“我就知道你小子搞鬼！”

林燃急忙抢过小包，说道：“棠叔，您误会了，一家人，最重要的就是和和气气。您就住这间吧，808，特别吉利，我把行李给您送进去。”

侍者目瞪口呆，看向看起来最正常的棠微微：“女士，还有什么需要帮忙吗？”

棠微微摇摇头。

手机铃响，她做了个“抱歉”的手势，边接电话边进屋：“喂，想想？”

“棠微微，你还记得我呢？”黎想一开口，声音大得宛如开了免提，“昨天突然让我回家，晚上就发了一句‘已经没事了’，就什么也不提了，我中午不放心，打电话到你们学校问，才知道你又不考博了！”

“我也是临时决定的，还没来得及告诉你。”棠微微把包挂好，取出电脑、笔记本等，坐到书桌前，一边翻笔记本，一边笑道，“为表诚意，亲爱的黎小姐，让我请客赔罪好不好？”

黎想的怨气来得快，去得也快，她说道：“不用啦，你做什么我都支持。我给你打电话呢，是有两件事要问你。第一，你和林燃现在到底什么关系？如实交代！”

笔记本上全是人物性格记录，向后翻，有好几页都是关于林燃的。

棠微微耳尖微红，说道：“我们……就、就那样嘛。”

“哎哟，我懂我懂！没想到有生之年我还能吃上咱们微微撒的狗粮，啧，奶糖味的，不错不错！”

“想想，别闹了，说第二件事。”

“没什么，就是想问你出不出来逛街，我想给你……”

忽然，一只手从后面圈住棠微微，霸道地夺过手机。林燃也不管对面是谁，直接对着手机大声表达了不满：“喂喂？不好意思，棠微微现在要和男朋友约会，有什么事请稍后联系，挂啦！”

说完，他干脆利落地挂断了电话。就连递还手机的时候，他也是表情无辜，毫无歉意。棠微微无奈地说道：“哪来的约会？”

林燃举起胳膊，满脸笑意：“陪我去医院啊。女朋友陪男朋友出门，这不是约会是什么？”说着他看向笔记本，“你在写什么？”

棠微微脸上发烫，慌里慌张地把人推出门。

林燃在门外嚷嚷：“你快点儿啊。”

棠微微长舒一口气，回到桌前，笔尖扫过本子上林燃名字后头的“弟弟”二字，稍稍停顿，画掉，郑重地写上“男朋友”三个字。

一家珠宝店里，刚挂了电话的黎想神情冷淡，内心暴躁，她怎么也想不到会在这里遇到八百年没音讯的前男友周琦。

就在十秒前，她心不在焉地打电话时，看中了一条项链，好巧不巧有人和她同时开了口，她抬头看到对方的瞬间简直血压飙升。如果她没看错，这个和她一起看中那条项链的女人，应该是她前男友的现任。连招待他们的销售都是同一个女孩。

黎想觉得十分晦气，后悔出门没看皇历，垮下脸就要走，周琦却率先开口：“想想，好久不见。”

黎想：“哈喽，先生，你有事吗？”

“你不记得了？我是周琦。”周琦一指身边的女人，倒是神情从容，“我快结婚了，带女朋友来买戒指。你这是一个人？”

黎想气得牙疼，高声反驳：“开玩笑，我很受欢迎的好不好！我……”她说着，随手抓住旁边的路人作为临时男友。对方西装革履，浑身散发着黎想熟悉的气息。黎想心头一颤，抬眼一看，愕然发现这个倒霉鬼不是别人，居然是靳子川。

然而，人已经勾搭上了，死也要死得漂亮。她强行忽略靳子川锐利的目光，挽住他的手臂说道：“喏，这是我男朋友，年轻有钱，还一表人才。我都说了我不喜欢戴这些，可他非要给我买！”

靳子川抽动胳膊，与黎想暗中较劲，却没料到女人在前任面前爆发力惊人。她死死地扣住他，咬牙切齿地笑道：“干吗呀……家里首饰放了八个抽屉了，这个就别买了，好吗？”

靳子川脸色铁青，正要开口斥责她，却在第一个音节刚发出来的时候猛地收了声——黎想拽过他的衣服领子，姿态亲昵地吻了他一下，柔软的嘴唇几不可见地动了动，用两个人才能听见的声音道："帮我一下。"

那一吻如猛烈的飓风，将靳子川清醒的大脑刮得一片混乱。面前的漂亮女人低下头，眉眼妖娆，温柔地替他整理领带。

黎想："我说了不买了，乖。"

他们对面，周琦与他怀里的女人俱是目瞪口呆。黎想心知姿态摆够了，赶紧拉着靳子川火速离开。

刚走到门口，身后的周琦忽然叫她："想想！"

黎想没回头，逃一般地推开门，周琦不死心地追问："离开我，你后悔过吗？"

靳子川低下头，感觉手腕被人死死地握住，又很快松开。黎想背过身前重重地抹了一下眼睛，抬头挺胸地回道："滚吧，少恶心我了！"

出了店门，黎想立刻松开了手，态度诚恳地向靳子川赔礼道歉。

靳子川有些生气。他只是来看一下旗下的珠宝生意，就被人拦路劫持，还是劫色的那种。但是他看着黎想，又完全没办法怪罪她。她虽然是在道歉，脸上却没有表情，她甚至朝他鞠了一躬。

然后，她有些失神地走了，背影像个孤魂，整个人显得死气沉沉的。

黎想走后，靳子川也无心待在这里，坐车离开了。但他很快又发现，两个人居然走的是同一条路。

司机小心翼翼地降下车窗，说道："靳总，那边人行道上的人，好像是黎小姐啊。"

靳子川没出声，默默地降下后座车窗。

车开了一段路，司机透过后视镜，看见后座上的男人一直盯着窗外。

司机："靳总，要不要送黎小姐一程？"

靳子川关上车窗，冷冷地说道："专心开车。"他是企业家，不是慈善家，不会做没必要的事。

司机只当会错意，踩了一脚油门，车子加速前进。开到十字路口，他习惯性地看左转方向，忽然“啊”了一声，又怕打扰上司，懂事地闭紧嘴。

靳子川耐心耗尽，问道：“又怎么了？”

司机小声地说道：“黎小姐撞到隔离栏了……”

靳子川：“掉头，开回去。”

靳子川的车开得很慢，一直跟在黎想身后，在夕阳中缓慢地行进，一直来到了海边。

车开不过去，靳子川干脆下车，两人一前一后走到海岸边。

在岸边栖息的水鸟飞起，他们保持着微妙的默契，沉默地看着一轮红日被海水吞没。天光一点点消弭，潮汐退去，远处有高大的发电风车缓缓转动，黎想坐在一块礁石上，一直坐到海上开始起风。

靳子川也不明白自己为什么要陪她，但他是个男人，并且有别于下午那个渣男，所以即使面前的女人在他的计分榜上分数低得可怕，他还是沉着脸，上前给黎想披上了大衣。

石头上的黎想抬头，看见靳子川面无表情的脸，一时情绪翻涌，非常想对这个木头倾诉。反正木头没有感情，不会介意充当一次“情绪垃圾桶”。

四目相对，黎想闷闷地出声：“你没话要说吗？”

靳子川一顿，他特别不爱听感情故事，但显然黎想要开始讲述了，他丢下大衣转身就走。

黎想茫然了一秒，显然没见过这么奇怪的男人，趁着他还没走远，急匆匆地站起来，崩溃地大喊：“你都跟我一路了，就没什么想问我的吗？”

那道背影突然停下，靳子川转过身来，很慎重地想了想措辞，自认为很给面子地安慰道：“鉴于你现在的状态，对于今天的事，我不扣分。”

黎想胸中气血翻涌，恶毒地想：你越不想听，我越要说，我不和你说，就只能写漂流瓶了！她说：“下午那个人是我前男友，跟他逛一家店，算我倒霉，也算你倒霉！”

海浪哗啦啦地响，靳子川干巴巴地回了一句：“你不是那种介意前任的人。”

黎想可怜巴巴地缩成一团，眼里含着水光，强忍着心里的难受看向海面：“不一样……”不一样啊，周琦是她的初恋。

黎想在那一年收到了周琦的告白，方式很简单，就是把姑娘约到学校的小树林里，说“我喜欢你，你做我女朋友吧”，最后做作地送了一样礼物当作定情之物。

“他送给我一本夏目漱石的《心》，说希望我能收下，顺便也接受他。”望着海面，黎想有些失神，“我记得那时候是……秋天？学校的桂花树开花了，特别香。后来，我就答应了。”

回忆初恋需要很多勇气，鼓起勇气需要很多时间。黎想说一会儿，停一会儿，看一会儿天，看一会儿海，有点儿恍惚的样子，好像一激动就会从礁石上跳下去。靳子川站在她后面，一面觉得她太好追，一面想，恋爱脑得扣分。

过了好一会儿，黎想才继续说道：“那阵子我特别忙，要参加艺考，要集训，还要补文化课……空闲时间里见到最多的不是爸妈，不是微微，而是周琦。我说了，你别笑我。他那时候是真喜欢我，一个南方人，为了我，硬是在北方的冬至那天跨越两个城市给我送饺子……”

黎想的声音越来越低，仿佛沉浸在回忆中无法自拔。过了一会儿，她抬起头笑了笑，眼泪啪嗒一下砸下来，靳子川的心顿时像被什么打湿了似的。

黎想抹了一下脸，大声道：“我当时就想，就算这个人以后什么都没有，我也要嫁给他！”

有那么一瞬间，靳子川很想轻轻地揉一揉黎想的头发，然而他还没伸手，黎想就咬牙切齿地踢开脚边的石子，愤怒地吼道：“结果，我们恋爱的整整五年里，他每一年都在劈腿！”

黎想站起来，指着大海骂道：“这个道貌岸然的王八蛋，他居然能一直装到外面的人找到我，我才知道他给那些人都送了一本《心》！”黎想苦笑了一声，“我是第一个，但不是唯一一个，也不是最后一个。”

黎想一口气说完，故作潇洒地将大衣脱下，递给靳子川：“好了，我的故事说完了。我没事了，衣服给你，谢谢你今天……嗯，这么有正义感。”

黎想的身后，月光被揉碎在海浪中，城市的霓虹映亮了夜幕，衬得她整个人也明媚动人。

靳子川心头一动。他得承认，他更喜欢看到这样的黎想，鲜活，有朝气，尽管偶尔会在他平静的生活里冲撞。这么想着，他接过大衣，罩在黎想的脑袋上："不用谢。"

"喂！你干什么……"

黎想顶着大衣，被靳子川轻轻一推，转向大海。靳子川毫无起伏的声音也如大海般包容，他平静地对她说："你看，风景不错。"

一只小寄居蟹从沙滩上偷偷爬过，留下一串细细的足迹。

九点五十九分，摩天轮转到了城市上空。巨大的圆轮闪烁着斑斓的光，像一个不真实的梦，而这个梦中，只有两个人。

狭小的座舱里，棠微微和林燃相对而坐，虽然没靠在一起，但林燃的目光紧紧地黏在棠微微身上。气氛有些微妙。座舱在顶端要停三分钟，林燃借着说话的机会坐到了棠微微身边："那个，咱们现在恋爱了，我应该能过问了……后来董哲没再找你麻烦吧？"

两人靠得很近，棠微微心跳加速，下意识地别开脸："没有。"

林燃看着她红透的耳尖，暗笑："那你今天一天都在想什么？"

棠微微一愣，端端正正地放在膝盖上的手被林燃握住了，他说道："情侣之间不许有秘密！我都感觉到了，你今天虽然决定了放弃考博，还答应了我的告白，但是你的情绪起伏很大。"

两人目光交汇，林燃面带得意："别小看我，虽然没你专业，可我能感觉到你心里的不安和你情绪上的变化。"他低头枕在棠微微肩上，像只大狗一样，让棠微微的心情变得轻松了一些。

她迷茫的是前路，如果不考博，她现在该向哪里走？她生性不喜欢让人操心，于是好脾气地笑了笑，回答道："我只是在想，如果没有董哲，我是不是就去考博了？那读完博之后，我又要做什么？他打碎了我人生的一部分幻想，我看清楚了，想明白了，只是需要时间消化。"

林燃眨眨眼："明白了，董哲让我女朋友不开心了。"

摩天轮重新启动，带着两人回到地面，林燃小心地牵着棠微微跳下去，撒娇般抱了一会儿，说道："别想他，多想想我。"他拉着棠微微，像电视剧中演的那样，对她粲然一笑，"我代你降十二道天雷，严惩恶人！"

这天晚上，林燃忙活到很晚，为了履行对女朋友的承诺，绞尽脑汁。

第二天，棠家和林家的水管修好了，家里也找人上门清理干净，林燃殷勤地抱着三个人的行李回到棠家，然而被接进门的只有父女俩的包。

棠建国坚决认为，林燃已经成年，还和微微确定了情侣关系，那一起住就很不合适了，且家里的水管刚修好，不能被某些居心叵测的人再弄爆一回。

人是没进家门，但两人刚进入热恋期，禁不住林燃在门外微信轰炸和电话卖惨，棠微微趁棠建国不注意，偷偷溜出家门，跟着林燃去惩罚恶人。

林燃制订了双重作战计划，第一重：物理攻击，拼钱！

林燃深知董哲有多抠门，又打听到他依旧没放弃相亲，便带着棠微微潜伏在了一家咖啡厅。车友群的小伙伴们消息的确灵通，没多久，董哲就跟一位女士进来，林燃拉着棠微微排在点单的队伍后面。

林燃手握银行卡，非常自信，无论董哲今天点什么，他都能把这家的菜单全部锁定买完，等轮到董哲，他选都没得选。

然而，他听到董哲对服务员说："您好，要一杯白开水。"

棠微微和林燃十分震惊。那一瞬间，"抠门"这个词在林燃心里有了更具体的定义，他在队伍中看着董哲端走白开水，有点儿傻眼了。

最终，他高调地将咖啡厅内的限定产品和招牌产品点了一遍，虽然成功羞辱了董哲一把，但棠微微的胃也牺牲巨大。

还好，林燃还准备了另一手：灵魂攻击，拼演技！

大数据显示，当代都市女性相亲最怕的，不是对象穷或抠，甚至妈宝，而是被不喜欢女人的男人骗婚。

林燃做足功课，决定在董哲相亲时装成他喜欢过的人，用精湛演技将其抹黑成一个骗婚者，让他从此在相亲市场举步维艰。

棠微微听到这个计划，起初并不赞同，但当林燃告知她，董哲下一场相亲就安排在两个小时后的时候，她受到了强烈震撼，最终没有阻止。

两个小时后，他们躲在另一家咖啡厅，喝咖啡伪装，林燃不由得感叹："两个小时相亲两次，他在选妃呢？"

棠微微说不出狠话，想了想，点点头："的确很不认真。"

时间一到，董哲穿着一样的衣服进门，同样在前台要了一杯白开水。

他们刚落座，林燃就冲了过去，怒视两人，指着女孩大叫："哲哲，她是谁？！"

女孩一愣，问道："你又是谁？"

林燃柔弱地趴在董哲肩上，狠狠地掐了他一下："哲哲，你说句话呀！你告诉她我是谁！"

女孩看看林燃，又看看董哲，一下子白了脸，泼了董哲满脸咖啡，怒斥："骗子，流氓！"

董哲傻了，他跳起来想推开林燃，没想到林燃纹丝不动，自己却被顶得后退一步，跌回卡座里。

"哲哲，你好凶啊，你居然和我动手？"林燃冷笑一声，装作委屈的样子把他摁住，附耳低声道，"老实点儿，以后别招惹棠微微，否则——"周遭响起窃窃私语，林燃扬起一抹笑，"你懂的。"

林燃耍完帅，也担心被人拍照，赶紧带上棠微微拔腿就跑。身后传来董哲愤怒的骂声，林燃回头对棠微微眨了眨眼："怎么样？你男朋友帅不帅？"

棠微微心中小鹿乱撞，牵紧了他的手："嗯，够损的。"

折腾了大半天，加上昨晚没睡多久，林燃也觉得十分劳累。在回去的公交车上，他竟然靠在棠微微肩头昏昏沉沉地睡着了。

车上乘客很少，车厢在颠簸中发出微小的响声，时间如同一根透明的线，被抻得悠长而纤细。阳光透过车窗，洒在林燃线条柔和的侧脸上，棠微微伸手去为他遮光，阳光从她指缝间洒落，林燃蓬松的短发蹭得她脖颈发痒。

这一瞬间，她感觉像回到了小时候。

车到达新的一站，又有两个乘客下去了，棠微微见周围无人，鼓起勇气做了一件幼稚的事。

她用手弄出一只小狗的影子，让那影子亲吻了林燃。

这是她一个人的秘密，她偷偷学来的手影。

多年前，他们年幼，姐姐用这个来吓他。

多年后，他们携手，姐姐用这个来爱他。

第六章

把自己变成了礼物

林燃车上睡，回家睡，睡到黄昏时，终于养足了精神。

他起床打开手机，发现在短暂的几个小时中，侯飞、季晗等人快把他手机打爆了。他鼓起勇气给侯飞回了个电话。

侯飞倒是很镇定，告诉他："洗干净脖子来学校吧，系主任可能想杀你祭天。"

林燃想了想，没有立刻回校，而是先从家里翻出旧画，非常仔细地选出了最好看的几幅，才抱着它们直奔学校，准确地说，是直奔系主任办公室。

系主任的确怒气冲天，林燃还没进办公室，就听到他洪亮的骂声："参赛？他还有脸参赛？！照他这么个混法，大学我都不想让他毕业！"

林燃听完，赶紧把旧画丢到教室里，然后老老实实去挨训。

被痛批一个小时后，他诚心诚意地向系主任发誓："我一定洗心革面，痛改前非，重新做人！那幅画底稿差不多完成了，我立刻就去画，明天就交，如不能拿出让您满意的作品，我提头来见！"

系主任不敢相信，又没办法不信。系主任惜才，他到底还是不愿意放弃这点儿渺茫的希望。

林燃得了特赦令，立马出了办公室。他原本想着，说是明天交，可截稿日期又不是明天，他只要今晚开始认真画起来，明天能不能交都不会有生命危险。

得知他的想法后，侯飞很不赞同，他说："计划赶不上变化，这么定目标，容易遭到反噬。"

眼下画室中，四五个同学正在一起赶稿，其中三个是真的在埋头苦干，林燃和侯飞属于画两笔就要站起来活动一下的好动分子。林燃走到窗前看风景，忽然发现楼下花坛边有个人很像自己的女朋友。

他拿出手机给棠微微打电话，花坛边的人也接起电话："林燃，睡醒了？"

林燃长舒一口气，心想：还好，我还没疯到看见一个人就觉得像棠微微。

"嗯，醒了，想听听你的声音。你在哪儿啊？"

棠微微迟疑了一下，回答："在家。"

"不是说晚上要去学校，陆远博教授找你聊关于论文的事情？"

"去过了。"棠微微轻声答道。

林燃看到她坐在花坛边，低着头。他敏锐地察觉到她情绪低落，于是他笑道："微微，接下来的三天空出来吧。"

"嗯？"

"我们去约会吧。"林燃在窗上呵气，对准棠微微，用手指描出一个小小的心形图案，将对方套住。

那边传来轻轻的笑声："好。"

"那就说定了，明天见！"

"好，明天见。"

挂断电话，林燃还依依不舍地站在窗前，侯飞莫名其妙地看了一眼，被他一把推开。侯飞很是无语："吃饭去吗？你是去食堂吃，还是回宿舍叫外卖？"

林燃："叫外卖吧，拿过来吃，顺便带上咖啡，我今晚就要把画画完！"

侯飞一愣："反噬来得这么快？"

林燃神秘一笑："嗯，爱情的反噬。你没谈过恋爱，不懂。"

侯飞气得摔门就走。

教学楼下，棠微微从花坛边起身，心里还有些纠结。

她这些天和林燃在一起，没时间思考，可是走进校园，看着心怀梦想的学弟学妹们，她不免又茫然失落起来。

还好，林燃的电话来得很及时。想到未来三天起码有甜蜜的约会可期待，棠微微收拾好情绪，踏着夜色回了家。

此时的她还不知道，未来三天的约会有多曲折。

约会第一天，天气晴朗，棠微微的快乐指数百分之百。

“时光里”密室门口，林燃趁棠微微还没到，拿着手机看备忘录：十四个让感情快速升温的地点——密室，和相爱的人一起解谜，惊险刺激的环境会增加心跳的感觉，真的会让人害怕到牵手！

“我来晚了？”棠微微从远处小跑着过来。

“没有，我总不能让女朋友等我嘛。”林燃对她摆了摆手，发现她今天好像变得更漂亮了，整个人在日光下显得明艳活泼。牵着她的手，林燃的心跳不由得加速。

很好，就是要用爱情淹没她，让她忘记不开心！

林燃一边在心里给自己打气加油，一边牵着她走进密室。

服务员熟练地提供了几个主题，善意地提醒：“吸血鬼的墓室比较黑，难度系数大，新手情侣可以不考虑哦。”

林燃不假思索地回答：“那就玩这个。”

吸血鬼德古拉的墓室里，四处是窟窿，斑驳的墙面上的图腾鲜红刺眼，隐隐约约能听见女人哭泣着唱儿歌。

棠微微跟在林燃的身后，越朝里走越看不清，她不小心踢到一块碎骨头，吓得躲进林燃怀里：“林……林燃，这儿怎么这么黑啊……”

林燃抱着人，心里快乐得不行，说：“没事，我抱着你走也行。”

“那……你找到出口了吗？”

林燃四处张望，从墙缝里扯出一处机关，左看右看，认定这就是出口，大声道：“我找到了！”

棠微微：“我觉得这里不像最终墓室，要不要……”

“微微，你站开点儿，我打开机关。”不等棠微微说完，林燃就自信满满地拉下开关，说道，“你看，大门不就在……啊啊啊——”

一只大蜘蛛从屋顶爬下来，正好落在两人中间。

林燃被吓得连声尖叫，两只胳膊一顿乱挥，不小心打翻了旁边的“德古拉的陈酿”，红色的颜料瞬间在棠微微的裙子上开了花，还弄花了她精心化的妆。棠微微怒吼：“林燃！”

当晚，林燃在阳台上一边反省，一边晾着洗干净的裙子。棠微微从回家后就没理过他，一直待在卧室里，吃饭都不肯出来。看着月亮，林燃掏出手机。

林燃：“微微，阳台上风好大……”

棠微微：“吹清醒了吗？”

林燃：“特别清醒！姐姐，明天有空吗？继续约会呀？”

棠微微没回。

林燃：“真的不约吗？”

林燃接连发了两个表情包，一个是一颗糖果，另一个是小男孩儿吃糖的表情包。

棠微微还是没回，但从楼下的窗口传来一句咬牙切齿的应答：“约！”

约会的第二天，天气阴转多云，棠微微的快乐指数百分之六十。

“票给你，小伙子，祝你们约会愉快！”森林公园的大门前排着一条短短的队伍，林燃从窗口接过两张情侣船票，心情愉快。

他今天特意穿了件白衬衫，根据售票阿姨、游客和遇到的一些路人的回头情况来看，他信心十足：自己今天应该挺帅的，所以哪怕做错一点儿小事，姐姐也舍不得生气。

这也是他努力做的功课。经过昨天的事情后，他发现，虽然免不了出现各种问题，但只要自己足够优秀，就可以把问题甩出去。

棠微微坐在长椅上等他，林燃走过去的时候，微风轻轻地吹动着他的衣角，他很确定，棠微微心动了。

林燃在心里给自己点赞：我太机智了！

森林公园里，树木郁郁葱葱，环境幽静，两人坐上情侣小舟，微风拂过，水波荡漾，看起来一点儿都不可能会有意外发生。

林燃划着桨，偷看了棠微微一眼，问道："这里景色还不错吧？"

"嗯，感觉整个人都放松了。"

"之前我就一直想和你一起来划船，只不过没找到机会。"林燃说着，放下船桨，向棠微微靠近，他半跪在船边，骑士一般俯下身，两人几乎就要吻上了。

忽然，船身晃了一下，接着传来水波晃动的声音。

棠微微见状十分担心："林燃……"

"嘘——"林燃似乎没有察觉到危险，又朝她靠近了一点儿，说道，"没有人教你接吻的时候要专心……哎呀！"

话没说完，只听到一声惨叫——林燃重心不稳，落到了水里。这里水虽然不深，但是林燃不会游泳，他慌乱地在水里一个劲地扑腾。

棠微微试图伸手去拉他，结果被溅了满脸水。

她无奈地抓住他的衬衫，边拉边喊："手给我，你别乱动！你不是说前年学会游泳了吗？"

"咯……什么？游泳？我会的啊……"

一边呛水一边嘴硬说自己会游泳的林燃，最终以矫健的姿态……将棠微微也扯下了水。水中，两人离得极近。

他只觉得，周围的湖水都温暖起来。

很可惜，棠微微并不这样认为。

被安全员救上岸之后，棠微微索性连林燃都不要了，在公园管理处借了浴巾擦干头发后，就气呼呼地回了家。

林燃自知理亏，不敢去找她，召集了几个好兄弟，坐在篮球场上开大会。

侯飞听完前两天的约会故事后，很有想法地说道："你听我的，之前不成功是因为你没有发挥出优势。你得找一个你会她不会的，让她崇拜你。"

林燃："嗯，有道理。"

季晗却皱眉提出异议："但是……如果你会玩的，对方不会，约会体验也不好吧？"

林燃："嗯，有道理。"

侯飞争辩道："这你就不懂了，玩自己拿手的，在女生面前就能帅起来。你越帅，她越喜欢你，这不就促进感情了？"说着，他抱着篮球下场，飞身扣篮，嘚瑟地笑道，"关键就是得帅！"

现场只有杜如月安安静静在听，季晗与侯飞都有各自的想法，他们一齐看向林燃，异口同声道："林燃，你说，听谁的？"

林燃："我觉得……都有道理。"

"你是复读机啊！"侯飞拿球砸向他，"说点儿有用的，明天就实战了，可别三振出局。"

"求同存异，我早想到了！"林燃躲过飞来的球，打开手机的视频拍摄功能，镜头对准自己，理了理头发，按下拍摄键，一脸诚恳地说道，"微微，我想到了一个你绝对会喜欢的约会方式，相信我，再给我一次机会。"

拍完，他一键发送。

十秒后，棠微微温柔地回复："不。"

林燃发了一颗糖果的表情包。

棠微微："……"

棠微微："时间，地点。"

约会的第三天，小雨，棠微微的快乐指数百分之三十。

下午两点，万富商场"大玩家"电玩城。

棠微微素面朝天，穿着一件宽松T恤，站在电玩城门前，听着里面震耳欲聋的叫声和音乐声，心道：我有一个傻瓜男朋友。

"不好意思，麻烦让一让。"靠近门边的一台游戏机旁围满了人，棠微微踮起脚试图找人。

忽然，林燃从人群里钻出来，给她让出机子，一番不知所云的讲解后，问道："微微，听懂了吗？"

棠微微翻白眼："你觉得呢？"

林燃灿烂地笑着，接着转身在游戏机前一顿操作猛如虎。他玩得确实不错，可惜棠微微完全看不懂。

周围的玩家在一旁指指点点道："这个操作犀利，这手速真牛……"

棠微微：我是谁？我在哪儿？你们有事吗？

紧张刺激的游戏持续了二十分钟，一阵疯狂的敲击过后，林燃长舒一口气，屏幕上闪出两个英文单词"YOU WIN"，而棠微微面前的屏幕上也出现了两个英文单词"YOU FAIL"。

林燃兴冲冲地看向棠微微："我帅吗？"

棠微微："你的手不疼吗？"

林燃愣了一下，感动地拉起她的手，说道："不疼呀……放心，不用担心我，你男朋友无所不能！"

接下来的一个小时里，林燃向棠微微形象地展示了一个想要帅的男人会做哪些幼稚的事情。

林燃玩投篮机，十投九中，大杀四方。

林燃玩捕鱼达人，抓出满地彩票，大杀四方。

林燃玩枪击游戏，清空小奖池，大杀四方。

……

总之，就是见一个玩一个。林燃每次获胜后，都会看向棠微微。那眼神，说梦幻点儿，是深情；说现实点儿，是极具挑衅意味。

电玩城最后一块区域是玩3D飞车的地方，当棠微微好不容易跑完全程，头晕目眩地离开座位，只见林燃靠在一台游戏机上，双眼发亮，满脸写着"求表扬"。

棠微微千言万语涌到嘴边，看着那张帅气的脸，实在不忍心多说，只竖起大拇指，淡淡地说道："你……慢慢玩，我先走了。"

林燃灿烂的笑容僵在脸上，他赶紧追上去："等等！你走了，我们还怎么约会啊？"

棠微微："难道我们刚才是在约会吗？"

她生着闷气快步走向门口，身后的林燃突然大喊：“棠微微——”

许多人看过来，棠微微无奈地回头，发现林燃捧着一大桶糖。见她停下，他快速拿出一颗糖，撕开糖纸，举高。

此时的棠微微真的有些烦躁。是自己太好说话了，还是林燃太久没挨揍了？她看着林燃自信满满的样子，脸上写满了嫌弃。看到门口的宣传广告，她几步上前皱着眉问道：“你想约会是吧？走，我带你去个地方约会，保证给你个惊喜。”

“哎，牵手牵手！”林燃趁机撒娇。

棠微微黑着脸没收了糖，然后像是拉了只小狗一样将人拉走。林燃满面春风，不忘回头朝混入人群的侯飞等人挤眉弄眼，大家纷纷竖起大拇指，祝贺他喜获胜利。

林燃被棠微微亲手戴上了一个眼罩，一路上他都十分雀跃，心里猜想着是什么惊喜。

棠微微把他牵进电梯，左拐右拐进了一间屋子后才松开手，轻笑一声：“到了，我让你睁开眼你再睁开，知道吗？”与此同时，她开始在心里倒数。

林燃笑眯眯地大声回道：“好！”

“三，二，一——”

棠微微飞快地跑出去，背靠着合上的门，高喊：“好了，睁眼吧！”

“让我看看是什……啊啊啊！开门，让我出去！救命！”林燃惊恐万分地冲向门口，一群嗷嗷叫着的小柯基欢快地追着他。

棠微微不给他开门，林燃只能贴着墙，哆哆嗦嗦地蹭到窗边，脸在玻璃上挤得变了形，他哀怨地敲着窗户哭诉：“棠微微，你太狠了！我知道错了，我不约会了，呜呜呜……”

棠微微在门外笑得一脸灿烂，举起手机放大上面的字：享受和狗狗约会的快乐时光吧……

让人没想到的是，当日的天气从小雨转为晴天，棠微微的快乐指数也飞速增长到百分之百。

将林燃和一群可爱的小柯基关在一起拍够照片后，棠微微才打开了门。

粘了一身狗毛的林燃逃命一样拉着她飞快地跑，一直跑到看不见那家店的招牌才喘着气停下。

从商场出来，两人靠坐在路边的公交站台的雨棚下，不为等车，只是想歇歇脚。

棠微微翻着照片，眉开眼笑地道："你看，你这表情和你小时候简直一模一样！"她靠近林燃，递过手机，"小狗还没有足球大，你怕什么呀？"

林燃看着棠微微的笑脸，忽然明白今天错在哪儿了——只要棠微微高兴，这场约会就圆满了，自己帅不帅的，有什么关系呢？只要棠微微天天笑，他林燃愿意和狗……

他猛地摇头："不行，不行！和狗在一起牺牲太大了……"

棠微微乐滋滋地看着他自言自语，像个小太阳一样闪闪发亮，她觉得自己心中的阴霾似乎真的消散了不少。

忽然间手机铃声接连响起，先是林燃的，然后是棠微微的，两人对视一眼，会心一笑，分别接起电话。

打完电话，林燃有些丧气地走过来说道："系主任找我有急事，我得回学校一趟。要不，你跟我一起，我们晚上还可以……"

"恐怕不行。"棠微微举起手机示意他，"黎想让我陪她参加一个招标酒会，你先走吧，我不急。"

林燃点了点头，扬手拦下一辆出租车，临上车前又不舍地问："地址可以发给我吗？酒会结束，我去接你。"

"好。"棠微微扬声道，"快走吧。"

林燃坐在车上，一直注视着棠微微，小狗眼湿漉漉的，着实让人心生不忍。出租车刚刚过了拐角，棠微微就收到了微信消息。

林燃："地址快发给我！一定要等我，晚上一起回家。"

棠微微把地址发过去，看着对话框，又补了一句："这三天的约会，我很高兴。谢谢你，林燃。"

新利大酒店二楼，广玉兰厅中，招标酒会正在举行。大厅中衣香鬓影，觥筹交错，虽说只是想让棠微微来见见世面，谈不上结识多少人，但黎想还是让棠微微打扮了一番。

甜品台边，棠微微对精致的花朵造型点心十分好奇，周遭人都在攀谈，她却在研究那些纸杯蛋糕。

“气死我了，唉！”黎想身后跟着一脸惶恐的工作人员，气呼呼地走过来，豪饮了一杯起泡鸡尾酒，说道，“我跟你说，微微，今天来拍摄的这个宁萌真是太气人了！”

“怎么了？她耍大牌？”

黎想冷笑：“何止是耍大牌？我之前也和一线明星合作过，人家虽然不热络，起码也算有礼貌。她倒好，不过是一个小流量，连基本礼貌都没有，还阴阳怪气的。”她清清嗓子，嗲声嗲气地模仿道，“这条项链你们可得注意点儿，磕了碰了你赔不起。”

说完，她眼尾一挑，装模作样地瞧着棠微微。

两人笑成一团。

连着喝了两杯酒，黎想叹了口气：“最难受的是，我刚才看了一眼，那条项链是某品牌的高级定制款，价值三百万，我还真赔不起，赶紧放到包里。”

棠微微似乎想到了什么，有些担心：“这么贵的东西，不随身带着，万一……”

“随身带着才容易丢呢！哎呀，放心，现在哪儿没监控，不至于……”

“啊——”黎想话没说完，花园里传来一声尖叫，打断了宴会的热闹气氛。

一身高奢品牌打扮的宁萌急匆匆地冲进来，一脸焦灼，直奔黎想。她缀满亮钻的尖指甲不客气地指向黎想：“你，就是你，交给你们杂志保管的那条项链呢？”

黎想与棠微微面面相觑：“什么项链……”黎想脸色一白，猛地看向一旁的化妆师小张，“项链不是放在包里了吗？”

小张低着头，支支吾吾，急得快要哭了。

宁萌拍开黎想的手，几乎要崩溃了，质问道：“我说了那项链很贵重，价值三百万！现在项链丢了，你们怎么解决？黎小姐，你是今天拍摄工作的负责人是吧？刚才我亲手将项链交给你，现在它不见了，请你给我一个解释！”

“你！”

众人的目光投射过来，黎想一时解释不清，场面十分尴尬。

正僵持间，原本站在台上的年轻女孩走过来，对棠微微款款一笑，棠微微认得她，她是林燃的同学季晗。

季晗递上一杯酒，说道：“萌姐，少安毋躁。我想这件事一定有误会。这样，我们先去调监控录像看看。”

她走近棠微微，小声道：“别害怕。”

棠微微点点头，握住黎想的手。

两人走到休息间，黎想捂着脸坐下，不停地念叨：“怎么办？如果根本找不到监控证据，最后一个拿项链的人是我，我真是……”

棠微微沉默半晌，道：“别急，再想想办法。”

这么多年来，一直都是黎想护在她身前，替她解决问题。

其实，她也是可以保护黎想的。棠微微抓紧黎想的手，脑海里冒出一个想法：“我有一个办法，或许可行。”

黎想的一双眼睛有些红，她像抓住最后一根稻草一样，拼命地抓紧棠微微的手。棠微微朝她点点头，有些为难地看向季晗：“季同学，我们可能得麻烦你一下，方不方便……”

季晗很是热心，她很快就让主办方控制住了场面，又向在场的工作人员宣布：“每个人都要进屋，棠小姐会问你们几个问题，如实回答就好。”

宁萌冷眼看着：“这个棠小姐真有那么大本事，能抓贼？”

黎想忍气吞声道：“微微是心理学硕士，行不行总得试过了才知道。”

“哟，别是贼喊捉贼吧？”

“你说什么？！”

眼看两人又要吵起来，这时房门打开了，黎想扑到棠微微面前，小声问：“微微，有什么发现吗？”

“有。”棠微微神色平淡，目光掠过从屋里出去的几个人，然后凑到黎想耳边，说了两句。

黎想一愣，佯装惊讶地喊了一声：“大家安静！项链，我们已经找到了！”

“什么？”

“真是有人偷窃吗？”

房间里的人纷纷议论。

棠微微的目光扫过在场众人，最终落在了一人身上。她朝着黎想点点头，走向小张。后者明显十分紧张，棠微微翻开了她的化妆包，拿出一个精致的盒子。

宁萌一惊一乍道：“我的项链！”她小跑着上前，紧张地打开盒子看了看，长舒一口气。同样松了一口气的还有黎想，两人对视一眼，同时“嘁”了一声别开脸。

化妆师小张此时已经害怕得站不稳了，棠微微暗中拍了拍她，笑道：“项链在化妆师这里，可能是和黎副主编交接时太忙，忘记了。宁小姐，您放心，《绯色》是有影响力的品牌杂志，做事有可能不周到，但绝对不会监守自盗。”

宁萌的天价项链失而复得，大家都在议论棠微微的一番推论，而酒会也已临近尾声。

投资方携家眷上台致辞，黎想望着大方有礼的季晗，不由得感叹：“你怎么认识酒店老总的女儿？我看她来了以后，宁萌的嚣张气焰都弱了三分。”

棠微微：“别乱说，那是林燃学妹。”

“来宾上台合影了，黎副主编、棠小姐，快来啊！”

人们慢慢聚集过来，黎想与棠微微也站在台上，只不过镶个边，不显眼。棠微微不习惯拍大合影，低着头不知道在想什么，无意间抬眸，她看到宴会厅门口有个人。

背着画板的林燃应该是刚从学校赶过来，他脸上还沾了一点儿橘黄色油彩，望着棠微微，眉眼带笑，夸张地做口型。棠微微仔细辨认，他说的是：“说好了，来接你回家。”

棠微微心头一暖，也跟着笑起来，此时快门声响起，这一幕永远被时光定格了。

“喂，黎想，”林燃一只手揽着棠微微的座椅靠背，另一只手举着菜单，夸张地问，“你选在这个地方，不会是故意防我蹭饭的吧？这上面的东西都是甜的，我只能喝白开水啊！”

同桌的除了他，其余的就是季晗、黎想、棠微微。闻言，三个姑娘忍不住笑出声。

黎想没好气地拿回菜单，笑眯眯地放到季晗面前：“别理他，小孩越惯越矫情。来，晗晗，你随便点……听说宁萌的经纪人团队挺难搞的，真没想到她能卖你面子。”

季晗不好意思道：“宁萌是我爸公司旗下这个系列酒店的形象大使，平日里接触比较多，我今天也就是说了句公道话，真不算帮什么忙。”

她目光游移，见林燃正手捧白开水向棠微微撒娇，又迅速收回目光，说道：“就别说我了，微微学姐，你还是跟我说说你到底是怎么找到项链的吧，我们都很好奇呢。”

“那我就简单说一下。”棠微微抓过林燃，把他当道具指着讲解道，“人的细微动作是最容易暴露内心世界的潜台词，解读这些潜台词，就是解读身体的语言密码。”

“抿嘴、眼睛右移、掩饰性举动，表明对方心虚；脚步后退，是退缩反应。在我问化妆师问题时，她一直有这些可疑举动。偷项链是件大事，她没有经过训练，身体的小动作更加掩饰不住。所以从房间出来，我就已经确定了百分之五十五。”

身为道具人的林燃扭头问道：“百分之五十五？”

棠微微把他的头摆正，继续道：“所以我让黎想宣布项链已经找到了，特意又观察了她一下，她下意识地看了一眼化妆包，我才确定东西就在里面。”

棠微微说完，黎想与林燃立即报以热烈的掌声。

黎想：“微微，不愧是你，厉害！”

林燃一脸骄傲，搂过棠微微道：“不愧是我女朋友。”

两人说罢，互相瞪眼，打闹间甜点上桌，香甜的气息弥漫开来，只有季晗觉得心中酸涩。

喜欢一个不喜欢自己的人，还真的是一件难过的事情。纵然唇齿间甜蜜蔓延，却一点儿也冲不淡这些酸。

吃过甜品后，黎想执意要送季晗回家。她看得出小姑娘的小心思，也看懂了小姑娘偶尔投向林燃时的眼神。

明知飞蛾扑火，却还是甘之如饴。

黎想觉得，自己有必要劝劝小姑娘，不管是为了棠微微和林燃，还是为了这个很惹人怜惜的小姑娘。

林燃如愿以偿地与棠微微做了所有小情侣都爱做的事——手牵手轧马路。

为了多相处一段时间，林燃特意拉着棠微微走了更远的西门，棠微微发现了，但没有提出异议。

此时月色明亮，微风徐徐，林燃想说点儿情话：“微微，我……”

忽然，手机铃声响起：“主人，那孙子来电话了！主人，那孙子来电话了！”

棠微微脸色一变，林燃手忙脚乱地摁掉铃声，尴尬地说：“我给顾祯设置了来电提醒。咳！不管他，我是想和你说，其实我……”

“主人，那孙子来电话了！主人，那孙子来电话了！”

林燃：“让他去死吧！”

棠微微失笑：“你接吧，万一他有急事呢？”

林燃铁青着脸接起电话简单地聊了两句，这才知道顾祯是问他办画展的相关事宜。他想了一下，记起上一次找这小子帮忙黑董哲的邮箱，的确答应了他，以后有事，必定相帮。

后来某天晚上，顾祯发来一堆项目资料，说是他哥丢给他的新业务，求林燃帮忙选一个。林燃看来看去，一眼就选中了和他们学校联合承办的画展项目。

顾祯起初不乐意，说自己根本不懂，若搞砸了，回家就会被扒皮抽筋。林燃只得答应帮忙做活动方案。

现在对方来要方案了，林燃看着手机，后知后觉地反应过来，自己完全把这事忘了。

于是，浪漫的轧马路行动被迫中止。林燃把棠微微送回家后，借她的电脑给顾祯认真地写了一份傻瓜指南。

顾祯拿到方案时，还美滋滋地对他说画展上见。

其实林燃也有私心，毕竟他还真的挺期待自己画的棠微微可以上画展，这也算另一种浪漫了。

没过几天，学校就公布了这次画展的相关信息。让林燃没想到的是，参展作者中根本没有他的名字。

林燃捏着那份薄薄的名单，冲进画展现场。从来回走动的工作人员可以看出，活动确实马上要启动了。他也管不了那么多，直接去找系主任评理，刚进门就看到顾祯坐在桌边翻看一堆画。

“你怎么在这儿？主任呢？”

顾祯故作深沉地说道：“主任不在。我是主办方，我想在哪儿就在哪儿。”说着，他扫一眼林燃，“小林啊。”

林燃一愣，看见他朝自己挥手：“去，给我买听可乐。”

林燃站在门口想了想，明白了。顾祯这是过河拆桥，还计划拿拆下来的桥砸他。这是一种没有自知之明的表现，林燃一边想一边点点头，没说什么。他去贩卖机里买了瓶百事可乐，一路走一路摇，送到顾祯面前时还报以一抹微笑。

顾祯接过可乐随手一拧，气泡跟喷泉似的喷了他一脸。他惨叫着跳开，指着林燃，说话的声调都变了：“林燃，我告诉你，你现在这么对我，以后会后悔的！你别想参加这次画展了，昨天我已经把你除名了！”

林燃冲上去拽着顾祯气愤地开打：“你算老几？把我除名？你的画展企划都是我写的，你好意思吗？”

顾祯的外套都被林燃扯掉了，两人扭打成一团。系主任走进来看到这一幕，赶紧上前拉人。

顾祯坐在地上挡住脸，非常委屈地大叫：“狗屁企划案！你写的什么玩意啊？我根本看不懂！你还给取个名叫傻瓜手册，有你这么骂人的吗！”

“好了，都少说两句。”系主任抓着林燃，奋力分开两人，说道，“林燃，主办方领导一会儿就来视察，你懂点儿事，赶紧松手！”

“我不松！”林燃被扯开，还挣扎着要去踹顾祯，咬牙切齿地骂他，“智商有问题回幼儿园补课去！我的企划书傻子都能看懂，你看不懂就报复我，把我除名了？”

“你才是傻子！小爷跟你拼了！”混乱之中，顾祯向林燃扑来，林燃迅速躲开，顾祯刹不住车，猛地冲向地面，摔了个狗吃屎，“我、我的牙……”

因为两人打架，主办方要来视察的领导临时变成了家长，准确地说，是靳子川作为家长被请来开“家长会”。

靳子川听说顾祯打架，准备来教训他，没想到会看到顾祯号啕大哭，门牙还掉了半颗。同样被请来的还有棠微微，也准备好好教训一下弟弟，结果来了才看见他的脸被挠花了。

两个“家长”面面相觑，当场就调解好了，一致觉得，两人都非常活该。

但事起林燃，棠微微摁着他道歉，表示要请靳子川兄弟吃饭。林燃“哼”了一声，不情不愿地道歉：“对不起，我不应该拿可乐喷你，还说你是白痴。”

顾祯说话漏风，被靳子川拍了一下脑袋，哼哼唧唧地回道：“对不起，我不应该报复你，还取消你的参展资格。”

闹剧暂时结束，两个幼儿园小朋友却互相瞪着眼，发泄愤怒。

靳子川要带顾祯去补牙，婉拒了饭局。他绅士地送棠微微出门，临走时叫住她问道：“棠小姐，你记得我之前说过，我觉得你是符合我心中标准的女朋友吗？”

林燃脸一沉便要站出来，棠微微赶紧拉住他，直接回绝了靳子川：“抱歉。”她和林燃十指相扣，微笑道，“我已经有男朋友了。”

靳子川一愣，随即很是绅士地点头，然后离开了。仿佛刚才说的是一件再普通不过的事情。

转身的那一刻，棠微微在他心中的分数就清零了。

他就是这样一个人，优雅，睿智，凡事计较得失，权衡利弊，就算剧情失控，他也总是能冷静地应对，冷静得仿佛是个没有感情的机器人。

林燃虽然挨了挠，但是十分高兴，他顶着布满挠痕的脸，哼了一路的《好日子》。

出租车到了小区门口，棠微微付钱的时候，都不好意思看司机的表情。她把林燃拉下车，终于得以捂住他的嘴。

“高兴什么呢？这么大的人了还打架！”

“高兴啊，我被官宣了！”林燃没羞没臊地亲了一口棠微微的手，拉着走了两步，忽然站住，说道，“哎哟，还不能回家，我忘了棠叔叫我买酱油。”

棠微微无奈地摇摇头：“你什么都能忘。”

“除了你。”林燃推着棠微微进了小区，自己裹紧外套，装模作样地摆手道，“姐姐累了一天了，先回去吧，我买了酱油就回去。”

棠微微把钥匙递给他就先走了。

林燃看着棠微微走远，得意地打个响指，快步冲到小区门口的快递站。

林燃：“您好，取件码 3314，拿一下快递！”

从站点老板手里接过快递，林燃一面拆一面哼小曲：“到得还挺快。不知道这个礼物，她喜不喜欢……”

天色渐暗，林燃转去小卖部买了酱油，乐呵呵地回了家。

棠家的门没关严实，漏出一道暖色的光。

林燃抱着礼物盒，提着酱油瓶，正要敲门，就听到屋里传来沉闷的一声响。他猫着腰，从门缝里偷看，见棠建国正在收拾桌上的书，他还气呼呼地说：“爸爸会害你吗？爸爸这么做都是为你好！哎，不懂事……”

林燃小心翼翼地进门，棠建国刚巧转身，两人对视，林燃吓得举起酱油瓶说道：“棠叔，我、我送酱油！”

棠建国摇摇头，一抬手，放林燃进屋。林燃不敢问发生了什么，乖巧地坐在沙发上，目光扫视了一下，发现桌上有好几本考公务员的书，说道：“棠叔，您……下岗再就业是不是晚了点儿？”

棠建国：“这是给微微的！”说着，他向里屋示意，轻声道，“你去帮着劝劝，有些话，你们年轻人说更合适。”

林燃抱着礼物盒，摸摸鼻尖，没底气地点点头：“叔，我努力！”

林燃明知道父女之间的矛盾他不该插手，可是他受不了棠微微难过，所以他说的努力是真的努力。

无论在生活上他是否能帮助棠微微，他都会努力让她快乐一点儿。

棠微微把自己蒙在被子里，她知道老棠是为了自己好，然而她真的受够了一眼就能望到头的人生。她的愿望很小，不过是趁着还年轻，能肆意地活一回。

室内气氛压抑，忽然信息提示音不断响起，棠微微有些懊恼地钻出头来摸手机，看到发消息的人是林燃，他鬼叫着让她快去天台救他。

棠微微思来想去，还是走出了房间。当她来到天台上时，她发现那里支了一顶小小的，充满浪漫和梦幻气息的帐篷。

林燃站在帐篷前推她进去，门帘上挂着许愿网。棠微微走进去，发现帐篷顶上是一片浩瀚星空。林燃从后面抱住她：“喜欢吗？这是我送给你的微缩宇宙。”

棠微微感动地点点头，突然反应过来，问道：“这就是你打的酱油吧？”

林燃笑了笑，抱着她不说话，过了好一会儿才又轻声道：“微微，你试着给我治病吧。”

“怎么突然说起这个？”

林燃走到她身前，身上沐浴着一片宇宙星光，耀眼得像个王子。

林燃认真地说道：“作为你的男朋友，我想陪你一起吃糖。”

棠微微望着他，沉思片刻，牵起他的手，说道：“好。”

联大的优秀硕士生棠微微有一个鲜为人知的秘密：她无法尝试催眠，每一次她都会把自己弄睡着。

为了帮林燃治好病，棠微微也曾十分努力，可是……

“林燃，说实话，”看着手中精致的怀表，棠微微低声道，“我真的不敢。失败了太多次，我已经很久不敢再尝试了。”

林燃握着棠微微的手，两个人一同拿起怀表，他目光中带着鼓励，看着棠微微。

棠微微：“好，我最后试一次！”

三分钟后，棠微微趴在桌上，睡得香甜。

“微微？”

棠微微呼吸均匀。林燃也趴下，与她鼻尖贴着鼻尖，说道：“其实你不用害怕。你很优秀，你的未来有我，有你的能力，有无限可能啊。虽然我现在说这些，你不知道，也不记得，但是……”

他的手指轻轻地蹭在棠微微的脸颊上，语气温柔：“我向你承诺，你不敢做的事我替你做。你性格被动，我牵着你走。棠微微，我喜欢你……你呢？你好像从来没有主动说过……”

林燃碎碎念着，棠微微的脑袋动了动，含糊地吐出几个字：“也喜欢你……”

林燃猛地抬起头，像是发现了什么稀世珍宝，眼睛都亮了。他附耳又听了一会儿，嘴角抑制不住地上扬，在她额头上轻轻地落下一个吻。

棠微微似乎真的没有那么不快乐了，他这个男朋友当得也算称职了。

林燃将她抱回了屋，这一晚他都没回自己家。虽然只是趴在姐姐的床边，看着姐姐，林燃也倍感兴奋。

这是他跨出的一小步，却是他们爱情中的一大步！

晨光如碎金洒进窗户，暖风从半开的窗吹进来，棠微微半梦半醒间听到一个声音断断续续地重复：“也喜欢你……”

“嗯？！”棠微微被惊醒了。

眼前，林燃笑眯眯的脸放大了好多倍，他拿着手机不断地回放录音，甜甜地说：“姐姐昨天在梦中吐真言，好可爱啊。”

棠微微跳下床，去抢手机，林燃举高不给她，边跑边胡说：“姐姐还说，其实一直很喜欢我，小时候就喜欢了，可是要等我长大才行，原来我是被‘钓鱼执法’了！”

“林燃！”

两人叠着倒在飘窗边，林燃轻轻地搂着棠微微，吻她脸颊：“微微，你不考博，也不愿意去考公务员，你是不是已经有下一步计划了？”

棠微微坐正，点点头。

“是什么？”林燃只觉得现在的生活真的幸福得令人目眩神迷，仿佛有一百只金鱼在他心口拼命地吐着泡泡。

棠微微转过身，抬眼看向林燃，半晌后很是认真地说：“我想开家甜品店。”

“什么？！”惊讶声来自房门口，棠建国一脸怒意地冲进来，“你要干什么？”

棠微微深吸一口气，说道：“爸，我要开甜品店。”

棠建国气得发抖：“我供你读了这么多年书，就是让你毕业之后去卖蛋糕的？！”他手叉着腰，不停地打转，忽而想起什么，瞪着林燃，“是不是你小子教唆微微的？”

棠微微：“爸，不关林燃的事！”

林燃：“叔，她也不听我的啊！”

两人默契地同时开口，让棠建国头脑发晕。他看着林燃与棠微微牵在一起的手，当即上前拉过林燃，想把他推出去。林燃不敢开口，棠微微上前阻拦，彻底惹恼了棠建国。

“爸，您能不能冷静地听我说……”

“我不想听！”棠建国的脸更黑了，“我们家微微一直是个乖孩子，长到这么大从没让我操过心。”

棠建国越想越气，取下拖鞋就要打林燃："肯定是你，你逃课，你打架，你玩赛车，还让我帮你瞒着微微和你爸妈！这就是我帮你的下场，你带坏我的微微，你还搞大她的肚子！你这个小王八蛋！"

"叔，棠叔！"

林燃的脸色瞬间变得惨白，他慌张地朝棠建国使眼色。

棠微微难以置信地松开抓紧林燃的手，不死心地问："什么赛车？"

林燃抹了一把脸，抵死不认："我不是，我没有……"

棠建国丢下拖鞋，冷哼一声："他啊，玩摩托赛车！"

棠微微面无表情地扫了林燃一眼，低着头跑了出去。林燃心中恼火，又无处发泄，咬着牙追上去，只留下棠建国一人沉重地叹气。

在棠家，棠妈妈一直是个不能提的话题。她死于一场摩托车撞车事故，当时的棠微微虽然年纪小，却已经记事。从那之后，她一直很害怕摩托车，很担心车祸会再带走她的亲人。然而今天，她忽然发现，被她从小照顾到大的人，她的男朋友，居然是个摩托车手。

棠微微茫然地走着，最后颓唐地坐在小区里的长椅上。她两手发颤，捂住眼睛，忍不住深深吸了一口气。

有人走到她面前，轻声说道："微微，你听我……"

"林燃，"棠微微哑着嗓子说，"你是不是不知道，摩托车……是会害死人的？"

林燃无措地蹲下身子，试图解释："微微，其实我很早就想和你说了。我知道，摩托车对你来说是个心结，可是我瞒着你，是因为你不喜欢，而不是因为它是错的。"

"你能瞒一辈子吗？像今天这样，你想过怎么收场吗？"

林燃张了张嘴，说不出话来。

棠微微失望地抽回手，冷声说道："你不会考虑以后，因为你根本不在乎。"她拨通黎想的电话，一面说着，一面离开。

林燃缄默地站着，一直望着棠微微走出小区，再也看不见人，他才无力地低下头。

明明刚刚还是晴空万里，怎么突然就阴云密布了呢？

阴云从城南的小区，一路飘到城北。城北某印刷厂门口，黎想接到棠微微的电话后，还没说两句就因为信号不好而挂断了。

棠微微知道她在忙，不好意思打扰她，在街上转了一圈后，又一个人回到家里。她把门锁死，窗帘拉上，不想醒来时再看到林燃的身影。

而彼时，没有听出棠微微情绪失落的黎想正撸着袖子跟人骂街。

就在刚才，黎想来监印封面，老板娘却在开印后坐地起价，狮子大开口，两人争执了几句，黎想略占上风，不想对方竟然叫来了三个彪形大汉。

“没必要吧？我不在你们家印了行吗？”黎想有些无语，看着老板娘和她身边打手一样的男人，说道，“定金我也不要了。”

老板娘不同意：“都给你印上了，少废话，交钱！”

黎想目瞪口呆，问了一下报价，超出预算两倍……

她吓得当场给靳子川打电话。倒不是她只认识靳子川这一个有钱人，而是这家印刷厂就是靳子川选的。

当天在海边，她情绪实在低落，却偏偏还有工作要处理。出于对大老板的迷信，她便要靳子川帮她选一家印厂。当时她哭得太惨了，靳子川实在不好推托，于是便帮她分析了一下，选定了这家挂靠在名企之下的印厂。

她没想到靳子川那种看起来靠谱的人，会选这么不靠谱的印厂。她更没想到的是，她电话还没打完，老板娘就招呼那三个大汉把她丢进小黑屋里。

“你在这儿等人来交钱吧。”对方说完，就关上了门。黎想怎么想怎么觉得，这和绑架就差那么一点儿了，而她居然在绑匪面前打了个电话给靳子川。

屋外震天动地劈下了一个雷，好像要下雨，黎想苦笑着希望靳子川立刻动身，否则下大雨他很可能就不来了。

幸好，赶在雨落下前，靳子川驱车来到了印刷厂。然而，因为没带钱，还想跟人讲道理，试图让那群土匪道歉，他自己也被送进了小黑屋。

“你们俩在这儿等人来交钱吧！”门又被关上了。

靳子川和墙角的黎想四目相对。黎想："嗨，这就是你说的还行的印刷厂？"

"我帮你精心挑选的……"靳子川太阳穴直跳，刚想解释便放弃了。他万万没想到，自己挑选的印刷厂这么垃圾。他做了几个深呼吸，把自己努力跟对方交涉的过程，细细地给黎想说了一遍。

黎想听完，长叹一口气："所以，你怎么就一个人来了啊？你的助理呢？下属呢？唉，我还指望你能救我呢！"

靳子川瞥了她一眼，觉得解释非常浪费口舌，并需要扣个五十分压压惊。

屋外风雨交加，靳子川看黎想盯着窗口，背影显得可怜兮兮的，犹豫着要不要告诉她，自己在来之前已经联系了人，估计再有一会儿，就会有人来了。

黎想幽幽地念叨："真是虎落平阳被犬欺，没想到我一个堂堂副主编，为印个封面落难至此。"说着，她忽然向靳子川提议，"要不然你色诱那个老板娘吧！"

靳子川："……"

"咱们擒贼先擒王，把老板娘拿下，那几个打手根本不足为惧！"

靳子川把想好的安慰话咽了回去，冷冷地说道："你觉得你很幽默？"

黎想的语气十分惋惜："太无聊了。在你和我的属下发现咱俩不见了，赶来营救之前，你有什么消遣活动吗？"

靳子川面无表情地看着她，不知道为什么，他居然觉得现在的黎想挺有意思。

沉默了五分钟后，靳子川收回目光，说道："我拒绝这个提议。还有，扣你十分。"

黎想："什么扣十分？"

靳子川不回应了。一旁的机器上突然掉下一颗大螺丝钉，黎想瞥了一眼，又发出一声叹息，继续在墙角等天降奇迹。

靳子川扣完分，心里痛快多了，他认真地想了想，得出一个结论：从来没有一个人每做一件事都能被他扣分，黎想太特别了，她比顾祯的毛病都多，扣起分来想都不用想，非常爽。靳子川觉得这种快乐又简单又粗暴，对自己有非常致命的诱惑。

不出靳子川所料，半个小时后就有人来把他们接了出去。

印厂老板严厉地教训了没眼力的下属，冲着靳子川点头哈腰道："靳总，我接到您司机的电话后就立刻赶来了！靳总，今天实在是对不住！"

黎想这会儿反而一本正经起来："你们印厂涉嫌非法拘禁、敲诈勒索，若是碰上个没社会经验的，没准就被吓唬住了。你们印厂必须关闭！"

对方再次鞠躬："是我们的问题，让夫人受惊了！"

黎想和靳子川同时"啊"了一声。

黎想正要解释，靳子川却礼貌地朝对方颔首："这起恶性事件，风行会保留追诉的权利。当然，也希望贵司能进行内部整治。毕竟你们也不想闹到法制栏目上，对吧？"

印厂老板一边抹着冷汗，一边道歉，并且很识趣地报了警，也算是大义灭亲，很有态度了。

黎想没再说什么，转身上了车，靳子川却在不经意间看到她的小腿在微微打战。

原来，她也是害怕的啊。

靳子川感觉自己心口被柔软的棉花填满。这个女人看似张牙舞爪，却时刻元气满满；明明心里害怕得要死，面上却强装镇定。

没来由地，靳子川今天不想扣她的分了，可能是他那从未动过的恻隐之心在作祟吧。

靳子川沉默地跟着黎想上了车。黎想看向窗外，努力降低自己的存在感。她的确被吓坏了，没有哪个女生孤身在外，遇到危险后还能心如止水。只是她游戏人间惯了，总是能在第一时间伪装自己，仿佛这样，她就能一直刀枪不入。

靳子川语气淡淡地吩咐司机："送黎小姐回公司。"

轿车奔驰，一路沉默。两人之间似乎有些奇怪的感情悄然萌生。

棠微微走后，林燃在小区门口蹲了一会儿，还进了趟保安亭，保安队长请他喝了罐凉茶，说自己也经常被老婆赶出来。

林燃沉默地喝完凉茶，听到对方跟老婆打电话，又气得走了。

他上网搜索怎么样让女朋友消气，网上说“世上女孩千千万，实在不行咱就换”，他气得把浏览器卸载了。林燃心想：世界上只有一个棠微微，是他拼了命才追到手的。他从没有为谁这样过，包括摩托车。

林燃打了个电话，二十分钟后，可乐从摩托车上下来，和他一起蹲着。

可乐：“燃哥，听说你失恋了。”

林燃气得踹他：“我是问你怎么哄女朋友！”

可乐咧着嘴乐了：“我都没谈过恋爱。”

林燃白了他一眼，转过身不想理他。被大哥嫌弃的可乐抓耳挠腮地想法子，最终一拍大腿，说道：“但是，我给我妈道歉，有一招屡试不爽！”

两人蹲在小区门口交头接耳一阵，林燃恍然大悟。

当天下午，他抱着白板，拿着大喇叭，走到棠微微家楼下，穿过草坪，敲了敲棠微微房间的窗户玻璃。

棠微微唰的一声拉上窗帘。林燃毫不气馁，大声念着：“检讨书！本人林燃，现在郑重向棠微微女士作出检讨。第一，我不该对另一半有所隐瞒；第二，我不应该明知故犯……”

正说着，窗户忽然打开，林燃欣喜地抬头，不幸被一个抱枕砸中了脸。

虽然这招不成功，但林燃觉得让棠微微打开窗户也是迈向成功的一小步，哄喜欢的人的确应该不要脸，并且要持续不要脸。他想不到送什么礼物能让棠微微高兴，干脆把自己变成了礼物。

当天，棠微微收到一条奇怪的短信，对方让她去湖心亭取快递。她将信将疑，刚走到湖边就愣住了——湖边凉亭的檐下垂着些星星、月亮形状的彩饰灯，柱子上缠满了颜色柔和的圆球灯串，房子中间摆了一个半人高的盒子。

棠微微迟疑着缓缓走近，敲了敲盒子，盒子突然从中间裂开。

“啊！”棠微微发出一声惊呼。

林燃从盒子里钻出来抱住她："姐姐的小甜心到货了，快签收吧！"

"你……你放开我！"棠微微被吓得心怦怦直跳，气得捶了林燃两下。

林燃全盘接收，拉住她的手亲了亲，哄道："不要生气了，好不好？我保证，以后再也……尽量不去了。"

棠微微狐疑："这可是你自己说的。"

"嗯，我说的。"

两人坐在亭子里，晚风徐徐，棠微微被林燃盯得有些不好意思，握住他的手道："其实，我在家想了一天，我之前也有不对的地方。我可能有点儿控制欲……是指有较强不安全感的人内心恐惧的外在表现。其实……"

在林燃的注视下，棠微微停止了习惯性的背书行为，小声说道："抱歉，我的意思是……你可以不用勉强自己，我们两个应该互相包容。"

"微微，"林燃抱住棠微微，俯身靠近她的脸说道，"我想亲你，不过这次我不会等你回答了。"说着，他低头吻去。

棠微微紧张得闭上眼睛，就在两人即将亲到的时候，棠微微的肚子叫了一声，她的脸瞬间红得发烫，她低下头道："我……我不是！"

林燃笑了一声，说道："要不先去吃点儿东西？我买了好多甜品店的票哦！"

棠微微一愣，问道："你就这么确定我今天会原谅你？"

林燃双手指着自己脸上的酒窝，甜甜地笑了："因为，我是姐姐的小甜心啊！"

自从就摩托车一事达成和解后，两人相处好像更轻松了。林燃由此认为，坦诚可以让情侣之间的感情变得更美好，但他完全忘了，他和棠微微从恋爱开始就是两个"洋葱精"，身上的保护层何止一层？

这个周三的早晨，一切看似平静，林燃在甜美的梦中翻了个身，却突然被手机铃声吵醒了。林燃睡眼迷蒙地接通电话："微微，怎么……"

"出大事了，林燃！"电话那头，棠微微语气焦急，"我爸爸临时给我约了产检，我已经被带到妇幼保健院了！你快来，救命啊！"

林燃紧赶慢赶来到医院大厅，只见棠微微正瘫坐在椅子上，前面还有三四个排队的孕妇和家属。林燃穿着一件篮球服，头发睡得飞翘起来，在这一屋子人里显得十分年轻且格格不入。

棠微微来不及感慨，拿着一个小杯子把林燃推到走廊上，说道："一会儿尿检，如果查出我没怀孕，我们可能都会死在这儿！你赶紧想想办法啊！"

林燃："我实在……要不我们招了吧？"

棠微微与林燃闭上眼，开始想说真话的后果，三秒后，他们同时睁开眼看着对方。两个人的想法变得一致起来："不行！一定要搞到能通过检查的化验样品！"

由于林燃无法进女厕所，他只能红着脸站在洗手间门外。十分钟里，他一共看到三个准妈妈，每一个看到他都很和善，可是当他请求帮忙时，她们就会叫着跑远。

林燃正愤慨着，前方又走来一个年轻的准妈妈，他瞅准机会上前，露出灿烂的微笑，问道："您好，请问能把您的尿液样本分给我一点儿吗？"

小孕妇立刻回答："变态！"然后撞开他走了。

距离化验样本还有十分钟，再也没有一个孕妇从洗手间门口路过，林燃绝望地捂住了头，觉得今天脑袋和脖子大概率要分家。

半个小时后，诊疗室。

棠建国、棠微微、林燃三人坐在诊室里，医生推了推眼镜，看一眼报告单，再看一眼棠微微。

棠建国："大夫，怎么样？"

医生抬头看了一眼棠建国，又看向棠微微和林燃。

医生："这位是您的父亲？可以直接说吗？"

棠微微深吸一口气，视死如归道："是。您有话直说吧。"

医生："嗯……这个报告单上面显示样本里有见红啊。"

棠微微："对不起，我……啊？"

她与林燃对视一眼，林燃向她比了一个"OK"的手势。她不明所以，只能疑惑地看向医生。

棠建国是过来人，他焦急地问道："怎么会见红呢？该不会是要流产吧？"

棠微微与林燃的心同时提起，这可是好不容易求来的救命希望，别再出问题了！

医生笑着摇头："那倒不是。出现这种情况呢，我们首先考虑是夫妻二人进行了性生活，"他说着，又看了林燃一眼，"而且小伙子的动作有些激烈，以后可千万不能这样了啊！"

棠微微："……"

林燃："……"

林燃怎么也没想到，谎圆过去了，揍没躲掉。他恨友情提供样本的那对小夫妻，他恨那个冲动的小伙子，他更恨自己，早知棠微微不考博，何必如此？

从医院出来，林燃被棠建国追着打了一路，最后棠微微装肚子疼，才劝着他们先回家再解释。

一路上棠建国看林燃时眼里都冒火，三人到了棠家，棠建国把林燃拦在门口。

棠爸："你不用解释了，从今天开始，禁止你们两个人再见面！"他关门前还怒视林燃，"呸，下流！"

林燃望着天，无语凝噎。

这天下午，林燃见不到棠微微，也不想回学校，干脆抽空去了一趟赛车场，将以可乐为首的赛车手们召集起来，开了一个短会。他宣布，以后如果没有大事，他就不来赛车场了。

可乐："燃哥，难道赛车场要被关了？"

林燃摆摆手，说道："那倒不是，赛车我以后是不会碰了。这个车场，我也会把它从娱乐性质转变成营业性质，以后我会认真将它当作生意打理的。"

这些车手都是林燃找来的，因为他够强，所以他们都愿意跟随他。可如果这里没有林燃了，那他们该何去何从呢？大家窃窃私语起来。

可乐凑到他身边，好奇地打听：“那你干什么去啊，哥？”

林燃站起身，将赛车手套、专用头盔、护膝、护腕等一切防具，连同赛车服、摩托车钥匙一起放在了桌上，林燃斗志满满地说道：“我要去追求爱情了！”

第七章
每颗星星都会发光

晚风轻柔地吹拂起白色的窗帘，柔和的月光洒落在棠微微窗前。

由于棠爸的明令禁止，林燃不敢从正门走，蹑手蹑脚地走到窗下，咚咚两下敲响了玻璃窗。

里面毫无动静。

不是吧？难道她这么早就睡了？林燃苦哈哈地蹲在草丛里喂蚊子，手机上显示七点十四分，他不死心地给棠微微打电话，可接通之后只响了一声，立刻被对方挂断了。

她是故意的！准是因为孕检闹的乌龙，她生气了，所以故意不理他！幸好他早有准备。

林燃从口袋里掏出早已准备好的纸笔，动作潇洒地撕下一片纸，趴在坑洼不平的窗台上写了几个字，顺着窗户缝塞了进去。

等了一会儿，里面依然毫无反应。

林燃的斗志瞬间被点燃了，他哼哧哼哧地奋笔疾书，接二连三地往窗缝里塞字条，像正在等主人原谅的可怜小狗。

“我错了，别不理我。”

“叮咚叮咚，呼叫棠微微同学。”

“你难道不想我吗？”

“外面蚊子好多，救救我。”

……

时间一分一秒地过去，房间里毫无动静。林燃有些焦躁，看着手心里的最后一张字条，深吸一口气，还是将字条塞了进去。

林燃不知道的是，棠微微从医院一回到家里，就被棠爸抓着数落，什么年轻人要有自制力，什么做事要有轻重，云云，听得棠微微头昏脑涨。

忽然，棠微微身后的窗户玻璃上传来轻轻的“咚咚”两声，棠爸一顿，狐疑道：“什么声音？”

棠微微一听就知道肯定是林燃那个臭小子，暗自咬牙，悄悄把窗帘拉得更严实了些，对着棠爸睁眼说瞎话：“窗框有点儿松，风吹的，没事。”

好不容易将棠爸打发走，棠微微拉开窗帘，就见窗台上堆满了雪白的小字条。

棠微微嘟囔一声“幼稚”。然而那些小字条像春雪化水，柔柔地淌进她的心田。

正在这时，又有一张字条被人从窗缝里塞进来，还折成了爱心的形状，啪嗒一下掉在字条堆的最上方。

棠微微打开那张纸条，上面赫然写着：“开窗开窗！不开就吃糖！”

她赶紧拉开窗户，一低头就看见林燃一脸悲愤，拿着糖准备往嘴里塞。晚风借机潜入房间，将棠微微的长发轻轻吹起。

她黑着脸问：“你干什么呢？”

林燃眼前一亮，立刻把糖往身后一丢，接着往窗台上一趴，歪头枕在自己的胳膊上，道：“你怎么才理我？”

棠微微用指头戳他的额头，却被林燃一把攥住手，拽到脑袋下严严实实地枕着。棠微微气道：“我爸你又不是不知道，医生都那样说了，他回来不得好好数落我一顿啊？”

林燃枕着棠微微的手心，歪着脑袋眼巴巴地看着她，道：“我可在窗外喂了好一阵蚊子呢，脚踝上都是包，不信你来看看。”

棠微微莞尔一笑，又板起脸佯怒道：“谁让你扒我家窗户，图谋不轨啊？”

林燃看棠微微笑了，噌地直起身，双手在窗台上一撑，轻巧利落地坐了上去。他探头在棠微微耳边轻声道：“那不如……我就真正干点儿图谋不轨的事？”

棠微微脸颊泛红，后退半步，忙不迭地赶他走：“不行不行，这么晚了，你赶紧回宿舍吧，明天还有课呢。”

林燃赶紧举起双手投降：“别赶我，我就是想来看看你。”

丁零一声，微信提示音响起，打破了二人之间的暧昧氛围。

棠微微拿起手机扫了一眼，一时间有些犹豫。

林燃凑过去歪头瞟了一眼，问道：“谁啊？”

“是……其实前段时间我通过中介看了一些店铺，”棠微微叹气，“对方已经在催我了，问我什么时候有空去确定一下。”

“那不是挺好的吗？怎么这副表情？”林燃猜测着，“难道棠叔还是不同意？”

棠微微默认了。而且她心里尚有疑虑，她真的能做好一家甜品店吗？这样的举动是不是太过任性了呢？如果失败了，岂不是白白浪费时间和精力？但如果就让她这样放弃，她又有些不甘……

林燃看着棠微微，像看到一只迷路的幼鹿，不知下一步该迈向何方，有些胆怯，又有些坚定。

撇开年纪不说，棠微微也只是一个刚出学校的女孩啊。

林燃的心软成一团，温热的手掌覆盖住她的手，他坚定地说：“微微，不要犹豫，做你想做的就好。你负责去追求梦想，我负责站在你身边支持你。未来要靠自己去争取，这不是你以前总跟我说的吗？”

他语气温柔得像是在讲睡前故事。

其实，只要这么一点点的支持就够了。棠微微眼眶微红，重重地点了点头。

“林燃，谢谢你。”

“嗯？”

棠微微笑起来，捏了捏他的耳朵。谢谢你，像小太阳一样，一直照耀着我。

林燃朝她张开双臂，棠微微犹豫了一下，朝他挪近了一步。林燃将她揽入怀中，她的脸颊贴着他的胸膛，听见里面传来一下一下的心跳声。

晚风徐徐吹来，从耳边轻轻拂过，月光把两人的影子拉得长长的。

林燃轻轻地托住她的脸颊，深深地凝望进她的眼中，两人之间的距离渐近……

忽然，棠微微的视线移向远处，林燃疑惑地跟着转头，视野里出现了一个高大的身影。

林燃心头狂跳，定睛看去，那路灯下拉着行李箱，正向他发出死亡凝视的高大青年果然是徐健！

徐健，棠微微的表哥，林燃的童年噩梦。

小时候的林燃最喜欢的事情就是放了学后和棠微微一起玩。随着年岁渐长，林燃发现棠微微的表哥徐健似乎一直对自己心怀戒备，主要是他对表妹太关爱了。

每当林燃想拉拉棠微微的手或者拽拽她衣服的时候，徐健总是会突然出现，拎着林燃的衣服领子，将他扔到十米开外。

不光是林燃，任何非棠微微主动亲近的男生，他都会将对方收拾得服服帖帖。后来林燃喜欢上了棠微微，因为不满于徐健的专制，经常不怕死地当面挑衅他，结果每次都被打倒在地，爬不起来。

后来一见到徐健，林燃就条件反射般害怕。幸好徐健出国留学，林燃才得以逃脱魔爪。现在，看着徐健，林燃艰难地咽了一口口水。

“表……表哥，你什么时候回来的？”

“我不回来，怎么知道你小子居然半夜爬我妹妹房间的窗台？”徐健放开行李箱拉杆，神情似笑非笑，一边说着一边开始活动手腕。他穿着一身宽松的运动服，衣服下的肌肉若隐若现。

林燃艰难地扯了一下嘴角，自知解释不清，从窗台上一跃而下，扭头就跑。但徐健的动作更快，几乎是瞬间就拧住了他的胳膊，拎小鸡似的把他抓到了花坛边。

“还敢跑？”

“哥，这是个误会，真的……”

屋里的棠微微满脸焦急，见徐健举起拳头，似乎下一秒就要打在林燃的脸上，她探出大半个身子喊道：“哥，手下留人！”

“微微，小心肚子！”

徐健大惊失色，放开林燃就朝窗台奔去，接住棠微微。

林燃则趁此机会赶紧跑了，速度不减当年。

当晚，林燃梦到自己被徐健翻来覆去地揍个没完，起床时浑身都在隐隐作痛。

清晨，林燃踩着铃声走进画室，无精打采地在画架前坐下。

侯飞跑过来围着林燃左看右看：“燃哥，你这是怎么了？不是出去约会了吗？好家伙，这胳膊上的淤青……姐姐下手那么狠的吗？”

林燃表情痛苦：“别提了，遇到她表哥了……”还没等他说完，微信的提示音响起。他一边揉着胳膊，一边龇牙咧嘴地让侯飞帮他看。

“今天上午十一点半，来和平饭店吃接风宴。”侯飞念得字正腔圆，林燃的脸色黑如锅底。

这哪是接风宴？分明就是鸿门宴，但哪怕是上刀山，下火海，他也得去。这点儿事都扛不住，怎么做棠微微的男人？

下了课，林燃回到宿舍换了一身行头，又去商场精挑细选了两个礼盒，算着时间，提前半个小时赶往饭店。

当他拎着东西进去时，包间里棠爸爸、徐健、棠微微三人皆是坐得端端正正，面无表情地看着他。林燃顿时出了一身冷汗，赶紧打招呼：“叔，哥，那个……微微，大家都来得挺早啊。”他又殷勤地把礼物送上，“我刚刚放学，去买了点儿礼物，来得迟了点儿，别见怪。”

徐健从鼻孔里冷哼一声：“无事献殷勤，非奸即盗！”

棠爸也没有好脸色，道：“赶紧坐下，晃得我头晕！”

林燃扫了一眼，棠爸和徐健一左一右地坐在棠微微身边，只有棠微微对面有空位。

他捏了捏拳头，在空椅子上坐下。

“说吧。”棠爸爸一拍桌子，神情严肃地说，“正巧你表哥也回来了，该交代的都交代了吧。”

林燃和棠微微顿时一个激灵，飞快地用眼神交流一番。

林燃睁大眼睛满脸疑惑，意思是：暴露了吗？

棠微微小幅度地摇摇头，意思是：我也什么都不知道。

徐健在一边把两人的小动作尽收眼底，咳了一声，道：“舅舅，微微还怀着身子呢，别吓着了，我来和她说。微微啊，最近怎么样？”

棠微微无奈，絮絮地说了些生活琐事，最后才说到感情状况：“嗯……就像你看到的那样，我和林燃在一起了，还……还有了孩子。嗯，就是这样了。”

林燃细细地咂摸棠微微这句话，听得心花怒放。

棠爸看见林燃满脸笑意，眼睛一眨不眨地盯着棠微微，顿时气不打一出来，呵斥道：“你愣着干什么？倒酒都不会了？”

林燃此刻还沉浸在“我又被微微承认了，微微还为我撒谎了”的快乐中，对于棠爸的怒斥都甘之如饴，还殷勤地为棠爸倒酒。

“怎么就怀孕了呢？怎么我一时没看住，我们微微就怀孕了呢？”徐健叹了口气，愁眉苦脸，忽然意识到什么，赶紧补救，“当然，哥不是怪你，我们微微是好孩子，都怪林燃！”

棠爸附和道：“对，都怪他！还是大学生呢，连安全措施都不做，现在还撺掇微微去开店，一点儿也没有把微微这个孕妇放在眼里！”

林燃真诚认错：“叔，您说得对。”

徐健长叹一声：“微微啊，我一听舅舅说了你的事就马上赶回来了。你怎么突然就和林燃这个臭小子在一起了？我听舅舅说，你们还在折腾什么甜品店……他是不是给你下蛊了？你可不能受他的迷惑啊。”

林燃小鸡啄米般点头：“哥，你说得对。”

棠微微瞥了他一眼，避重就轻地解释道：“表哥，开甜品店是我的心愿，林燃只不过是支持我而已。这事已经定了。”

林燃连连应声："微微，你说得对。"

棠爸和徐健额上青筋暴起，徐健更是连拳头都硬了。

林燃无知无觉，棠微微怕他继续作死，深吸一口气，假装头疼，揉着额角道："爸，今天是给表哥办的接风宴，这么久没见了，我们今天只叙旧，别的事以后再说，好吗？"

徐健一向最疼棠微微，见她面露疲态，赶紧拿了一个抱枕垫在她身后，连声道："好，好，只要微微高兴就好。"

徐健临阵倒戈，棠爸痛心不已，回家后将他数落一通，又拉着他到客厅一角窃窃私语起来。棠微微用脚指头想也知道他们是在商量怎么对付自己，简直身心俱疲。

徐健是专程为了棠微微回国的，在国内并没有什么特别的事，所以就在棠家一心一意地照顾棠微微，搞得她哪里也不能去。

棠微微有心要和林燃出门处理开甜品店的事情，却被棠爸和徐健轮番盯着。

林燃试图上门来接她，被棠爸指着鼻子臭骂："你不在家陪微微养胎就算了，还要带着她出门？"

徐健看林燃更不顺眼，推搡着把他赶出门去。

棠微微没有办法，只得远程指挥着林燃，让他一间间地去看店面。林燃自然不怕辛苦，任劳任怨，殷勤得很。

棠微微心疼林燃白天里替她跑腿，因此也就不再反对林燃半夜来扒拉她的窗口。

林燃和棠微微并肩坐在窗台上，林燃给棠微微看手机上的视频和照片，给她讲每间店面的优劣，两人商量了半晌，终于确定下来。

林燃说道："我也觉得这间更好，那个位置人流量不错，租金也合适。"

棠微微点头，给中介打了个电话约好见面时间，签好合同之后就可以准备装修了。

林燃皱着眉头道："叔叔和哥都不许你随意出门，你怎么出去签合同呢？"

棠微微长长一叹，道："车到山前必有路，总能出去的。"

这时房门被叩响，徐健在外头说："微微？我给你端了汤，我进来了。"

林燃脸色骤变，飞快地在棠微微脸上亲了一下，跃下窗台一溜烟地跑了。

徐健端着碗推门而入，看见棠微微坐在窗台上，吓了一跳："微微，你怎么坐在窗台上？快下来，你现在不能爬上爬下的。"

棠微微没有拒绝表哥的好意，乖乖从窗台上爬下来，在表哥的注视下喝他做出来的补汤。

徐健道："怎么样？这个汤好喝吗？小心烫。"

棠微微笑道："好喝，哥，你也喝点儿吧。"

徐健大手一挥，道："这都是你爸特意买回来的补品，你怀着孩子，该多吃这些。"

棠微微眼眶有些酸涩，她放下勺子，仰头看着徐健，说道："哥……过两天我想出一趟门。"

徐健说："有什么事哥都能帮你办，你还是在家里好好休养，不要劳心劳力。"他似乎想到什么，又警惕地问道，"是不是林燃叫你出去的？"

棠微微连连摆手："不是不是，是关于甜品店的事，租店面要本人去签合同。"

徐健皱眉，道："舅舅都不支持你开甜品店，你又何必坚持？开店太辛苦了。"

棠微微扯着徐健的袖子晃了晃："哥，开甜品店是我的心愿。"

徐健顿时心软了："这……唉，好吧好吧。"他一个转念，又道，"那你得先答应我一件事。"

棠微微眼前一亮，频频点头。

"林燃那小子我看着不靠谱，我给你介绍些别的人，你去见见，别在一棵树上吊死了。"

"表哥，其实林燃很好……"

"你要是不答应，就不要想出门了。"

棠微微叹气，她不知道这个世界是怎么了，转来转去，又回到了原点。

第二天一早，林燃带着棠微微去看了店面，敲定了一些细节，只待隔天过来签租赁合同。

两人走出中介公司时，看到门外站着一个男生，他看见棠微微，径直走过来，问道："请问是棠微微小姐吗？"

林燃警觉地看着他。这男生长着一张娃娃脸，白皙的脸上带着红晕，身形挺拔，乍一看造型打扮都跟林燃风格相仿，甚至样子也跟林燃有几分相像，只不过要更加稚气一点儿。

林燃问："你是谁？"

男生微笑道："是徐哥叫我来找微微姐的，他说你是知道的。"

棠微微心中暗道不好，表哥怎么这个时候把他找过来？

按照棠微微原本的计划，虽然表哥要求她去相亲，但见一见并不代表要发生什么，她可以见到人以后把对方应付过去，林燃也不会知道这件事，一切太平无事。哪知道这个表哥介绍的人直接就当面锣对面鼓地和林燃打起了擂台。

棠微微感觉到林燃把她的手攥得越来越紧，手指一阵酸疼，她不由得轻轻地"哎呀"了一声。

林燃这才黑着脸将她的手松开，他没好气地问道："你几岁？"

男生乖巧地回答："二十一。"

林燃瞪大了双眼，不死心地继续问："多高？"

男生道："一米八六。"

棠微微看了一眼林燃，结结巴巴道："我喜欢一米八三的。"

男生脾气很好，一点也不见烦躁，耐心地道："我还有八块腹肌，不信你摸摸看。"

眼看他抬手就要撩衣服，棠微微惊叫一声，急忙捂着眼睛往林燃身后躲："我不摸！我不喜欢！"

此时的林燃气得像只河豚，看那男生哪儿哪儿都不顺眼，龇着牙把棠微微护在身后："她喜欢姓林的！"

男生适时亮出自己的身份证，道："我就姓林啊。"

林燃抓过身份证一看，对方果然姓林。林燃气急败坏，突然心中一动，装出一副强忍委屈的模样。

“好，我就是个低配版的，我走！”他黑着脸离开了。

棠微微心中一紧，道：“我不知道表哥从哪里找来你的，但我已经有恋人了，实在抱歉。”

男生低头微微一笑，道：“我们还没有相处过，你就断定你不会喜欢我吗？”

棠微微深吸一口气，看着男生的眼睛，一字一顿地说：“不、喜、欢。”

男生沉默了一下，继而摊手一笑：“好吧，但愿你的答复不会影响徐哥给我的报酬。”

棠微微头也不回地跑开了。

红霞漫天，重重叠叠的云层被夕阳勾勒出金红色的轮廓。街上陆陆续续亮起灯，车流穿梭，汇聚成城市的血脉。

棠微微跑出一小段距离，就见林燃一个人坐在花坛边。他垂着头，夕阳将他的影子拉得很长，显得更加落寞。

她走过去在他身边坐下，正犹豫着怎么安慰他时，就听见他闷声道：“抱我、亲我、安慰我，你选一样吧。”

棠微微一下子明白了，又气又好笑：“五分钟就跑到这里，你有没有一点儿出息？”

林燃“哼”了一声。

棠微微伸出手指戳了戳他的脸颊，问道：“你怎么知道是我来了？”

“我认得你啊。闻得出你的气味，听得到你的脚步声和呼吸声，你的影子我也认识，关于你的一切我都辨别得出。”林燃忽然抬头，认真地盯着棠微微的眼睛，又很快别过头去，赌气一般嘟囔道，“我这辈子都不会忘记刚才那个人的！”

棠微微“扑哧”一声笑了出来：“那都是表哥胡来，我可没把那人放在心上。刚才我已经跟他说了……”

“说了什么？”林燃猛地竖起耳朵。

棠微微似是有些不好意思，声音低低的：“我跟他说……不一样。”

“什么不一样？”

棠微微扭过身去，林燃贴上来，不停地追问，简直像个复读机。

林燃毛茸茸的大脑袋拱在她耳边，棠微微又羞又想笑，推了他一把：“你不一样，行了吧！”

林燃雀跃不已，抱着棠微微在她嘴上亲了一口，心情大好，自信地说：“我就知道，我最讨你喜欢！”

残阳从炽烈的金红色变成了柔美的玫瑰色，一片云慢悠悠地飘了过来，那羞红了脸的残阳便一下藏进云朵里，再也不肯示人。

两人牵着手并肩往家里走去。

眼看着气氛正好，林燃趁机提出了酝酿已久的要求：“和我换个情侣名吧！你看，我叫十，你应该换成什么？”林燃指着自己的微信名称，一脸期待地问。

棠微微似懂非懂：“什么？”

林燃恨铁不成钢道：“八九啊，因为八九不离十啊！”

棠微微一脸无奈。

为了防止林燃再说出什么土味情话，棠微微赶紧改了微信名称。

林燃喜滋滋地截了图，把棠微微送回家，顶着徐健能把他后背盯出洞的目光，施施然地回了宿舍。

宿舍里，林燃像个演讲者一样站在板凳上，滔滔不绝地讲述着自己的恋爱史。底下的听众们困得眼睛都快睁不开了，还要强撑着鼓掌。

不听不行，林燃根本不让人睡觉。

“他还要讲多久？”有人发出灵魂质问。

侯飞仔细听了一会儿，差点儿喜极而泣：“快了！快了！已经讲到十六岁了！”

正说着，林燃突然从凳子上一跃而下，把困得眼皮打架的侯飞等人震得一惊。

“怎么不说话？你们有没有听我讲啊？”林燃老大不满意地皱起眉头。

室友们面面相觑，扬起灿烂的笑容，啪啪鼓掌。

“听了，燃哥，我们可太羡慕你了！”

“你和微微姐的爱情惊天地，泣鬼神！你们简直是绝配啊！”

林燃闻言，满意地露出骄傲的神色，又抬起下巴假意谦虚：“我们也不过就是青梅竹马，日久生情，天作之合，天造地设，哪有你们说的那么夸张啊！”

侯飞等人敢怒不敢言。

第二天一早，宿舍众人挂着黑眼圈赶去上了早课。季晗将早餐交给林燃，林燃陡然见了新的可炫耀对象，顿时眼前一亮。

侯飞等人长舒一口气，给了季晗一个同情的眼神，季晗却茫然不解。

林燃亲切地拉着季晗落座，笑眯眯地问：“小晗，你有没有听过很有意义的情侣网名啊？”

季晗有些不明所以：“应该听过吧。”

“不不不，这个你肯定没听过。”林燃掏出手机，给季晗展示他和棠微微的微信名字，“看到了吗？这样的网名才有意义啊。”

季晗尴尬地点了点头，然而林燃完全没有察觉到她的情绪，又将自己的头像和棠微微的微信头像放大了给她看：“你看，我们的头像也是情侣的呀。你知道这代表什么吗？”

季晗僵着一张脸，摇了摇头。

林燃抱着手机，露出幸福的笑容：“这证明我有女朋友。季晗，你有男朋友吗？”

季晗愣了一下。

“你没有，”林燃嘿嘿笑了两声，“但是我有女朋友。”

下课铃响之后，众人纷纷无情地抛弃了林燃，脚底抹油般跑得贼快。林燃冷笑：“不搭理我？我还不想搭理你们呢，一群单身狗。”

林燃打开通讯录，找到置顶的棠微微，欣赏了一会儿棠微微的照片，拨出电话。

“微微，你在哪儿？”

棠微微显然是在户外，电话那头传来嘈杂的噪声。得知棠微微正赶往中介公司签合同，林燃立刻表达了自己想要随行的愿望。

林燃骑着小黄车赶到中介公司，与等待的棠微微一同走了进去。

棠微微仔仔细细地看了一遍店铺的3D建筑图。整间铺子以纯白简约的设计为主，采光很好，大小适宜，各方面也都合乎她的审美和要求。这间铺子就像一张白纸，她想在这张纸上画出自己的梦想和自己最期待的生活。

“就这间吧，刷卡。”棠微微掏出银行卡，中介立刻拿出POS机递过去。

嘀嘀。

POS机发出警告声，显示扣款失败。棠微微疑惑地又刷了一遍，结果还是失败。

中介满眼期盼地看着棠微微，而棠微微茫然地抬头看着林燃：“我的卡……”

“过期了？”林燃猜测道。

中介见惯了这些，在一旁出声提醒：“是不是被冻结了，停用了？”

“不应该啊……”

棠微微下意识地反驳，突然想起什么似的，脸色顿时一变。她拿出了所有的卡，结局却无一不是刷卡失败。

她黑着一张脸走出中介公司，感觉胸口都被浊气填满了。她头也不回地朝家里走去，林燃识趣地跟在她身后。

此时的棠家正闹得鸡飞狗跳。棠爸拿着锅铲，满屋子追着徐健喊打喊杀。

“你给我站在那儿！我让你去阻止你妹妹，没让你去使坏对付林燃！要是他俩分手了，孩子没有爸爸，你负责吗？啊？！你负责吗？”

徐健在沙发和茶几上跳上跳下，抱头求饶：“您也没说清楚啊！是我会错意，我错了不行吗？”

“让你看着人，你放人走！让你阻止她开店，你给她找小男朋友！要不是我及时发现，停了她的银行卡，现在她就该付钱成功了！”

话音刚落，大门外就传来钥匙转动的声音。棠微微与林燃进了门，徐健像见了救星，立刻冲到棠微微身后：“微微，你终于回来了！快帮我拦住舅舅，他又作妖啦！”

棠微微冷笑：“他确实作妖了，我的银行卡被冻结了！”

她话音落下，满室寂静。

三秒后，徐健放开她，若无其事地说道：“我突然想起来，该给你嫂子打个电话报平安了，我去去就来啊。”他说完就向外走去，顺手还强硬地将林燃拉走了。

“不是，你给嫂子打电话，我去干什么……”林燃的声音被隔绝在门外。

棠微微把目光转向棠爸，棠爸立刻放下手中的锅铲，转身往厨房走去，喃喃道：“我给你切个瓜吧，这个瓜准好吃……”

“爸！”棠微微语带愤怒，质问他，“你为什么这样做？你很过分呢！”

棠爸顿了一下，深吸一口气，转身强装硬气地说道：“我哪里过分？我是不是早就跟你说过，不让你开店？”

“我现在是问你为什么要停我的卡。”棠微微尽量让自己的语气和缓下来，“你没有权利这么做。”

“我没有权利？我怎么没有权利？”棠爸本还有些心虚，听到棠微微的声声质问，心里也起了火，“我告诉你棠微微，你开店，我一分钱都不会给你！你什么时候打消了这个念头，我再把卡给你解冻！”

“那是我自己的钱！”

棠爸把桌子拍得砰砰响：“什么你的钱、我的钱？我是你爸，只要你还在棠家，我就能管你！”

棠微微气得头晕，双手不自觉地颤抖。父亲偏激执拗，她是知道的，哪怕父亲一次又一次地阻挠她的前进道路，逼迫她往她不想去的方向走，她也一次又一次地谅解了，但这些事情堆积起来，沉沉地压在她心里……

她从来没有觉得这么心寒过：“我本来还想跟你好好谈谈，现在看来，你根本就不想跟我讲道理！好……好……我现在就收拾行李离开你家！”

棠微微狠狠擦了一把不知道什么时候流出来的眼泪，草草收拾了行李，飞奔出门。

棠爸嘴硬地在她身后喊："你走吧，走了就别回来！你是翅膀硬了，想飞了，我看你能飞到哪里去！"

在墙角偷听的徐健和林燃眼见不对，赶紧冲出来，一人拉住一个。

"微微，你别走啊，舅舅就是说气话……"

"棠叔叔……"

"让她飞！让她飞！"棠爸爸将林燃的胳膊甩开，梗着脖子嚷嚷，"你们都走，我倒要看看你们能翻出什么花来！"

棠微微站在门外，脸色惨白地听完，拖着行李箱头也不回地离开了。

白色的裙摆在夏天的晚风中飘荡，棠微微扶着栏杆看着如水一样涌动着的霓虹光彩，心中的酸涩也在涌动。

"为什么我想做的所有事情都做不成？难道真的是我错了吗？我就该循规蹈矩地上学、毕业、嫁人、生子，不出格，不起眼，这样才行吗？"眼泪流出来，很快被她抬手抹掉。

林燃站在她身后，看见她抹泪，他的心疼得像被一只手攥住了一样。

"不是的。"林燃脑子高速运转，想着怎么转移她的注意力，他说，"棠微微，你抬头看看星星。"

棠微微下意识地抬头。今天是个晴天，此刻月亮和星星都在夜空中散发着光亮，棠微微盯着那颗最亮的星星出了神。

"星河宽广，想要在万千星辰中脱颖而出，真的好难啊。"

林燃看着她的侧脸说道："虽然不是所有的星星都是最明亮的，但它们仍在努力发光啊。"

"可是这颗星星很笨，它找到的发光方法和其他星星是不一样的。在其他星星眼中，它就是错的，只因为它和别的星星不一样。"棠微微有些沮丧，声音闷闷的。

"怎么会呢？每颗星星都有自己发光的方式，为什么一定要跟其他星星一样呢？只要发光的，都是好星星，管他怎么发光！”

林燃一本正经地说着这些话时，像个少年老成的智者。

棠微微看着他的样子，愣了一下，随即笑起来。

林燃的眼神真诚而温柔，好像真的和小时候跟在自己后面的小屁孩不一样了。他真的长大了，从一棵小小的树苗长成了参天大树。

林燃看她终于笑了，也放松下来：“微微，读书那么苦的事情，你都坚持了这么多年，现在只是遇到一点儿小挫折，你怎么能放弃呢？”

他低下头，轻轻地碰了碰棠微微的鼻尖，表情严肃：“而且你要牢牢记住，不管怎样，我会一直信守我对你说的那些话，无论你做什么，我永远会在后面支持你，爱你。”

棠微微眼眶红红的，林燃说的这些话戳中了她的心。在追求梦想的路上，其他人都在阻挠她、打压她，只有林燃坚定不移地支持她、鼓励她。

虽然他年少，虽然他天真，但这份守护足以让棠微微动容，并产生源源不断的力量，坚持下去。

棠微微伸手抱住林燃，在他耳边轻声说了一句：“谢谢你，林燃。”

夏天总是带着一丝闷热，扰得人心烦气躁，连花坛中的植物也低着头无精打采的。

为了凑齐店铺的租金，棠微微已经把能想的办法都想过了，但还是杯水车薪。她焦头烂额，那中介却比她还要着急，一天一个电话问询。

棠微微打起精神应付对方，只听电话那头的人说道：“棠小姐，不是我不想帮你啊，只是还有一位姓董的先生也在打听这间铺子，您这边要是有困难的话，不如先放一放，等钱凑齐了再说。”

棠微微心中不免着急起来。她不知道这是中介的心理战术，还是真的有人在跟她抢店铺，但不管怎么说，这都是一个危险的信号。

她一咬牙，狠心道：“今天是周二，下周前，我一定能把钱凑齐！”

等挂了电话，棠微微又开始愁起来。刚才说得倒是轻巧，但是钱从哪儿来？

她冥思苦想，忽然想到大学时申请了一个专利，那应该能卖不少钱吧？她翻出专利证明，刚打出询问电话，就被闻风而至的林燃强行挂断了。

林燃苦口婆心地劝她："还没走到这一步呢，不至于卖这个。"

"你别捣乱，把专利证明还给我。"棠微微伸手要抢。

林燃死死地保护着专利本，继续劝她："你为了它当时熬得眼睛通红，整个人都瘦了好几圈，差点儿进医院。这可是你知识和能力的象征，怎么能轻易卖了，你还不如把我家房本拿去贷款呢！"

棠微微朝他翻了个白眼，林燃继续唠叨："再说了，别人创业都是拉投资，哪有自己蛮干的？"

这句话正好点醒了棠微微。

是啊，她没钱，不代表别人没钱啊。之前她不想找投资，是她存款足够，不想凭空多出一个人来指手画脚，免得到时候她没法施展拳脚。可现在计划赶不上变化，如果她自己无法完成，那么引进投资就是最好的办法了。

"我现在就开始写计划书。"

棠微微这一写就是一天一夜，几乎没有合眼，细节部分删了改，改了删，字斟句酌，将自己全部的心思与热情都写进了这份计划书中，期望能够打动资本方。

投资对象她也选好了，正是平城投资新贵，由靳子川所执掌的风行集团。

完成了计划书，棠微微睡了个踏实觉，精神满满地来到了风行集团。她没想过要走靳子川这个后门，只想着通过正常流程先将计划书递上去，供对方审核，公事公办。她想得很好，但没想到在风行这儿碰了个软钉子。

部门负责人接过计划书，轻飘飘地扫了一眼标题，连内容都没有翻看，便又抬起头，带着完美无缺的礼貌笑容推诿道："我们公司虽然投资范围很广，但一般都是投资同行业市场占有率前十的企业，创业公司的话目前只考虑高科技和新能源项目。棠小姐，您的企划案不符合我们公司的投资标准。"

"可是近几年甜品也成了新型消费的热点，知名奶茶品牌甜茶的市场估值已经高达600亿，这说明甜品拥有非常广阔的市场，要不然您先看一看……”

“非常抱歉，棠小姐。”

棠微微深吸了一口气，挤出一丝笑容，跟对方告别。

她出了风行公司大门，发现天阴了下来，整个城市变得十分闷热，连吹到身上的风也是热的，每个人都皱着眉头，脚步匆匆。

棠微微的心情也跟这天气一样沉闷的。难道真的就只能这么放弃了？对方说她的企划案不符合标准，但棠微微觉得，这个世界上其实没有所谓的标准，只看能不能打动对方。

风行集团对她的企划不感兴趣，只是因为她没能给出对方想要的创意，如果她的企划足够吸引人，再严格的标准也会为之让步。

而她之前一直只是个学生，纸上得来终觉浅，如何能让人一看就被吸引，还是得向有经验的人取经。

想通了这点，棠微微给黎想拨去电话：“想想，我这儿有一份计划书，你能给我指导一下吗？”

接到棠微微电话的时候，黎想刚收到了一束百合花。也不知靳子川抽的什么风，自从上次两人一起被关进小黑屋之后，靳子川先是带她找到了一家靠谱的印刷厂，解决了印刊的事，然后就开始每天给她送花。

而她黎想天不怕，地不怕，就怕花粉，因为她对花粉过敏。这段时日，黎想吃过敏药都吃了三盒了。在接完棠微微的电话之后，黎想一目十行地看完了计划书，怨气陡升。

“这计划书哪里不好了？他们是不是故意为难你？微微你别急，我现在就去找他！”黎想不由分说地挂了电话，打了车向风行集团杀去。

风行集团顶楼，靳子川低着头认真地看着报表，一时没有注意到门外传来高跟鞋的声音。直到鼻尖嗅到一丝花香，他才警觉地抬起头，下一秒，一沓厚厚的检查单摔在了办公桌上。

“靳子川，我们今天新账、旧账一起算！”

靳子川有些不悦地看着黎想，心中的打分器自动计分：出言无状扣十分，张扬唐突扣十分，香水太浓扣十分……等扣完七十八分之后，靳子川才觉得心情平静了下来，开口问道："你怎么进来的？"

"美女的事你少管！你先说说，你天天派人往我办公室投毒是什么意思？整整七天了，我快被你折磨得精神崩溃了！你赔我医药费！"黎想顶着一张还没褪去红肿的脸，重重地拍了一下桌子。

"投毒？"靳子川疑惑地皱起眉，拿过检查单翻看，只见上面写着"花粉过敏"四个大字。

靳子川这才反应过来。他之前给黎想推荐了不靠谱的印刷厂，虽然后面找到了新的印刷厂，但到底是因为他导致事情出了纰漏。

所以，靳子川便想给黎想送点儿礼物，以表歉意。他的助理提议送花，理由是女孩子都是喜欢花的。

这听起来有点儿道理，而黎想又是个做事高调的女孩，于是靳子川就安排人将花送到她办公室。后来他忙起工作，就忘了这事。听黎想话里的意思，这花居然是天天都在送，而且一直没停过？

"既然你对花粉过敏，为什么不拒收？"靳子川十分不解。

他这么一问，黎想更无语了，狠狠地吸了吸鼻子："拒收？这事都惊动我们老板了，天天派助理把花放到我办公桌上，我敢不收吗？"

靳子川也是头一回碰上这种情况，有些头疼地按了按太阳穴，说道："医药费我双倍赔偿给你，五万，行吗？"

他说着，伸手就去拿内线电话，要叫人来处理此事。

黎想眼疾手快地将他的手按下，说道："等会儿！"

黎想的过敏症状确实严重，虽然她化了淡妆掩饰，但是因为两人离得近，靳子川还是能看到她的眼睛和鼻头红肿。不知道是不是因为过敏，她眼睛里有氤氲的水光，她一边吸鼻子一边委屈巴巴地说："我还没说完呢，还应该有精神损失费、误工费、失眠费……总之就是很多钱，你赔不起。"

靳子川面无表情地看着她："说重点。"

"要不，你把需要赔给我的钱投资棠微微的甜品店吧。我看她的计划书很不错，投资应该是稳赚不赔的。"黎想深谙软硬兼施之道，双手合十，眼睛眨啊眨，又道，"你们这么大一家公司，投资一个小小的甜品店肯定没问题吧？”

“棠小姐的事我已经听说了，这两件事不能混为一谈。”靳子川摘下眼镜，捏了捏鼻梁。

黎想连着打了两个喷嚏，顿时气不打一处来。可还没实现目标，她只能忍气吞声道：“可我觉得这就是一件事。”

靳子川脑海里突然跳出一句：逻辑混乱，扣十分。

“靳总。”助理硬着头皮敲开门，抱着文件来到靳子川的面前，“宁萌新换了经纪公司，和影业那边的合同他们想毁约，不想继续代言了，所以要换人，您看……”

靳子川眉头一皱，刚要说点儿什么，却被黎想打断了。

“宁萌？”黎想眼前一亮，“宁萌我熟啊，之前我们合作拍摄过杂志。不过连我们靳总的代言都敢推，她也太不懂事了！要不我帮你搞定吧？”

靳子川心中刚升起的一丝愠怒随着黎想这一番话烟消云散，他挥了挥手示意助理出去。

他无奈地看向黎想：“我觉得你更不懂事。”

“哪有！就这么说定了啊！我帮你拿下宁萌，你投资棠微微的甜品店，这就叫资源置换！”黎想这会儿过敏更严重了，她甚至有些喘不上气，但她还是努力维持形象，并且定定地盯着靳子川。

靳子川被她那双漂亮的眼睛盯得有些慌了神，清了清嗓子，试图让自己保持理智，说道：“公司出资是不可能的，我要对员工和股东负责。”

黎想一听到这句话，脸就垮了下来。

靳子川轻描淡写道：“不过我可以个人出资投她的甜品店。”

黎想的脸色瞬间多云转晴，眼睛都笑得眯了起来。

“太好啦！”黎想高兴得忘乎所以，伸手揉了揉靳子川的脸。黎想这一动作，让一向冷静自持的靳子川难得地慌张了起来。他忙仰头向后躲，耳垂立刻就红了起来。

黎想还不放过他，一边吸鼻子，一边伸手挠小猫似的用指甲蹭了蹭他的下巴，说道：“就这么说定了啊，靳总。”

“言行冒失，举止大胆，你都不知道自重……”他小声说道。

然而，黎想根本没听到，她已经拿上包，哼着歌，头也不回地走了。

“……吗？”靳子川愣愣地坐在椅子上，将没说完的话补全。

眼见着黎想毫无留恋，头也不回地离开，靳子川心中竟然生出了一丝怅然若失的感觉。他抬手摸了摸胸口，心怦怦直跳，好像有什么东西要跳出来一样。

不管怎么说，黎想真的是个仗义的朋友，所以做她的朋友应该很幸福吧？

听说黎想争取到了这个机会，棠微微二话不说就提出跟她一起去找宁萌。然而，见了面她才发现，黎想的脸肿得不像话。

棠微微二话不说，先将人带到了医院。打了点滴后，黎想才算是勉强恢复了原状。棠微微一边要照顾黎想，一边还要想办法搞定宁萌，拿到投资机会，自然是没有时间和林燃约会了。

自棠微微搬到林燃家之后，要么把自己锁在卧室里写计划，要么天一亮就跑出去照顾黎想，直到天黑才回家。

因此，两人虽然住在同一个屋檐下，可见面的次数反而不如以前多。

这也就罢了，两人偶然匆匆见上一面，棠微微明显憔悴了不少。

林燃十分担心。看来必须得先把资金的事情解决了，这样才能让棠微微彻底放心，不然这样下去，她的身体怎么吃得消呢？于是，林燃这几日思前想后，终于决定要干一件大事。

他破天荒地来到了画廊，寻找富二代顾祯顾少爷。

好不容易做好心理建设，找到顾祯，他居然还有点儿不满，冲着林燃嚷嚷：“你丢下我一个人在这儿弄画展，我什么都不会，问你该怎么办，你连理都不理，现在倒知道找我了？”

林燃赔着笑脸说道：“之前是我不对，你放心，回头我就把季晗给你找来，她可是我铁哥们儿，我都没她专业。”

“这还差不多。”顾祯哼哼两声，“说吧，找我什么事？”

“你想不想买画啊？”

林燃话音一落，顾祯就警惕地看着他，双手横在胸前，说道：“我没钱啊！”

林燃一愣：“你怎么会没钱呢？你不是富二代吗？”

顾祯满脸悲愤，指着他大声斥责：“我的钱是怎么没的，你不知道吗？是你不原谅我，还向我哥告状，前两天我们俩打架，他又……”

见顾祯滔滔不绝地数落起自己来，林燃不耐烦地打断了他的话：“我不想知道你的钱是怎么没的，我只想知道你的钱是怎么来的！”

顾祯像看傻子一样看着他说道：“当然是我表哥给的了，难不成还是我自己挣的？”

失算，白赔笑脸这么久！林燃不死心地问：“那什么情况下，你哥会出钱呢？”

“买店铺，买地产，买餐厅……”

林燃听着，脸色逐渐变得凝重起来。他手里没餐厅，也没地产。

他忽然抬起头，满脸期冀地问：“你哥买赛车场吗？”

顾祯一脸惊讶。不得不说，顾祯这个傻白甜还真的挺好骗的，林燃还没介绍几句，他就对赛车场产生了浓厚的兴趣。

半个小时后，顾祯以“摔断了腿”为由，将靳子川骗来了赛车场。

靳子川扫了顾祯一眼，就知道他所谓的摔断腿是假的。他低头看了一眼腕表，心平气和道：“十分钟，什么事，说吧。”

顾祯赔着笑脸道：“哥，都是自家人，怎么这么无情啊？”

靳子川提醒：“还剩九分钟。”

顾祯还想开口，林燃拽了他一把，摆摆手让他退下。

“靳先生，我知道您讲求效率，那我就有话直说了。”林燃诚恳地看着他，指着眼前的赛车场说道，“这块地皮是十年前我爷爷拍下的，据我所知，当时风行也参与了竞拍，但没有中标。不知道您现在还有没有兴趣？”

靳子川诧异地看了林燃一眼，搭在胳膊上的手指点了两下，似在思忖。

林燃见状，有些不耐烦地说道：“虽然我现在手里缺钱，但是也不占你便宜，原价出让，够可以了吧？”

靳子川这才微笑着开口：“这块地皮的升值不及预期，降价三分之一，我可以同意让集团进行评估。”

顾祯下意识地看了林燃一眼，却没有在他脸上看到预想中的怒气，反而看见淡淡的笑意。

“我早猜到你会这么说。”林燃捞起一个头盔在手里把玩，略带些挑衅意味地看向靳子川，“听说靳总业余也爱赛车，不如我们今天就在这里比一场，我赢了，你原价收购；我输了，价钱随你开。”

靳子川和他对视了一会儿，原则上他不会做这么幼稚的事情，可是看着他那张朝气蓬勃的脸，不知为何总觉得心中堵着一口气。

或许是因为他是棠微微的男朋友，又或许只是因为自己年轻时不及他张扬。靳子川很优雅地叹了口气，然后慢条斯理地卷起衬衣袖子，说道：“好啊。”

偌大的赛车场为两人清了场，林燃长腿一跨，坐到他的宝贝摩托车上，然后将头盔压了下去，只露出一双野性桀骜的眼睛。

这条赛道林燃跑过无数次，每一个急弯都烂熟于心，闭着眼睛也知道哪里该转弯，哪里该加速。他没想到的是，靳子川居然很痛快地答应了这场比赛。

既然对方展现出了诚意，那他也不能占对方便宜，他道：“为了公平起见，我让你先跑一圈。”

靳子川扭头看他，轻轻挑眉：“你确定？”他本质上还是个商人，不会为了个人的意气之争放过任何有利可图的机会。

“那就承让了。”

长哨吹响，旗子挥落，靳子川骑着摩托车似离弦的箭一样，飞速向前蹿了出去。

在第二圈开始时，林燃猛然拧动把手，重型摩托轰鸣着冲了出去，瞬间超过靳子川一个车头。

他可是号称距离职业车手最近的人，赛车在他的生命里就跟吃饭、睡觉一样自然。更重要的是，这是他要为棠微微争来一个机会的筹码，无论如何，他都不能输，也不会输。

靳子川不该跟他比的，因为胜负早已注定。现在，他要做的就是找机会，将这落后的一圈抢回来。

林燃狂轰油门，毫无顾忌地加速，已经甩下靳子川半个赛道，但不够，还不够……林燃的呼吸逐渐变得粗重，耳边却安静下来，连心跳的声音都听得不太清楚了，只有风声和机车的轰鸣。快到连环弯道的时候，林燃再次提速。

他竟然不碰刹车，想要借此机会彻底超过靳子川。

旁观的车场众人霍然起身，紧紧盯着两人，可乐有些错愕："燃哥疯了吗？！前面是连环弯道，他车速那么快，不刹车很容易翻车的！"

顾祯似懂非懂道："我哥减速，他不减，他才有机会拉开距离吧？"

可乐急了："你不懂！连环弯道会加速车胎的磨损，燃哥的车配置不是顶尖的，要是打滑了，他整个人都会被甩出去的！"

话音刚落，果然出现了意外。重机车尾部摇摆，林燃身形一晃，差点儿栽倒。众人的心高高提起，下意识地屏住了呼吸。

然而下一秒，林燃如猎豹扑食，精准地偏移，带着机车斜压下去。轮胎与赛道摩擦出火星，林燃甚至能感到自己的胳膊和地面摩擦带来的强烈痛感，但是他心中异常平静，连呼吸也没乱一分，他紧紧地握住车把，一鼓作气，冲出连环弯道。

比赛结束，众人一拥而上，顾祯特意观察了一下林燃那辆车的轮胎，上面的花纹都被磨平了。这车任是谁开，保准不出一米就得滑倒。

顾祯心中暗暗叫好。难道这就是爱情的力量吗？

林燃摘下头盔，湿透的头发紧贴在脸上，他毫不在意地向后一捋，看着刚停下机车的靳子川说道："超你半圈，我赢了。"

靳子川笑了笑，看着林燃，赞赏道："你很厉害，是个可敬的对手。按照约定，我会全价收购车场。"

林燃终于放下心，吐出一口浊气，笑道："你可别觉得是我占了你便宜，这块地过了这么多年，价格早就涨了。"

靳子川站起身来，从顾祯手中接过外套，两人一边说着话一边向赛道外走去。

"林燃，我有一个疑惑，你这么拼命地赢了我，最后原价出售，也不过收回了本钱，你图什么？"

林燃随口回道："还能因为什么？缺钱呗。"

"我看不见得吧？"靳子川分析道，"你是个在校学生，没有什么花钱的地方。不过，我最近知道了一个消息，棠小姐好像开店缺资金……"

"你别瞎打听啊！"林燃心中警铃大作，"棠微微已经是我女朋友了，你不会还没死心吧？"

靳子川嘴角抽动，哭笑不得道："我承认，棠小姐是个不错的结婚对象，但既然她已经名花有主，我也不会去做破坏他人感情的事情。"

"你俩有那么熟吗？"林燃咕哝着，突然反应过来，说道，"不对啊，你只拿她当合适的结婚对象？你不喜欢她吗？"

靳子川一时语塞，问道："我一定要喜欢她吗？"

林燃不可思议地看着靳子川，他不明白世界上怎么会有这么理性的人，追求女生竟然不是因为喜欢对方，而是因为对方是个合适的结婚对象。他甚至怀疑，这个业内外闻名的总裁从没有谈过恋爱，也没有真正喜欢过一个人。

林燃语重心长道："婚姻不是投资买卖，如果你就这样草率地结了婚，万一以后遇到真心喜欢的人，怎么办？搞婚外情啊？真心喜欢一个人，就算她处处都不符合你的标准，你还是会为她心动。在我心里，棠微微就是那个永远都能让我毫无理由心动的人。跟她在一起，一切才有意义。"

"不可能。如果对方不符合择偶标准，你是不会跟她接触的。"靳子川振振有词道，"比如你喜欢安静的女孩，但她是一个非常活泼的……"

靳子川说着，脑海中忽然跳出黎想的脸，心中升起一种异样的感觉。

林燃叹了口气，同情地拍了拍靳子川的肩膀，说道："哥，你说的这些都没用。等有了喜欢的人，你就会发现，她什么样，你就喜欢什么样的。"

靳子川若有所思。

“别说这个了，既然你是顾祯的哥，那我也该叫你一声哥。”林燃一把揽过靳子川的肩膀，“既然都是自家兄弟，那我就有话直说了。那个，哥……你说这地都卖给你了，我这帮玩车的兄弟怎么办？你不能让他们失业吧？”

靳子川眼皮子直跳，沉声道：“你有话还是留着跟投资部的人说吧。”

一阵讨价还价之后，靳子川终于勉强松口，可以跟林燃合作开发，到时会预留出部分地皮，用来安置可乐等人。林燃只拿走百分之三的钱，其余的就当后续开发场地的投资。

这么算下来，林燃只拿到了几十万，虽然靳子川许给了他股份，但还不知道什么时候才能回本。

亏大了！黑心商人！林燃一边腹诽靳子川，一边急匆匆地往家中赶去。他有钱了，他可以帮棠微微解决烦恼了！

林燃风尘仆仆地回到家，棠微微也满面喜色，两人打了个照面，异口同声道：“我有个好消息要告诉你！”

林燃眼巴巴地看着棠微微，棠微微失笑：“那你先说。”

林燃眉飞色舞：“我有钱了，开甜品店的钱我出，就当入股了！”

棠微微一愣，迟疑道：“你哪儿来的钱？”

“我自己赚的。”林燃没有注意棠微微的脸色，兴致勃勃道，“明天我就陪你去签合同交钱。”

林燃说完，棠微微却没有搭话。林燃觉得气氛不对，慢慢地收起脸上的喜悦，疑惑地看向她：“怎么了？你不高兴吗？”

“林燃，”棠微微深吸一口气，说道，“我不能要你的钱。”

林燃像被当头泼了一盆冷水，他问道：“为什么？”

“第一，你是个没有经济来源的学生，我不知道你的钱是从哪儿来的，但不管从哪儿来的，我都不能要。”棠微微一脸严肃，“第二，靳子川先生已经答应给我投资，所以于情于理我都……”

“靳子川？你用他的钱，不用我的？谁才是你男朋友啊？”林燃顿时急了，“棠微微，你知不知道，他只是拿你当评估对象，不是真心的！”

林燃握住棠微微的肩膀，神色焦急，棠微微却只觉得莫名其妙：“你说什么呢？你先放开！”

“开”字被一阵敲门声盖过，两人都吓了一跳。棠爸和徐健的声音和着砸门声传了进来：“微微！微微！”

棠微微推了林燃一把，林燃一口气堵在胸口，垂着脑袋走过去开门。门一开，棠爸和徐健立即冲了进来，拉起棠微微就走：“微微，快跟我们去医院！”

“去医院干什么？到底怎么了？”棠微微一头雾水。

棠爸看着懵懂的女儿，老泪纵横：“微微啊，你的命太苦了！我对不起你妈啊！”

“这都什么跟什么啊？”棠微微疑惑地看向徐健。

徐健支支吾吾半天才道：“微微，我跟你说了，你可一定要挺住啊。上次孕检的结果出来了，医生说，孩子的DNA显示异常，需要终止妊娠。”

“终止妊娠？”棠微微和林燃同时一愣。

棠爸一抹眼泪道：“爸知道你肯定舍不得，但这个孩子是留不住了！走，去医院！”

棠爸说着，拉着棠微微就要往外走。

棠微微忙挣扎起来：“不是，爸，我不去！”

棠爸和徐健还以为她是舍不得，更加坚决地要拉着她去医院。

棠微微无法，只能向林燃使眼色：“林燃，你说话呀！”

林燃硬着头皮挡在三人面前，说道：“叔，要不再等等……”

“等什么等！等到月份大了，想打都打不了！这可是人命关天的事！你给我滚！”棠爸拉下脸，痛骂林燃。

徐健在一旁帮腔：“就是，孩子以后还会有的。正好我妹离了你，找个更好的！”

棠微微摇着头往后退：“我不……”

棠爸和徐健一左一右将她搀起，强行带她离开。棠微微挣不开，看看林燃，林燃这会儿也有点儿蒙了，眼看着她被带走，想拦也拦不住。实际上，他还是不愿说出真相。

都到这个时候了，隐瞒有什么用？等到了医院，还不是会真相大白！棠微微自知瞒不住了，只得把心一横，说道："假的！"

棠爸又气又急："什么真的假的？医院都出结果了，怎么就成假的了？"

棠微微闭上眼睛，大声道："怀孕是假的！我根本没怀孕！"

"没怀孕"三个字在空旷的楼道里不断回荡，几个人像被按了暂停键，当场僵住。

林燃像个泄了气的皮球，蹲在地上捂住了脸，完全不敢再看其他三人。

棠爸表情阴沉地坐在沙发上，狠狠地盯着林燃。林燃蹲在墙角，麻木地看着自己面前的东西——搓衣板、榴莲、键盘。无论哪一个，都是膝盖所不能承受的。

棠爸面无表情地发话："选一个吧。"

林燃向棠微微投去求救的眼神，后者无奈地摇摇头，他只好再次可怜兮兮地看向棠爸："棠叔……"

棠爸眼睛一瞪，完全不吃这一套："你还敢叫我叔？骗我的时候怎么没想起来我是你叔！"

"舅舅，我回来了。"徐健拖着棠微微的行李箱进门，说道，"我把微微的东西都拿回来了。"

棠微微欲言又止。

棠爸气得"哼"了一声："我算知道了，你不是翅膀硬了，是被惯坏了！我看你应该跟这小子一起跪，都长长记性！"

徐健赶紧丢下行李，护在棠微微身前说道："微微这个小身板，怎么能跪这些东西呢？舅舅，你应该这样想，微微没有未婚先孕，还是咱的好姑娘，这怀孕假得好，假得妙啊！"

"不关林燃的事，是我想要毕业证，才让他帮我的。我跪。"棠微微抿着嘴推开徐健，就要去拿搓衣板。

林燃见状，抢先一步将搓衣板抢到自己面前，膝盖一弯，跪了下去。疼痛感瞬间蔓延至全身，但他挺直背脊，一声不吭，无论棠微微怎么拉都不起来。

“棠叔，虽然怀孕是假的，但感情是真的啊，我真的喜欢微微很久了。”

“你还敢说！”棠爸气得抬起手就要打他，林燃不闪不避，直视着棠爸的眼睛。少年的眼睛清澈明净，满含真挚。

棠爸的手抖了又抖，最后无力地垂了下来。

一个是自己一手拉扯大的女儿，一个是亲眼看着长大的朋友的儿子，两人一站一跪，跟小时候犯了错挨训的时候一模一样。

棠微微小时候就爱护着林燃，不知道帮他躲过了多少顿打，没想到长大了也没变。可是假怀孕这种事，能跟小时候逃课、打架一样吗？这两个孩子到底长没长大？

“你们干脆气死我吧！”棠爸深深地看了两人一眼，拖着沉重的步子回了卧室。徐健也跟了进去，客厅里只剩下一跪一站的两人。

时针嘀嘀嗒嗒地响着。棠微微垂下眼，伸手要拉林燃起来，对方却一动不动。

林燃低着头，声音闷闷的：“棠叔都知道了，他肯定……肯定不会同意我们在一起的。你是不是也不想跟我在一起？毕业证书你拿到了，甜品店的投资你也拿到了。其实没有我，你也会成功的。我好像什么都帮不上你。”

“林燃……”棠微微轻声开口，却不知道该怎么安慰他。

“我真的想做你男朋友。我真的喜欢你，从小就喜欢。棠微微，可能你不信，但我真的很害怕，我怕我们以后毫无关系。我怕林燃只是林燃，棠微微只是棠微微。”林燃的背依然挺得笔直，像一棵怎么都不服输的小树，他的声音闷闷的，“我不想做你的弟弟，我想做你的男朋友，我想跟你结婚，一辈子都在一起。”

此刻，他好像一个等待审判的犯人，连大气也不敢喘。时间一分一秒地过去，始终没有等到回应，林燃的心逐渐沉了下去。

忽然，他耳边响起棠微微略带笑意的声音："伸手。"

林燃有些茫然地抬起头，看见棠微微蹲了下来。她摘下自己脖子上的海豚吊坠，放在林燃手心。

"你不是说，假戏也可以真做吗？"棠微微揉了揉他的头，眼神温柔，"既然他们都知道了，那我们为什么不坦坦荡荡地正式开始呢？"

林燃被这突如其来的幸福砸得晕头转向，有些难以置信地看着她。他紧紧地攥住那个小小的海豚吊坠，像攥住来之不易的爱情一样。

若青春是一望无际的原野，那爱意便是熊熊燃烧的烈火，燎烧过整个青春，轰轰烈烈，刻骨铭心。

林燃的青春中只有一件最重要的事情，那就是棠微微。从他知道自己喜欢棠微微那一刻开始，这份爱就注定要贯穿他整个青春。

棠微微轻轻靠近，在林燃的唇上郑重地落下一个吻。

这是他们的爱情正式开始的时刻，她终于决定抛开一切，回应他的爱意。

第八章

这份爱贯穿整个青春

棠微微住在林燃家的这几天，棠爸嘴上虽然不说，心里其实还是十分挂念她。如今她回来了，他依然不希望她开什么甜品店，但也不敢再强烈反对了，生怕女儿再次离他而去。

眼看着棠微微签合同、装修店铺忙得很，棠爸心中憋气，却不敢说出来，于是跟棠微微开启了冷战模式。

棠爸不给她做饭，不跟她说话，拒绝一切交流，寄希望于棠微微回心转意。只可惜徐健吃里扒外，看不得棠微微受苦，总是偷偷给她留饭。店铺那边也有林燃时不时去帮忙，棠爸气得脸红脖子粗，却没有办法。

时间一天天过去，甜品店慢慢变成了棠微微心目中的样子。装修精致的店面，招牌处缀着一朵玫瑰色的云彩，像是花园中开得最热烈的那一朵花，芬芳馥郁。入门处挂了一串风铃，每当有人推门进来时就会发出清脆悦耳的声音。

棠微微站在店里，看着自己一点一点地打造出来的这间店铺，心里说不出的喜悦。她的人生虽不圆满，却也依稀有了几分她想象中的样子。

装修完成，只待开业。棠微微特意找了个黄道吉日，就定在周三。万事俱备，只待那一天到来。

奈何天公不作美，周二晚上忽然下起瓢泼大雨。

轰隆隆的雷声震响了窗户，棠微微翻了个身，心神不宁。她在心里预演着第二天开业的流程，辗转到大半夜，确定没有遗漏，才闭上眼睛。

几个小时很快过去，天光大亮，暴雨早已停了，路旁的树叶被冲洗得干净透亮，地上只残留了几道湿痕。

贪云甜品店门前装饰着鲜花和彩带，精心摆放好的甜品散发着甜甜的香气。棠微微将头发绾成一个漂亮的髻，站在甜品店门口，微笑地看着来往的客人。

她的好朋友几乎都来捧场了，黎想还给她送了个大大的花篮摆在门口，气派无比。过往的行人被橱窗中精美的蛋糕吸引，纷纷停下脚步。

董哲正悄然而至，躲在人群中，愤愤地看着店中谈笑风生的棠微微等人。

之前就是他在与棠微微争夺这间店铺的租赁权，棠微微不知道使了什么手段，成功签下了合同。他心里堵得慌，好几天吃不下饭。

棠微微简直就是他的克星。自从认识了她，他做什么都不顺。董哲沉着脸，眼神移到店门口堆放的鞭炮上。

墙上的时钟指针指向十二点时，贪云甜品店正式开业。棠微微一身喜气洋洋地站在店门口，她穿暖黄色连衣裙，化了个淡妆，与精致的店铺相得益彰。她讲了开业致辞之后，便示意林燃点燃鞭炮。

林燃拎起袋子里的一串鞭炮，觉得触感微凉，还以为是在没干透的水泥地上放过的缘故，便没太在意，摁下了打火机。

“祝贺贪云甜品店正式开业！”喊完这一嗓子以后，林燃点燃了引信，下一刻，受潮的鞭炮突然炸开，节节断裂，带着冲劲窜向四面八方。

人群中爆发出的欢呼转瞬变成惊呼，不知是谁最先喊了一句：“鞭炮炸伤人啦！快跑啊！”场面顿时变得混乱起来，人们四散奔逃，街边的路人看着这场闹剧，议论纷纷。

棠微微焦急地跑到林燃身边，拉过他查看伤势，当她看清林燃胳膊上的伤后，围观的众人也纷纷倒吸了一口凉气。因林燃是点鞭炮的那个人，所以伤得最重，被一个鞭炮直接崩在手臂上，鲜血淋漓。

周围人七嘴八舌地讨论着。

“这店第一天开业就炸伤人，不吉利呀！”

“就是就是，一帮小年轻，做事也不靠谱……”

黎想冲过去，怒道：“说谁不吉利呢？什么年代了，还讲这个！你是清代来的啊？”

棠微微对此充耳不闻，她拉着林燃，眼眶瞬间红了：“疼吗？咱们这就去医院！”

“可是店……”林燃有些犹豫。

棠微微斩钉截铁道：“别说了，什么也没有你重要！”

她将店铺拜托给黎想，拉着林燃匆匆上了出租车。围观人群见没有了热闹可看，也逐渐散去。短短几分钟时间，原本还热闹非凡的店门口已经空无一人。

医院急诊室里，林燃靠在棠微微的怀里，倒吸一口冷气：“疼疼疼——”

棠微微忧心忡忡地问：“大夫，伤得严重吗？他是学画画的，会不会有影响？”

医生把最后一道纱布包扎好，慢悠悠地说道：“不至于，三天就能拆绷带。不过你们这些做家长的也太不注意了，烟花爆竹多危险啊，以后多看着点儿你弟弟。”

林燃闻言翻了个白眼，也不装了，一下坐了起来，说道：“您什么眼神啊？她不是我家长，是我女朋友！”

医生惊讶地抬起头，目光在两人身上转了一圈，说道：“不像啊。”

林燃气结，还要辩驳，被棠微微拉了一把。

棠微微拿着医生开的药单，领着林燃出了急诊室，心里五味杂陈。她好不容易鼓足了勇气想跟林燃开始恋爱，却又被医生的话勾起了隐藏在内心深处的纠结与忧虑。

想到两个人之间的年龄鸿沟，棠微微心里止不住地泛起苦水。一个陌生人都能看出来的差异，他们真的可以做到不在意吗？更何况，她与林燃之间不只是有年龄差这个问题。她不敢细想，却又忍不住去想。

但这些顾虑，很快就被对甜品店的担心所取代。

棠微微回到店里后，竟被物业告知，她被举报了，原因是贪云开业当天出现了炸伤人的事件，有关部门担心安全问题，勒令贪云停业整顿。

还没开业就要停业，这对一个新店铺是何其沉重的打击。更要命的是，贪云并不为棠微微自己所有，她无法对投资人交代，因而十分苦恼。

棠微微每天在消防部门与店铺之间来回奔波，好不容易获得了消防部门的准许，贪云重新开业，可不知怎的，很少有人愿意上门，偶有人来，也是买完甜品便匆匆离去，好像生怕沾染上晦气。

棠微微每天满怀希望地开门，却又满心失望地拉下卷闸门。

她趴在桌子上，看着夕阳缓缓落下，橘黄色的日光照在墙壁上，玫瑰色的云朵变成了一朵火烧云，像是烈火，熊熊燃烧。

这条街上的店铺生意大都红火，来吃饭、游玩的人络绎不绝，只有她的店铺门可罗雀。从落地窗看出去，隔壁店铺门口甚至排起长队。空气中充斥着甜品香味，不知怎么的，棠微微闻起来竟觉得有些苦。

她忽然觉得，人生很短，很难圆满。

画展即将开幕，林燃受了伤，又被顾祯拉着做筹备工作，与棠微微的见面时间大大减少。本就不多的相处时间，棠微微又为了店铺的事忙得焦头烂额，好久都没有个笑脸，林燃看在眼里，急在心中。但他没想到的是，事情很快就迎来了转机。

这天刚下课，林燃正要往贪云赶，刚出教学楼，就被系主任撞了个正着。系主任笑得满脸褶子，说道：“林燃啊，来来来，有事要找你帮忙。”

“什么事？”林燃纳闷。

系主任道：“两周后的校庆晚会，我准备让你和季晗出个合唱节目。”

林燃当即转身就走。

“回来！”系主任眼疾手快地拉住他，“你俩可是学校里公认的金童玉女，必须得给我上，不能丢了咱们美术系的脸！”

林燃觉得无语至极。这不就是抓壮丁吗？说得那么好听干吗？再说了，有排练的时间，他留出来见棠微微，岂不是更好？于是，林燃拒绝得十分干脆："不唱！"

下一秒，林燃就挨了系主任结结实实的一巴掌。

"你是学校的一分子，学校现在需要你，你就得上！这次你做好了，我还想让你去今年的全市成人礼宴会做主持人呢！你旷课，不写作业，哪一次不是我给你擦屁股，现在叫你干个活还摆上架子了，我对你的态度太好了是不是？！"系主任劈头盖脸对着林燃就是一通骂。

林燃双手插兜，若无其事地看着远方，系主任的话从左耳进，右耳出，一副死猪不怕开水烫的模样。在听到"成人礼宴会"时，林燃登时精神一振，直起腰来。

"是那个每年都会准备八层大蛋糕的成人礼宴会吗？今年轮到咱们学校承办？"

主任警惕地看着他："你小子又在打什么坏主意？"

林燃嘿嘿直笑，揽过系主任的肩膀说道："主任，你这说的什么话啊？我肯定是想帮您解决问题啊！这次校庆晚会，也不是不能去，就是……"

林燃佯装为难，系主任抿着唇，心里已经有谱，于是沉声道："说吧，有什么要我办的？"

"那宴会所需的甜品，我给您推荐一个店来做吧？我女朋友……你知道的，就是我们学校的高才生棠微微，她刚好开了家甜品店，绝对保质保量！"林燃双手合十拜托道。

系主任一愣，有些难以置信："就这事？"

林燃看着他的反应，还以为事情很难办，心中不免忐忑起来："如果不行的话……"

系主任刚想说"行"，见到林燃满脸期冀的样子，心念一转，拿起乔来："只要你女朋友做的甜品味道好，这个外包的机会嘛，也不是不可以争取，就是这个校庆……"

"我唱！"

"还有巡回画展……"

"我画！画三张！"

系主任这才满意了，喜笑颜开地拉住林燃的手道：“那就这么说定了！”

林燃也十分高兴：“放心吧，您！”

画展就算系主任不说，作为美术系实力担当的林燃也少不了要画几幅画交差。他最看重的是那个成人礼宴会。

每年，平城的大学都会联合举办成人礼宴会，声势浩大。他给棠微微争取到了这一单生意，到时新闻一上，电视一播，贪云肯定会一炮而红。

一个校庆节目，换一次市级活动的品牌宣传，不亏！林燃就不信了，他为棠微微解决了大难题，她还好意思因为店铺的事冷落他。

中午的太阳明亮又炽热，甜品店却冷冷清清，一个客人都没有。

新招的店员靠在一边打着盹，棠微微趴在柜台上，算着这几天亏掉的钱，一边算一边叹气。再这样下去，不出一个星期，靳子川投的钱就要用完了。她徒劳地按着计算器，思考着要不要去庙里烧香拜佛，多少也能缓解一下内心的焦虑。

正想着，清脆的风铃声响起，棠微微精神一振，摆出笑脸抬起头道：“欢迎光临！”

靳子川西装革履，极为绅士地对着她点点头：“棠小姐。”

棠微微一愣，有些意外的同时，心中升起一股不好的预感。她忐忑地将靳子川引到座位上，为他倒了杯水。

“靳总这次来……是有什么事吗？”

靳子川点了点头：“是，我想跟你谈谈贪云的事。”

棠微微“啊”了一声，连忙说出自己的想法，语气中不自觉地带上几分焦急：“新店刚开业，难免有些不顺，不过我已经在研制新品了，进行得很顺利。”

靳子川耐心地听完了她的规划，才将风险评估书推到她面前。棠微微翻了两页，心立刻沉了下去。

靳子川道：“基于贪云如今的情况，我不认为还有研制新品的必要。棠小姐，你是个聪明人，应该能理解我的意思，不知道你有没有考虑过转让铺面，及时止损？”

棠微微张了张嘴，说不出话来。然而，靳子川并没有给她思考的机会。

“我让下属做了一份市场调研，以及贪云的前景分析，可能比你想象中要更糟糕一些，你要不要……”

靳子川还没说完，风铃声再次急切地响起，随之而来的还有林燃兴奋的声音：“微微，你猜我在学校里干了什么？”

林燃推门而入，才看到靳子川也在。靳子川和棠微微一同看过来，男俊女美，有种说不出的感觉，尤其是棠微微的脸上还带了些诧异与惊慌，好像他来得不是时候。

林燃脸上的笑容一僵：“你们在聊什么？”

“我们……”靳子川刚开口，就被棠微微打断了。

“没什么，林燃，你帮忙看一下店，我送靳先生出去。”棠微微征询靳子川的意见，“靳总，我们边走边说？”

靳子川看了两人一眼，似乎明白了什么，起身道：“那就麻烦你了。”

两人并肩往外走去，林燃皱着眉，心里老大不舒服。他想了一会儿，转身跟了上去。

棠微微与靳子川出了门，热气顿时将两人包裹起来，闷得人心浮气躁。棠微微低着头，正思忖自己该从何说起，就听靳子川的声音响起：“你不想当着林燃的面说这事，是怕他担心吧？”

棠微微面上浮起几分赧然之色：“他毕竟还是个学生。”

“恕我直言，棠小姐，我觉得正常的感情应该有来有往。如果让你一个人承担所有的事情，恐怕对方并不是很值得托付。”

棠微微一愣，下意识地想要辩解，旁边店铺的大娘端着一盆水出来，她见到棠微微，顿时笑得眯起了眼睛，热情地打招呼：“小棠，这是你男朋友呀？”

棠微微尴尬不已：“您误会了，他不是我男朋友。”

“哎哟，这有什么好害羞的？你们俩一看就是一路人嘛。”

“真不是，大娘，他是我老板。”棠微微解释完，怕大娘再说出什么不合时宜的话，忙对着靳子川扯开话题，“靳总，其实我觉得，贪云目前这个情况，才正适合新品研制，我想研发心情治愈系列产品……”

这么一打岔，棠微微忘了回应靳子川之前的话，只顾着介绍周边环境和自己的想法，两人说着说着就走远了。

跟在两人身后的林燃听得咬牙切齿，憋屈不已，那大妈还在望着两人的背影暗叹可惜，林燃的怒气冲到脑门，他一步冲上前，拦住那大妈，问道：“他俩哪里像一路人了？”

大妈像看神经病一样看他一眼，绕开他匆匆回了店里。林燃站在原地，又愤怒地重复了一遍：“到底哪里像了？”

他回想起贪云开业当天，给他处理伤口的医生张口就说两人是姐弟，虽然离开医院时他一直在安慰棠微微，其实他心中也有些郁闷。

为什么那些人都认为他们不像情侣，不是一路人？合不合适，喜不喜欢，难道不是只有当事人才知道吗？

林燃回到店里，兀自生了一会儿闷气，拿出手机噼里啪啦地打字，查询为什么两人看起来不像一路人，问题下面点赞最多的答案列举了好几条理由。

第一条是思想不一致。林燃脸色有些僵硬，他跟棠微微一个文科，一个理科，想法是有些不同。林燃定了定神，又看第二条：兴趣爱好不一致。林燃脸色渐黑，继续往下看去，第三条是生活习惯不一样。林燃看得心里发闷，脑袋阵阵发晕，赶紧深吸一口气。这一条条，皆在说他与棠微微不合适。

可他不甘心。他喜欢棠微微这么多年，好不容易才将人追到手，就算真的处处不合适那又如何？天生就合适的两个人也不多见吧？

爱情不是始于心动，经过磨合，才能修成正果吗？林燃一边安慰自己，一边给迟迟未归的棠微微拨去电话：“微微，你和靳子川聊完了吗？有没有时间一起去看部电影？我觉得我们有必要培养一样的生活习惯，这样才能更好地……”

棠微微正因靳子川的关店提议烦恼不已，只当林燃又突发奇想，便敷衍地哄道：“我这边还有事，你把店门锁了先回家吧，有空了跟你说。”

随后，不等林燃回答，她就急匆匆地挂断了电话。

林燃看着黑掉的手机屏幕，先前强行压下的情绪顿时爆炸。他恶狠狠地想着，山不来就我，我便去就山！

棠微微，我和你才是最合适的，我们才是一路人！

林燃心中像是压着一块大石头，他说不清是因为什么。他没法不在意周围的那些闲言碎语，也没法真正像个大人一样思考。

但是他有自己的想法，他想站在棠微微身边，向所有人展示，他们才是最般配的！

林燃执着地想要和棠微微拥有相同的生活习惯。于是当天，他将无人问津的甜品带回了家。

他知道自己是在饮鸩止渴，可是他顾不了那么多。以往棠微微每次都会说，他什么时候能吃糖了，她就什么时候和他在一起，可是这么多年过去了，他还是那个对糖过敏的邻家弟弟。

林燃沉着脸地盯着一个芒果班戟说道："不就是吃糖吗？甜的……"

从年少时期到现在，他对棠微微的爱意从未间断过。尽管之前只敢借着愚人节的玩笑说出口，但他对棠微微的喜欢从来没有掺过假。可棠微微表现得太独立了，她总是在照顾他，遇到困难自己解决，有负面情绪了，自己消化，独立得好像并不需要一个男朋友，也不需要他。

很多次，林燃从梦中惊醒，询问自己：她真的爱我吗？她是自愿和我在一起吗？会不会都是自己一厢情愿，她只是不忍心伤害我？又或者这只是一场梦，等梦醒了，她还是那个温柔可亲，从没越过线的姐姐？

他一直很害怕，怕棠微微不是真的喜欢他，怕棠微微离开他。而近来发生的所有事情都让林燃觉得，棠微微离他越来越远了。

这样绝对不行。

林燃面不改色地将一个芒果班戟塞进嘴里，大口咀嚼着咽下。奶油甜腻的味道瞬间在他的口腔中炸开，他心想，原来棠微微喜欢的是这样的味道。

很快，他的脸色就变得十分苍白，呼吸也急促起来，但他没有停止，仿佛每吃一块甜点，他就可以接近棠微微一点儿。他颤抖着手，又拆开一块奶糖塞进嘴里，逼迫自己吃下去。然而，舌根僵直，他无论如何也咽不下去。

不仅如此，他脑海中好像还闪烁着危险的信号，胃里一阵翻涌。他跪倒在地，努力想要咽下去，身体却不受他控制，和他唱着反调。

终于，林燃再也无法忍受，一只手拉过垃圾桶，低头将刚刚吃下的甜品全都吐了出来。

林燃显得极为狼狈，眼尾泛红，泪湿的睫毛被长长的刘海盖住，只露出一截高挺的鼻梁。看着那些吐出来的甜品，他的眼圈更红了。

他总觉得，自己离棠微微好像又远了一些。

他急促地喘息着，难受地闭上双眼，半晌，低哑的声音在屋里回荡，似无奈叹息："棠微微，我他妈怎么这么喜欢你啊……"

喜欢到不顾性命，手段用尽，只为了离你近一点儿，再近一点儿。

棠微微回到店里，发现甜品被清空了，一查监控，居然是被林燃带走的。她心道不好，着急忙慌地去了他家。

她赶到林燃家时，林燃正一动不动地趴在茶几上，好像十分不舒服。棠微微吓了一跳，赶紧上前将人扶起。

"林燃！"棠微微说着就要去扯林燃的衣领，查看他过敏的情况。

林燃躲开她，看着她焦急的样子，心里的悲伤与难过仿佛一下就消散了。他努力让自己看起来正常一点儿，他抓着棠微微的手，故作轻松地嘟囔道："凉。"

棠微微快气笑了："怎么没凉死你！你是不是吃甜品了？"

"没有。"林燃心虚地瞄了一眼被踢到茶几底下的甜品袋，说道，"是我室友想吃，我才打包带回来了，反正又没人买。"

"真的？"棠微微半信半疑地打量着他，"那你让我看看你身上。"说着，就要再次去拉他的衣领。

林燃没办法，只得无赖似的往她身上一趴，脑袋埋在她颈窝里，抱怨道："你不相信我，棠微微，你是不是不爱我了？你最近只顾着那个破店，都不理我！"他委屈地说，"我好想你……"

林燃用头拱着棠微微，像大型犬一样对着她撒娇，棠微微顿时心软了，轻轻地拍着他的后背，哄小孩似的说道：“甜品店刚开业，一切都还没有走上正轨，我当然得多照看一点儿了，就像小时候我照顾你一样。”

“那怎么能一样？店在那儿又不会跑，可我会跑。”林燃咕哝了一句，抬起下巴往前送了送，轻声道，“亲亲我。”

棠微微无奈地看着他，林燃又向前凑了凑。

棠微微脸上发热，只好快速地在他嘴边亲了一下，不好意思般推了推他：“好了，快起来吧。”

“我不。”林燃将人抱得更紧了，说道，“我想离你近一点儿，省得你红杏出墙。”他想起靳子川，又是一阵撒娇。

棠微微又好笑又好气：“林燃，你脑子里想什么呢？”

“想你。”林燃说道，“见不到你的时候，想快点儿见到你。见到你之后，就想跟你亲亲抱抱，还有……”

林燃咬上她的耳朵，湿热的气息打在她耳垂上，令她身体微颤：“想跟你做点儿成年人该做的事情。”他说着，手从棠微微衣服下摆处探了进去，微凉的指尖摸到她腰间的皮肤，下意识摩挲了一下。

棠微微身体一震，猛地按住林燃的手，满脸通红地吼道：“你干吗！”

林燃顿时泄了气，蔫头耷脑地将手抽出来，不甘心地小声反驳：“凶什么凶？我给你拿到个大单子，讨点儿好处怎么了？”

“你能拿到什么大单子？”棠微微往后缩了缩，还不解气地轻轻踢了他一下，“整天就知道胡来。”

林燃信誓旦旦道：“今年轮到我们学校承办大学生成人礼宴会，我跟系主任说，让贪云负责供应宴会的甜品。”

棠微微一愣，下意识地反驳：“怎么可能？成人礼宴会上的食品从不外包。”

“我当然是费了很大的力气才让系主任同意帮忙的。”林燃暗示棠微微，“你是不是……得表示表示啊？”

“帮忙？”棠微微敏锐地抓住重点，“那就是事情还没定，怎么从你嘴里说出来像已经板上钉钉了一样？”

林燃顿时急了：“他都答应了，怎么就没定了？反正我帮了你大忙，你必须奖励我！”

“你想干吗？”棠微微警惕地看着他，双手护在胸前，“如果是刚才那种事，我是不可能同意的！”

林燃无奈地盯了一会儿她饱满的胸部，不甘心地收回视线，佯装不在意地道：“我是那种人吗？今年的校庆晚会，我有节目，你来看看我吧。”

“店里离不开人……”棠微微还没来得及拒绝，就看到林燃幽怨的神情，她顿时寒毛都竖了起来。果然，下一秒林燃就蹭了过来，软声软气地叫道：“姐姐，好姐姐……”

棠微微受不了他这样说话，立刻举手投降：“去，我一定去！”

林燃得意一笑，又觍着脸问道：“姐姐，那刚才的事……”

“想都不要想！”

林燃偏头躲过棠微微扔来的抱枕，看着她傻笑。看，他俩打打闹闹的，多般配呀！什么姐弟，什么不是一路人，只要棠微微是他的，别人说什么都没用！

那大妈，瞎！

一切的别扭，仿佛都在这一刻烟消云散了。林燃觉得，他可能真的有病，而棠微微就是治愈他的良药。

和煦的晨风轻拂，浅金色的光芒静默地朝四周扩散。

今天注定是个不平静的日子。

当棠微微从睡梦中惊醒，意识到今天是联大校庆的时候，时间已经接近上午十点。她手忙脚乱地收拾了甜品食材，匆匆出了门。要是迟到了，不知道林燃那个小魔王又会怎么折磨她。

结果路上遇到大堵车，她还是迟到了。

联大偌大的礼堂里，灯光璀璨，人头攒动。主持人给林燃和季晗的合唱报了幕，台下瞬间响起一片尖叫。

林燃和季晗拥有极大的粉丝团体，是校园论坛的风云人物，连学校官方宣传照上也放过两人的照片，他们两个又常年互挡桃花，在不知情的人眼里，他们就是一对十分般配且经常发糖的情侣，所以迅速拥有了一批战斗力极强的粉丝。

等棠微微气喘吁吁地赶到礼堂时，看到的就是台上的林燃和季晗穿着配套款白色礼服，正在合唱。而台下近千名观众在为两人欢呼、鼓掌，兴奋地吹着口哨。

一路跑过来的棠微微心瞬间就冷了下来。同学们兴奋的话语传进她耳朵里——

“林燃和季晗真是太般配了。啊，‘季燃如此’嗑死我了！”

“这一对是咱们学校公认最甜的了吧！”

棠微微听得心一沉，盯着台上的两个人，状似无意地问：“他们不是情侣吧？”

“怎么不是啊？”棠微微话一出口，立刻引来反驳，一个女生振振有词道，“上次我们班的男生追求季晗，林燃当场就跟人翻脸了呢！”

“对对对，追林燃的女生，也是被季晗劝退的。他们两个人除了对方，都不愿多看其他人一眼的。如果这都不是爱情，还能是什么？”

“他俩天仙配啊姐姐！”

棠微微听着这些所谓的恋情实证，心中的滋味说不出的复杂。她想要解释，想要跟她们说她才是林燃的女朋友，然而话到嘴边，却怎么也吐不出来。

台上的两人好似金童玉女，他们风华正茂，志趣相投，而她呢？

她比林燃大了六岁，林燃喜欢的赛车，是她心中痛恨的；她喜欢的糖，是林燃无法触碰的。林燃要的是全心全意的爱情，可她关注更多的是生活的琐碎。

明明做姐弟时相处十分融洽，在确定了恋爱关系后，棠微微明显感觉到两人的不适合。

就在她恍神的空当，礼堂里再度掀起了一片尖叫的热浪。她抬头看去，只看见林燃以公主抱的姿势将季晗抱在怀里，大步冲下台的背影。现场观众沸腾了，更加疯狂地叫了起来，口哨声简直要刺穿耳膜。

棠微微抿紧嘴唇，下意识地追了过去。

安全通道的标志亮着绿莹莹的光，棠微微被人流裹挟着来到后台，却看到刺眼的一幕——林燃死死地护着季晗，季晗则低着头，一个劲地往林燃怀里缩。

热情的同学们将两人围在中间，七嘴八舌地起哄："林燃，你们俩这算是变相官宣吗？都下台了还舍不得放手啊？"

去路被堵住，林燃不耐烦地说道："关你什么事？让开！"

"哎呀，别害羞嘛，大家等你们俩公开等得花儿都谢了。你俩这么般配，没必要藏着掖着嘛！"

季晗闷声道："不是，你们误会了，我、我是……"

"你跟他们废什么话？"林燃扫一眼起哄的众人，见里面有许多男生，他越发急躁，"我说让开，都耳聋了是不是？！"

没想到林燃会突然发飙，同学们都有些尴尬。林燃冷着脸，踹开更衣室的门，抱着季晗匆匆走了进去。

门外看热闹不嫌事大的同学们还在讨论着发生了什么事，棠微微站在人群中，愣怔地望着那扇紧闭的门。

为什么林燃没有放下季晗，也没有否认他们两个人的关系？他们两个在屋里会说些什么，做些什么？林燃还年轻啊，他对自己的喜欢，到底是因为爱情，还是因为分不清爱情？

棠微微不敢想，也不能再听下去了。她用力拨开人群，逃也似的离开了。

更衣室里，两人却完全不似众人八卦的那样。季晗换上备用的衬衫出来，心有余悸地坐在了椅子上。

林燃抬头看她："没事吧？"

季晗摇摇头，低声道："林燃，刚才谢谢你了。"

在台上鞠躬致谢的时候，她的衣服忽然从背后绷了线，林燃没有穿外套，又得替她遮掩，这才有了抱人的一幕。林燃不甚在意地"嗯"了一声，低着头继续摆弄手机。

季晗看着他心不在焉的样子，关切地问："怎么了，林燃？是担心同学们乱说话吗？你放心，我会跟他们澄清的……"

"不用，我想的不是这件事。"林燃双手抵在下巴上，眉宇间有些难掩的焦躁。

他不担心同学们乱传流言，他最在意的是心里那个人，他告诉季晗，自己刚才在台上好像看到了棠微微。她既然来了，为什么不来找他呢？难道是他看错了？

"微微姐会不会是生气了？"季晗问。

林燃一愣，问道："她为什么生气？"

季晗无奈地点醒他："如果你看到微微姐被一个男生抱着，你会不会生气啊？"

"谁敢？！"林燃立刻奓毛，"我把他的手剁了！"

季晗无言地看着他，林燃眨了眨眼，突然反应过来。他猛地坐直了身子，眼睛都亮了："你是说她吃醋了？"不等她回答，林燃就乐得哈哈大笑，"棠微微，你也有今天！"

"你别傻乐了，"季晗真想敲开他的脑袋，看看里面都装了些什么，"微微姐生气了，你得去哄她呀！"

林燃喜不自胜道："对，对，我得哄她，我得奖励她居然会吃醋了！你可真是我的好军师，有空好好谢谢你！"

林燃急吼吼地起身，打了声招呼转身便走。看着林燃兴高采烈地跑出去，季晗苦笑着摇了摇头。其实林燃是一个很纯粹的人，他的爱憎都表现得十分明显。

而她之前一直沉溺在他"虚假"的体贴之中，强迫自己不去想，不去看。

如今他已经得到了心中所爱，她再也没办法自我欺骗下去了。

街道上车水马龙，棠微微失神地走在路上，脑子里不断闪过刚才的种种画面。她不得不承认，刚才那一幕，就好像她梦里害怕的事情成真了。

潜意识里，她一直觉得林燃就应该跟季晗这种善良、纯真的女孩子在一起，他们会被所有人祝福……

对于这段感情，她越发不自信了。她疲惫地叹了一口气，回了甜品店，却发现店门被一把大锁锁住了。

棠微微蒙了。找隔壁店的阿姨打听之后才知道，在她离开的这段时间里，有人在店外出了车祸，现场乱成一团，物业为了安全起见，就替她把店门锁了。

她又马不停蹄地赶到物业办公室，这才知道了事情的原委。

原来董哲不知又抽什么风，扬言要买她的店，非要见她。物业闻声而来，劝他离开未果，双方推搡起来，结果物业的孙经理被董哲一推，正好和疾驰而来的电动车撞上了。

棠微微只觉得一波未平，一波又起，头痛至极。

负责人在一旁对她说道："现在的问题是，孙经理还在医院里，董先生口口声声说不关他的事，监控因为角度问题，没有拍到完整画面，所以事故无法定性……"

棠微微的手机突然响起，她接通电话，林燃高分贝的声音清清楚楚地从电话那头传来："棠微微，你来看校庆晚会了对不对？你是不是吃醋了？"

"棠小姐，虽说我们工作人员存在沟通不当的问题，但事情总归是因您而起……"

"棠微微，你吃醋是不是因为特别喜欢我啊？"

耳边物业负责人的说话声和电话那头林燃兴奋的声音，在棠微微的耳边混杂碰撞，不断地冲击着她紧绷的神经。

"棠小姐？"负责人关切地询问，"要不您先忙？"

棠微微果断地掐断了电话，深吸一口气，艰难地开口："实在不好意思，给你们造成麻烦了。我……我能先去看看孙经理吗？"

棠微微到了医院，询问过医生之后，得到的答复却不乐观。孙经理本来就有轻度中风，现在又遭遇了车祸，什么时候能醒还不好说。她将补品放下，泄气一般坐在走廊的长椅上，心中十分惶然。

手机微信提示音接连响起来，全是林燃发来的消息。棠微微木然地低头看去，最新一条短信却是靳子川发来的："棠小姐，车祸的事情我听说了，先关店吧，事情处理完再说。”

关店。

努力了这么久，就得到了这个结果。棠微微疲惫地捏了捏眉心，摁灭屏幕，眼不见，心不烦。

家庭、事业、恋人，各种事情搅在一起，简直就是一团乱麻。她恨不得现在眼前有个洞能让她钻进去躺着，什么都不用想。

日头逐渐西移，棠微微游魂似的在外面逛了一圈，终于筋疲力尽地回了家。她打开家门，一个健硕的身影迎面扑了过来。

徐健好像看见了救星，拉着棠微微的手说道：“微微，你可算回来了。有客人找你，我先出去买点儿东西啊。”

说完，徐健像被鬼追一样，头也不回地出了门。棠微微茫然地进屋，抬眼就见到端坐着的董哲母子。

董妈妈一见到棠微微，立刻开始抽泣起来，一边哭一边推董哲。

董哲接收到母亲的信号，弯腰对着棠微微鞠躬：“棠微微，对不起！以前的事是我不对，现在求你高抬贵手，饶我一命！”

棠微微被吓得后退了一步，扶住鞋柜。

董妈妈嘤嘤哭泣：“小哲这些年不容易啊，我们老家是乡下的，他一个人辛辛苦苦才走到今天，不能因为一件事就毁了前程啊……”

棠微微后知后觉地反应过来，这两人是为了物业孙经理的事来的。

她看着无赖似的董家母子，无奈地说道：“阿姨，事故已经发生，如何定性是警察的事，我干预不了。”

董妈妈听到这话，顿了一下，下一秒，哭得更加卖力了。

董哲愤怒地握紧拳头，董母赶紧拉了他一把，他顿时泄了气，说道：“棠微微，你也不用装了，我们打开天窗说亮话吧。你……你店里的监控，也许能拍到事实的真相，我可以出钱买，但是我能出的钱不多，你别狮子大开口！”

看着棠微微平静的面孔，董哲瞬间泄了气，不情不愿地低下头，饱含屈辱地说道：“当然，如果你坚持要，我也可以分期付款……”

棠微微听了，又好气又好笑：“董先生，在你心里，我就是一个会拿人命关天的事，来换取利益的人吗？”

董哲闷声闷气道：“难道不是吗？你那店生意不好，需要钱周转，我又不是不知道！”

那我就要你的烂钱？！

棠微微在心里疯狂咆哮。她真想痛骂董哲一顿，再将他和他那奇葩的母亲一起赶出门去，出口恶气。

然而，棠微微只是说了一句：“明天我会去店里核实情况的，我也不要你的钱……事情早日了结，对我们双方都有好处。”

送走了千恩万谢的董哲母子，棠微微终于能喘一口气。她靠在沙发上，呆呆地望着顶灯，失神地想：原本安静的日子，是从什么时候被打破的呢？怎么她坚持做了自己想做的事，却反而越来越疲惫？

她忽然有些迷茫，很想找人问一问，到底是哪里出了问题。

第二天，棠微微一大早就赶到了店里，调出监控。监控显示，董哲确实没有推孙经理。她舒了一口气，将视频打包发给了董哲，并附赠一条语音信息：“董先生，监控视频已经发到你邮箱了，你可以拿它去证明清白，希望这是我们最后一次交流。”

她话音刚落，店门就被推开，风铃丁零响个不停，林燃的声音也随之响起：“什么董先生？董哲？你怎么又跟他联系上了？”

棠微微抬起头，林燃高大的身体挡住了阳光，他的额发垂到眼睛上，耳垂上的银色耳钉闪闪发亮。昨天的校庆事件还没解释清楚，他倒像个没事人一样，又大摇大摆地出现在她面前。

棠微微不想多说，别过头冷淡地说道：“没事。你来干什么？”

林燃脸上顿时露出悻然的神色。

他知道棠微微昨天是吃醋了，别提多高兴。然而，近来棠微微烦心事一堆，他也确实帮不上什么忙，就想送棠微微一个礼物。于是在顾祯的怂恿下，他去商场给棠微微买了一枚戒指。

好不容易挑出合心意的款式，结账的时候柜员要求提供尺寸。林燃当场傻眼。他哪知道买戒指还要尺寸？更要命的是，他不知道棠微微的指围。于是戒指没买成，他只能硬着头皮来套棠微微的手指尺寸。

林燃顾左右而言他："我想你了嘛。你昨天到学校看我演出，结束之后连招呼都不打一声就走了，还好有季晗提醒我……"

棠微微心中不舒服，起身去拿抹布，林燃跟屁虫似的追在她身后说道："你干什么？擦桌子吗？我帮你啊。"

林燃抢过她手中的抹布，顺势握着她的手不放，在指根处捏捏揉揉。棠微微被缠得心烦，大声道："林燃，你捣什么乱！"

"我没捣乱，就是来看看你。"林燃一边哄着她，一边继续摩挲她的无名指。

棠微微冷着脸抽回手，说道："不需要，你去看季晗吧。"

林燃一愣，随后喜滋滋道："还在吃醋啊？"

吃个头！棠微微心中憋气，想把抹布甩到他欠揍的脸上。

"昨天演出结束时季晗的衣服突然开了线，我总不能让她在大庭广众之下走光吧？你别生气了，要不我现在也抱抱你？"

林燃嬉皮笑脸地张开双臂就要抱住棠微微，棠微微将人推开，皱着眉就要发火。然而，看着林燃的笑脸，她又泄了气。

她想说，她不喜欢他抱其他的女孩子。可细想昨天的场景，同为女生，自然知道有多窘迫，她又怎么能要求林燃袖手旁观？

她想让林燃别闹了，她很累，但和他说这些又有什么用呢？林燃没有经历过社会的磨炼，没有经受过生活的困苦，他的眼里看到的只有爱情，心中想的只有远方。

她不应该把一个人的烦心事，变成两个人的压力。

另一边，黎想从徐健那儿得知了靳子川想要让棠微微关店的消息，顿时怒不可遏。她当晚便请了假，摩拳擦掌地准备第二天去找靳大总裁的麻烦。

黎想一边狠狠地蹬上高跟鞋，一边冷笑着想：靳子川是吧？犯到我手里，算他倒霉！

她一路上都在盘算着，保安阻止时该怎么应对，助理拦截时该如何周旋，没想到进了大厦，所有人对她都分外客气，搞得她心中十分疑惑。

她被助理安置在会客室，对方只说靳子川正在开会，请她稍等。谁知这一等，就等到了黄昏。

会议室的门总算开了，远远地，黎想见靳子川沉着脸走在最前面，身旁的两个人正在跟他说着什么。眼看一行人要进电梯了，她跟着跑进去，而后眼疾手快地拦住后面的人，摁键，关门。

电梯开始下行。

黎想回头道："靳总，好久不见，最近公务挺忙？"

靳子川沉默地看着她，是很久不见了。他不说话，黎想继续微笑道："我听说你建议微微关店，咱们再聊聊吧。"

呵，又是为了朋友。他想，如果不是为了棠微微的事，这人根本不会想到自己。靳子川直接给黎想扣了五分，紧接着回过神，这似乎不是扣分项，自己为什么生气了？

只因为，她没来找自己？

见靳子川沉默不语，黎想开启头脑风暴模式。她也清楚，贪云现在的情况的确很难说服他，要不然豁出去"色诱"？

正胡思乱想着，她目光扫到电梯下行的楼层数，忽然觉得哪里不对。

黎想喊了一声："靳子川。"

靳子川抬眼，发现黎想向他靠近，而且不止一步，而是依偎了过来。他的心脏莫名漏跳了一拍，他想严肃地告知黎想，有话说话，美人计可不好使。突然间，电梯里灯光一闪。

黎想声音颤抖道："靳子川，电梯在往下掉！"

灯光明灭不定，靳子川扶稳黎想，把每个楼层按键摁了一遍，紧接着电梯一阵剧烈晃动，伴随着不寻常的响动，轿厢内彻底黑了下来。

靳子川的声音依旧很平静："电梯出故障了。"

黎想抓紧他的手臂，无语地掐了一下。

"这还用你说吗！我告诉你，要是今天我在你公司出了事，你得负责，关店的事你必须重新考虑……啊啊啊！”话未说完，电梯突然再次摇晃起来，紧接着急速下坠。

电光石火间，靳子川紧紧地抱住黎想，用肩膀垫在轿厢壁上护住她，头一回不那么有风度地低吼：“现在别想那些乱七八糟的！”

“我不！我怕我现在不说，以后就没机会了！”黎想带着哭腔，不甘示弱地大声回呛，“我就是为了那事才来的，我不能看着你关了微微的店！我等了一下午，我……”

黑暗中，黎想的声音戛然而止——有什么堵住了她的嘴。

速降在三四秒后停止。

一束手机亮光照起，黎想茫然地眨了眨眼，靳子川的脸就在眼前，他凝视着她，古龙水的香味萦绕在两人之间。

靳子川嘴唇微动，佯装平静地说：“闭嘴，等救援。”

可她明明看到他唇上沾了可疑的红色，是她今天出门涂的迪奥 999。

黎想这才后知后觉地反应过来，刚才那是一个吻。

她和靳子川接吻了，在这个破电梯里！黎想大脑一片空白，耳边只听见自己擂鼓般的心跳声。而靳子川看着她的反应，再次恢复了淡然的表情。就在刚才那几秒，他终于明白了为什么在黎想面前他屡屡破戒，为什么黎想的分数这样低，他却还等着她来找他……

也许从她第一次闯进他的办公室，踩上雷区开始，变动的就不只是评分标准，还有靳子川空白的感情。

狭小的空间内，靳子川护着黎想的头，轻轻地拍了拍，他心想：如果我现在告白，她会答应吗？

一记巴掌陡然甩来，黎想尖叫道：“靳子川，你有病啊？！”

与此同时，电梯通话机里传来声音：“靳总，电梯发生故障了，正在维修，您注意安全。”

黎想挣开靳子川，带着几分慌乱与羞窘，迫不及待地对着声音来源控诉：“你们怎么回事啊？麻烦快一点儿！”

这儿她真是一刻也待不下去了。

靳子川举高手机，从后面看着黎想通红的耳尖，低咳一声，说道：“动作快点儿。”

等出去了就直接追求她吧，靳子川想。

告白成功率太低，出于规避风险的考量，可以直接淘汰。

夕阳的余晖渐渐消散，天空渐渐染上夜幕的蓝光。

林燃来了没多久，就被心烦意乱的棠微微赶走。其实她也没什么别的事，贪云因事故频发，没几个客人造访，她就这么在店里呆坐了一整个下午。

也许闭店也是件好事，没有了人工支出、水电支出，也能节约些成本。上车时，远远望着关门的店铺，棠微微消极地想着。

公交车摇摇晃晃地前行，正值晚高峰，车里挤满了人，棠微微抓紧拉环，也跟着摇摇晃晃，呆呆地看着窗外向后退去的景物。

这一天本是个大晴天，可到了傍晚，云层低垂，天阴了起来。车窗外的路人都行色匆匆，其中看着最轻松的是几个学生，他们骑着单车，校服飘扬在风里，笑容明媚。

一瞬间，棠微微想起了林燃。其实不是一瞬，她这几天经常感觉力不从心，很疲惫，而每当这些时候，她都会想到林燃。不能否认，她对林燃越来越依赖，可林燃……

正想着，刺耳的刹车声传来，由于惯性，棠微微向前扑去。

“什么情况啊？”人群里响起抱怨声。

棠微微忙扶住拉杆站稳，就听到司机在前面说：“不要吵，前面出车祸啦！看起来要绕路走了，我先将车靠边，赶时间的可以先下车！”

车内抱怨声此起彼伏，好些人挤着要下车，棠微微被挤到窗边，一转头，就能看到不远处的事故现场。

左行的一辆大卡车撞歪了护栏，车头、保险杠已经卡进了护栏中，在距离卡车几米处，倒着一辆重型摩托车。

棠微微多看了几眼那辆摩托车，见那辆车被撞得不轻，车头都扭转了。此时伤者还倒在地上，有交警上前询问着什么，从某个人口袋里掉出了什么东西。天色昏暗，那东西在路面上不停地闪烁着亮光。

“车要开了，要下车的乘客抓紧时间。”司机的声音让棠微微有些失神，她盯着地上那闪烁的亮光，呼吸莫名急促起来。那部手机分外熟悉，让她有种不好的预感。

鬼使神差之下，她举起手机拨出了一个电话，听着耳边持续的铃声。铃声不断，那亮光也闪烁不断……

无人应答，一个机械的女声响起：“对不起，你所拨打的用户暂时无法接通……”

电话挂断，远处的亮光，正好灭了。棠微微愣怔地看着自己的手机，界面刚返回联系人——小煞星。

“林燃……”眼看着车门就要关上，棠微微如梦初醒般冲过去，慌乱地跳下车，踉跄着往车祸现场跑去。前方围着一层又一层人，有看热闹的，也有救援的。

“让一让，麻烦让一让！”已经有交警开始清场，围上安全护栏，医护人员抱走了一个身形较小的年轻人，正在搀扶另一个。地上一小片蜿蜒的血迹被踩脏了，遍地都是带血的脚印。棠微微的心像被什么东西攥紧了，她更加焦急地拨开人群。

“不好意思，麻烦您……”声音戛然而止，棠微微身体僵住，因为她终于从缝隙里看清了那个被扶起的人的侧脸。

在路灯和车灯的映照下，青年一身狼狈，半边白T恤染着斑驳的血，就是林燃！

棠微微觉得自己疯了。否则她怎么会看到林燃出车祸了，还是摩托车事故？不是说好了，他再也不会碰摩托车了吗？林燃对她说过很多谎，但都是出于喜欢她，出于爱她……

棠微微颤抖着手再度拨通电话，同时朝着救护车的方向喊着：“林燃！林燃……”

交警尽责地拦住她：“姑娘，不好意思，请离开事故现场！”

“我要过去，我……”棠微微有些语无伦次。她分明听见林燃的手机铃声响了，就在这附近，却没有人接起。交警挡着她，她只能目送那个受伤的青年被扶上救护车。

她努力找回自己的声音：“不好意思，我怀疑伤者是我弟弟，如果不能上前，那我需要打个电话确认。”

交警通情达理地示意她请便。棠微微深呼吸，再次拨出电话。就在铃声响起的同时，她清楚地看见，救护车车窗内一张年轻的脸转过来。他面孔白皙，瞳仁漆黑，正用一块纱布捂着额角的伤口，神色沮丧地望着青灰色的天。

有护士给他递手机，那人扫了一眼，慌乱地接过去，犹豫地举到耳边。与此同时，棠微微的电话通了。

林燃小声道：“微微，你怎么忽然打电话来了？还打这么多，是不是想我……”

棠微微望着救护车上的人，打断了他的话：“林燃，你在哪儿？”

“我……”电话那头忽然顿了两秒，接着他说道，“我在学校啊。从你店里出来，我就直接回宿舍了。怎么，又想我啦？”

远远地，棠微微分明看见林燃仰着脸，停顿的那段时间，是护士在为他包扎伤口。分明已经很清楚了，还是不肯死心。她说：“刚刚不小心睡着了，梦到你出事了……你还好吧？”

棠微微攥紧手机，心脏在疯狂跳动。

她想，只要林燃告诉她实话，她就冲过去，冲到救护车上陪他！她可以不管摩托车是怎么回事，甜品店关门多少天都不要紧，她只要留在他身边陪他。

然而，救护车就要开走了。

车子打起双闪灯，向着她这边照过来，晃得她眯起眼睛。紧接着，她看到了车内，林燃的身边还坐着一个女孩，两人的衣服在同一片血迹里蹭脏了，额头都裹着纱布。

“我当然没事，梦跟现实都是相反的。”棠微微听到林燃中气十足的声音，“对了，微微，系主任让我交几幅画，所以我这两天可能要一直待在学校里。如果你想我的话，我们就电话联系……”

棠微微挂断了电话。

如果说校庆的事是一个意外，现在呢？为什么又是季晗？为什么又是摩托车？为什么……他总是在骗她？

救护车开走了，交警处理完事情，发现棠微微还在，再次询问：“姑娘，你这边……”

“谢谢您，我问清楚了。”棠微微垂着头说道。

她的影子被路灯拉得长长的。

天终于完全黑了下来。

救护车开出十字路口，随着车流开上桐花路。

此处向左是棠微微的家，向右是去学校和医院的一条大路，林燃愁眉苦脸地靠在车窗上，不时拿起手机噼里啪啦地给棠微微发信息，但从那通电话过后，棠微微再也没有回复。

林燃捂着脑袋叹气：“怎么又生气了？”

一旁，季晗愧疚地低下头：“对不起，要不我向微微姐说清楚……”

“不不，不关你的事。”林燃摆手，从口袋里摸出一个红色方盒，说道，“可能今天倒霉，日子不对。”

说着，他打开盒子，一枚款式典雅的戒指露了出来，钻面光亮。

林燃很小心地拿起来擦了擦，捏在手中满腹惆怅地看着。他刚才在店里摸清了棠微微无名指的尺寸，就马不停蹄地去了商城买戒指。

原本他打算今天晚上带棠微微去海边看月亮，看城市的夜景，也许游乐场会放烟火，他就在烟火下向她求婚，为她戴上戒指。

临出商场时，他撞见了神色紧张的季晗，得知她的妹妹放学时不见了，不得已，他才向可乐借了车，载着季晗去找人。

他们谁也没想到会出这种事，虽然两人伤得不重，可林燃今晚的计划泡汤了。

“林燃，学校刚才打来电话，说是小婉找到了，虚惊一场。”看着林燃失神的样子，季晗小声地说，“微微姐还不回你信息吗？会不会是……”

话没说完，忽然有电话进来，林燃收起戒指兴奋地接通：“喂，微微……哦，棠叔啊。”

林燃的脸垮了下来，他心不在焉地听着，良久后才挂断。车到了医院门口，护士来接季晗，林燃将人搀过去，自己跳下车朝她摆摆手。

“我没什么事，就不进去了。刚才棠叔来电话说微微还没回家，我怕她店里又出事，得去看看。”

护士拦不住，林燃很快跑到了路边。头顶有一盏老旧的路灯，林燃望着阴沉的天，再次给棠微微打电话，还是打不通。他心烦意乱地揉了揉额角的伤口。

带着湿气的风吹来，林燃很快拦到了出租车，上车前他感到一滴水砸在手背上，似乎要下雨了。

出乎他意料的是，棠微微不在店里。

不在店里，不在黎想身边，不在家里，不在学校。

每一个她可能去的地方，林燃都找过，他忍着疼，在夜晚的街道上奔波，最后不得不接受一个事实——微微不见了。

远方的天空划过一道闪电，接着是一阵沉闷的雷声，林燃望了望天，焦灼地思索棠微微可能去的地方，最终掉转头，向着一个方向跑去。

“微微，棠微微——”

“棠微微！”

大雨落下来。

林燃找到海边，顺着海岸疾跑。这片海滩夜晚没有灯，一般情况下根本不会有人来，但他和棠微微曾经来过，在天气晴朗的时候……

“棠微微！”林燃声嘶力竭地喊着。

好在老天有眼，十几分钟后，他看见棠微微站在海边的一块礁石上。她浑身都被大雨淋湿了，面前是翻涌的潮水，看起来摇摇欲坠。

“棠微微，你在干什么啊？！”看见她的那一刻，林燃感觉自己真是快要急疯了，他冲上前一把将人抱下来，声音在风雨里显得不甚清晰，“我都听棠叔说了，最近甜品店生意不好，你伤心也好，难过也好，犯得着和自己过不去吗？”

棠微微沉默地站着，并不回应。林燃跑得气喘吁吁，这会儿才想起自己手上还拿着伞，赶紧撑开举到她头顶。

“行了，我不是要和你发火，有什么事回家说，好不好？你看你都淋湿了，回去肯定要生病了！”林燃揽着棠微微要走，棠微微却推开了举在她头顶的伞。她向后退，抬起眼睛看着林燃。那张脸上尽管淌满雨水，很是狼狈，却冷静得让林燃心惊。

“我刚才想通了一些事，”棠微微道，“有关我们的事。”

“不管什么事都回家再说！”

“现在就说比较好。”棠微微目光闪烁，她看到林燃头顶的纱布已经在向外洇血了，心底一下涌起浓浓的酸楚。她开口道，“我觉得，我们还是不合适。”

“什么？”林燃一下子愣住了，没听清似的问了一句。

很快，他得到了棠微微更加清晰的回答：“我想说，林燃，我们分手吧。”

林燃眼底的光瞬间熄灭了。

棠微微说完，似乎不忍心再看他，转身想走，却被林燃一把握住了手腕：“什么意思啊，棠微微？”

林燃嗓子发哑，攥紧她的手，有些语无伦次地说：“什么分手？为什么分手？棠微微，我们晚上还打了电话，你说你也想我，对吧？怎么就要分手了？你骗我的是吧？你是不是……”

轰鸣的雷声伴着闪电再一次劈下来，那闪电如同一把剑，斩断了棠微微的回忆，也终于斩断了她此刻的痛楚。

是啊，他们晚上还打过电话，他到现在还在骗她。该断不断的，终于也在此刻斩断了。

棠微微想抽回手，林燃死也不放。他愤怒地丢开伞，两人暴露在大雨中。雨水打在脸上，棠微微也再度记起，林燃其实一直都是这样的——他想要的就会死死攥紧，不讲理地攥紧。

他不高兴的时候，就希望大家也不痛快。他不想说的事情，就会瞒得死死的，谁也不知道，小时候是一张考卷、一颗糖，然后是摩托车，是女孩子……

他们之间，从来不是只隔了六年的年龄。

他们之间，明明隔着千山万水，隔着截然不同的人生，是时候……结束了。

冰凉的雨水从头上浇下，林燃感觉到他的伤口被水泡得好疼，但是现在不能撒娇，也不能喊疼。他弯腰又把伞拿起来，像是做出了巨大的妥协。

这个动作让棠微微想起先前林燃在救护车上接电话时，仰着脸让护士包扎伤口的样子，语音空白的那几秒，他正疼得龇牙咧嘴。

这让棠微微坚定了分手的想法。结束吧，在这场不应该开始的感情里，原来谁也没能全身而退，她要的本来也不是磨平他的棱角，不是要他一再低头。

即便他捡起伞，也无济于事，两人早就湿透了。棠微微不肯站在伞下，她坚定地说："我们不合适，在很多事情上都有体现。我不喜欢你幼稚，不喜欢你逃课，不喜欢你给我惹麻烦。最重要的是……"棠微微深深地吸了一口气。

林燃攥着伞柄的手在颤抖，棠微微看见了，却当没看见。

她说："最重要的是，我不喜欢你了。"

我不喜欢你。

这五个字像是给林燃下了死刑判决，他脸色瞬间变得惨白，声音也不自觉地颤抖起来："你说，"他感觉声音都不是自己的了，"不喜欢我了？什么时候的事？为什么……"

"我也不喜欢你问那么多为什么。"棠微微一句话成功堵住了林燃接下来的话，她手上用力，把他的手生生掰开了，"回家吧，我们就到这里了。"

一场风暴席卷了平城。

橙色暴雨预警持续了三天，而贪云也持续闭店三天——那天之后，棠微微到底病了。

其间，林燃给她发过信息，她一个字也没看，借着生病，她把自己困在梦境里。她反复地梦到小时候，小小的林燃在她身后追，她在前头等着，而后牵着他的小手。也许潜意识里，棠微微还放不下，害怕面对林燃，所以不想醒来。

第三天，棠微微烧退得差不多了，棠爸才为她开了点儿窗户。

这天的后半夜，雨停了，只是风仍湿漉漉的。棠微微分明醒了，却觉得身体很累，嘴里泛苦。她爬起来泡了一杯糖水，坐在床头抿了一口，还是感觉身子发软，只得再度钻进被子里，寄希望于第二天能好转。

没多久，一个黑影从窗口翻了进来，带着一身的酒意。影子落进屋里，动静不大，半梦半醒的棠微微却被吓了一跳。她伸手打开床头灯，只见那个人影如大型犬一般扑来。

林燃迷迷糊糊地说道："是我……"

棠微微下意识要挣扎，却被林燃隔着被子紧紧地禁锢在怀中。林燃的手臂不断收紧，他低着头，鼻子呼出的带酒味的热气让她几乎窒息。

分手之后再一次见面，居然是这种情况。

棠微微心里酸涩地想着，用力把人从自己身上推开。林燃被她这么一推，毫无防备地从床上滚了下去，脑袋撞在了墙上，发出咚的一声闷响。

"啊……"

"林燃。"棠微微一下子想到了他的伤口，慌忙下床把人扶起来，紧张地摸了摸他的头，"撞到哪儿了？"

林燃仰起脸，目光不甚清明，他奶声奶气地"哼"了一声，原本还委屈地撇着嘴，见棠微微关心自己，立刻抱住她往后一扑，两人双双倒在床上。

"你干吗？你起来！"

"头疼，给我揉揉……"

棠微微想要再度推开他，听林燃哼唧了一声"头疼"，顿时又不敢动了，问道："哪儿啊？刚才撞的吗？"

林燃声音里带着委屈，跟平时撒娇的时候不太一样。他的一双眼睛亮晶晶的，望着棠微微道：“你不凶我，就不疼。”

棠微微看着他，忍不住叹了一口气。林燃察觉她的态度有了一丝软化，他目光闪烁，抽动着鼻子从棠微微的鬓边一路闻到脸颊、脖子，再到嘴唇，忽然停住了。

林燃的眼睛一瞬不瞬地盯着她那两片嫣红的唇瓣，喉结不自觉地滚动了一下，他说道：“微微，我真的特别特别想你……”嘴唇轻轻地一碰，分外小心，像是害怕惊扰了一朵沉睡的花。

这份小心让棠微微心酸，她当然知道林燃胆子有多大，而他现在明显在害怕。

可是就算哄着他，过了今天，明天又该怎么办呢？他们不能一辈子都这样。

“林燃，”棠微微向后退，语气忽然冷了下去，“你其实清醒着，对吧？”

林燃不答话，只是低着头一声不吭，半晌，才声音沙哑地问她：“我到底做错了什么？你告诉我啊，我可以改。”他眼眶泛红，抬起头和她对视，声音止不住地颤抖，“我都可以改，你别不要我……”

林燃坐直，从脖颈上捞出一个吊坠。借着床头的灯光，棠微微看清了，是那枚海豚吊坠。

他说道：“我一直戴着它。那天回家后，我气得快疯了，想把所有东西都砸掉、丢掉……但是看到它，我就消气了，我想我一定是惹你不高兴了……微微，我到底做错了什么？只要你说，我真的……”

林燃哽咽着，声音逐渐低下去，手背紧紧压着脸说不下去了。

“林燃……”棠微微只觉得内心一阵苦涩。

林燃露出一只眼睛看着她，神情难过，他像一只受伤了、试探着寻求温暖的小兽，说道：“你给我倒杯水好吗？”仿佛只要棠微微答应了，他们就还可以回到从前。

棠微微叹了一口气。她又不是铁石心肠，面对这样的林燃，她忽然有些释然。或许，他们之间还是有可能的。或许，她只是在等着林燃来哄自己。或许，她也没有那么想要分手。

棠微微努力整理着脑子里混乱的思绪，她顺手拿了放在床头柜上的水杯递给他。林燃接过去，大口大口地喝下，一滴都舍不得剩下，最后放下杯子，钻进棠微微的被子里。

棠微微无奈地说道：“林燃，你不能赖在我这儿睡。”

林燃没有回应，倔强地蜷成一团，又可怜，又可恨，棠微微拿他没办法。

她翻身下床，想先关上窗户，却听到林燃猛烈地咳嗽了起来。他的脸上泛出潮红，呼吸越来越急促，不住地抓着自己的脖子——那上面已经开始出现红疹。

棠微微猛地反应过来，那水是一杯糖水！她大脑一片空白，下意识地扑到药箱旁翻出过敏药，想要给林燃喂下，但怀里的人呼吸微弱，怎么都喂不进去。

“林燃，醒醒，林燃！”棠微微颤抖着手拿过手机，拨打了120。

“过敏原是什么？”

救护车里，棠微微猛地回过神来，她盯着监护仪，机械地开口：“他吃了糖……整整一杯糖水。”

车里瞬间安静了下来，棠微微只听见护士轻声催促司机再开快一点儿。林燃很快被送进了抢救室，棠微微看着头顶亮起的红灯，颓丧地坐在了长椅上。

林燃因为对糖过敏，从小到大进医院的次数数不胜数，可这一次远比之前严重。棠微微垂头看着自己的双手，忍不住想，刚才自己是怎样端起水杯递给林燃的呢？是怎样将林燃送到了鬼门关呢？

棠微微不敢回忆，也不敢原谅自己。

不知道过了多久，手术室里的灯熄灭了，医生从里面走了出来，告诉她患者暂时脱离了生命危险，只是还要转去ICU继续观察。

棠微微一路看着林燃被推进病房，而后就隔着窗户沉默地守在外面。

“你为什么要给他喝糖水？”棠微微听见自己冷漠的声音中带着颤抖，对着窗户上自己的影子质问，“你早就知道他不能吃糖，为什么喂了他一杯糖水……”

她早就知道，她亲眼见过那么多次，亲手喂下那么多颗药。

她以为终有一日，他的病能治好。可现在，她亲手把他送进了抢救室。

棠微微捂着脸，无力地滑坐在地上。手术室里嘀嘀作响的仪器仿佛在告诉她：棠微微，是你错了。阳光照不到你的人间，你就不该奢望光明！

是啊，她的光明，她的太阳，她的林燃。

她都不该奢望。

棠微微将眼眶里的泪憋回去，心口像是被利刃剜过一般钝钝地疼起来……难怪人们都说："人活一世，苦楚良多。"

棠爸与徐健给林燃办完住院手续赶来，就看到棠微微情绪崩溃地坐在病房外。他们安慰她说这只是一个意外，可她接受不了。对她来说，这是一次警告，是老天爷给她下的最后通牒。

她爱甜品，她开了一家甜品店，她的生活里随处可见糖果。而任何一颗糖，都有可能要了林燃的命。

生活不是玄幻小说，没有那么多的逆天改命。

他们两人，原本就不合适。

"微微，"棠爸将棠微微扶到长椅上，叹了一口气，说道，"爸爸刚才紧急联系了林燃他爸。林燃这个状况，必须要告知他的家长。"

棠微微茫然地抬起头说道："爸爸，都怪我，如果林燃……"

棠爸实在不忍心看她这副样子，抱紧女儿说道："林燃已经没有生命危险了！微微，你从小到大都对林燃很照顾，这一次的事，没有人会怪你。"

依靠在父亲怀中，棠微微迟疑了很久，最终轻轻点头。紧接着，她听到棠爸犹豫着开口道："还有，你林叔叔在S国那边找到了一家可以治疗林燃这个病的医院，他们希望能把林燃接过去治疗。"

棠微微一愣。棠爸宽厚的手掌在她背上轻拍着，他说道："微微，我知道你和林燃有感情，可是爸爸看你们在一起实在很辛苦。让林燃去S国治疗，对他，对你，都很好，你……"

“爸，我知道。”棠微微低着头，似乎做出了决定，“我知道该怎么做。”

的确，每个人都能看出他们不合适。离开她，林燃的未来还会有许多种可能。

至少，不是像现在这样躺在重症监护室里。

因为喝下的糖水较多，林燃这一次昏迷了整整一天。棠家人日夜轮班，直到第二天下午，林燃才醒过来。

林燃睁眼的时候，看着雪白的天花板恍惚了好一会儿，想起来自己是怎么来的医院，心头猛地一跳，正要起身，就听见了一个熟悉到不能再熟悉的声音：“别乱动。”

林燃呼吸一滞，有些不敢相信地转过头，看见了正坐在床边削梨的棠微微。

“我还以为你走了……”他立马老老实实地躺了回去，目光却一直落在棠微微脸上。

棠微微躲开他的视线，说道：“等你好了，暑假的时候你爸妈会接你去S国。他们给你找了一个很好的医生，可以治好你的病。”她说话时平静得仿佛在说今天天气不错，他应该出去晒晒太阳。

林燃的心顿时凉了半截。

棠微微把最后一块梨放进盘子里，把削下来的皮倒进垃圾桶。

“他们花了很多钱，这是最有希望的一次……”

林燃冷冷地打断她的话：“你陪我去吗？”

棠微微沉默了一会儿，阳光照耀在她的脸上，能看到细密的绒毛。然而，林燃却无法从那张脸上看到一丝温暖。

“我问你，作为女朋友的你，会不会陪我去？”

棠微微不再回答，起身就要往外走。

“你不许走！”林燃有些激动，想要起身去拽她，手上的针头被扯动，棠微微眼疾手快地上前按住他，但他的手仍然肉眼可见地回血肿了起来。

棠微微下意识想去按铃喊护士，林燃却在她松开的瞬间，用另一只手直接拔掉了针头，说道：“为什么不说话？你希望我走吗？”

棠微微动了动嘴唇，像是不能控制好自己的情绪，她默默地掐住自己发抖的手，刚要张口就被林燃打断了："如果我走了，就再也不回来了。"

这是威胁吗？是真话吗？棠微微已经不知道该如何去判断林燃说的话，自己应该是让他伤心了，他不回来好像也正常，可是如果他真的不回来……

两人交握的手死死扣紧，一时间她甚至分不清不想松开的是林燃，还是她自己。

林燃重复着刚刚那句话："我说真的，棠微微，我一定不回来了，你赶走我，就再也见不到我了。"

棠微微避开他的视线，从抽屉里拿出酒精棉，按在他手背上。她的动作十分温柔，好像被震慑到了，下一秒就要妥协，林燃因此也坐到她身边，像一只被驯服的大型犬，只差朝着她摇尾巴了。

林燃折腾累了，感到十分困倦，他想说：我刚才都是骗你的，我怎么舍得不见你啊！还有，我们不要分手了，和好吧。我家枕头底下还压着我给你买的戒指……

然而这些话，他都来不及说出口了。

迷迷糊糊中，林燃被棠微微扶上床，听她说出最后一句话："不见也好……祝你以后的人生，一帆风顺，前程似锦。"

棠微微轻轻合上病房门。

第九章
一直唱进她梦里

林燃走了。

三个月前，棠微微在医院说完那些决绝的话之后，他便坐上了飞往S国的飞机，一去不返。

平城暑气正盛。

刺目的阳光从榆树枝叶间穿过，洒落在贪云的招牌和门外的新款冰饮与甜品宣传画上。不时有年轻男女路过，被新品吸引，推门进店。

黎想惬意地坐在吧台边，面前摆了一排新品，足有七八杯。棠微微看着黎想一杯一杯地品着，心思全在窗户外面。

窗外停着靳子川的车。这两人最近开始出双入对了，但靳总从不下车，只让黎想进店，等到下午五点棠微微准备闭店了，他们才去用餐。颇为缺德的是，他那辆黑色商务车正好挡住对面那家奶茶店，把客人全往贪云这里推。

这使得贪云的人流量节节攀升，客似云来。棠微微将全部精力投入工作中，终于做出了些成绩。好像验证情场失意之后，事业就会得意一样。

风铃丁零作响，黎想满面春风地推门而入，只是她好似有些心不在焉，拿错了棠微微的冰美式咖啡。

“喀喀喀！这杯怎么这么苦啊？”

棠微微揶揄道："对面送来的。那家老板昨晚找上我，送了一箱咖啡豆，要求挪车和解……"

黎想亲昵地将她揽住，语气温和地说道："靳子川可给了他们补偿金的。亲爱的，我就实话实说了，我最近在做市场调研，过段时间想跟你合作呢。"

棠微微顺势坐下，指着窗外道："调研？那你和靳总是什么情况？"

闻言，黎想摊手道："我们就那样吧。他追我，请我吃饭，其他时间想约会，我不答应。"

"听起来不像你的风格。"棠微微想了想，诚恳地说道，"你一向是不拒绝，不接受，不……"

"不表态！"黎想插话，"是，一般人追我都好说，但是靳子川他……"斟酌了一会儿用词，她抬头看着棠微微道，"他太像你了！"

"他事事都要安排和计划，但爱情这种事不就是荷尔蒙上来了，电光石火的事吗？"说着，黎想举起咖啡一饮而尽，总结道，"所以，我拒绝无效约会，只跟他吃饭，能不能套牢我的胃，得看他的本事了。"

望着外面的车，棠微微有些失神："理智严谨，不对吗？"

成年人需要对自己、对他人负责，在爱情里保持理智，难道有错？

"谈不上对不对，但伤感情。"黎想意有所指道，"也伤人。你说呢？"

棠微微皱着眉，显然不想回应这个问题。正巧操作间里有人找她，她应了一声就离开了。

黎想摇摇头，没再追问。桌面上的手机忽然响了，她顺手接了，竟然是棠爸："喂，微微啊。"

黎想一愣，发现自己拿错了手机，刚想出声，就听棠爸继续说："今天早点儿回家吧，爸上回带回来那个小李，你还记得吗？我让他今晚再来家里坐坐。你不是喜欢搞美术的吗？我看你俩再聊……"

她还没听两句，手机就被抢走了。棠微微边说边走，黎想只听见她不耐烦地敷衍着："没时间……嗯……好……"最后她饱含怒意地说了一句："爸，说了我的事不用您操心。"

店内瞬间安静下来，众人纷纷看向角落里的棠微微。

棠微微神色疲倦，用口型道了一句“抱歉”，挂断电话，随后钻进了操作间。

之后一直到黎想离开，棠微微都没有再露面。临近打烊，所有店员都收拾完打卡下班后，棠微微才走出门。

她拉下卷帘门，一抬头便看到了新品画报。

夕阳浓墨重彩地泼下来，余晖洒在画报的左下角，在那个不为人知的角落，藏着五个花体字母：TWWLR。对应的是棠微微、林燃两个人姓名的第一个大写字母。

写下这几个字母的人应该没想到有人会从这个角度去看，又或者他只写给一个人看，一个每天关门时都会看到这张画报的人。

棠微微那张平静无波的脸也终于发生了变化，像一张面具经过风吹日晒，有了一丝裂痕。她攥紧钥匙，看着画报和贪云的招牌。

每一次内心出现“裂缝”，她就逼自己去直面造成“裂缝”的原因。

店里的每一幅画都是林燃离开前的手笔。他人是走了，可他留在店内的画时刻提醒着棠微微——这不只是一处店面，还是某个男孩的爱情明证。

两人分手后，棠微微没有花什么时间疗伤，在林燃走后第二天就来到贪云忙活，努力研发新品，争取做出成绩。

她没有丢掉林燃的画，她不介意别人询问“之前的男孩去哪儿了”，每一次都做出完美的回答，甚至会直言不讳地说他们分手了。

所有人都说，分割一段感情势必是会伤筋动骨的。但棠微微坚持认为，那是因为他们不够成熟。不够成熟的人，无论合不合适都想在一起，无论有没有错都想再试一次，无论多折腾、多费力都不肯放手。

林燃就是这样的，所以棠微微替他做了“正确”的决定——分手。

这是棠微微作为成熟的人所拥有的理智，但她没有想到，在理智之外，她也会“失控”。“失控”让她坚不可摧的内心出现裂缝，尽管她在弥补，但情况还是如失控的马车，向未知处疾驰而去。

傍晚七点半，路灯亮了，棠微微没有上直达自己家的55路公交车，而是坐上604路公交车。她铁了心要晚点儿回去。

车窗外的流光转瞬即逝，棠微微坐在后排，静静地整理思绪。

第一次“失控”，是在林燃离开的第八天，棠微微常走的那条路发生拥堵，她绕小路回家，路过了平城第一中学，那时正好是放学时间。

鬼使神差地，棠微微将其中一个背书包的男孩错认成了林燃。当她回过神的时候，人已经快走到学校门口了，被她叫住的男孩错愕地回过头，用莫名其妙的眼神看着她。

那双眼睛和林燃的着实相差太多，棠微微如梦初醒，这才发现对方戴着棒球帽，皮肤也不够白。

而十四五岁的林燃个头长得飞快，几乎一月蹿一截，每天雷打不动地站在校门口等棠微微来接。他标致的小脸在人群中极其打眼，怎样都不会错认。

这么多年后，棠微微却认错了，只是因为男孩向着街边喊了一声：“姐！”

这天，棠微微逃一样地跑回了家。她从来没有刻意忘记林燃，也不刻意去想他。她在家门口掏钥匙时手心满是冷汗，但大脑很清醒——她在想林燃，尽管她不承认。

后来，棠微微每天都从那学校门口路过。有时候她还去买一根老冰棍，和小店阿姨唠嗑，但她再也没有把任何一个男孩看成林燃。

第二次“失控”，是在林燃离开一个月后。

贪云的生意终于有了起色，棠微微在周边大学发了招聘启事，招来一个叫杜如月的女孩。小姑娘手脚麻利，不爱言语，非常合她心意。

有一次，她在前台同一个客人解释大杯雪顶饮品里的可乐有糖无糖时，棠微微把那个客人错认成了林燃，还因此打翻了一大盘刚出炉的焦糖曲奇。

她没声张，自己收拾完了，悄悄地给自己上了药，但在做这些事的同时，她总觉得缺少什么。就好像本该有个只能喝无糖可乐的人在，他会在烤盘打翻的下一秒，像阵风似的闯进来，手忙脚乱地帮她收拾，再心疼地给她上药。

棠微微为自己的失手找了理由——她累了。她难得偷了一回懒，把活交给店员，在店里坐了一下午。每当有高个子的年轻男孩推门进来时，棠微微就觉得他们像林燃，穿衣的风格，说话时的神态、语气都像，但他们谁都不是林燃。

烫伤的手指传来灼烧的刺痛，棠微微后知后觉地反应过来自己拿错药了。

而第三次“失控”，就是今天棠爸这通电话引起的。

公交车停在十字路口，棠微微疲倦地合上眼，额头靠向车窗。自从和林燃分手，家里就再度张罗着给她相亲，只不过借口从“女大当嫁”变为“疗伤”。她总拿店铺的生意忙来敷衍，直到上周，棠爸直接把人领回了家。

那个男人和棠微微同岁，和林燃同专业。听完介绍，棠微微的脸色就变了，一顿饭吃得不甚愉快，说了没几句话就散了。

原以为没有后续了，没想到今天这人又来了。电话里，棠爸软硬兼施，最后忍无可忍地质问：“除了林燃，别人都不行是吗？你们俩如果合适，怎么会闹成这样？”

闹成哪样了？现在我们不是各自安好吗？

反正电话没打完，棠微微就失控了。

她火气冲天地回了嘴，还挂断了电话，并且拖到很晚才回去。看着公交车向小区驶去，棠微微无比渴望它永远不要停下，这样就永远到不了家。但她还是走向后车门，按响了铃准备下车。

因为她从不冲动，对他人，对自己负责，拥有令人羡慕的“理智”。

然而，十五分钟之后，棠微微后悔得恨不得时光可以倒流。

她一进家门，就看见沙发上蜷缩着一个瘦高的男人，棠爸一见到她，就冲上来问：“微微啊，你那个医药箱收到哪儿去了？快点儿给爸找来，要治……”

棠微微看到那个瘦高的男人从脖颈红到了耳根，典型的过敏症状。她条件反射地跑进屋里翻出药箱，从拿氯雷他定到倒水，动作一气呵成。她走到沙发边准备喂药，男人转过脸的一瞬间，棠微微就愣住了。这是一张陌生的脸，根本不是林燃。

“这孩子，愣着干什么？！”棠爸抢过药，扶起男人喂下去，焦急地问着，“小李啊，感觉怎么样？真是对不住，叔叔不知道蛋糕里有花生，也不知道你对花生过敏……”

棠微微站定，环顾四周，发现茶几上昨晚她拿回来的那盒慕斯蛋糕拆开了，被吃了小半。不出意外，它就是罪魁祸首。沙发上躺着的，正是上回不欢而散的那个美术系的小李。

因为棠微微迟迟没回来，棠爸才想着拆了蛋糕，将人再留一会儿。谁也想不到美术系的学生多奇葩，有对糖过敏的，还有对花生过敏的。

遭此无妄之灾，李先生对棠微微的心思大大减弱，加之看出她无意，没等他们挽留，药物起了作用后便告辞离开了。

一家人饱含歉疚地送他出门，棠微微站在最后面，显得十分不好意思。隔着些距离，李先生有种隐隐的感觉——他见到的棠微微客气却疏离，是个很优质的相亲对象。

今晚，他过敏那会儿，棠微微带着药匆匆赶过来时，他们对视了一眼。

她眼底流露出了担忧和焦急，可能她自己没察觉。李先生明白，这应该是他最后一次登门了，因为他知道，棠微微的心里一定住了别人。

送走倒霉的李先生，棠爸和徐健相顾无言。棠微微在客厅收拾药箱，听到身后两人在嘀嘀咕咕——

“我怎么知道学美术的都有这毛病！你说这个有没有戏？我看微微刚才挺担心……”

“舅舅，你别说了！她那是担心小李吗？她是……这臭小子，有本事别回来！”

棠微微心里一紧，手指被药箱夹住了，幸好夹子的力道不重。她冷着脸将药箱放回架子上，无情地把写着“林小魔王专用”的那一面推了进去。国外的药物也许远比氯雷他定好用，她一点儿也不担心林燃，一点儿也不！

这天晚上，棠微微感觉格外累，却翻来覆去睡不着，脑子里塞了好多声音和画面，似乎有一团浓重的雾气将她困住了。棠微微很清楚，她一直处在浅眠的状态，她尝试了书本上写的让人放松的方法，让自己放空，期待自己慢慢睡去。

但是，思绪如一只飞鸟，在她脑海里来回地飞翔。很久之后，棠微微迷迷糊糊睡着了。她梦见自己站在一条空荡荡的走廊上。这是医院的走廊，尽头处的手术室里的灯还亮着。

棠微微到过这里，这是她和林燃最后见面的医院。不同的是，当时走廊上还分散着病人和医护人员。林燃被推进去的时候，棠微微差点儿跟进去，但是问起身份，她不过是个邻家姐姐，所以签字都是棠爸去的。

当时她就坐在椅子上，崩溃地捂住脸。如果林燃不能安然地从手术室里出来，那么她一辈子都无法原谅自己。

那种恐惧，现在还残留在内心深处。然而，此时走廊上只有她一个人，她感到更加强烈的孤独。就在这一瞬间，走廊上的灯彻底熄灭了。与此同时，她听到一个声音："林燃，我们分手吧。去国外治疗，对你而言更好。"

所以，是她选择和决定了一切吗？

不想站在黑暗中，就只能向前走。棠微微迈出第一步，有一盏微弱的灯亮了。她路过的病房里，几个少男少女正围着蛋糕许愿，戴着滑稽帽子的少年虔诚地看向她："棠微微，我喜欢你。如果我能吃糖了，你愿意和我在一起吗？"说罢，少年作势要吞巧克力。

不行，林燃，别吃！尽管棠微微紧张得手都抖了起来，但她喊不出来。

被人群簇拥的少年倒在地上，灯灭了，走廊却还在往前延伸。

棠微微不得不继续向前，前方依次出现大学校园、街心花园、家中客厅、酒店……各种变换的场景里，只有主角不变。

最后她站在手术室前，浑身冒着冷汗，简直无力站定。她刚刚目睹了林燃多次自我伤害的场景，每一次，场景外的她进不去，场景中的她无动于衷。她们"里应外合"，好像"杀死"了林燃好多次。虽然梦中林燃的死亡是假的，但他说过的话是现实里真实说过的。他从小到大一直爱她，而这些都被她抹杀了。

棠微微的神经再次紧绷，她渴望从梦中醒来，但始终无法睁开眼睛。她听到自己粗重的喘息，好像在哭，总之已经处在崩溃边缘了。下一秒，手术室的灯也灭了。

大门自动打开了，里面没有手术台。

“棠微微。”林燃面对她，坐在桌边，手边堆满了五颜六色的糖果，还有一杯清水。他一颗一颗地剥开糖，糖纸像彩片纷纷扬扬地落下。林燃将所有的糖果丢进杯子里，无论是水果糖、奶糖，还是巧克力，扔进去都没有颜色，那始终是一杯清水。

“棠微微，你知道吗，住院的时候，你都没怎么来看我。我一个人在病房里，想了很久。”林燃的目光落在杯子上，语气非常轻快。又一枚糖果掉进杯子里，响起扑通一声，可能是觉得好玩，他甚至笑了起来。

棠微微的第一反应是觉得诡异，之后才想起，她和林燃最后几次见面都是在争吵，都是林燃在央求，在说好话。而她要么沉默，要么规劝，尽量让自己看上去态度坚决，不给对方留一点儿念想。因此，她很久没有见到笑着的林燃了。

等到杯里的水含糖量高到估计能甜死蚂蚁，林燃才停手，举起杯子晃了晃，说道：“我想过，要是当时这杯水是我自己喝的，你是不是就不和我分手了？”他轻声说着，喝下一口，像饮着甜蜜的鸩酒。

“林燃！”棠微微无声地喊着，但她始终动不了。

“我还想，是不是我陪你的时间还不够多？如果我一直在你身边，可能什么事都不会发生。你生气我就哄你，哄到你消气……”林燃停顿了一下，抠着喉咙，从指缝里能看见红斑爬满了他的脖颈，他深吸一口气，咬牙又喝了一口，继续说，“你不来看我，我就一直想，你说分手就分手了，你根本没喜欢过我吧？”

不是的，不是那样。我做的决定都是为大家好，我心里对你一直……

杯子摔碎在地上。

棠微微快崩溃了。

林燃痛苦地伏在桌上，全副武装的医护人员突然一拥而上，冷冰冰的仪器发出嘀嘀的响声，所有人都在努力抢救，忙到没空来关门。

棠微微透过人缝看见林燃望着她，那双如水洗过的眼睛此刻如同浓重的黑夜，和他们分手那天一模一样。

林燃被治疗着，目光却死死地盯住她，即便被罩上氧气面罩，他还在不依不饶地发问："我一直在等你，你为什么再也不来看我了？我不恨你了，棠微微，只要你来看看我，只要你来……棠微微，你为什么不要我了？"

棠微微猛地睁眼。没有走廊，也没有护士，这一次是真醒了。她惊魂未定地呆坐了一分钟，然后拿起手机和外套，冲出家门。

午夜时分，出租车很少，好在小区门口有一家快捷酒店，司机刚送来一对小情侣，棠微微打开车门就坐到了后排座位上。

司机打开计价表问她："姑娘，去哪儿啊？"

棠微微游魂一般答道："机场。"

司机没听清，又问了一遍，棠微微哽咽着，语气坚定地重复道："机场。"

司机从后视镜里看了她一眼，欲言又止，但他是不能赶客的，他重新开启计价器，心中盘算着，就当做好人好事，带这姑娘晃两圈散散心，最后收个起步价。

棠微微不管司机看她是不是像看精神病人一样，她一直在添加林燃的微信。从医院出来后，为了不留念想，她亲手删了林燃的微信。她没想到有一天自己会亲手再次添加，就是想证明噩梦是假的，林燃在S国好好的。

她现在脑子里一团乱。即便加不上林燃的微信，还能打电话。即便联系不上他，也不能证明他出事了。但她现在管不了那么多，闭上眼就是心脏起搏器的响声和他看向她的眼睛。

她快疯了。原来自己的不担心都是假的，此刻的她迫切地想要知道林燃一切平安。

好在老天并不打算折磨她，出租车刚转过一个拐角，对方就同意了好友申请。

棠微微：“林燃，你没……”

她还在打字，那边发过来一句：“微微姐？”

棠微微一愣。

对方又发来一句：“我是侯飞，燃哥把他的微信号借给我打排位赛了。”

司机忽然按响喇叭，紧急刹车，棠微微猝不及防地向前撞去。车前方有个醉鬼骂骂咧咧地爬起来，司机开了车窗又惊又怒地骂了两句。

“没事吧，姑娘？”司机回头道，“那人喝多了，还往马路中间跑！”

棠微微捂着脸爬起来，应了一声，看到手机又亮起。

侯飞回复：“微微姐，你找燃哥吗？要不我把他的新号给你，今晚十点多我们还打过电话，这会儿他应该有空。”

棠微微想了想，回复：“不用了，没什么事。”

那边又问了一句：“很晚了，真的没事吗？”

棠微微不再回复。手机的屏幕熄灭，在显示屏上，棠微微看见狼狈的自己——满脸泪痕，眼睛通红。

她将头深深地埋在臂弯里，低头间，她看见了自己踩在车厢内的两只脚——她出门时太匆忙，脚上还套着双拖鞋。她愣怔地看着自己的脚，忽然想通了一个愚蠢的问题——她不过就是做了个噩梦。可即使知道那是梦里的场景，即使知道林燃在S国会得到很好的治疗，她还是不顾一切地冲了出来。

事实证明，事到如今，她根本没有放下他，时间也没有抹去过往，让她忘记这份感情。她想去找他，想见他，想亲眼确认他没事。

静默中，司机试探地发问：“姑娘，十二点半了，还去机场吗？要不……”

棠微微抬起头，望向窗外：“回去吧，师傅，回到我上车的地方。”

她后知后觉地意识到，此时的平城机场早就没有航班了。

那晚之后，棠微微就经常失眠。她肉眼可见地憔悴了，再厚的粉底也盖不住浓重的黑眼圈。

起初几天，她还能坚持待在甜品店。然而，谁也不是铁打的。她尝试过七步催眠法，感觉收效甚微，于是给黎想打电话，试图从好友那里找到个安神的好办法。

自那天离开后，黎想再也没来过甜品店，似乎是工作又进入了忙碌期，连接电话也是掐着时间的。

在空出的十分钟午餐时间里，黎想咬着三明治，含混不清地安慰道："微微，别给自己那么大压力。你有没有想过，这是成为一个大老板的必经之路啊？我跟你说，人但凡转运，或者挣大钱之前，都会有这么一道坎的。"

棠微微在另一头听着，有些哭笑不得。

黎想却很笃定："你别不信。你等着，就这几天，肯定有惊喜，到时候我亲自给你带来。不说了，我要继续去奋斗了。"

"好好好，我等着。"宝贵的十分钟很快就结束了，棠微微望着挂断的电话，心底的话到底没有说出口。她本来就习惯了回避，亲口对闺密说思念前任，未免太为难了。她想到这儿，不住地苦笑。

还是用工作麻痹自己吧。棠微微叹着气，拿过料理碗，机械地称重，搅拌，调色，裱花……她的视线落在手下的奶油上，却无法集中注意力，自己都不知道自己在干什么。

等她回过神来时，才发现放错了调味剂，原本应该放蜂蜜的环节，她却倒进了咖啡粉。

"微微姐！"杜如月叫住了她。

棠微微回过神，不好意思地停下手，说道："走神了……这个重做吧。"

"别啊，只是放错了调味剂。"杜如月把她拦了下来，拿起勺子舀了一点儿，尝了一口，先是皱了一下眉，而后有些惊喜地看向她，"微微姐，我觉得这个味道很特别啊，你尝尝！"

棠微微半信半疑地尝了一口，初尝有点儿苦，后来感觉有一点点回甘，苦味却并未减淡，直到最后口腔中才会再次生出一点儿几乎可以忽略不计的甜味来。她不得不承认，这东西的味道是挺特别的，可是……

"客人会喜欢这种味道吗？生活都这么苦了，甜品也这么苦，是不是不太好？"

"会的。"杜如月眼睛亮亮地看着棠微微道，"咱们不就是要做创新吗？

可以先推出来试试嘛。”

棠微微有一些被说动了，不为别的，只因为杜如月看向她时亮起来的眼睛在某个瞬间很像一个人。

“就把它当作今天的赠品吧。”是意外，就让它做个意外之喜也好。

然而，让棠微微没想到的是，这个意外还真成了“喜”——赠品被某个失恋的小姑娘发到了网上。视频中的漂亮女孩边哭边吃蛋糕，吃一口，骂一句前男友，看上去异常可爱，一下子为贪云做了免费引流。

这条视频引来了大批年轻客人，其中有许多是失恋后的年轻男女，他们不但点名要这款蛋糕，还将其称为“乌云”。

苦涩的咖啡因被他们当作“解压神器”，“乌云”风靡起来，每天都能见到吃着吃着就忍不住哭起来的客人。棠微微有些难以理解年轻人的“豪放”，只好备足纸巾，偶尔做个开解他们的知心人。

她明白，当人们品尝着苦涩的“乌云”落泪，其实是在品尝自己的辛酸爱情。

“乌云”的风靡一时带来了短期的收益暴涨与不小的固定客源。仿佛应了黎想的话，棠微微的甜品店业绩在这一个月内飞速攀升，与刚开业时相比，基本是山脚与即将登顶的差别了。

这天一大早，相继有两个电话打给棠微微。第一个来自黎想，她亢奋得不行：“宝贝，你的运气实在是好！我上个月报了以你们甜品店为主题的封面选题上去，今天老板看到贪云最近爆火，就同意了我的提案！微微，《绯色》九月刊的封面拍摄，就定在贪云取景了！”

棠微微还没有超脱到听到这种消息也宠辱不惊的地步，但是黎想的欢呼已经足够响亮了。两人商议了一下拍摄当天的事宜，又聊了聊到时候庆功宴请不请靳子川后，终于结束了通话。

此时还早，操作间外，杜如月正在给几个客人点单，棠微微打开桌面上的录音机，说道：“第二十三次试验。”

她挽起袖子，洗干净手，取出试管，用针管注射配料，一边的溶剂上写有“代糖甜味剂”的字样，她认认真真地口述：“今天用的是新款代糖甜味剂，相比上一种……”

面团在烤箱里一点点地膨胀，散发出浓郁的甜麦芽香味，与此同时，今天的第二个电话打了进来。

棠微微一面站在烤箱前观察，一面接起电话：“喂，您好？”

电话那头是个中年男人，他问道：“请问你是林燃的姐姐吗？”

再次听到这个名字，棠微微心头一跳，反应过来的时候已经习惯性应声了。

“你能来学校一趟吗？我们想跟你确认一些事情。”

一些事情？

“好……大约三十分钟后到。嗯，麻烦您了。”结束通话后，棠微微长舒一口气，却没有完全放松下来。什么与林燃相关的事，学校会来找她？即便已经分手，可是两人毕竟有这么多年的感情，棠微微为此心神不宁。

她定了定神，还是先按流程取出面包，忍着烫揪了一小块放进嘴里，咀嚼过后，神色落寞地摇摇头，关闭录音机，说道：“又失败了。”

看来老天都希望她去一趟学校。简单交代了一下店内的事情后，棠微微便去了学校。上午与她联系的系主任已到办公室，正襟危坐着同她打过招呼，将一沓文件递了过去。

一瞬间，棠微微有些恍惚。她不敢接，生怕这又是一份有关林燃的处分单。她在内心笑话自己天生操不完的心，好像上辈子欠林燃一样。

棠微微打开文件扫了一眼，并不是什么处分单。她手里的这份文件是今年联大与市里其他高校联办的成人礼宴会流程单，文件上注明，宴会所需的全部甜品由贪云提供。

棠微微忽然想起，林燃之前确实和她提过成人礼宴会，并以此邀功，让自己去看了那场校庆。她还能清楚地记起林燃说话时的语气，他像一只骄傲的小孔雀，描绘着他们的未来。

而那时候的她呢？她并没有完全相信他。她那会儿正愁着眼前的事，不耐烦地回应林燃的“好高骛远”，连答应去校庆都不是那么情愿，倒像一个奖赏。

在棠微微翻看流程单的间隙，系主任道："很抱歉，隔了这么久才联系你。因为林燃那小子向我推荐的时候比较突然，还用熬夜赶画、配合校庆作为交换条件，实在不太靠谱……"自觉多言，他转移话题道，"当然了，在决定合作之前，我们专门去了解过你的一些情况，并不是开了后门，这点你完全可以放心。"

熬夜赶画？怪不得有几天陪她看店，林燃精神不好，趴在前台就睡着了。为了遮掩困意，那小子总说店里没人，无聊得让人犯困。

棠微微默不作声地听着，心里像被软刀子戳了，很不是滋味。

见她不说话，系主任问："怎么？流程有问题吗？"

"没有。"棠微微很快收起情绪，收好文件。

两人沟通之后，校方同意给出一段时间，让她理清流程，先给出一个甜品台的设计思路，双方随时保持沟通。

从办公室出来时，棠微微捏紧文件袋，不由得深吸了一口气。店铺的第一个大单子，居然是前男友接到的。

这算什么，命运迟来的馈赠吗？

棠微微加快脚步，快要走出校门时，忽然听见身后有人喊："微微姐？"

棠微微回头，看见了不远处背着画板的季晗。说实话，她们并不熟，但不知怎么回事，对方见真的是她，竟主动跑了过来。

"微微姐，真是你呀。"小姑娘甜甜一笑，很热络地就聊上了，"你怎么有空来学校了？哦，是不是来谈成人礼宴会的合作？"

棠微微没想到她会说起这个，目光掠过她肩后的画板："你也知道啊。"看来林燃没少跟人畅想未来，至少不只是和她。

莫名地，她心里的憋闷感更强烈了，一时口快道："还没确定合作。我们店刚刚起步，给这种大型的活动提供甜品，工作量一定不小，我……"

"你不想接了，因为林燃？"季晗拔高声音，两人都是一愣。

季晗有些不好意思地低下头，表情懊恼，想了想又说道："抱歉，我有点儿着急了。我是因为刚好听林燃说过这件事，而且我知道他为了争取这个机会，花了很多时间和精力，所以不想看到遗憾的结局。”说着，她小心地观察着棠微微的表情，“微微姐……”

“我知道。”棠微微叹了一口气。她是学心理学的，不难看出季晗没有恶意。可对方话虽然说得委婉，但话里的意思也很清楚：她眼中的棠微微冰冷无情。

对上季晗不安的眼神，棠微微苦笑道：“我会努力做好的。”

不管是为林燃，还是为自己。

棠微微无意再继续交谈下去，打了声招呼，转身就要走。没想到季晗又追上来，嘴上讲两人顺路，快步跟着棠微微，自顾自地说了起来：“微微姐，我没有别的意思，只是林燃对你真的很好。”

棠微微脚步不停，心想，再好也分手了。她顺口答道：“他对谁都这样。”

不料她话音刚落，季晗就轻声反驳：“不是这样的。姐姐没有发现吗？他这人看似好相处，但对谁都不是真上心。”说罢，她望向棠微微，大方地继续解释，“比如我吧，我第一次认识林燃，他就是我恩人了……”

季晗就给棠微微讲起了一件往事。那是两人大一的开学典礼上，林燃用海姆立克抢救法救了一个被零食卡到气管的小女孩，那小女孩是季晗的妹妹。

“当时我想好好感谢他，可一转身，人就没影了。”季晗说着，停在斑马线前，做了一个意味深长的总结，“所以，他真的不是对谁都这样。如果林燃是一个太阳，那他也只围绕着姐姐你转，只要你还在，他根本注意不到自己还照亮过谁。”

十字路口，红灯闪烁。棠微微很少这么不礼貌，但现在她确实无话可说。两人沉默着站在原地，绿灯亮起的第一秒，季晗率先踏出去，说道：“所以我决定，如果姐姐是真的不要林燃了，那我要抓住这次机会——我要追林燃！”

棠微微猛地抬起头，只见季晗步履轻快地甩开她，边走边回头向她微笑：“微微姐，谢谢你听我说这么多，也谢谢你肯放手。等我追到他，一定请你吃饭。”

背着画板的背影很快消失在对面街道，红灯亮起，车辆呼啸穿行，棠微微如石化般僵立在原地。

灼热的日光洒在她脸上，她失神地接受着暴晒，直到绿灯又一次亮起。

下午，贪云没有营业。棠微微带着文件回了家，她先洗了个澡，躺在浴缸里，沉默地看着一缸泡沫。其实她在审视自己，因为今天她才发觉，从前的很多事情好像她都搞错了。

譬如她一直觉得林燃不在意她的事业，只想着恋爱，可事实是，她看见了林燃的努力，潜意识里却依旧觉得不够。她只是嘴上承认对方是男朋友，但她从没有把林燃当成一个可以依靠的男人来看。

而现在，她感觉有人比她更珍惜他的这份赤子之心。

棠微微越想，身体越往下沉，直到视线都被水模糊了。灯光晃荡，她内心感到极度不安，难怪在梦里林燃会那样说。

她拿起手机，翻出那个既熟悉又陌生的微信号。良久，她才缓慢地打出一行字：“侯飞，你知道……林燃最近怎么样了吗？”

此时，青年站在病房的落地窗前。他低下头不知看到什么信息，目光一刻也舍不得移开，却没有立刻回复。他把每个字看透后，才斟酌着打字。

这是地球另一端的黄昏时分，异国他乡的霞光流金似的映照着他大半张脸。夕阳有些刺目，青年微微皱眉，坚持聊足大半个小时后才动一动，直到门外传来护士的说话声，他才转过身，准备回到床上。

他等着对方回复最后一句，也许是句“谢谢”，那也足够了。三分钟后，对方发来一句语音。

棠微微：“请帮我给林燃带一句话，就说成人礼宴会的甜品供应，学校找我谈进一步合作了，谢谢他。希望他好好治疗，多保重。”

屋内静得出奇，青年接连不断地播放这段语音，直到那细细的呼吸音都被放大听清了，他才失魂落魄地坐到床边。他从枕头底下摸出一个海豚吊坠，目光从炽烈变得温柔。

“棠微微，不用谢我，一定是你很努力才做到的。”他将海豚放在手机屏幕上，他对着它轻声说道。

林燃以侯飞的口气，快速回复着：“好嘞，一定转达！姐姐放心，听说治疗效果很好，燃哥每天都给我们打电话。”

“侯飞”：“每次都说，他很想你。”

这回，她迟迟没有回复。

金发碧眼的护士推门进来，看向床上的人，操着蹩脚的中文问：“林，是朋友？”

青年微笑着纠正：“是女朋友——girl friend！”

棠微微再次收到“侯飞”的微信消息，是在三天后。对方发来一张照片：一杯白开水，旁边配着五六种药，一只白皙修长的手，比成“V”字。

“侯飞”：“微微姐，这是燃哥今天发来的最新动态！”

不知道侯飞那天误会了什么，总之自那以后，频繁发来有关林燃的信息，她只看，不回复，自我解读为不好意思拒绝。

无独有偶，那天过后，季晗也像是缠上了棠微微一样，每天都准时来贪云打卡。小姑娘的诉求很简单，找她取经，而且每次都买一堆甜品回去。

点单的时候，她要么缠着棠微微要林燃手绘的宣传图，要么就捧个本子问东问西：林燃喜欢什么颜色？喜欢小动物吗？最喜欢的运动是什么？有洁癖吗？早起有没有起床气？……一开始，棠微微还会回答，但小姑娘的问题越来越私密，她便开始躲着对方走。

这天是周一，一周中相对比较清闲的日子，棠微微准备更换展示柜的纸杯蛋糕。不远处的卡座里，季晗正在与人视频。此时店内只有她们两个人，棠微微好几次清晰地听到季晗喊：“林燃，最近出了新品蛋糕，你想不想看看？”

又来了。棠微微面无表情地擦着展示柜，隐隐觉得头疼。

棠微微并不知道，季晗表面戴着耳机在看视频，实际上，对面那位正通过后置摄像头看着吧台内的棠微微。

林燃：“手机往左边挪一点儿，棠微微哪儿去了？我都三分钟没看见她了！”

季晗有些无语。她一面挪，一面还得表演，笑道：“好吧，你喜欢看，就多看看……”

林燃：“好好，别动，看见了！今天什么日子，她怎么还穿裙子了？好看倒是挺好看的，不会是去约会吧？你帮我问问！”

没等季晗开口，棠微微已经忍不住走了过来。她面上表情没什么变化，把包装好的蛋糕放到桌上就要走。季晗看到她目光扫过自己的手机，没猜错的话，也许是想看某人一眼。

季晗试探道：“林燃，微微姐来了，要不要……啊，没什么好说的？”边说，她还边向棠微微抱歉一笑。

那边，林燃语无伦次道：“她、她怎么瘦了？是不是……”

季晗没说话，忽然听到桌上嘭的一声响，棠微微又端来两杯饮料，板着脸对季晗道：“抱歉，本店马上打烊了。”

“可是……”

“这是赠品，打烊了，请回。”

抱着蛋糕和饮料，季晗被“扫地出门”。走到街边，她远远地看着棠微微走到门前的风铃下，却没有真的拉下卷闸门，而是抱着膝盖蹲在那幅林燃画的宣传图前。小小的背影，看去显得有些落寞。她就那么蹲着看了一会儿，仰着脸，不知道在看画上的什么。

季晗重新戴上耳机，林燃果然因为看不见棠微微而嚷个不停。

季晗忽然问：“林燃，甜品店的宣传画，你签名了吗？”

林燃：“签了啊，在一个非常隐蔽且浪漫的地方，只有微微一个人能看到。”

“那我知道了。”季晗忽而一笑，“棠微微还喜欢你，说不定这三个月她一直在想你呢。”

耳机中沉默了。隔了很久，久到棠微微已经进了店，季晗才听到林燃哑声道：“我也是。”

看不见的时候，还可以忍受；看见了，就觉得每一天、每一秒都是煎熬。

季晗有些无奈地笑着，她一直做着一件事——帮自己心爱的男孩，追求他喜欢的女孩。每一分钟她都在问自己，值得吗？

听到林燃这一声“我也是”，她忽然觉得，自己这一辈子可能都没办法得到这个男生了，那么放手成全，也是另外一种爱吧？

不久后，到了《绯色》与贪云合作拍封面的日子。

拍摄团队扛着机器和道具，架好摄像机，准备拍摄。店内被摄影灯打得雪亮，黎想风风火火地忙前忙后——若是靳子川的目光没有黏着她，她大约会更洒脱一些。

一如既往到店里报到的季晗无处可去，与棠微微坐在一起，分吃一碗红豆沙膨膨冰。

季晗：“微微姐，靳总和想姐恋爱了吗？”

“在追。”棠微微最近对季晗已经很没有耐心了。季晗却似乎毫无察觉，她看向黎想和靳子川，羡慕地说：“真好，只要努力追求，就一定会有回报的。”

棠微微垂下眼，吃了一口红豆沙，默不作声。

季晗不知与谁发着短信，一面发，一面还喋喋不休：“微微姐，你知道吗，发生车祸那天，其实也是林燃偶然在商场里碰到了我……那时候我妹妹走丢了，我没有办法，只好求助他，如果不是这样，他一定去找你了。”

棠微微心情郁闷，像被那天的大雨浇醒了记忆，她一口一口地往嘴里送着红豆沙，吃得腮帮子鼓鼓的。她还想再吃，季晗一把抓住她，说道：“林燃不敢告诉你，但是我必须帮他跟你解释。姐姐，可能在你面前，他是永远长不大的弟弟。可在你看不到的地方，他一直在收敛心性，努力改变。他善良，热忱，仗义，直率……”

“够了，谢谢你。”

“我还没说完，我喜欢他四年了，但远没有你们认识的时间久，如果可以，我希望你能帮我……”

“我说，够了！”棠微微的耐心耗尽，终于爆发了。她看向季晗，拔高声音，“我跟林燃已经分手了！你想追他也好，你们怎么样也好，不要再来我面前说了！我没有那么伟大，我帮不到你，我连自己都帮不了！”

说完，她深深吸了一口气，看了愣住的季晗一眼，甩开她的手：“抱歉。”

棠微微向店外跑去，也不管黎想是否还需要她，她只想先逃离这个地方。拉开门的瞬间，日光倾泻而下，棠微微撞上了一个温热的胸膛。薄荷味的清香掺杂着医院常用的消毒水的味道，对方没有让开，而是紧紧地抱住了她。

棠微微被吓到了，想挣脱，却听到一个熟悉的声音：“别动，棠微微。”

时间仿佛一瞬间回到愚人节那天，棠微微不敢置信地抬起头，想跑，却被林燃一把牵住手。身后的店内似乎正在预备拍摄，有人喊：“三，二，一，开始！”

林燃拉着棠微微转身快步跑起来，风吹起棠微微的长发，与林燃身上的薄荷味纠缠不休。店内太忙了，无人在意这场“私奔”，只有季晗走到门边，望向两人离开的地方。她眨眨眼睛，仰起头露出一抹笑容。

她曾短暂地拥有了一场梦，现在，梦该醒啦。

然而，一切可没有季晗想的那么顺利。

拉着棠微微“私奔”的林燃并没能将浪漫进行到底，因为很快，棠微微就不配合了。为了把人带到该去的地方，林燃不得不扛起棠微微，顶着路人的目光冲到摩天轮下。

这会儿天色渐暗，高大的摩天轮在半空中缓缓转动。棠微微被林燃扛着上了摩天轮，售票员言语间带着揣测：“这是你女朋友？”

棠微微：“不是！”

林燃笑着说道：“吵架了，吵架了。”

售票员一脸“我懂”的表情，让他们进去了。

棠微微气得捶打林燃：“不是！”

摩天轮停在他们面前，林燃将棠微微塞进舱室后，跳上去关上门，得逞一般点头：“好，那从这一秒起，我们和好了。”

棠微微面色微红，不看林燃，举起手机佯装沉稳地说：“林燃，不要再靠近了。在本人人身安全遭到威胁时，我有权向警方报告危急情况或发出危急信号。”

手机拨号界面，显示着大大的“110”三个数字。

林燃脸色微变，他看了棠微微一会儿，突然苦涩一笑：“好，我不过去。”

眼见林燃神色变了，棠微微有些迟疑，然而就在她愣神的工夫，林燃抓住机会，一把夺过她的手机，高举过头顶。

棠微微恼羞成怒，下意识就上前来抢：“林燃，你又骗我！”

她朝林燃扑去，却正好撞进对方怀里。

林燃紧紧地搂住棠微微，不容她挣扎。他低头，附在她耳边道：“棠微微，我很想你。”少年的声音清冽，带着些微的磁性，让棠微微耳根发麻。

棠微微挣扎的幅度小了下去，只听林燃继续说道：“棠微微，贪云刚开业时，你遇到了很多烦心事，我却没有体谅你，只顾着自己，对不起。”

棠微微眼眶一酸，想要开口，却不知说什么。

“棠微微，对不起，我帮不了你，却还吃能帮助你的人的醋，甚至做出伤害自己的事情，让你为我难过，是我不够成熟，对不起。”

棠微微不断摇头，想要抬眼看他，却被他按住。他身上熟悉的气味，充斥着她的鼻腔。

“一直以来，我都不敢面对自己的不足，我怕你也发现我不够好，怕你离开我。”

“可是，就是这样不完美的我，还是想继续守在你身边。”林燃将头埋进棠微微的肩窝，闷声说着，像是哀求，“只要你还愿意要我，只要你向我走出一步就好。”

“我会长大的，棠微微，别不要我。”

棠微微感觉有一滴温暖的泪水滴落，滑过她的肩颈，一直流到她心里。于是，因林燃离开而荒芜的心，那一瞬间像得到了春雨的盈润，百花盛放。

月儿在中天挂着，澄澈的月光洒下来，为两人镀上一层银霜。

他们在摩天轮升到最高处的时候，接了个吻。

这个吻的名字，叫余生。

这天晚上，林燃拿出手机，为两人和好拍照留念，却被棠微微发现他装侯飞骗她。然而，这丝毫不影响林燃的好心情，凌晨两点五十二分，侯飞收到了林燃的视频通话邀请。

林燃深沉地开口："兄弟，我要结婚了。"

侯飞睡眼蒙眬地问："哦，好，祝福你……啊，你要干什么？"

"结婚啊！我跟棠微微和好了，下一步就是结婚！等我准备准备，应该就这两天的事……"

不等他说完，侯飞果断地挂断了电话。神经病，难道林燃的过敏好了，却转头又得了妄想症？

没收到祝福的林燃再接再厉，向顾祯发出了视频通话邀请。

林燃："兄弟，我要结婚了，快祝福我。"

顾祯一下挂断，给他发了一首歌曲——《梦醒时分》。

林燃毫不生气，觉得他们纯粹是在嫉妒。他从床头翻出一个天鹅绒小盒子，细细摩挲着。

眼神是骗不了人的。棠微微看他的时候那么深情，他要是求婚，她肯定会喜极而泣到当场答应。

既能抱得美人归，又能解决棠微微没有安全感的问题，林燃越来越觉得这是个一举两得、一劳永逸的好办法。

第二天，林燃起了一个大早，在棠家楼下潜伏。他素来知道棠微微有打退堂鼓的毛病，所以他得做好万全的准备。既然他已经做好结婚的准备，一定要先得到户口本。这个很好解决，他选了最简单粗暴的方式——偷。

用两颗石子击碎一块玻璃窗，成功转移棠爸和徐健的注意力后，林燃顺利潜伏进棠家，有惊无险地偷到了户口本。

林燃欣慰地抚摸着户口本，好像那不是一个户口本，而是他和棠微微幸福美满的未来。

这时，棠爸的声音从门口传来："要是让我知道是哪个浑小子乱扔石子，我非揍死他！”

门把手拧动的声音响起，一只脚还悬在窗边的林燃犹如惊弓之鸟，迅速往窗下一跳。只听见砰的一声，林燃掉在草丛里，树叶盖了一脑袋。

他疼得龇牙咧嘴，却不敢多留，赶紧爬起来，撒腿就跑。

小花园口，棠微微正等着。远远地，她看见一个狼狈的人影越跑越近，是林燃。

林燃气喘吁吁地跑到棠微微面前，棠微微这才发现他的白色短袖皱巴巴的，脸颊还擦破了，手里死死地捏着一个红本子。

只见他从口袋里掏出另一个红本子和一只小盒子，接着单膝跪地，仰起那张年轻英俊的脸。

林燃面色泛红，透出几分紧张和严肃。他看着棠微微，将盒子打开，亮晶晶的戒指在日光下折射出闪闪的光芒。

“棠微微，户口本和戒指，我都带来了。你愿意嫁给我吗？”

时间仿佛凝固了。

短暂的几秒内，棠微微的大脑超负荷地高速运转着，像有无数个小人在加急处理信息，偏偏仍乱作一团。

理智在哪儿？快把林燃拉起来，带走，从长计议！等等，不能走，还要处理户口本……他是什么时候偷出来的？他疯了吗？不对不对，他还有戒指，他是做了充足准备的。老天，哪有这样先斩后奏的？

被求婚者心乱如麻，而她面前的求婚者也好不到哪里去。

见棠微微如宕机一般僵住不动，林燃急了，他抓住她的手，不由分说地给她套上戒指，刚刚的严肃和正经仿佛是她的错觉。

棠微微想，至少现在这个林燃她比较熟悉……她手指一弯，两人的手紧紧地握住了。棠微微终于说话了：“你又胡闹！赶紧起来，今天不是愚人节！”

林燃猛地抬头，像被“愚人节”三个字噎到了。他立刻站起来，不但不松手，还把棠微微往怀里拉，把户口本举高。他像只奓毛的小狼狗，色厅内茬地嚷着：“对，今天不是愚人节，所以我说的全是真的。你看看，戒指在你手上，户口本在我手上，我就是豁出去了！要是你不跟我去登记，我就……”

棠微微瞪着他，她倒要看看林燃能拿什么威胁她。

果然，说到这儿，林燃词穷了。他很快发现自己在棠微微面前溃不成军，毫无办法。他破罐子破摔地把眼一闭，说道：“你若不答应我，我就去自首！我去你家告诉棠叔我回来了，我偷了户口本，还要逼你跟我结婚！”

棠微微：“你！”

林燃看出有戏，再接再厉道：“我反正是看不得你去相亲。不管如何，我都得娶你！你若是够狠心，就送我回去接受审判，让你表哥打死我！”他伸出刚才摔到的那条腿，说道，“你看，左腿是刚才偷户口本摔的。走吧，回去让你表哥打折我的右腿！”

棠微微被他的不要脸彻底震惊了。尽管如此，她还是没办法不去管他的伤，心疼地看着那片磕出的淤青。

她必须承认，眼前的这个人虽然演技拙劣，可他早已走进了她心里。他不在的这三个月里，她一直惦记着他，甚至做梦也梦到过。那个时候想要他回来的人，也是她啊。现在林燃回来了，好好地出现在她眼前。他向前走完了九百九十九步，只剩最后这一步。

“你今天必须给我个说法，不能再糊弄……”

“林燃，我同意了。”

“什么？”林燃难以置信地抬起头。棠微微牵起他的手，掌心的湿汗表明她并不像表面上那么淡然。

林燃愣神几秒之后，清晰地听到棠微微又重复了一遍：“我说，我同意了。”

像是怕棠微微反悔，林燃赶紧拉着她冲到了民政局。不过这一路，他的心根本不愿好好在胸腔里待着，随时都要跳出来一般。直到两人站在民政局大厅中，他才彻底反应过来：他要和棠微微结婚了！

棠微微看着周围往来的准备领证的情侣，忽然觉得有些紧张。林燃看出了她的紧张，小心翼翼地从背包里掏出一罐啤酒递到她面前。

“你随身带这个干吗？”棠微微一脸莫名其妙。

“猜到你会紧张，怕你打退堂鼓。”林燃贴心地拉开拉环，拿餐巾纸擦了擦罐口，说道，“不行就喝一口。”

棠微微觉得他此举简直荒谬，哪有人喝醉了来领结婚证的？真的很离谱！她走出两步，又折回来，从林燃手里夺过啤酒，说道：“趁我没醉，快去！”

接下来的时间里，棠微微整个人处在一种晕乎乎的状态。她迷迷糊糊中听到大厅中的工作人员喊到了他们的号码，跟着林燃摇摇晃晃地走到了领证处，摄影师让他们坐在红布前，林燃微微歪着头靠近她，闪光灯亮起，画面定格。

等到她清醒以后，钢印已经盖在了红本本上，林燃手捧着结婚证，笑得露出两颗小虎牙：“终于合法了！”

棠微微这才反应过来，她现在已经是个已婚人士了。

“是呀，现在谁都不能拆散我们了。”

回想起刚刚一直是林燃忙前忙后，她觉得自己也得主动做点儿什么，于是扯过林燃的领带，回赠了一个带着酒香和爱意的吻。

脑中炸开灿烂的烟火，林燃捧住棠微微的后脑，慢慢地加深了这个吻。

棠微微从没想过，她竟然在短短几个小时之内就结婚了。

当晚，棠微微和林燃带着他们的结婚证，腻腻歪歪地散步到半夜才回家。林燃将棠微微送到家门口，依依不舍地拉着她的手，恨不得跟着进去，还是屋内的棠爸咳嗽一声，把林燃吓跑了。

回到家，棠微微四处藏结婚证，却觉得不管藏在哪儿都很不安全，最后抱着它在床上辗转难眠，感慨不已——自己竟然就这么嫁人了。回想起白天时林燃的威逼利诱，棠微微忽然有种中计的感觉，她自暴自弃地把头埋进被子里。

此时，棠爸与徐健一左一右趴在门缝边，面面相觑，满脸愁容。关于林燃回国的事，他们毫不知情，所以棠微微半夜回家，还辗转反侧，落在二人眼中就是为情所伤。

徐健咬牙切齿地说："舅舅，不能再让微微这样了！"

棠爸小声地呛他："要你说？可她也不相亲，散心的活动也不参加，一天天就把心思放在那个甜品店上！我这一想起来，心里就堵得慌……"说着，他作势拍拍心口。

徐健忙道："哎哟，舅舅，您可不能把自己急病了，那样微微得多担心啊！"

"哼，她！"棠爸神色一变，忽然想到什么，一巴掌拍向徐健，说道，"好啊，你小子倒是提醒我了。"

徐健："啊？"

棠爸："附耳过来。"

门外两人嘀嘀咕咕，密谋着什么大事，门内棠微微抱着结婚证昏昏沉沉地睡着了。

这一觉睡得很沉，直到被林燃的电话惊醒，她才发觉自己睡迷糊了。

林燃给她打电话也没什么事，主要是感慨新婚第二天，一夜不见如隔三秋……

棠微微刚挂断这个电话，紧接着徐健的电话就打进来了。

"哥……"

"微微啊，你快来趟医院吧，舅舅他不行了……"

棠微微的脸色猛然一变。

医院病房外，棠微微盯着走廊墙上贴着的心脏病科普知识，整个人还是蒙的。

棠建国的身体一向硬朗，往年体检几乎从没查出问题，最多就是有点儿脂肪肝，开点儿药，再吃清淡点儿就没事了，现在却突然查出了心脏问题。棠妈妈早逝，棠微微和棠建国相依为命这么多年，她完全不敢想象棠建国如果有什么意外，自己应该怎么办。

棠建国躺在病床上，一副病恹恹的样子，她一辈子都没见过几次。所以当棠建国拉着她的手，一脸希冀地说：“爸不怕别的，就怕看不到你结婚，直到闭眼了都没看到你找到那个真心疼爱你的人。”

棠微微什么话也答不上来。

林燃是早就被老棠拉进黑名单的人，现在向棠建国坦白她和林燃领了证，无异于给他脆弱的心脏一记重击。

可如果不说……

棠微微长叹一声。如果不说，她只能听从徐健刚刚提出来，得到了棠建国首肯的馊主意——相亲。

由于棠爸突然住院，棠微微怕杜如月一个人忙不过来，干脆闭店一天，下午回家收拾东西。她刚收拾完，徐健就出现在家门口，干脆利落地将她带上车，一路送到公园的相亲角。

看着窗外的人，棠微微满脸抗拒：“表哥，我想先去医院看看爸爸。”

徐健没有上钩，哄道：“听哥的，舅舅更想看你相亲。”棠微微还想说什么，车门一开，她被徐健绝情地赶了下去。

“去吧去吧，你的位子就在左手边，黄金地段。”徐健对着她摆摆手，边倒车边说，“名片哥都给你放好了，加油微微，哥一会儿来视察！”

说完，徐健一踩油门飞速离开，留下棠微微孤单一人，风中凌乱。人群中，好几个叔叔阿姨看向她，眼睛里开始放光。

“姑娘，来相亲呀？”

“多大了？哪里人？工作单位是哪里呀？”

……

半个小时后，棠微微坐在徐健安排的位子上，与一个大哥面面相觑。大哥戴着大金链子和大金表，对着棠微微满意地一笑：“棠小姐，你好。鄙人姓陈，本地人。父母都是国企员工，对你这样的新时代知识女性很是欣赏。”

棠微微僵硬点头：“谢谢。”

大哥略显尴尬，咳了两声，继续介绍自己：“那啥，我在市区有两套房，一套是学区房，面积不大，但足够咱们和孩子住，不用和老人挤在一起。我们家喜欢男孩，爸妈希望条件允许的话能要一个儿子。”

棠微微眨了眨眼，问道：“非得要儿子？”

大哥：“是啊。”

“那我不太合适，”棠微微终于笑起来，轻快地回复道，“我家重女轻男。”

大哥骂骂咧咧地走了。

棠微微终于得了一会儿空，开始反思自己落到如今这种境况究竟是哪一步出了错。原本是怕棠建国的心脏不好，她才假意来相亲应付，可看徐健那样，明显是早有预谋。

再回想在医院的那会儿，她连棠建国的检查单都没看到，根本不知道具体情况，就被棠建国和徐健两人的一唱一和唬住了，话题直接跳转到了相亲结婚上。

棠微微越想越不对劲，拎着包就想去医院再探虚实。

此时，林燃发来了短信。

林燃：“老婆，在干什么呀？”

林燃：“老婆，想你。”

林燃：“老婆，怎么不说话？”

棠微微倍感头疼地捧着手机，一时间不知道怎么回复。她打了字又删掉，最后发出去一句：“爸爸生病了，在医院。”

想了想，她又打字道：“我也想你。”然而这句还没发出去，面前有人走来。

棠微微反扣手机，说道：“您好……”话没说完，她抬起头，看到了脸色铁青的林燃。

“你怎么来了？”棠微微很诧异。

“你不是在医院？”林燃怨气冲天。

两人同时发问，说完后都愣住了。林燃说道：“我怎么不能来！棠微微，你是不是忘了我们已经结婚了？要不是我看到你哥发的朋友圈，还不知道你又瞒着我相亲。”

“这件事不是你想的那样。”眼看林燃的脸都快黑了，棠微微赶紧拉住他，解释道，“真是我爸住院了，上午我去看他，他说心脏疼，就想看到我结婚。”

林燃听得满头雾水，嚷嚷道：“心脏不好和让你相亲有什么关系？不对，想看你结婚还不容易？我们本来就已经……”

他话还没说完，忽然看到棠微微脸色一变，紧接着，身后传来一声怒吼：“林燃，你小子怎么在这儿？”

林燃几乎是下意识地躲到棠微微身后，两人齐齐转身，果然看见徐健站在几步开外，手里提着奶茶，怒目圆睁。

林燃无处可躲，与棠微微对视一眼，在彼此眼中看到了两个字——快跑！

林燃拉起棠微微，飞快钻入人群中。徐健怒气冲冲地在后面追，边跑边喊：“混账小子，放开我妹妹！”

林燃头也不回道：“你就成全我们吧，大舅哥！”

他们跑得太快，徐健根本追不上，而林燃这一嗓子喊得大爷大妈都来凑热闹，纷纷叫好。徐健眼前一黑，差点儿当场昏厥过去。

林家小子什么时候回来的？太邪门了！他怎么阴魂不散？

棠微微和林燃一路狂奔，确认甩掉了徐健后，才扶着路边长椅坐下，两人都是气喘吁吁的。

“你说，你爸到底是怎么想的？让你去相亲角相亲，那儿哪有适合你的人啊！”林燃气都没喘匀，就拧着眉头埋怨起来。

棠微微瞥了他一眼，有些没好气道：“他催我相亲也不是一天两天了，别说是相亲角，媒婆他都请来家里好几次过。”

“可是我们都领证了啊，难道还要一直瞒着，我还得一直看着你跟那些……”林燃突然找不到合适的形容词，“那样的人相亲？”说着，他忽然严肃起来，“棠微微，我可告诉你，重婚是犯法的！”

下一秒，一个栗暴落在了他头上，棠微微瞪他：“重什么婚？都说了是因为我爸生病，不能受刺激。”

本来她心里还有点儿愧疚，被林燃这么一闹，还是决定不告诉她自己对于棠爸装病的猜测，毕竟一切还没证实。

“先应付完这一阵子再说吧。”棠微微扫了一眼不远处的便利店，从肩上取下包塞进林燃怀里，说道，“看着包，我去买瓶水。”

“好的，老婆！”棠微微走后，林燃的表情立刻变了，他抱着包，一脸不忿地自言自语，“应付到什么时候？难道让我看着自己老婆被别的男人挑来挑去？”他正嘟囔着，手里的包突然传来一阵振动，他拉开拉链，看见棠微微的手机屏幕上正不断跳出消息。

表哥：“棠微微，我不管你和林燃是怎么回事，你现在立刻离他远远的！”

表哥：“还有，现在立刻回来相亲！”

表哥：“微微，你不能再耽误了啊，你忘了你答应舅舅要好好相亲吗？”

消息还没看完，林燃就气呼呼地反扣手机，愤怒地想着：相亲，相亲！明明我们已经是合法夫妻了，为什么还要整天过这种东躲西藏的日子？

明明自己为棠微微做了那么多，棠爸和表哥却觉得自己还不如相亲角那些男人，凭什么？在他们眼里，任何一个不知底细的男人都可以和棠微微走下去，而他却不行？既然他们的终极诉求就是让棠微微结婚，那现在不是已经皆大欢喜了吗？

为什么不能说？为什么还要瞒着？

林燃越想越气，再次滑开了手机屏幕，点进与徐健的聊天界面，选中相册中的结婚证合照，将自己的脸与信息打上马赛克，准备发给他，告诉他，棠微微已经名花有主。

编辑完成后，林燃盯着手机，却迟疑了。虽然他迫切想要光明正大地站在棠微微身边，可是这种做法会不会显得太幼稚了？

万一……

"林燃，干什么呢？"

他专注地思考着，没注意到棠微微走了过来。

听到她的声音，他手一抖，直接摁到了发送键。他来不及管那么多，慌张地把手机塞回包里，强装镇定地看向棠微微："没什么。"

棠微微将信将疑，扫了他一眼。林燃赶紧抢过水，咕嘟咕嘟灌了半瓶，然后一只手拎着包，另一只手牵着棠微微："走吧，你哥估计还气着呢，先回我家避一避。"

棠微微没看出什么可疑之处，拿过包跟着他往前走。走了几步，林燃稍稍落在她身后，懊恼地抓了把头发。消息已经发出去了？这大概就是天意吧……

为了躲徐健，棠微微与林燃特地从偏僻的西门进入小区，刚到楼下，就见到棠爸和徐健守在楼道口。

远远地，林燃听见徐健说："舅舅，您消消气，我保证，微微肯定是个好孩子……我们只要等在这里，等……站住！"

这会儿谁站住谁就是傻子！在徐健的怒吼声里，林燃拉着棠微微扭头就跑。

但这一次，他们没跑出两步就被徐健追上了。

徐健飞起一脚，吼道："混账东西！还跑！还跑！"

"哥，别打了！"棠微微眼疾手快地拉过林燃，林燃趁势躲到她身后。

"是啊，哥，有话好说……啊啊啊！"

话没说完，林燃就见棠爸手持扫把冲过来，他生怕棠微微出事，赶紧护住她，因此被徐健拧着胳膊控制住了。棠微微拦不住，看着眼前的局面头都大了。棠爸拄着扫把，举起手机，大声质问："棠微微，你老实交代，你发的这结婚照是什么意思？你跟谁结婚了？"

棠微微一愣，扭头瞪着林燃。

见林燃目光闪烁，心虚地扭过头，她心里便彻底明白了。

棠建国气得不轻，他手里不光有扫把，甚至有一根警棍，棠微微不知道如果让老棠知道自己和林燃瞒着他结婚了，林燃今天还能不能全须全尾地站在这里。

“棠叔，表哥，其实这……”林燃低下头就要承认。

棠微微却声音一冷，大声道：“对，我是结婚了！”

三道视线齐齐朝她看来。

林燃紧张地深呼吸，做好了就算挨打也要大声叫爸的准备，却听棠微微说：“和一个学长，他刚回国，追我，我就答应了。”

只听一声轻响，扫把落地。棠爸黑着脸，拉着棠微微向徐健摆手，徐健不甘心地松开林燃，注意力全在那个素未谋面的“妹夫”上了。

一家三口拉扯着走了，风将低低的说话声送来——

“微微，哥见过那人吗？你这孩子怎么什么都不和家里说啊？打个电话，让他现在就来……”

“好了，回家再说！”

“哎呀，舅舅……”

林燃望着棠微微的背影，颓唐地坐到台阶上，神色落寞。原来即使他绞尽脑汁地想办法，冒充侯飞和她聊天，让季晗故意在她面前说他们的点滴，偷户口本去领证……他做出种种努力，然而在她眼里，他永远拿不出手。

天色渐晚，倦鸟归巢。

此时的棠家却不大太平。棠爸气呼呼地在客厅里来回走，时不时看向沙发，而坐在沙发上的棠微微沉默地看着手机，一言不发。

棠爸横眉怒目：“你以为不说话就没事了？今天我就跟你耗，即使耗到后半夜，你也得把那人的电话、住址和其他信息统统给我！”

棠微微无奈，抬眼道：“爸，我和您说了他出国了，在国外有工作，我不想打扰他。”

一旁的徐健帮着说道：“是啊，舅舅，工作重要，反正证都领了，您早晚都能见到……”

“工作重要！老婆不重要？家不重要？”

“爸！”棠微微不大会说谎，越听越觉得骗不下去，忍不住打断棠爸的控诉，低声道，“结婚是您期望看到的，我现在结了，您又不满意！您到底想怎么样？我是个人，不是个傀儡娃娃。”

棠爸气得扬起巴掌，又不能打在闺女身上，只得拍沙发，嚷嚷道：“我让你先斩后奏了？”

棠微微反驳道：“您能装病骗我去相亲，我就不能先斩后奏吗？爸，我真的不懂，您到底还有什么不满意？您要什么和我直说，行吗？”

“我要你安定生活！”玻璃杯应声碎了一地，棠爸怒视棠微微，“我要你过得好！你现在这样，是过得好吗？之前不考博了要开店，我由着你。你跟林燃胡混，我们也不管了。现在让你相亲，你又弄出张结婚证，你真是越来越不像你妈了！”

徐健手足无措地站在一旁，面对剑拔弩张的气氛毫无办法。

棠微微并没有被吓到，她站了起来，直视着棠爸。

又来了，她内心酸楚地想，每到这种时候，就扯到妈妈身上。所有他不能理解的和不能改变的，觉得荒谬的事，都会和妈妈联系到一起。

“是吗？我觉得很好啊。”棠微微自嘲地笑了笑，开口反驳，语带哽咽，“从上学起，您就总和我说，妈妈希望我怎么样，我怎么样才像妈妈……我知道您很想她，我也想。但是爸，想念的方式有很多种，我一点儿都不想像妈妈。”

棠爸一愣：“你！”

棠微微却难得强硬：“我有我的人生，我不想做一个复制品，也不想一辈子活在你的安排里。如果我让您失望了，那真的很对不起。”

说完，她转身跑进卧室，将门重重地关上。

棠爸手捂着心口，愣怔地坐下。

徐健吓得连忙上前问：“舅舅，您怎么样？微微她还小，您……”

棠爸无力地摆了摆手，看着那扇紧闭的门，长叹一声。

卧室内，棠微微靠在床头，手捧一本旧相册，慢慢地翻看着。相册中的许多照片都是父女俩的合照，少数是一家三口的合影，合影中的棠妈还十分年轻。

“妈，”棠微微怀念地抚摸着照片，像与母亲在说着悄悄话，“我又跟爸因为您吵架了。”她揉了揉眼睛，翻过一页，照片中是棠妈抱着刚出生的她，年轻的棠爸揽着母女俩，笑容骄傲。

棠微微出神地看着，有些伤感：“其实我知道，爸只是太想您了。在他心里，您永远是世界上最好的女人，我不该那么呛他，我只是没忍住……”

“咱妈不会怪你的！”窗口突然传来一个声音，棠微微下意识地抓起一个抱枕砸过去，然后躲进被子里。窗边响起一声闷闷的叫唤，棠微微从被子里探出头，看见林燃一脸局促地跨坐在窗台上。

“你怎么又爬窗了？说了危险！”见是林燃，棠微微长舒一口气，接着又好像想起什么，脸色沉了下去，“你来干什么？我让你来了？”

林燃蔫蔫地说道：“我……我看你没回我信息，我担心你……”

他也不敢进屋，就这么挂在窗台上，小心翼翼地道歉：“微微，结婚证的事，真的对不起。我是看你哥总是拉你去相亲，忍不住……”

见棠微微不吭声，林燃干脆把眼一闭，说道：“要不，你再拿枕头砸我吧，我保证不躲！”

月光下，林燃仰着脸，闭着眼睛，她看得出他很紧张。棠微微忽然觉得他可恨又可怜，干脆翻过身去，眼不见，心不烦。她说：“砸你能解决问题，我也不用挨骂了。你走吧，我要睡了。”

林燃睁开眼，看着棠微微的背影，舍不得走，又不敢进去。他想了想，轻声说：“微微，你放心，叔叔和表哥那边，我会搞定的。睡吧，我在这儿陪着你。”

夜风徐徐地吹进屋里，睡意渐渐上来，恍惚间，她听到窗台上的青年小声哼唱着什么歌，声调悠远，一直唱进了她的梦里。

不知什么时候起，林燃的情绪全然被棠微微牵引着，哪怕自己心中也有万千委屈，可是只要看到她，似乎就什么都忘了。

这一晚，棠微微在林燃的歌声中睡了一个难得的好觉。

而同一屋檐下，棠爸和徐健却愁了一夜，两人对着那个看不清男方脸的结婚证长吁短叹，难以入眠。

折腾的结果是，两人直到第二天中午才惊醒，而棠微微已经早早地到了店里。

看着空房间和棠爸铁青的脸，徐健生怕他的心脏真的出问题，便提议带他去打拳，发泄愤怒。

第十章
用余生深深地去爱你

徐健常去的拳击馆，就在小区健身房边上。

今天是周三，馆内本该没什么人训练，可当两人换上装备走进训练室时，却发现正有人等着他们。

徐健自来熟地上前道："兄弟，一个人练习？要不要……"

对方回过头，徐健的微笑立刻僵在脸上。

林燃扣紧拳套，走向拳击台，说道："哥，今天我陪你练。"

徐健眼神一暗，跟着跳上拳击台。

台下，棠爸正襟危坐。

台上，林燃与徐健戴好防护手套，摆开架势。

林燃的身材还不错，有腹肌，有人鱼线，只是皮肤太白，显得秀气。而他对面，一身结实肌肉的徐健就魁梧得多。

林燃："哥，事先说好，我等会儿告诉你的事比较劲爆。"

徐健闻言嗤笑一声，根本不废话，抡胳膊就上："敢到这儿来堵我，你小子胆子不小！"

林燃下意识地举起双手挡在面前，堪堪挡住徐健的拳头。

林燃："第一件事，和棠微微结婚的人是我。"

"兔崽子，你再说一遍！"徐健瞬间瞪大了眼睛，直接给了他一拳。

台下的棠爸猛地站起来。

林燃被打到了，嘴角传来一阵剧痛。他看了一眼台下怒目圆睁的棠爸，舔了舔血丝，忽然笑了：“哥，爸，我和微微结婚了！”话音刚落，他挥起拳头朝徐健砸去，徐健没防备，向后栽到护栏带上。

林燃没有停下，冲上去说道：“第二件事，微微的结婚证照片是我发的。”

徐健嘴角抽搐，怒吼一声，掀开林燃，一个下勾拳把他打得向后直踉跄，不等他站稳又冲了上去。

两人拳拳到肉，没一会儿就揍得对方鼻青脸肿。

“臭小子，你们不是分手了？你不是出国了？你这个王八蛋，敢骗我妹妹！”徐健气急败坏地钳制住林燃的肩胛，向后猛扳。

林燃挣脱不开，但他心里憋着一股劲，再度挥拳道：“我没骗她！我不知道你和棠叔为什么一次又一次给微微安排相亲，我不知道你们为什么宁愿相信那些陌生男人，也不愿意相信我！但是我和棠微微的未来，是我自己争取来的，谁也阻止不了。”

白炽灯亮得晃眼，两人挥出的拳头都饱含着愤怒，汗水不断地滴落在地上。伴随着一声闷响，不知是谁先倒地，两个鼻青脸肿的大男人终于筋疲力尽地瘫倒下来。

一直沉默的棠爸走过来，居高临下地看着他们。

林燃强撑着起身，不要脸地抱住棠建国的大腿：“棠叔，不，爸，我是真心喜欢微微的，您给我一个机会吧！”

徐健其实刚才就动摇了。说到底，他不过是担心林燃不靠谱，可是林燃眼中的真挚，他看得出来，他没理由还要做林燃和棠微微两人婚姻的拦路虎。

徐建对着棠建国道：“舅舅，我试了，这小子是真心的……拳法也是真的长进了！”

棠爸扫了一眼徐健，有些无语，给了他俩一人一脚：“别躺在这儿占人家地方。”说着，他拽起林燃，“你小子今天倒是让我刮目相看了，胆子不小。”

林燃一骨碌爬起来，抹了一下脸颊上的汗，说道：“胆小，怎么能给微微幸福！”

棠爸仔细打量他一眼，冷哼一声，没再搭话，背着手走了。

林燃被晾在原地，忍不住追上去问道：“叔，您到底什么意思？”

“这你还不明白？”徐健兴奋地跳起来，往林燃身上招呼了一拳，“该改口叫爸了！”

林燃在原地愣了好久，忽然眼睛一亮，边摘拳套边跑出去：“爸，我明白了，谢谢爸！”

然而，被林燃追着叫爸的棠建国并不高兴。与其说他承认了林燃，不如说是向棠微微妥协了。可妥协并不等于讲和，他寻思着还得来点儿实质性的表示。

当天下午，他就带着一副棋盘去老年活动中心，原打算找老朋友聊聊天，看看别人是怎么哄女儿的，结果一进屋，就撞见一群人正在比赛。

奖品是一张青年创业大会的邀请券。棠爸表面云淡风轻，心里打定主意：青年创业大会，非常适合家里那个正忙着创业且还在跟他生闷气的女青年。

想到这里，他搬了一把椅子，坐到桌边喊道：“来一盘。”

一盘，一盘，又一盘……七盘棋下完，老棠赢得了奖品。出于面子考虑，这个奖品最终由徐健交给了棠微微。

徐健把邀请券送到贪云时，棠微微刚刚教训完林燃。谁让他和徐健打拳打得满脸是伤呢？棠微微放下狠话：再这样胡闹，一周内不见他。

林燃哪里肯，抱着棠微微就想偷亲。因此徐健一进门，就吃了好大一口狗粮，于是丢下东西就生气地走了。

拿着邀请券，棠微微有些无语：“没想到这个年代还有创业交流大会。”

林燃好奇地接过来，问道：“去吗？”

“去吧，不然我爸会觉得我还在生气。”棠微微叹气。

“收拾行李去咯！”林燃把邀请券一丢，推着棠微微就要出门。

棠微微努力稳住身形，觉得莫名其妙："你也去？"

"当然了！"把棠微微推出门，林燃理直气壮道，"那上面不是写着，可以携带家属吗？你的家属不是我，还有谁？"

棠微微无法反驳，当晚被小林家属带到了学校，并通过贿赂宿管，成功进了男生宿舍楼。

林燃从床底下拖出行李箱，开始收拾。

棠微微打量着他的宿舍，心里有种莫名的感觉。

林燃经常回家，所以棠微微没怎么来过他的宿舍。他的床头贴着许多照片，都是两人从小到大的合影，其中最新的一张是贪云开业时拍的。

人群里，林燃靠着棠微微，伸手假装揽着她的肩头。那是他不为人知的小欣喜。

"微微，你说我带多少衣服去啊？咱们会住几天？是不是还要订酒店……"林燃嘀嘀咕咕地在一旁问着。

棠微微一张一张看过去，顺手翻起林燃的枕头，看见枕头下藏着一个素描本，她嘀咕道："素描本放枕头底下干什么……"

她拿起来随手翻了翻，翻到后面，她的脸色沉了下来。

林燃还在笨拙地叠衣服，忽然觉得头顶的光暗了下来，一抬头就看到棠微微居高临下地看着他，面色不善。

林燃眨眨眼："怎么了？"

棠微微微笑："没什么。想问问你，最近有什么事情瞒着我吗？"

林燃眉头一皱，立刻跳了起来："没有啊！微微，我最近有多乖，你可是看在眼里的，除了给表哥发结婚证照片，其他……"他话没说完，就看到棠微微举起了那个素描本。

棠微微："那什么是'追妻计划表'啊？"

所谓"追妻计划表"，一开始只是林燃在棠微微生日前写的幻想式日记。

三月三十一日晚上，棠微微生日前一天，林燃准备着第二天的告白计划，不小心被侯飞看到了。看完他准备的一系列活动，侯飞大泼冷水："这准备得太不充分了，和去年差别不大啊。燃哥，你光做一套方案不行，还得有备用方案。”

于是，林燃咬着笔杆开始瞎琢磨：备用方案就意味着告白没成功。要是今年还不成功，我真要“狗急跳墙”了。真不成功，就骗棠微微和我做假情侣，然后假戏真做，先结婚，接着三年抱俩？

彼时写着梦想计划的林燃也想不到，这些差不多全部实现了。两人分手后，林燃把素描本一起带到了S国，看着之前误打误撞完成的备用方案，他在病房里偷偷联系了季晗，让她帮忙看着棠微微，找准时机套话，看棠微微是否真的不喜欢他了。

他还计划着回国继续实施“追妻方案”。

棠微微忽然觉得自己有些不认识林燃了。这个一直没心没肺的邻家弟弟画了一个圈，自己在圈子里转来转去，却一直逃不出他的手掌心。

说一句早有预谋，也不为过。

棠微微觉得又气又好笑，把素描本丢给林燃，什么解释也不听，转身就走了。

林燃也顾不上收拾行李，背了个包就赶去车站，幸而他见过邀请券，知道大会的举办地点。不过等到他半夜赶到时，棠微微依然没有接他的电话，他只好悻悻地一个人订了酒店。

第二天他醒来时，大会刚好开始。他进不去，也不敢给棠微微打电话，只能在会议厅外等。

当大会结束，棠微微随着人流走出会场时，一眼就看见了在外等待，头发被风吹得有些凌乱的林燃。

她心头一颤，时间仿佛倒流了，她还是那个会被小林燃气得牙痒痒的少女，在放学的人群中，看见林燃在校门口等她。

出于逗弄的心思，棠微微分明看见了林燃，却不叫他，而是目不斜视，径自向前走。林燃不敢出声，只能默默地跟在她身后。

两人沿着河边慢慢地走着，阳光带着些许樟木的味道，温热的风拂面而来。走到路的尽头，林燃终于忍不住了，他小心翼翼地看向棠微微，试探着开口："微微，你还在生气吗？"

棠微微想了想，说道："愤怒的心理历程包括认知、思考、情绪、外在行为表现，以及对象的正确与否。我已经走完了整个历程，换句话说，我不生气了。"

林燃只听了最后一句，兴奋地说道："你真的不生气了？"

"我只是觉得，纯粹的生气和发泄毫无作用，所以把愤怒加以转化，对你采取'回馈控制'。"她顿了一下，回头瞟了林燃一眼。只见他放松下来，不自觉地弯了嘴角，却又有点儿迷茫："什么是'回馈控制'？"

笨蛋！棠微微在心里骂道。她决定再晾他一会儿，自顾自地往前走，也不解释。

林燃掏出手机进行语音搜寻："Hi，Siri，什么是'回馈控制'？"

手机里传来机械的女声："回馈控制的愤怒表达能促使关系朝向正面的转变。例如父母在管教孩子……"

"孩子？"林燃神情顿时一僵。他不知道棠微微是不是有意为之，这是不是对他犯错的一种惩罚，只觉得胸口像堵了一团棉花，憋闷得很。在棠微微看来，他的这些举动都是小孩子的胡闹吗？

林燃的脸顿时垮下来，他停下来站在河边吹风。

身后传来石子落水的声音，棠微微回头才发现林燃没有跟上来，而是蹲在河边丢石子。看到水面荡开涟漪，棠微微叹了一口气，又往回走："干什么呢？"

"棠微微，"林燃仰起脸，表情严肃，"我瞒你、骗你是我不对，是我一厢情愿地想要和你在一起，都没怎么问过你的想法。现在，我们已经结婚了，但我还是想问：在你心里，我是不是还是那个幼稚的弟弟？"

棠微微听着这些话，面上波澜不惊，心里却掀起了风浪。

林燃有一双漂亮的桃花眼，看起来该是个多情的人。可是从他大一那年开始，除了棠微微，他眼里就再也没有其他女孩子。在棠微微每一年的生日那天，他用玩笑的方式说出最真心的话。本来以为他还有时间等棠微微发现自己的真心，但看到棠微微去相亲后，他再也等不了了。

他不是没想过棠微微有一天会发现这个计划，也做好了棠微微会发火的准备，他唯一不能接受的是，过了这么久，他在她心里仍然是个小孩子。

他害怕，他们之间的关系一直在原地踏步。

没等到棠微微的回答，林燃更加失落了，咬着牙继续道："从我意识到我喜欢你的那一刻起，我就在努力长大。最初我的目标是娶你，一辈子和你在一起；后来变成了娶你，照顾你一辈子。你可以打我，骂我，但是……"他的声音低了下去，眼睛却直视着林燃，"你别像惩罚一个孩子那样惩罚我。"

棠微微一步步走到林燃面前，心疼地拨开他额前垂落的头发。

"林燃，我没有觉得你是小孩子。"棠微微的语气很温柔，"我觉得你有一个误解。不是把你当孩子，就是不喜欢你。爱一个人，本来就会把他当孩子一样去哄，去宠。我刚才是故意那么说的，但没有你认为的那个意思。"说完，棠微微轻轻地笑了起来。

林燃终于忍不住红了眼眶，伸手抱住了她，下巴搁在她的肩窝处，万分委屈地蹭了蹭，说道："那你刚才怎么不理我啊？"

"刚才？"棠微微也伸手抱住他，意识到他说的是一开始他问的那个问题，说道，"我刚才在想你怎么像个小傻子一样，居然到现在还在纠结这个问题。"

"我才不傻。"林燃嘟囔了一句，把棠微微抱得更紧了。

这场风波就此平息下来，林燃瞬间恢复了精神，拉着棠微微在方镇的大街小巷里转悠。这两天正赶上方镇的河灯节，除了来参加交流大会的人，也有不少游客在河边赏灯。

"我们要不要也放一盏河灯？"林燃侧头看向棠微微，拉着她的手晃了晃。

"不了吧。"棠微微看向河面，微微翘起嘴角，"这么多花灯，老天爷怕是看不过来。"

“你说，那些放花灯的人许的都是什么愿啊？”林燃好奇地往河边凑了凑。

“平安快乐、万事如意之类的吧。”棠微微挽着他的胳膊往回扯了扯，说道，“小心掉下去。”

林燃却来了兴致，顺着青石板台阶走到河边，撩了撩水，试图让河灯朝自己的方向漂来。

“你别动人家的河灯呀。”

“我就看看写了什么就放回去。”他小心翼翼地捞起一盏，拨开四周的花瓣，一张红底黑字的字条映入眼帘：“执子之手，与子偕老，白首不离。”

棠微微提着裙子跟了过去，小心地蹲在林燃身边，待看清字条上的字时，心头一动，看他笑得见牙不见眼的样子，也忍不住笑了。

“棠微微，看见没？这就叫天意。”

棠微微将灯递过去，说道：“好，那向你的天意许个愿，放回去吧。”

林燃眨眨眼，握住她的手贴向心口。他故意高声说：“我希望……”

“哎！”棠微微赶紧拦住，说道，“哪有人把愿望说出来的？说出来就不灵了！”

“我就要说。”林燃望着她，眼底映着绰绰灯影，他认真地说道，“我希望，棠微微不再介意姐弟恋，不再委屈，不再推开我。”

像是被戳中了隐秘的要害，棠微微有一瞬间的失神，良久之后，她半垂着头，声音干涩地说道：“林燃，我们之间差了整整六岁，你明明可以有更好的选择……我总怕你以后会后悔，会觉得委屈。”

林燃抬头，眼神灼灼，似要将漫天星辰比下去，他一字一顿，说得分外认真：“要说委屈，该是我委屈你。是我不好，没能早生十年，护你无恙。

说完，林燃轻轻地捏着她的手，催促她：“微微，快放灯吧。”

河面上灯影摇曳，河边人挽着手，眼底都是浓浓的爱意。

林燃只是那么站着，就似乎比河灯还要闪耀，棠微微分明听到他在自己耳边轻声说："姐弟恋又怎样？我喜欢一个人，是喜欢她的独一无二——除了你，别的又有什么要紧？所以，棠微微，你要爱我，好好爱我。"

将河灯放下，棠微微的脸色微红，她听林燃在一旁悄声问："我的愿望会实现吗？"

棠微微垂眸，眼里有泪光闪烁。原来她心中所有的不安，林燃都感觉到了。她的林燃，是真的很认真地在爱着她呀。

棠微微看着漂远的河灯，轻轻地说道："一定会。你的愿望，上天都听到了。"

骤雨初歇，整座城都被洗刷一新，绿树的枝叶上挂着水珠，空气中透着丝丝凉爽。

今天是林燃的生日，棠微微从半个月前就开始挑礼物，直到林燃生日聚会的前几个小时还没有挑到一件满意的。

不，也不是没有满意的，只是……

棠微微站在一幅画前，画中一轮如鱼钩般的弯月正在慢慢沉入云海里，右下角标着一行小字——仅供展览，恕不出售。

棠微微记得，这是林燃少年时最喜欢的一个青年画家的成名之作。那位画家凭借着这幅画创立了自己的品牌，自成一派，林燃有很长一段时间都把他看作自己的人生目标，常常和棠微微提起他。

那时的棠微微一心都放在如何让林燃提高文化成绩上，打击过他不少次。她是怎么说的来着？"这样的人少之又少，你要把心思放在学习上！对了，作业写完了吗？"

现在棠微微十分愧疚：林燃当时的想法多好啊，她怎么就像个思想封建的老顽固一样，只会打击他呢？

后来，林燃渐渐地也不再跟她提了。

棠微微想把这弯月亮送给林燃，也许已经迟了，但是她想为林燃保留下一点儿梦想的影子。

可是这幅画不对外出售，棠微微一连来了好几天，希望能碰见那位画家，可次次都无功而返。今天是最后一天，她不死心地继续在画前流连，终于引起了画展工作人员的注意。

“女士，有什么能帮助您的吗？”

“啊，请问您有这幅画的作者的联系方式吗？我特别喜欢这幅画，想问问有没有可能买下它收藏。”

工作人员露出标准的微笑：“不好意思，作者特别表示过不会出售。”

棠微微其实明知道不可能，但亲耳听到这句话的时候还是异常沮丧。

“不过，”工作人员的笑容不变，棠微微有些期待地又抬起了头，“您可以看看咱们品牌的衍生商品，都是作者亲手设计的，也非常有收藏价值哦。”

一连几天，棠微微的眼里只有那幅画，竟然从没注意到画展对面新搭了一个地台，售卖的正是那位画家的品牌商品。

每一件商品的包装上都印着那一弯月亮，从画材到周边，应有尽有。

棠微微的目光被一盒 248 色的颜料吸引了。木质的颜料盒上刻着云层的浮雕，黄铜打造的锁扣精致小巧，左下角还有一个小小的作者签名。

“这款颜料是和法国知名颜料品牌联名的，我们一共只准备了三套，这是最后一套啦。”

棠微微惊喜地睁大了眼睛，不假思索地拿了下来，翻到背面的时候，瞬间明白了为什么这套颜料还能留到画展的最后一天。

价签上清清楚楚地标着：¥22000。

房租、水电、原料、物业……棠微微的脑子里出现了一串账单，再加上这盒颜料，瞬间余额为负。

但她依旧毫不犹豫地买下了它。

她不想再让林燃错过这弯月亮了。

辰星酒店，401 包厢。

包厢正中有一张大圆桌，每个座位前都放着红纸折的小天鹅，墙上挂着气球、彩带和一条大红横幅：祝好兄弟林燃生日大喜！

侯飞喜气洋洋地凑到林燃身边邀功："燃哥，我这次整得不错吧？"

"不错！"林燃满意地点了点头，"虽然有点土洋结合，但是气氛到位了！"

虽然今天是他的生日聚会，但是他下血本包了这么一个地方精心布置，显然是醉翁之意不在酒。

棠微微和他结婚的事虽然已经在双方父母那儿过了明面，但是始终没有找到合适的机会向朋友们公开。林燃想着，不如就趁着生日这天朋友们都在，正式公布一下。

黎想、靳子川、顾祯……朋友们陆陆续续都到了，却始终不见女主角的身影。

林燃站在包厢门口，听着手机里传来的"您呼叫的用户无法接通，请稍后……"，有些不安地皱起了眉头，但很快又安慰自己：时间还早，也许是贪云今天的生意好，棠微微一时抽不开身。

犹豫再三，他退出了拨号界面，给棠微微发去了一条短信："路上注意安全，我等你。"

与此同时，望江路会所。

在一片起哄声中，棠微微僵硬地举起酒杯，强忍着不适喝了半杯酒，便止不住地咳嗽起来。

"我就说吧，人总能学会喝酒的，你看，这不也喝下去了？"肖茵娇笑着揽过身边的男人，"老公，我这老同学以前可是从来不喝酒的，看来今天真是遇上急事了，要不你就帮帮她吧？"

肖茵的老公面露难色："棠小姐，实在不是我不想帮你，而是最近查得严，我也不敢冒这个风险啊。"

他们夫妇俩一个唱红脸，一个唱白脸，棠微微心里清楚，可是她求人办事，只能硬着头皮应付着。

本来这个时候，她应该坐在林燃的身边，捧着礼物祝他生日快乐。可就在她去酒店的路上，杜如月突然打来电话，说有一位顾客在贪云食物中毒，被紧急送到了市医院。

棠微微脑子里瞬间一片空白——食品安全是大问题，如果处理不当，她的心血很有可能毁于一旦。

她立刻让司机掉头去了市医院，却连病房的门都没进得去。中毒的顾客是个十几岁的小女孩，她的爸爸拦在门口，劈头盖脸地问候了一遍棠微微的全家，说她做生意丢了良心，要遭天打雷劈。

棠微微不住地道歉，再三解释贪云的材料一定没有问题，她会查明情况，并且承担应尽的责任，可焦急的父亲显然听不进去。

“要是我女儿有什么三长两短，我跟你没完！”

病房的门重重地在棠微微面前摔上，她无力地跌坐在走廊上。杜如月怯怯地走过来，把一张查验单递到她面前。

“下午食品安全局的人来过了，说是采样。”

棠微微接过查验单捏在手里却没看，低着头喃喃：“到底是怎么回事？原料都是我一层一层盯下来的，怎么会突然出问题呢？”

她看向杜如月：“这几天下午都是你看店，你有发现什么异样吗？”

“没、没有啊。我一直在店里，都是按照流程来的。我也不知道怎么回事，今天突然就出事了……”

杜如月有些慌张，或许是怕棠微微怪她，说到后面甚至带了哭腔。棠微微见状，也不好再问下去，连连说着没关系，将她安抚好了，才重新定神去看那张查验单。

看着右下角鲜红的“食药监局”印章，棠微微忽然想到了什么。之前，白鹭好像在同学聚会上炫耀过，肖茵的老公是食药监局的副局长，如果能快些知道结果，会不会对这件事的了结有一点儿帮助？

棠微微立刻打开手机上的联系人列表，拨出了一个电话。

肖茵将事情说得很严重，还说一定要棠微微亲自过来，不然这事可能会很难办。棠微微拗不过，只能照着她给的地址，来到了这家私人会所。迎宾领着她到了顶楼的包间，粗略估计里面有十几个人，男的西装革履，女的穿着精致的礼服。

棠微微一进门，肖茵就表现出了非同寻常的热情，不仅把她“隆重”地介绍给了众人，还亲热异常地拉着她喝酒。

明知肖茵不怀好意，棠微微还得顺着她。明知这杯酒喝下去，就会有第二杯、第三杯，棠微微还是得喝，而且得撑着不能醉，撑到他们满意，撑到他们松口。

“赵局这是嫌棠小姐的诚意还不够啊！快快，再给棠小姐满上，别耽误了事！”

不知道谁说了一句，立刻有人拿着酒瓶过来，把棠微微手中的酒杯添满。

林燃还在等她……她快一点儿喝，快一点儿结束，还能赶上，还能去给林燃过生日。

棠微微把装着颜料的礼品袋护在身后，指甲死死地掐着掌心，以此保持一点儿清醒。可一杯一杯的酒灌下去，她的思绪还是渐渐乱了，病人家属的骂声，劝酒之人的起哄声，还有不知道从哪里传来的嗡嗡声，混杂在她的脑子里。

嗡嗡声持续不断，棠微微终于反应过来——是手机在响。

她整张脸已经被酒精熏红了，说着“等一下”，摸索着去包里找手机，看见是林燃打来的电话，刚想接通，却又犹豫了：她现在这样，如果被林燃知道了，他一定会很生气，会立刻过来把她带走。

可是她要做的事还没有做成，而且万一林燃得罪了肖茵，就更加麻烦了。

就在棠微微犹豫的这一会儿，手机被肖茵不由分说地夺了过去。

“微微，喝酒嘛！怎么还看手机？多扫兴呀！”肖茵借着醉意，歪靠在她老公的身上，举着手机眯眼看，“林燃？哦，这不是那个假装你男朋友的弟弟吗？啧啧，他还挺关心你啊。”

手机停止振动，两秒后又再次出现林燃的名字。棠微微抿着唇，要去拿回手机，却眼睁睁看着肖茵手一扬，把手机扔进桌上的一杯酒里。

气泡缓缓上升，棠微微觉得眼前的一切都模糊了，只有肖茵带着恶意的笑容异常刺眼。

“这次你可别想找人帮你挡酒啊，微微。”

已经将近晚上十一点，401包厢里，众人依旧坐在桌边等待。

几个菜端下去热了又热，顾祯甚至已经仰着头睡了过去。林燃的手机里再次传出无法接通的忙音，通话自动挂断后，屏幕上显示已经拨出了十几个电话。

黎想从门外走进来，对着林燃摇了摇头：“微微常去的地方我都问过了，不在。”

“你们先回去吧，我去找她。”

林燃的脸色难看异常，他霍地起身，黎想一把拉住他：“现在这样，我们怎么放心回去？让顾祯看看能不能查到定位，其他人也分头去找，谁先有消息就在群里通知。”

突然被点到名，顾祯迷迷糊糊地睁眼应了一声。林燃心乱如麻，匆匆点了头，率先跑了出去。

夜色浓重，初秋的晚风带了些寒意，林燃只穿了件薄薄的毛衣，额发却汗湿了。

他漫无目的地在街上奔跑，见到每一个形似棠微微的背影都燃起一丝希望，又紧接着失望。失望的次数越多，他越害怕。好像每一次他和棠微微刚刚要好起来的时候，就会出现各种各样的意外，让他们再一次分开。

林燃在心里胡乱地猜测，棠微微究竟为什么没来？

他又做错了什么吗？他哪里惹她生气了吗？是什么样的事情，能让她一个电话都不接，一条消息都不回，活生生把他放在火上烤似的，这样惩罚他？

还是……还是她出了什么意外吗……

林燃不敢去想，他宁愿相信棠微微是在生他的气。

他跑到筋疲力尽，不得不扶着路边的梧桐树喘气。

一阵风吹过，梧桐叶簌簌作响。林燃的衣兜里突然传来振动，他手忙脚乱地拿出手机接起，是顾祯。

“燃哥，查到手机定位了，在望江路会所！”

望江路会所门口停满了各色豪车，酒醉的男女满脸通红，歪歪扭扭地从灯火通明的大厅中走出来，惊讶地看着这个面容俊秀，却一身狼狈的男孩。

林燃一路跑过来，被风呛了喉咙，一停下来就不住地咳嗽。

门口的保安拦住了他：“非会员不得入内，请您出示会员卡或邀请号。”

“我要找人！”

林燃咬牙道，他已经做好了硬闯的准备，却突然看见了旋转楼梯上走下来的一群人，而棠微微正被好几个男人搀扶着。

他们的话清晰地传到林燃耳中：“棠小姐别担心，都是赵局一句话的事，你今天就只管和我们玩尽兴了。”

“对对，茵姐走了，你就放心跟我们去喝，杨哥那边的场子更好玩……”

林燃的眼睛霎时间就红了，他挣开保安就冲了进去，在那个油腻男人的手碰到棠微微肩膀之前，直接照脸给了他一拳。

“你他妈放开她！”

积压许久的担心在这一刻尽数化为愤怒，酒劲上头的男人根本不是林燃的对手，好几个仅仅是被推了一下就踉跄着滚到了台阶下。有人手里竟还捏着酒杯，不知道是不是准备灌棠微微的。酒杯落地发出碎裂的脆响，里面的酒液泼了一地。

棠微微扶着扶手勉强站稳，醉眼蒙眬地看向林燃：“林……燃？你怎么来了……”

林燃喘着粗气，盯着棠微微。他看见她衣襟上未干的酒液，看见她耳朵上只剩下一只耳坠，看见她凌乱的头发、蹭花的口红，只觉得整个人都快疯了。

她喝了酒，她让一群男人灌她酒，在他生日这天，放了他鸽子，叫他亲眼看见这一幕。

这可真是个好“礼物”啊。

棠微微像是终于反应过来，伸手去抓林燃的衣袖：“林燃，你听我解释……”

林燃往后退了一步。棠微微愣愣地看着空落落的掌心，还没回过神来，手腕被握住，林燃带着她往门外跑去。

身后怒骂声不断，棠微微被拽得踉踉跄跄，回头看了一眼。那扇门里灯火通明，西装革履、衣冠楚楚的人在那里也会不再伪装，用酒精，用权力，相互倾轧，互为筹码。

那里的空气中充满了铜臭、酒香。男人脸上的油光，女人耳后的香水，暧昧的调笑，隐晦的逼迫……差一点儿，棠微微差一点儿就被拖进去，捂住口鼻，窒息而死。

而此刻，握住她手腕的掌心温热，耳边的晚风微凉。

棠微微忍住眼眶的酸意，将手中的纸袋抱得更紧。

一路上，林燃都没有回头看过棠微微一眼。他沉默地打车，沉默地把棠微微送到楼下，沉默地转身准备离开。

“林燃。”棠微微去牵他的手，这一次林燃没有躲开，“林燃……生日快乐。”

她想把颜料递给他，可是林燃没回头，声音冷冷的：“十二点已经过了，我的生日已经结束了。”

棠微微心口像是被堵上了一团棉花，顿时说不出话来。她知道是她没有守约，是她自以为是，以为自己能够把事情处理好，最后却弄巧成拙。

“对不起。今天确实是突然有急事，所以我才……”

“棠微微！”林燃反手抓住她，将她拉近自己，低吼道，“你到底当我是什么？！”

“出了事你不告诉我，去那种地方跟一群男人喝酒不告诉我，你连空出一分钟接我一个电话都做不到吗？”

“我以为是我做错了什么，我害怕你出了什么意外，这一晚上我都在找你，哪里都找不到，我觉得我都要疯了。整个晚上我都在想，你最好是生我的气才不来见我，否则我真的会疯掉。”

“可你好像从来没想到过我。棠微微，我永远是不被你考虑到的那个，是不是？”

林燃双眼通红，盯着棠微微质问。他无法用言语来表达刚才在会所看见棠微微时的心情，也不知道是该怪她还是怪自己。

他到底是什么呢？明明已经是最亲密的人了，是受法律保护的她的丈夫，可还是和从前一样，感觉随时都会被丢掉，随时会被随便一个理由搪塞过去。

万家灯火，他们好像始终无法共点一盏。

“不是的，林燃，不是你想的那样。”

林燃看她的眼神悲哀又倔强，棠微微的心像是被一只手揪紧了。她要怎么说呢？她只是不想林燃在生日这天还为她的事操心，不想他担心，不想破坏她准备的惊喜。

惊喜，对了，她还给他准备了生日礼物。

棠微微慌忙把手上的礼品袋递给林燃：“你别生气了，我给你准备了……”

“我不想要。”

林燃颇为烦躁地挡开了她的手，却没想到被酒液浸湿的纸袋不堪重负，被他一挡，直接从底部撕裂，袋中的木质颜料盒重重地砸在了地上，锁扣被撞开，花花绿绿的颜料撒了一地。

木盒上的弯月与云海依旧静谧美好，只是沾上了灰尘。

棠微微提着骤然变轻的纸袋，原本已经压下去的酒意好像又涌了上来，眼前的一切又有些模糊。

这一整晚，她就靠这盒颜料支撑着。她始终没有放开它，因为想着这是要给林燃的，这是林燃的生日礼物。

她数次濒临失控，又撑了下来。连她自己都没想到，以前一杯啤酒就会倒，会让林燃崩溃一整夜的棠微微，竟然喝下了不知道多少杯酒。

可是，这月亮还是没能交到他手上。

林燃意识到了什么，有些惶然地开口：“微微，我……”

“不想要就算了吧。”棠微微深吸一口气，把泪意憋回去，克制住声音里的颤抖，“我记得你很喜欢这个牌子的创始人，要是，要是现在不喜欢了就算了吧。”

“下午贪云出事了，有个小姑娘说在店里吃了东西引起食物中毒。我去了趟医院，家属也不怎么愿意沟通。食药局那边给的反馈很不好，我不得已去找肖茵她老公……我……我不是故意的。”

棠微微低着头，风吹过她的面颊，她的声音里满是委屈。

“我知道求人办事得有诚意，她叫我去喝酒，我必须得去。我不能让贪云出事，那不是我一个人的店啊……是我错了，我以为很快就能结束，能赶去你的生日聚会。”

“我看到你给我打电话了，可是肖茵把我手机扔进酒里了……”棠微微说不下去了，她怕再多说一个字，她就没有力气忍住眼泪了。

林燃感觉自己的喉咙异常干涩，他伸手想要去抱棠微微，却扑了个空。棠微微伸手去撩头发，把眼角的一点儿湿意掩饰过去：“对不起。如果你还是很生气的话，我也不知道怎么办了。”

“就先这样吧，或许我也需要冷静一下，想想究竟……打碎的颜料还有没有人想要……”

林燃闻言，蓦地睁大了眼睛。他想拉住棠微微，问她什么叫打碎的颜料还有没有人想要，可她的神色太冷淡，他伸出去的手终究还是落了下来。

他看着棠微微的背影，看着楼道的灯一盏盏亮起，又一盏盏熄灭，最终归于沉寂。

林燃蹲下身，抚摸着颜料盒上的浮雕，神色晦暗不明。

次日，棠微微是被阳光刺醒的。她昨天喝了那么多酒，醒来却比平时更加清醒，连楼下小孩嬉闹的声音都听得清清楚楚。

“哥哥，你在干什么呀？我能跟你一起玩吗？”

“哥哥在画画。这儿画好了，你可以拿这个去给那块地砖涂颜色。”

现在的孩子在家里玩不够，都跑到小区里画画了？棠微微忍不住笑着摇头，却突然意识到那个声音是如此熟悉。

她起身走到窗前，视线触及地面时，整个人愣住了。

昨天颜料落地的地方，被画了一片向日葵，在阳光下显得十分艳丽。

邻居家的小男孩捏着一管红颜料，开开心心地在太阳上印下一个小小的掌印。林燃半跪在花丛中央，正耐心填补着边缘的一片花叶。他像是感应到什么似的，忽然抬头，和棠微微四目相对。

林燃笑起来，保持着半跪的姿势，仰着脸冲棠微微喊：“棠微微，散落的颜料可以变成画，你说出来的话，是不是也可以收回？我不要你冷静，我要我们一直谈冲昏头脑的恋爱！”

那个小男孩不明所以，但也听懂了他是在“告白”，兴奋地鼓起掌来。

林燃昨晚回学校取了画材，用了一整夜，把掉落在地上的颜料画成了一片花海。

此刻，棠微微眼里只有那一大片鲜艳夺目的向日葵。昨晚睡前，她的枕头被泪沾湿，梦里是狂风大作，雨水飘零。可早上醒来，她见到了花朵，还有笑得比阳光更灿烂的男孩。

眼眶泛起酸意，棠微微笑着对林燃说：“林燃，我给你补过生日吧！”

林燃看着窗边的女孩，用力地点了点头。

生日过不过其实不重要，只要你在我身边，什么都好。

棠微微用布蒙上林燃的眼睛，仔仔细细地在后面打了一个蝴蝶结。

林燃伸着手在空中胡乱摸索了两下，被棠微微摁住，他有点儿无奈：“这是干吗呀？”

“秘密。”棠微微看着他慌张的样子，觉得好笑，又有点儿解气，“出来混，迟早是要还的。让你体验一下我当时的感受。”

两秒之后，林燃才反应过来，棠微微说的是她过生日的时候，他也是这么把她眼睛蒙起来，然后带着她去到惊喜现场。

这种仇也要报吗？林燃这样想着，就被棠微微拉着出了门。

一路朝外走着，林燃隐隐约约地听到了很多熟悉的声音，闻到了许多熟悉的味道。

棠微微紧紧牵着他的手，一步一步走过无比熟悉的大街小巷。

有时，棠微微停下来，笑吟吟地跟人打招呼。有人问："这是谁呀？"

棠微微就会把两人牵在一起的手晃一晃，然后答："我先生呀。"

先生。

这是林燃生平第一次被冠以这个称呼。他曾经是邻居家的小孩、弟弟、小魔王、男朋友。没想到棠微微会以这样的称呼，向路人介绍他。他感觉整个人被阳光温柔地照耀着，满心暖意。

这是真的吗？还是一场梦？林燃忍不住怀疑。

如果这是梦，那么将是一场他永远也不想醒来的美梦——在晴朗的日子里，和棠微微手牵着手走过他们曾经走过的路，遇见曾经遇见过的人，光明正大地炫耀彼此的爱意。

耳边的喧嚣渐渐减弱，取而代之的是海浪声和海鸥的鸣叫声。棠微微轻轻地松开林燃的手，把拎了一路的小蛋糕小心翼翼地放在他的手上，然后摘下了他眼睛上的布条。

"林燃，小的时候，你每年的生日愿望都是想吃糖，其实每年我的生日愿望也是你能吃糖。"

林燃看着棠微微微笑着的眼睛，努力忍住鼻子里的那股酸意。

棠微微小心地拆开小蛋糕，又拿出一把勺子。

她曾经对他试过很多方法，心理干预、脱敏实验……但全都以失败告终。

她也曾无意间看到林燃的吃糖计划表，为了能够和自己在一起，他在暗地里做了那么多努力。

如果她放弃努力的话，这将是个永远过不去的坎。所以，林燃出国后，就算明知道自己可能和他没有关系了，她还是忍不住继续为这个心愿而不断尝试。直到她遇到了高中时的学长，从他那里得到了甜味剂。

她不需要林燃为了她做出牺牲，他们可以找到共存的方式，就像这块小小的无糖蛋糕。

这个蛋糕是她昨天精心制作的，存放在家里的冰箱里，本想吃完饭后再拿出来送给林燃，计划却被无情地打乱了。经过昨天的事情之后，醒来的棠微微看着眼前那个笑得明媚的林燃，忽然就想通了。

这个男孩一定是自己人生中不可或缺的阳光，她决定好好地爱他。

这么长时间以来的彷徨和怀疑，在此刻好像都烟消云散了。从此以后，她再也不会有那种“我们天生就不该在一起”的念头，他们之间的那道天堑上终于架起了一座小桥。

林燃低下头，将一个浅浅的吻印在她嘴角，用只有两个人听得到的声音说：“谢谢，我好喜欢。”

海浪声声，阳光灿烂，一切都很美好。

查验单的结果终于出来了，客人食物中毒并不是因为在贪云吃了蛋糕。棠微微悬着的一颗心终于落地，贪云得以重新开业。

重新开业的第一笔大单就是平城的大学生成人礼宴会，棠微微因此又变得忙碌起来，不但要看店，还要抽空带着杜如月去采购食材，直到敲定了点心清单，连轴转的日子才终于告一段落。

宴会当天，恢宏的校门上高挂着庆贺的横幅，车辆将门口挤得水泄不通，几所大学的校友和股东们寒暄着步入校园，参加成人礼宴会的学生们排着队进入会场。

后厨内，奶油如雪般压在金黄的蛋糕坯上，鲜红欲滴的樱桃点缀其上，格外好看。几个蔓越莓干随意地点缀在旁边，好似飘落的梅花花瓣。第一道甜品终于出炉。

棠微微端着甜品盘从内门进入大厅，等候的学生立刻上来接过了甜品，往各桌送去。厅内众人说话的声音喧闹成一片。

角落里的两三个男同学看到棠微微，互相挤眉弄眼了一阵，将一位戴着眼镜的男孩推上前。

棠微微疑惑地看着他问道：“有什么事吗，同学？”

男孩听到她轻声细语，脸顿时涨得通红，结结巴巴道：“你好，我能不能加你微信？”

说着，他将早已调出二维码的手机递过去，还没等棠微微反应过来，旁边有只手伸出来，嘀的一声扫上了。林燃伸出胳膊搂着棠微微，一脸冷漠地晃了晃手机，说道：“她是我老婆，你有什么事可以跟我说。”

场面一度十分尴尬，棠微微不忍直视，别过头，男孩赶紧低着头走开了。

林燃冷着脸将棠微微拉到后厨，棠微微打量他的神色，忍着笑问：“怎么这么容易生气？”

林燃“哼”了一声，不说话。棠微微觉得好笑，故意凑近，捏住他的脸，作势去闻：“让我看看，你是‘小醋精’转世吗？”

“小醋精”绷不住了，捏住她下巴佯装恶狠狠地说道：“他和你搭讪，你怎么不拒绝他？”

“你不是把自己的微信给他了吗？”棠微微无辜地说道。

“那如果我不来，你是不是就要加他微信了？不行，我要给你留个记号，让别人都知道你是有夫之妇！”说着，林燃就要去咬棠微微的脖子。

棠微微痒得一边笑，一边往后缩：“你别乱来啊，这里好多人。”

“哥，要开场了！”侯飞的声音远远地传来，看到两人的样子，他猛地刹住了脚步，转过身去，“打扰了！”

棠微微羞得满脸通红，将林燃推开：“你赶紧去主持吧！”

林燃撇了撇嘴，不情不愿地往前厅走，嘴里还不忘嘱咐：“结束了就来接你，等我啊。”

棠微微应了声“好”，林燃这才放心地走了。

棠微微收拾着食材。

旁边电路阀门的显示屏上，负荷值持续升高，直至变成红色预警。电线的绝缘外皮逐渐被烧焦，露出里面的电线，火花闪烁。

焦味逐渐蔓延开来，棠微微深吸了一口气，疑惑地转头："什么东西烧了？"

她在后厨找了一圈，直到来到电路阀门前。她抬头看向裸露的电线，看着电线的外皮在高温下逐渐熔化，不由得睁大了眼睛。

下一秒，电线接口处猛地迸出火花。

此时此刻，宴会厅前厅，恢宏激昂的音乐声响起，成人礼宴会正式拉开序幕。伴随着热烈的掌声，一身正装的林燃走上台作开场致辞："尊敬的各位领导、各位来宾、各位校友，女士们、先生们，大家中午好！"

台下突然一阵骚动，首排的几个领导和老师伸长了脖子向旁边看去。

怎么了？林燃有些好奇，眼神跟着瞥去。下一秒，他的脸色就变了。

后厅门缝中有浓浓的烟雾弥漫进来，紧接着传来一声震耳欲聋的轰响，震得门板发颤。台下不知道是谁喊了一声"起火了"，大厅内顿时混乱起来。众人惊慌失措，离门近的人直接拉开门往外跑，不少还不清楚情况的人也跟着往外挤。

"大家有序离场！不要拥挤！"林燃迅速反应过来，在台上拿着话筒大声指挥，"注意安全！"

台下的侯飞等人配合着指挥众人离开，有了领头人，大家逐渐冷静下来，撤退的速度也快了许多。

后厅的门忽然被打开，烟雾中跌跌撞撞地跑出一人，一边咳嗽一边断断续续地说道："后厨……失火……"

后厨！棠微微还在里面。

林燃心一沉，丢下话筒直奔后厨而去。

越接近后厨，烟雾越浓，林燃被烟雾呛得根本睁不开眼睛，他使劲挥了两下手臂，试图驱散眼前的白烟，一边咳嗽着一边冲到了后厨门口。里面火光冲天，林燃的心脏骤然停跳一瞬，他大声喊道：“棠微微，你在里面吗？棠微微！”

林燃扫了一眼周围，没发现工具，却看见用湿毛巾捂着口鼻，跪在地上艰难地往门口挪动的棠微微。他的眼眶瞬间就红了，冲上前把她揽到怀里。

棠微微被浓烟熏得已经有点儿神志不清了，看到林燃，有一瞬间的失神，好像不敢相信一样。

“你怎么不往外跑！伤到哪里了？”

“我的脚被砸到了，走不了了。”棠微微将湿毛巾捂上林燃的口鼻，用力推他，“你快走！”

“我怎么可能把你一个人丢在这儿！”林燃又急又心痛，“棠微微，咱们一起出去，就算死也要死在一块！”

周围是熊熊的火焰，林燃动作粗暴地抹了一把眼睛，背对着棠微微道：“上来！”

棠微微一边哭一边抱住他的脖子，林燃一使劲，把她背到背上。他向外冲了两步，脚下忽然一软，差点儿跪倒在地。眼前出现重影，林燃甩了甩头，努力让自己保持清醒，没走两步，钉在墙上的木柜轰然掉落，砸在地上，堵住了大半个门口。

棠微微惶然地叫了一声：“林燃……”

危机当前，林燃这时反而冷静了下来，他笑了笑，侧头安慰她：“微微，咱们这也算同生共死过了。如果能出去，我们结婚吧，有婚礼的那种。”

棠微微哭道：“都什么时候了还说这个！你快走吧，别管我了！”

“胡说。”林燃呵斥了一句，看着逐渐被烧焦的木柜，目光沉沉道，“就算死，我也得和你死在一块。棠微微，低头，闭眼！”

棠微微把脸死死地埋进他的脖颈。林燃后退了两步，助跑，纵身一跃。两人从倾斜的木柜和门框的空隙中闯出去，摔在地上。林燃像个抱着瓷瓶的孤胆英雄，将棠微微死死地护在怀里，自己结结实实地垫在了她身下。

身后的厨房彻底被大火吞没，浓烟中传来搜救人员的声音，两人的意识却渐渐沉入无尽黑暗。

医院中，棠微微醒来后，盯着雪白的天花板失神了好一会儿，直到鼻子闻到消毒水的气味，才反应过来，自己正躺在病床上。

棠微微动了一下手，发觉手被牵住了。她转头看去，林燃正趴在床边一眨也不眨地看着她。

“醒了？有没有觉得哪里不舒服？”林燃的声音都是哑的，眼底也布满血丝。

棠微微摇头，用另一只手撩起林燃的刘海，见他额头上贴了块纱布，隐约透着血迹，配上他苍白的面色，野性中带着一丝脆弱。

她想要问他好不好，然而刚开口，喉咙便如火灼一样疼。

林燃扶住她的手，脸颊在她掌心蹭了蹭，故意扮乖：“我都吓坏了，现在心脏还跳得好快。”

棠微微咳嗽两声，说道：“心脏不跳会死的。”

林燃无语地看着她，棠微微轻声道：“通常情况下，在事故发生后，人的情绪会逐渐平复下来。你之所以还感到紧张，其一可能是时间太短，大脑还存在事故当时的应激感受；其二可能是轻微的创伤后遗……”

林燃静静地听了半天，突然低头亲了她一口：“还说不说？”

棠微微立刻不说话了，静静地看着他，眼中隐隐有湿意：“林燃，谢谢你。”

林燃忽然笑起来，露出两颗小虎牙，眼里闪过一丝狡黠：“那你以身相许吧。还记得在火场里，我们约定过什么吗？”

棠微微刚醒来，脑袋还昏沉着，一时没有反应过来。

林燃道：“嫁给我。”

她想开口，林燃想也不想就阻止她：“上次不算。”

“我想让你真真正正、光明正大地嫁给我。”

“棠微微，我们结婚吧。”

棠微微羞红了脸，她将自己埋进被子里，仿佛这样就能躲开林燃炽热的眼神。然而，她脑海里都是林燃灼灼的眼神，以及其中藏不住的爱意。

棠微微突然意识到，她好像早已无处可躲了。

未来的路很长，他们总还是有时间的。世界美好，他们也总还是有机会一起去看的。

番外
你是我独一无二的玫瑰

棠微微伤得不重，林燃也有根肋骨骨折了。不过好在有棠微微的照料，他也快乐无边，很快他就被允许出院了。

但那天棠微微刚醒来时的谈话好像不曾发生过一样，再也没人提及。

棠微微几次想问林燃，却羞于开口。

他们两人虽然恋爱时间不长，但经历的事情着实不少。这次生死危机过后，棠微微好像突然开了窍一样，对有关林燃的事都无比在意。

但是，也不知林燃是真的没发现，还是假装没发现，气人的事直线上升不说，还总是忽略她的试探。算了，反正自己已经二十八岁了，再晚两年也没关系。林燃有本事就不要娶她！棠微微将擀面杖一扔，气鼓鼓地想。

杜如月闻声从外面探进头来，问道："老板，谁惹你生气了？"

棠微微回过神，连忙又拿起一块面团作为遮掩，说道："没什么。你外送回来了？"

贪云的业务量直线上升，逐渐发展起了外送的业务，只不过数量不多，所以暂时先由她和杜如月两个人去送。

杜如月露出一个心虚的表情，支支吾吾道："有个地方我不怎么走，所以……"

"没关系，我去吧。"棠微微一边说着，一边解下围裙。

杜如月将小票递给她，她看着上面的地址疑惑地念道："文化小镇？"

文化小镇是平城为了响应国家的号召，丰富人民的精神生活，新建设的网红小镇。棠微微也是从电视上看到的新闻，自文化小镇揭幕以来，她还没有去看过。

棠微微开着车到了小镇，绕到后座去取甜品，还没有站直身子，就被人从后面用布条蒙住了眼睛。

棠微微吓了一跳，下意识地就要叫喊求救，然而微风将那人身上的香味送到她的鼻尖后，她心有余悸地叹了一口气，喊道："黎想？"

"哎呀，这么快就被你猜到了。"黎想的声音从身后响起，还带着几分抱怨，"就跟林燃说这差事不能派我来，咱俩太熟了。"

棠微微听到这话，好像意识到了什么，心怦怦怦地跳了起来，问道："订单是林燃下的？"

黎想坦然道："对啊，我提议假装去贪云抢劫，把你直接绑过来，他心疼你，怕你害怕，坚决不同意。"

棠微微被她拉着走过一条长长的通道，问道："他叫我来这儿干什么？"

"你自己看。"黎想笑嘻嘻地说道，伸手扯掉棠微微眼前的布条。

乍见阳光，棠微微不自觉地眯了一下眼睛，重新睁开时，她才看清眼前的景象，顿时愣住了。

眼前是一道长长的高墙，墙上画着大大小小、神情不一的人像，无一例外全都是她。她还没回过神来，忽觉头上一重，回头看去，是棠建国为她戴上了头纱。

"爸？"

棠建国同志板着脸，从鼻子里"嗯"了一声，没什么好脸色地牵起她的手，带着她一步步往前走去。

路的尽头是穿着西服，手捧鲜花的林燃，在阳光下勾着嘴角静静地等待。

礼花突然炸响，彩纸从空中飘落，黎想和靳子川一左一右地拿着礼炮筒，满脸笑意。

棠建国牵着棠微微走到林燃面前，恶声恶气道："我把我闺女交给你了，

你要是敢对她不好，看我怎么收拾你！”

他说完，飞快地看了棠微微一眼，然后将她向前一推。棠微微分明看到他的眼睛湿润了，心里不由得发酸，刚想开口，却见林燃单膝跪了下去。

林燃深深地吸了一口气，声音颤抖着叫了她一声：“微微。”

棠微微眼中含泪看着他。

“棠微微，二十八年前，你出生了。六年后，我也追随着你来到这个世界上。我们一起长大，第一次生气，第一次心动，第一次亲吻……我生命中许许多多的第一次，都有你的参与。”

“因为你，我懂得了责任和担当，我变成了更好的人。以后，世界上所有的新鲜事，我都想和你一起了解，生命中的每一天，我都想和你一起度过。”林燃抬手胡乱地抹了一下眼泪，大声喊道，“棠微微，嫁给我吧！”

周围的人大声叫好，棠微微终于落下泪来，用手捂住了嘴，半天说不出话。

黎想带头，侯飞、顾祯、徐健……所有人都拍着手异口同声地说：“嫁给他！嫁给他……”

林燃只是静静地看着棠微微，等着她的回应。

棠微微哽咽着开口：“存在性孤独，是指个体自身与任何其他生命之间无法跨越的鸿沟……”

众人发出嘘声，黎想大声嚷着：“棠微微，你怎么这个时候了还在背书啊？”

林燃知道，棠微微是有话要说。

果然，棠微微破涕为笑，将手递给林燃，说道：“许多人用与对方缔结亲密关系来逃避孤独、焦虑。但如果我愿意答应你，就只有一个原因，那就是我爱你。”

话音还未落下，林燃就紧紧地抱住了她。在一片欢呼声中，他把那枚闪着光的戒指戴上她的无名指。这是他当初买的，还没来得及送出去就被宣告分手的那枚戒指，如今终于戴到了它主人的手上。

林燃忽然想起小时候，棠微微在睡前给他讲过的故事：世界上有五千

朵和你一样的花，但只有你是我独一无二的玫瑰。

他想，棠微微就是他的独一无二，谁也不能代替的玫瑰。

林燃在绘满了他心里所能想到的各种美好景象的高墙前，在亲人与最好的朋友们面前，在心爱的人眼前，许下这一生最郑重的承诺——

从此人间烟火灿烂，于万家灯火之中，总会有一盏灯为你点亮，总会有一个人在等你回家。

棠微微，你伴我长大，我陪你到老。